U0101131

〔宋〕陸游 著
朱迎平 箋校

渭南文集箋校

四

上海古籍出版社

渭南文集箋校卷第三十

跋

【釋體】本卷文體同卷二六，收録跋文四十首。

跋諸晁書帖

某之外大母清豐君，實巨茨先生女兄[一]，而墓刻則景迂先生所作[二]。故某每見昭德及東眷中表[三]，每感愴也[四]。況今行年八十，飾巾待盡[五]，伏讀此卷，其情可知。嘉泰甲子六月既望，山陰陸某謹識。

【題解】

諸晁，指昭德晁氏，是宋代中原文化大族。晁氏祖籍爲澶州清豐（今河南濮陽），「翰林文元公諱迥、參政文莊公諱宗慤父子以文章德業被遇真宗、仁宗，繼掌内外制，賜第京師昭德坊，子孫蕃衍，分東、西眷，散處汴、鄭、澶、蔡間，皆以昭德爲稱……奕葉聯名，文獻相承。」（周必大迪功郎致仕晁子與墓誌銘）晁氏家族歷代中科第者自晁迥以下共計三十餘人。喻汝礪晁具茨先生詩集序稱：「宋興五十載，至咸平、景德中，儒學文章之盛，不歸之平棘宋氏（宋綬、宋敏求父子），則屬之澶淵晁氏。二氏者，天下甲門也。」本文爲陸游爲晁氏書帖所作的跋文，感懷與晁氏家族的親戚關係。

本文據文末自署，作於嘉泰四年（一二〇四，甲子）六月十六日。時陸游致仕家居。

【箋注】

〔一〕「某之」二句：指陸游外祖母乃晁沖之之姊。外大母，外祖母。清豐君，當爲外祖母封號。巨茨先生，即晁沖之，參見卷十四晁伯咎詩集序注〔一〕。女兄，姊。

〔二〕景迂先生：即晁説之，參見卷十四晁伯咎詩集序注〔一〕。

〔三〕昭德及東眷中表：晁氏家族自晁佺以後分爲東眷（晁迪）、中眷（晁迥）、西眷（晁遘）三支。晁迥後裔居住於京師昭德坊，東眷、西眷後裔居住於濟州巨野一帶。中眷和東眷最爲發達。中表，指與祖父、父親的姐妹的子女，或與祖母、母親的兄弟姐妹的子女的親戚關係。陸游之外祖母爲晁沖之之姊，故與晁氏「之」字輩均爲中表關係。參見何新所著昭德晁氏家族研究第一章昭德晁氏家族考辨第四節婚姻考。

〔四〕感愴：感歎悲傷。東觀漢記丁鴻傳：「鴻感愴，垂涕歎息，乃還就國。」

〔五〕飾巾：婉辭，指死亡。上古人死時不冠而裹巾。

跋南城吴氏社倉書樓詩文後

南城吴君子直兄弟作社倉，略仿古者斂散之法〔一〕；築書樓，用爲子孫講習之地。其設意深遠，流俗殊未易測也。或者乃謂吴氏捐貲以爲社倉，凶歲免民於死徙，其有德於人甚大，後世當有興者；子孫不學，則不足以承之，此其築書樓之意。使吴氏之意信出此，乃市道也〔二〕。市道不可以交鄉黨自好之士〔三〕，其可以與天交乎？吴君之意蓋曰：「吾爲是舉，非一世也。吾兄弟他日要當付之後人。人不可知，吝則嗇出，貪則漁利，怠荒則廢事〔四〕。雖面命之，或不聽，於遺言何有？惟學則免是三者之患，而社倉雖百世可也。此吾兄弟之本指。若夫富貴貧賤，我且不能自知，乃爲後人謀，而責報於荒忽不可致詰之地〔五〕，亦愚矣。」吴君遺書行千餘里，示予以社倉本末，因及諸公書樓紀述〔六〕。予慨然歎以爲知吴君兄弟心者，莫予若也，故書之。嘉泰四年六月某日，山陰陸某書。

【題解】

南城吴氏，即吴仲兄弟，淳熙間在家鄉建社倉及書樓，朱熹和陸游均極爲稱賞。參見卷二一吴氏書樓記題解。社倉書樓詩文，指朱熹、陸游等爲吴氏社倉書樓所作的記述詩文。本文爲陸游爲吴氏有關社倉書樓的詩文所作的跋文，闡述吴氏爲子孫後人謀的本指。

本文據文末自署，作於嘉泰四年（一二〇四）六月某日。時陸游致仕家居。

參考卷二一吴氏書樓記。

【箋注】

〔一〕吴君子直兄弟：兄吴仲字子直，弟吴倫字子常。　斂散之法：古代國家對糧食用買進或賣出以調節供需平準糧價的方法。管子國蓄：「夫民有餘則輕之，故人君斂之以輕；民不足則重之，故人君散之以重。」

〔二〕市道：指商賈逐利之道。史記廉頗藺相如列傳：「夫天下以市道交，君有勢，我則從君；君無勢，則去，此固其理也。」

〔三〕鄉黨：同鄉，鄉親。　自好：自愛，自重。孟子萬章上：「鄉黨自好者不爲，而謂賢者爲之乎？」朱熹集注：「自好，自愛其身之人也。」

〔四〕怠荒：懶惰放蕩。禮記曲禮上：「毋側聽，毋噭應，毋淫視，毋怠荒。」鄭玄注：「怠荒，放散身體也。」孔穎達疏：「謂身體放縱，不自拘斂也。」

〔五〕責報：求取報答。韓愈病鴟：「亮無責報心，固以聽所爲。」荒忽：虚妄。致詰：詰問，推究。老子：「此三者不可致詰，故混而爲一。」

〔六〕遺書：發信，寄書。阮瑀爲曹公作書與孫權：「是故按兵守次，遺書致意。」諸公書樓紀述：指朱熹建昌軍南城縣吴氏社倉記、陸游吴氏書樓記等記述詩文。

跋六一居士集古録跋尾

始予得此本，刻畫精緻，如見真筆。會有使入蜀，以寄張季長〔一〕。及再得之，纔相距數年，訛闕已多，知古人欲傳遠者，必托之金石，有以也夫！嘉泰甲子六月二十二日，笠澤陸某謹識。

【題解】六一居士，歐陽修晚年自號。六一居士傳：「客有問曰：『六一何謂也？』居士曰：『吾家藏書一萬卷，集録三代以來金石遺文一千卷，有琴一張，有棋一局，而常置酒一壺。』客曰：『是爲五一爾，奈何？』居士曰：『以吾一翁，老於此五物之間，是豈不爲六一乎？』〔二〕集古録跋尾，歐陽修爲家藏金石碑刻拓本所作題跋的彙集，共四百餘篇。本文爲陸游爲歐陽修集古録跋尾所作的跋文，感慨版本流傳中的訛闕現象。

本文據文末自署，作於嘉泰四年（一二〇四，甲子）六月二十二日。時陸游致仕家居。

【箋注】

〔一〕張季長：即張縯，字季長。參見卷二七跋陝西印章注〔三〕。

跋林和靖詩集

和靖人物文章，初不賴東坡公以爲重，況黄、秦哉〔一〕！若李端叔者〔二〕，尤不足録。讀竟使人浩歎〔三〕，書之所以慰和靖於泉下也。嘉泰甲子六月二十四日，放翁識。

【題解】林和靖詩集，林逋詩集。林逋字君復，人稱和靖先生。直齋書録解題卷二十著録和靖集三卷，并稱「梅聖俞爲之序」。宋史藝文志著録和靖詩集七卷，又詩一卷。梅序稱：「天聖中，聞錢塘西湖之上有林君，嶄嶄有聲，若高峰瀑泉，望之可愛，即之愈清，挹之甘潔而不厭也。是時，予因適會稽還，訪於雪中。其談道，孔、孟也；其語近世之文，韓、李也。其順物玩情爲之詩，則平淡邃美，詠之令人忘百事也。其辭主乎静正，不主乎刺譏，然後知其趣尚博遠，寄適於詩爾。」本文爲陸游爲林和靖詩集所作的跋文，肯定林逋之詩自成一家，不賴他人以爲重。

本文據文末自署，作於嘉泰四年（一二〇四，甲子）六月二十四日。時陸游致仕家居。

【箋注】

〔一〕黄、秦：指黄庭堅、秦觀。

〔二〕李端叔：即李之儀（一〇三八—一一一七），字端叔，號姑溪居士，滄州無棣（今山東無棣）人。治平進士。歷樞密院編修官、通判原州。與蘇軾、黄庭堅、秦觀等交遊甚密。元符中監内香藥庫。徽宗初提舉河南常平，得罪蔡京編管太平州，徙唐州。宋史卷三四四有傳。

〔三〕浩歎：長歎，大聲歎息。王勃益州夫子廟碑：「命歸齊去魯，發浩歎於衰周。」

跋米元暉書先左丞海岱樓詩

右，米侍郎元暉書先大父題海岱樓詩一首。春秋公羊傳曰：「山川有能潤於百里者，天子秩而祭之。觸石而出，膚寸而合，不崇朝而遍雨乎天下者，惟泰山爾〔一〕。」故大父〔二〕云：「起爲霖雨從膚寸。」蓋言遍雨天下之澤，自膚寸而始也。米所書，誤以「從」爲「成」，遂失本意，可爲太息。嘉泰四年秋八月壬寅，山陰陸某書於三山老學庵。

【題解】

米元暉，即米友仁，字元暉，米芾之子。參見卷二九跋米老畫注〔一〕。先左丞，即陸游祖父陸佃。海岱樓，在今江蘇漣水，是唐宋時著名的望海樓，文人多有登臨賦詠之作。陸佃題海岱樓詩今不存。本文爲陸游爲米友仁書陸佃題海岱樓詩所作的跋文，指出詩句出典和米書舛誤。

本文據文末自署，作於嘉泰四年（一二〇四）八月壬寅（十二）日。時陸游致仕家居。

【箋注】

〔一〕「山川」六句：見公羊傳僖公三十一年。言天子祭祀泰山，一朝間遍雨天下，潤於百里。秩，按次序。觸石而出膚寸而合，指雲氣在峰巒中逐漸升騰，水氣在極小的距離集合。膚寸，一指寬爲寸，四指寬爲膚。何休注：「側手爲膚，案指爲寸。」崇朝，一個早上。崇，通「終」。

〔二〕大父：祖父，即陸佃。

跋蘇丞相手澤

某之先大父左丞〔一〕，平生所尊事願學者，惟丞相魏公。每爲門生言，國朝輔相，德量巋然，莫如魏公與王文貞公旦〔二〕，所謂築太平之基，壽宗社之脉，養天下之氣者。他相雖賢，莫敢望。觀此奏稿，可概見也。嘉泰四年秋八月丙辰，山陰陸某謹識。

【題解】

蘇丞相，即蘇頌，字子容，世稱蘇魏公。元祐七年拜相。參見卷二七跋蘇魏公百韻詩題解。手澤，用以指前輩的遺墨。本文爲陸游爲蘇頌遺墨所作的跋文，轉述陸佃之語，稱頌蘇頌和王旦德量巋然，爲輔相之冠。

本文據文末自署，作於嘉泰四年（一二〇四）八月丙辰（二十六）日。時陸游致仕家居。

【箋注】

〔一〕先大父左丞：即陸游祖父陸佃。

〔二〕德量：道德涵養和氣量。世説新語雅量「顧看簡文，穆然清恬」，劉孝標注：「帝舉止自若，音顔無變，温每以此稱其德量。」王文貞公旦：即王旦（九五七—一〇一七），字子明，大名莘縣（今屬山東）人。太平興國進士。以著作佐郎預修文苑英華，遷知制誥。真宗時擢翰林學士兼知審官院，咸平間參知政事。景德三年拜相，知人善任，提拔厚重之士。天禧元年以疾罷相。卒謚文正。宋史卷二八二有傳。

跋韓幹馬

大駕南幸〔一〕，將八十年，秦兵洮馬〔二〕，不復可見，志士所共歎也。觀此畫，使人作關輔河渭之夢〔三〕，殆欲霣涕矣。嘉泰甲子十月二十一日，山陰陸某書。

【題解】

韓幹，唐代畫家，京兆藍田（今屬陝西）人。出身貧賤，受王維賞識，資助學畫，學成後召爲宫廷畫師。初師曹霸，後自成家。官至太府寺丞。善畫人物畫像，尤善畫馬，重視寫生。杜甫畫馬贊：「韓幹畫馬，筆端有神，驊騮老大，腰褭清新。」本文爲陸游爲韓幹畫馬所作的跋文，聯想到北國兵馬，抒寫了故國淪落、志士歎息的情感。

本文據文末自署，作於嘉泰四年（一二〇四，甲子）十月二十一日。時陸游致仕家居。

【箋注】

〔一〕大駕南幸：指宋高宗南渡建立南宋。

〔二〕秦兵洮馬：秦國之兵，臨洮之馬。泛指北方驍勇良馬。臨洮，今甘肅定西。

〔三〕關輔河渭：泛指北方淪陷區。關輔，關中及三輔地區。文選鮑照升天行「家世宅關輔，勝帶宦王城」，李善注：「關，關中也。漢書曰：『右扶風，左馮翊，京兆尹，是謂三輔。』」河渭，黄河、渭水之間地區。

跋義松

黄子邁之爲蓮城〔一〕，以最聞〔二〕。予以相距遠，不能知其詳。然草木無知，造物無心，太平無象，其所感猶如此，則是邑之民，其有以不友不敬至庭造獄者乎〔三〕？予將求諸邑人而紀之，未暇也。嘉泰甲子歲十一月甲子，山陰陸某書。

【題解】

義松，指爲蓮城縣圃之連理松所作之義松圖。袁燮秘閣修撰黄公行狀：「縣圃有松，老而連理，公名之曰義松。取先太史（黄庭堅）翊真觀義松之作，圖而刻之。」（絜齋集卷十四）本文爲陸游爲黄犖義松圖所作的跋文，以義松象徵黄犖在蓮城的治績。

本文據文末自署，作於嘉泰四年（一二〇四，甲子）十一月甲子（初六）日。時陸游致仕家居。

【箋注】

〔一〕黄子邁：即黄犖（一一五一—一二一一），字子邁。先世居婺州金華，後遷居分寧（今江西修水）。黄庭堅從孫。以恩蔭入仕，任吉州龍泉簿，調汀州蓮城令。知湖州歸安，遷大宗正丞，歷大理正、吏部郎中、太府少卿等，除兩浙轉運判官、淮南轉運副使兼提刑，加祕閣修撰。以善政聞，好法書、名畫，家富藏書。詩歌、書法祖述黃山谷，而自出新意。時稱「外氏以當世聞，耳目所接，典型猶在，清標勝韻，自然逸群，讀書往往成誦，落筆無世俗態」（祕閣修撰黃公行狀）。　蓮城：今福建連城。

〔二〕以最聞：以政績考核列上等而聞名。古代考核政績以「殿」爲下等，以「最」爲上等，合稱殿最。漢書宣帝紀：「其令郡國歲上繫囚以掠笞若瘐死者所坐名、縣、爵、里，丞相御史課殿最以聞。」顏師古注：「凡言殿最者，殿，後也，課居後也；最，凡要之首也，課居先也。」

〔三〕造獄：興訟，挑起訴訟。

跋林和靖帖

祥符、天禧間〔一〕，士之風節文學名天下者〔二〕，陝郊魏仲先、錢塘林君復〔三〕，二人又皆工於詩。方是時，天子修封禪〔四〕，告太平，有二人在，天下麟鳳芝草不足言矣〔五〕。君復書法又自高勝絶人〔六〕，予每見之，方病，不藥而愈；方飢，不食而飽。忽得觀上竺廣慧法師所藏二帖〔七〕，不覺起敬立。法師能捐一石，刻之山中，使吾輩皆得墨本，以刮目散懷〔八〕，亦一奇事也。嘉泰甲子歲十二月丁卯，山陰陸某務觀書。

【題解】

林和靖，即林逋，字君復，人稱和靖先生。本文爲陸游爲廣慧法師所藏林逋書帖所作的跋文，稱賞林逋書法高勝絶人及廣慧法師捐石刻帖之舉。

本文據文末自署，作於嘉泰四年（一二〇四，甲子）十二月丁卯（初九）日。時陸游致仕家居。

【箋注】

〔一〕祥符、天禧：即大中祥符和天禧，宋真宗年號。分别爲一〇〇八至一〇一六年和一〇一七至一〇二一年。

〔二〕風節：風骨節操。三國志王淩毌丘儉等傳論：「王淩風節格尚，毌丘儉才識拔幹。」

〔三〕陝郊魏仲先：即魏野，陝州人。參見卷二八跋魏先生草堂集題解。

〔四〕天子修封禪：指大中祥符元年，宋真宗封禪泰山。

〔五〕麟鳳芝草：麒麟、鳳凰、靈芝。均用以比喻才智出衆者。

〔六〕高勝：高明優異。南齊書周顒傳：「年少見長安耆老，多云關中高勝乃舊有此義。」

〔七〕上竺：杭州上天竺寺。廣慧法師：上天竺寺住持。嘉泰二年曾在寺中建復庵，陸游爲之作記。參見卷二十上天竺復庵記。

〔八〕刮目：指集中注意力。新唐書張廷珪傳：「華夷百姓清耳以聽，刮目以視，冀有聞見。」散懷：抒發情懷。孫綽游天台山賦序：「方解纓絡，永托兹嶺，不任吟想之至，聊奮藻以散懷。」

跋東坡集

此本藏之三十年矣，嘉泰甲子歲十二月，遺燼幾焚之〔一〕，予緝成編，比舊本差狹小，乃可愛，遂目之曰「焦尾本」云〔二〕。十四日，山陰陸某書。

【題解】

本文爲陸游爲家藏東坡集所作的跋文，記其遭焚并戲稱爲「焦尾本」之經過。

本文據文末自署，作於嘉泰四年（一二〇四，甲子）十二月十四日。時陸游致仕家居。

【箋注】

〔一〕遺燼：燃燒後所留灰燼。

〔二〕焦尾本：焦尾原指燒焦桐木裁成的琴，此借以戲稱燒過的書本。後漢書蔡邕傳：「吴人有燒桐以爨者，邕聞火烈之聲，知其良木，因請而裁爲琴，果有美音，而其尾猶焦，故時人名曰『焦尾琴』焉。」

跋陶靖節文集

張縯季長學士自遂寧寄此集來〔一〕，道中失調護〔二〕，前後皆有壞處，遂去之，而存其偶全者。末有年譜辨正，别緝爲編云。開禧元年正月四日，務觀書。

【題解】

陶靖節，即陶淵明，卒後私謚靖節，世稱靖節先生。本文爲陸游爲張縯所寄陶淵明文集所作的跋文，記録其途中受損及修復過程。

本文據文末自署，作於開禧元年（一二〇五）正月四日。時陸游致仕家居。

【箋注】

〔一〕張縯季長：張縯字季長。參見卷二七跋陝西印章注〔三〕。遂寧：位於四川中部，宋改遂州爲遂寧府。

〔二〕調護：調整保護。

跋三近齋餘録

右，外兄元城王正夫所作〔一〕。正夫名從，元豐中書舍人震字子發之子，仕至上饒守云〔二〕。開禧改元正月庚申，務觀識。

【題解】

三近齋餘録，王從所撰文集。宋史藝文志著録五卷。王從爲王旦五世孫，王震之子。楊萬里三近齋餘録序稱：「其子高安使君淹，詮次其詩文凡四百八十餘篇，正夫自題曰三近齋餘録者，作書寄示予，求序其首，予不得辭。正夫諱從，其官簿嘗歷弋陽主簿、福州司理參軍、知麗水縣、幹辦諸糧料院、倅臨安、添倅天台、知信州、主管建寧府武夷山沖佑觀。年六十，終官朝散郎。」（誠齋集卷八四）本文爲陸游爲三近齋餘録所作的跋文，簡介著者王從。

本文據文末自署，作於開禧元年（一二〇五）正月庚申（初二）日。時陸游致仕家居。

【箋注】

〔一〕外兄：表兄。元城：縣名，屬大名府。

〔二〕震字子發：王震，賜及第。元豐中歷任起居舍人、中書舍人。元祐初遷給事中，知蔡州，歷五郡。復爲給事中，權吏部尚書，拜龍圖閣直學士、知開封府。坐罪知岳州，卒。宋史卷三二〇有傳。上饒守：即知信州。

跋望江𦾔君集

徐常侍鼎臣送望江張明府詩云〔一〕：「無使千年後，空傳𦾔令名。」則𦾔令之名，在唐著矣。開禧改元歲乙丑二月二十七日，山陰陸務觀書，時年八十有一。

【題解】

望江麴君集，唐代望江縣令麴信陵之文集。望江，縣名，屬淮南西路安慶軍，今安徽安慶。麴君，名信陵，貞元元年進士，六年爲望江縣令，有仁政，但聲名不傳。事迹見洪邁容齋五筆卷七書麴信陵事：「夜讀白樂天秦中吟十詩，其立碑篇云：『我聞望江縣，麴令撫惸嫠。（麴，名信陵）在官有仁政，名不聞京師。身殁欲歸葬，百姓遮路歧。攀轅不得去，留葬此江湄。至今道其名，男女涕皆垂。無人立碑碣，唯有邑人知。』予因憶少年寓無錫時，從錢伸仲大夫借書，正得信陵遺集，財有詩三十三首，祈雨文三首。信陵以貞元元年鮑防下及第，爲四人，以六年作望江令。讀其投石祝江文云：『必也私欲之求，行於邑里；慘黷之政，施於黎元。令長之罪也，神得而誅之，豈可移於人以害其歲？』詳味此言，其爲政無愧於神天可見矣。至大中十一年，寄客鄉貢進士姚輦，以其文示縣令蕭縝，縝輟俸買石刊之。樂天十詩，作於貞元、元和之際，距其亡十五年耳，而名已不傳。新唐藝文志但記詩一卷，略無它說。非樂天之詩，幾於與草木俱腐。乾道二年，歷陽陸同爲望江令，得其詩於汝陰，王廉清爲刊板而致之郡庫，但無祈雨文也。」本文爲陸游爲麴信陵文集所作的跋文，引徐鉉詩證明麴令在唐代著名。

本文據文末自署，作於開禧元年（一二〇五）二月二十七日。時陸游致仕家居。

【箋注】

〔一〕徐常侍鼎臣：即徐鉉（九一七—九九二），字鼎臣，廣陵（今江蘇揚州）人。與弟徐鍇並稱「二徐」。仕南唐，歷知制誥、中書舍人、翰林學士、吏部尚書等。降宋後爲太子率更令、直學士院，歷給事中、散騎常侍，貶靜難行軍司馬，卒。善詩文，精文字學，參與校訂説文解字。宋史卷四四一有傳。張明府：爲誰不詳。明府，唐宋時常用以專稱縣令。

跋吴越備史

錢氏諱佐〔一〕，故以「左」爲「上」，凡官名「左」字者，悉改爲「上」。此書所謂「上右」者，乃「左右」也。

又

吴越在五代及宋興，最爲安樂少事，然廢立誅殺猶如此。方斯時，吾家先世守農桑之業於魯墟、梅市之間〔二〕，無一人仕於其國者，真保家之法也。開禧乙丑九月四日，山陰陸某書於三山書巢。

【題解】

吴越備史，記載吴越國錢鏐以下累世事迹的史書。直齋書録解題卷五著録吴越備史九卷，并載：「吴越掌書記范坰、巡官林禹撰。按中興書目，其初十二卷，盡開寶三年，後又增三卷，至雍熙四年。今書止石晉開運，比初本尚闕三卷。」本文爲陸游爲吴越備史所作的跋文，凡二首，指出書中避諱用法，及陸氏先世在當時的保家之法。

本文據文末自署，作於開禧元年（一二〇五，乙丑）九月四日。時陸游致仕家居。

【箋注】

〔一〕錢氏諱佐：吴越國忠獻王錢佐（九二八—九四七），原名錢弘佐，字玄祐，文穆王錢元瓘第六子。九四一年至九四七年在位。

〔二〕「吾家先世」句：宋山陰陸氏重修宗譜序：「我山陰陸氏則出侍郎支唐宰相忠宣公之後，當五代時，錢氏割據東南，自嘉禾徙居餘杭之磚街巷，聚族百口，以家世相唐，不仕。有陸仕璋者，錢之貴臣也，求通譜牒，博士誼拒不許，遂東渡錢塘，徙居山陰。厥孫忻，又贅居魯墟，即卜葬地於山陰之九里。山陰陸氏實始博士。」魯墟、梅市：嘉泰會稽志卷十一：「魯墟橋，在縣西北一十三里。南爲漕河，北抵水鄉，如三山、吉澤、南莊之屬。又北復爲漕河，漕河之北復爲水鄉，渺然抵海，謂之九水鄉，蓋大澤也。曾文清詩云：『談誇水鄉勝，謂不減吴松』，即此是也。」又：「梅市橋，在縣西北二十里。唐趙嘏贈山陰叟詩云：『住近梅橋市，嘗稱魯國人。』」

跋僧帖

方外之士，發揚其先德，累世不懈，吾輩亦可少愧矣。開禧乙丑九月五日，陸某書贈觀師。余年八十一，識其家四世矣，安得不爲陳人乎〔一〕？因以寓歎。

【題解】

僧帖，陸游書贈鄉僧觀師的書帖。陸游與其家相識四世。本文爲陸游爲書贈觀師書帖所作的跋文，記録其與觀師的交情。

本文據文中自署，作於開禧元年（一二〇五，乙丑）九月五日。時陸游致仕家居。

【箋注】

〔一〕陳人：指老朽。莊子寓言：「人而無以先人，無人道也；人而無人道，是之謂陳人。」郭象注：「陳久之人。」

跋卿師帖

本朝小楷，至宋宣獻後，僅有道士陳碧虛一人〔一〕。今見吾里中前輩卿師所書，則蕭散小不逮碧虛〔二〕，而法度森嚴無愧者，亦名筆也。後人善藏之。開禧元年乙丑歲九月丁亥，山陰陸某務觀題，時年八十有一。

【題解】

卿師帖，陸游鄉里前輩卿師的書帖。本文爲陸游爲卿師書帖所作的跋文，贊賞其小楷爲「名筆」。

本文據文末自署，作於開禧元年（一二〇五）九月丁亥（初四）日。時陸游致仕家居。

【箋注】

〔一〕宋宣獻：即宋綬，字公垂。參見卷二六跋蔡君謨帖注〔一〕。陳碧虛，即陳景元（一〇二四—一〇九四），字太初，自號碧虛子，建昌軍南城人。宋代道士。宋真宗召對天章閣，賜號真人。乞歸廬山，行李百擔皆經史，讀書至老不倦，詩書畫皆可喜。事迹見宣和畫譜。

〔二〕蕭散：瀟灑不拘束。

跋松陵倡和集

皮襲美當唐末遁於吴越[一]，死焉。有子光業爲吴越相[二]，子孫業文，不墜家聲。至襲美四世孫公弼，以進士起家，仕慶曆、嘉祐間，爲韓魏公所知[三]，雖不甚貴顯，亦當世名士也。方吴越時，中原隔絶，乃有妄人造謗，以謂襲美隳節於巢賊[四]，爲其翰林學士。新唐書喜取小説，亦載之，豈有是哉[五]！比唐書成時，公弼已死，莫與辨者。可歎也！開禧元年九月十四日，山陰陸某務觀書於松陵倡和集之後。

【題解】

松陵倡和集，晚唐皮日休和陸龜蒙酬唱合集。直齋書録解題卷十五著録松陵集十卷，并載：「唐皮日休、陸龜蒙吴淞倡和詩也。」本文爲陸游爲松陵倡和集所作的跋文，記録皮日休子孫仕履，感歎其遭謗而莫辨。

本文據文末自署，作於開禧元年（一二〇五）九月十四日。時陸游致仕家居。

【箋注】

〔一〕皮襲美：即皮日休，字襲美，襄陽人。早年隱於鹿門山，咸通八年（八六七）舉進士，十年爲蘇州刺史從事。後入爲著作佐郎、太常博士，出爲毗陵副使。或稱其乾符五年（八七八）入黄巢軍，爲翰林學士，後下落不明。事迹見北夢瑣言卷二、唐才子傳卷八。

〔二〕光業：即皮光業，字文通。皮日休之子。吴越武肅王錢鏐辟爲幕府，曾任浙西節度推官。後奉使後梁，被賜進士及第。吴越建國，拜丞相。卒年六十七，謚貞敬。十國春秋卷八六有傳。

〔三〕公弼：即皮公弼（？—一〇七九），皮日休四世孫。英宗治平元年知東明縣，權發遣度支判官。曾爲司馬光所參。累遷陝西轉運使、江淮發運使，官至直昭文館、都轉運使。事迹見宋詩紀事補遺卷十八。

〔四〕隳節：失節。巢賊：對黄巢起義軍的蔑稱。韓魏公：即韓琦。

〔五〕豈有是哉：老學庵筆記卷十：「該聞録言：『皮日休陷黄巢爲翰林學士，巢敗被誅。』今唐書取其事。按：尹師魯作大理寺丞皮子良墓誌，稱：『曾祖日休，避廣明之難，徙籍會稽，依錢氏，官太常博士，贈禮部尚書。祖光業，爲吴越丞相。父璨，爲元帥府判官。三世皆以文雄江東。』據此，則日休未嘗陷賊爲其翰林學士被誅也。光業見吴越備史頗詳。孫仲容在仁廟時，仕亦通顯，乃知小説謬妄，無所不有。師魯文章傳世，且剛直有守，非欺後世者，可信不疑也。故予表而出之，爲襲美雪謗於泉下。」

跋潛虚

學者必通易，乃能以其緒餘通玄〔一〕；玄既通矣，又以其餘及虚，非可以一旦驟得也。劉君談虛如此〔二〕，則其於易與玄可知矣。司馬丞相乃謂已學不足知易，故先致力於玄，蓋謙云耳。開禧乙丑十一月十八日，笠澤陸某書。

【題解】

潛虛，司馬光仿揚雄太玄所撰哲學著作。全書以「虛」爲萬物本原，稱「萬物皆祖於虛，生於氣，氣以成體，體以受性，性以辨名，名以立行，行以俟命」。潛虛有探索隱秘本原之意。郡齋讀書志卷十著録司馬光潛虛一卷，并載：「光擬太玄撰此書，以五行爲本。五行相乘爲二十五，兩之得五十。首有氣、體、性、名、行、變、解七圖。然其辭有闕者，蓋未成也。其手寫稿草一通，今在子建侄房。」直齋書録解題卷九著録司馬光潛虛一卷，并載：「言萬物皆祖於虛，玄以準易，虛以準玄。」本文爲陸游爲潛虛所作的跋文，轉述劉君關於易、玄、虛三者的觀點，贊揚司馬光之謙遜。

本文據文末自署，作於開禧元年（一二〇五，乙丑）十一月十八日。時陸游致仕家居。

【箋注】

〔一〕緒餘：蠶繭經抽絲後所留殘絲。借指事物主體之外所剩餘者。莊子讓王：「道之真以治身，其緒餘以爲國家，其土苴以治天下。」

〔二〕劉君：爲誰不詳。以上當爲劉君觀點。

跋呂成叔和東坡尖叉韻雪詩

古詩有倡有和①，有雜擬、追和之類，而無和韻者〔一〕。唐始有之，而不盡同。有用韻者，謂同用此韻耳。後乃有依韻者，謂如首倡之韻，然不以次也。最後始有次韻，則一皆如其韻之次〔二〕。自元、白至皮、陸〔三〕，此體乃成，天下靡然從之。今蘇文忠集中有雪詩〔四〕，用「尖」、「叉」二韻。王文公集中又有次蘇韻詩〔五〕。議者謂非二公莫能爲也。通判澧州呂文之成叔，乃頓和百篇，字字工妙，無牽强湊泊之病〔六〕。成叔詩成後四十餘年，其子柭乃以示予〔七〕。予固好詩者，然讀書有限，用力尠薄〔八〕，觀此集，有愧而已。乃書集後，而歸其本呂氏。開禧元年乙丑十一月丙申，笠澤陸某務觀書。

【題解】

呂成叔，即呂文之，字成叔，宣州旌德（今屬安徽）人。呂柭之父。曾任澧州通判。東坡尖叉韻雪詩，熙寧七年，蘇軾知密州，恰逢寒冬大雪，因賦雪後書北臺壁二首，末字分別用「尖」、「叉」二字。韻部中「尖」屬「十四鹽」，「叉」屬「六麻」，都是包含韻字不多且常用字極少的所謂「險韻」。

隨後，蘇轍作有次韻東坡賦雪二首，王安石作有讀眉山集次韻雪詩等六首，蘇軾又作謝人見和前篇二首，一時形成唱和。後來，吕文之和詩更達百篇之多。四十餘年後，其子吕栻以示陸游。本文爲陸游爲吕文之所和東坡雪詩所作的跋文，闡述古詩倡和的沿革，首次揭櫫「尖叉韻」的概念，稱道吕氏和詩「字字工妙，無牽强湊泊之病」。

本文據文末自署，作於開禧元年（一二〇五）十一月丙申日。時陸游致仕家居。

【校記】

①「古」，原作「右」，據汲古閣本改。

【箋注】

〔一〕有倡有和：一人首唱，他人相和，互相酬答。禮記樂記：「倡和清濁。」孔穎達疏：「先發聲者爲倡，後應聲者爲和。」　雜擬：類比前人作品寫詩。文選詩雜擬劉良注：「雜，謂非一類。擬，比也，比古志以明今情。」　追和：後人和前人之詩。蘇軾和陶歸去來兮辭序：「子瞻謫居昌化，追和淵明歸去來辭。」　和韻：依照別人詩作的原韻作詩。張表臣珊瑚鉤詩話卷一：「前人作詩，未始和韻。自唐白樂天爲杭州刺史，元微之爲浙東觀察，往來置郵筒倡和，始依韻，而多至千言，少或百數十言，篇章甚富。」

〔二〕用韻：指以原詩韻脚爲韻脚，而不按其次序。　依韻：指以他人詩歌韻部作詩，韻脚用字須同韻而不必同字。　次韻：指依次用所和詩中的韻作詩。也稱步韻。劉攽中山詩話：

「唐詩賡和，有次韻（先後無易）、有依韻（同在一韻）、有用韻（用彼韻不必次），吏部和皇甫陸渾山火是也。今人多不曉。」

〔三〕元、白：即元稹、白居易。皮、陸：即皮日休、陸龜蒙。

〔四〕蘇文忠：即蘇軾。

〔五〕王文公：即王安石。謚號文。

〔六〕湊泊：湊合，拼湊。

〔七〕其子栻：即呂栻，字夢祥。知無爲州。

〔八〕尠薄：鮮薄，稀少。

跋花間集 二

花間集皆唐末五代時人作。方斯時，天下岌岌〔一〕，生民救死不暇，士大夫乃流宕如此〔二〕，可歎也哉！或者亦出於無聊故耶？笠澤翁書。

又

唐自大中後〔三〕，詩家日趣淺薄。其間傑出者，亦不復有前輩閎妙渾厚之作。久而自厭，然梏於俗尚〔四〕，不能拔出。會有倚聲作詞者，本欲酒間易曉，頗擺落故態，適與六朝跌宕意氣差近〔五〕，此集所載是也。故歷唐季五代，詩愈卑，而倚聲者輒簡古可愛〔六〕。蓋天寶以後，詩人常恨文不逮〔七〕。大中以後，詩衰而倚聲作，使諸人以其所長格力施於所短〔八〕，則後世孰得而議？筆墨馳騁則一，能此不能彼，未易以理推也。開禧元年十二月乙卯，務觀東籬書。

【題解】

花間集，後蜀趙崇祚所編詞集。直齋書録解題卷二一著録花間集十卷，并載：「蜀歐陽炯作序，稱衛尉少卿字宏基者所集，未詳何人。其詞自温飛卿而下十八人，凡五百首。此近世倚聲填詞之祖也。詩至晚唐五季，氣格卑陋，千人一律，而長短句獨精巧高麗，後世莫及，此事之不可曉者，放翁陸務觀之言云爾。」本文爲陸游爲花間集所作的跋文，凡二首，闡述詞體興起的背景。

本文據文末自署，作於開禧元年（一二〇五）十二月乙卯（初三）日。時陸游致仕家居。

【箋注】

〔一〕岌岌：危急貌。孟子萬章上：「天下殆哉岌岌乎？」

〔二〕流宕：放蕩，不受拘束。後漢書方術傳序：「意者多迷其統，取遺頗偏，甚有雖流宕過誕亦失也。」

〔三〕大中：唐宣宗年號，八四七至八五九年。

〔四〕梏：拘束兩手的刑具。指束縛。俗尚：世俗風尚。韓愈與馮宿論文書：「然閔其棄俗尚而從於寂寞之道，以之争名於時也。」

〔五〕跌宕：亦作跌蕩。放蕩不羈。後漢書孔融傳：「又前與白衣禰衡跌蕩放言。」李賢注：「跌蕩，無儀檢也。」

〔六〕簡古：簡樸古雅。韓愈王公神道碑銘：「翔于郎署，騫于禁密，發帝之令，簡古而蔚。」

〔七〕不迨：不及。新唐書李晟傳：「常竭嘉言，以匡不迨，情所親重，義無間然。」

〔八〕格力：詩文的格調氣勢。元稹上令狐相公詩啓：「然以爲律體卑痹，格力不揚，苟無姿態，則陷流俗。」

跋韓晉公子母犢

予平生見三尢物〔一〕：王公明家韓幹散馬〔二〕、吴子副家薛稷小鶴及此子母牛是也〔三〕。不知未死間，尚復眼中有此奇偉否？開禧二年四月甲子，陸務觀老學庵北窗書。

【題解】

韓晉公，即韓滉，唐代畫家。參見卷二九跋韓晉公牛題解。子母犢，韓滉所畫牛犢和母牛，今不存。本文爲陸游爲韓滉畫子母牛圖所作的跋文，記録平生所見繪畫「三尤物」。

本文據文末自署，作於開禧二年（一二〇六）四月甲子（十三）日。時陸游致仕家居。

【箋注】

〔一〕尤物：珍奇之物。晉書江統傳：「高世之主，不尚尤物。」

〔二〕王公明：即王炎，字公明。參見卷八謝王宣撫啓題解。韓幹：唐代畫家。參見本卷跋韓幹馬題解。

〔三〕吴子副：即吴則禮（？—一一二一），字子副，號北湖居士，興國永興（今湖北陽新）人。以蔭入仕。元符元年爲衛尉寺主簿。崇寧中官至直祕閣、知虢州。三年，編管荆南。晚居江西豫章。薛稷（六四九—七一三）：字嗣通，蒲州汾陰（今山西萬榮）人。武則天時舉進士，累遷禮部郎中、中書舍人、諫議大夫、昭文館學士。睿宗時爲太常少卿，遷中書侍郎，轉工部、禮部尚書，封晉國公。玄宗時獲罪賜死。善書畫，行書、楷書并入能品。擅長花鳥、人物及雜畫，尤以畫鶴最爲精妙。舊唐書卷七三有傳。

跋韓立道所藏蘭亭序

觀此本蘭亭，如見大勳業巨公於未央庭中〔一〕，大冠若箕，長劍拄頤〔二〕，風采凜凜，雖單于不覺自失，況餘子有不汗洽股栗者哉〔三〕？開禧丙寅歲四月十有三日，陸某年八十二。

【題解】

韓立道，即韓茂卿，字立道。慶元中曾任提舉茶鹽。參見劍南詩稿卷三四題韓運鹽竹隱堂自注。嘉泰初曾任浙東安撫司幹辦公事，與修會稽志。參見卷十四會稽志序。本文爲陸游爲韓茂卿所藏蘭亭序帖所作的跋文，描繪自己觀賞時誠惶誠恐的感受。

本文據文末自署，作於開禧二年（一二〇六，丙寅）四月十三日。時陸游致仕家居。

參見劍南詩稿卷六六送韓立道守池州。

【箋注】

〔一〕未央：漢代宮殿名，在長安西南。漢高帝七年建，常爲朝見之處。新莽末毁。三輔黄圖漢宮：「未央宮，周回二十八里，前殿東西五十丈，深五十丈，高三十五丈。」

〔二〕「大冠」二句：冠如簸箕，劍頂面頰。形容冠大劍長。戰國策齊策：「齊嬰兒謡曰：『大冠若箕，修劍拄頤，攻狄不能，下壘枯丘。』」

〔三〕汗洽股栗：汗流浹背，大腿發抖。形容恐懼。

跋龔氏金花帖子

右，龔氏家藏其先世金花帖子。嘉泰中，陳翰林考質史諜〔一〕，以爲先書姓名散報，始於端拱中宋太素尚書知貢舉時〔二〕。自建隆至端拱，取士已久，始克舉此故事。然予按宋公有追念策名時詩〔三〕，凡千言，略云：「吉音來碧落，帖子報紅牋。清夜驚神王，曨明到省前。風中宮漏盡，日出榜繩懸〔四〕。」宋公蓋建隆二年進士〔五〕，則國初已有前一夕報帖之事，唐制初未嘗廢。若曰五代草創，止用紅牋，至端拱初乃加金華如唐時，則亦細事耳，不得云始舉唐故事也。世必有知者，予復書此於後，以待博洽君子云〔六〕。開禧丙寅夏四月丙寅，山陰陸某書。

【題解】

龔氏爲誰不詳。金花帖子，唐宋以來科舉考試登第者的榜帖。洪邁容齋續筆金花帖子：「唐進士登科，有金花帖子……以素綾爲軸，貼以金花。」趙彥衛雲麓漫鈔卷二：「國初，循唐制，進士登第者，主文以黄花牋，長五寸許，闊半之，書其姓名，花押其下，護以大帖，又書姓名於帖面，而謂之牓帖，當時稱爲金花帖子。」本文爲陸游爲龔氏家藏金花帖子所作的跋文，考證宋初使用金花帖子的情形。

本文據文末自署，作於開禧二年（一二〇六，丙寅）四月丙寅（十五）日。時陸游致仕家居。

【箋注】

〔一〕陳翰林：名字不詳。考質：咨詢質疑。曾鞏侍讀制：「蓋用儒學之臣入閣侍讀，所以考質疑義，非專誦習而已。」史諜：即史牒。史册。

〔二〕端拱：宋太宗年號，九八八至九八九年。宋太素：即宋白（九三六—一〇一二），字太素，大名（今屬河北）人。建隆進士。歷著作佐郎、左拾遺、中書舍人、史館修撰、翰林學士，與李昉纂修文苑英華。從太平興國中至端拱初三典貢舉。拜禮部侍郎，修國史，兼秘書監。真宗時改吏部侍郎，拜刑部尚書。宋史卷四三九有傳。

〔三〕策名：指科舉及第。

〔四〕碧落：天空，青天。神王：指精神旺盛。曨明：天朦朦亮。宫漏：宫中用銅壺滴漏計時。

〔五〕建隆：宋太祖年號，九六〇至九六三年。

〔六〕博洽：指學識廣博。文子下德：「覆露皆道，博洽而無私。」

跋曾文清公奏議稿

紹興末，賊亮入塞〔一〕，時茶山先生居會稽禹迹精舍〔二〕，某自敕局罷歸〔三〕，略無三日不進見，見必聞憂國之言。先生時年過七十，聚族百口，未嘗以爲憂，憂國而已。後四十七年，先生曾孫黯以當日疏稿示某〔四〕。於今某年過八十，仕忝近列〔五〕，又方王師討殘虜時〔六〕，乃不能以塵露求補山海〔七〕，真先生之罪人也。開禧二年歲在丙寅五月乙巳，門生山陰陸某謹書。

【題解】

曾文清公，即曾幾，自號茶山先生。陸游少時從其學詩，終生師事之。先生曾孫曾黯以其生前奏議稿示陸游。本文爲陸游爲曾幾奏議稿所作的跋文，追憶紹興末先生憂國情狀，表達自己愧對先生之情。

本文據文末自署，作於開禧二年（一二〇六）五月乙巳（二十五）日。時陸游致仕家居。

【箋注】

〔一〕「紹興末」三句：指紹興三十一年，金主完顏亮渡江南下，大舉攻宋。

〔二〕禹迹精舍：曾幾卜居會稽時居所，在禹迹寺東。嘉泰會稽志卷七：「大中禹迹寺，在府東南四里二百二十六步……紹興末，曾文清公卜居於越，得禹迹東偏空舍十許間居之。手種竹盈庭，日讀書賦詩其中。公平生清約，不營尺寸之産，所至寓僧舍，蕭然不蔽風雨，惟食奉祠之禄，假三兩老兵給使令，始終如一日。公詩有曰：『手自栽培千箇竹，身常枕藉一牀書。』蓋寓居時所賦也。」

〔三〕自敕局罷歸：陸游紹興三十年五月除敕令所删定官，次年冬，敕令所解散，陸游曾返里等候差遣。

〔四〕先生曾孫黯：即曾黯，字温伯。陸游曾爲其作曾温伯字序，并舉其自代。參見卷五除寶謨閣待制舉曾黯自代狀。

〔五〕近列：近臣的行列。時陸游以寶謨閣待制致仕。

〔六〕王師討殘虜：指開禧二年五月，宋寧宗下詔伐金，史稱「開禧北伐」。

〔七〕塵露：微塵滴露，比喻微小不足道。山海：比喻北伐大業。

跋曾文清公詩稿

河南文清公早以學術文章擅大名，爲一世龍門〔一〕。顧未嘗輕許可，某獨辱知〔二〕，無與比者。士之相知，古蓋如此。方西漢時，專門名家之師，衆至千餘人，然能自見於後世者寡矣。揚子惟一侯芭〔三〕，至今誦之。故識者謂千人不爲多，一人不爲少，某何足與乎此？讀公遺稿，不知衰涕之集也。開禧丙寅歲五月乙巳，門生笠澤陸某謹識。

【題解】

本文與上篇同時作，爲陸游爲曾幾詩稿所作的跋文，以揚雄弟子侯芭自比，慨歎受知先生，老淚交集。

本文據文末自署，作於開禧二年（一二〇六，丙寅）五月乙巳（二十五）日。時陸游致仕家居。

【箋注】

〔一〕龍門：此指衆望所歸者。

〔二〕輕許可：輕易允諾、贊許。　辱知：謙辭。指受人賞識、提拔。李漢昌黎先生集序：「門人隴西李漢，辱知最厚且親。」

〔三〕揚子惟一侯芭：揚雄只有一個相知的弟子侯芭。漢書揚雄傳：「雄以病免，復召爲大夫。家素貧，耆酒，人希至其門。時有好事者載酒肴從遊學，而巨鹿侯芭常從雄居，受其太玄、法言焉。劉歆亦嘗觀之，謂雄曰：『空自苦！今學者有禄利，然向不能明易，又如玄何？吾恐後人用覆醬瓿也。』雄笑而不應。年七十一，天鳳五年卒，侯芭爲起墳，喪之三年。」

跋魚計賦

某恭聞徽祖宣和末，將下罪己詔〔一〕，學士王孝迪當直〔二〕，不召，顧謂輔臣曰：「非小宇不能作〔三〕。」遂召肅愍公〔四〕。公初不在北門〔五〕，既至，辭以非職守，不許。遂授以聖意，下筆亹亹〔六〕，不數刻進御。今載在國史，與三代訓誥並驅，蓋千百年間詔令所未有也〔七〕。晚讀魚計堂賦，贍麗超軼如此〔八〕，則施之大手筆〔九〕，固宜絶人遠甚。某嘗見公遺像於友人趙恬家〔一〇〕，英氣如生，恨不得獨拜牀下，致欣慕之意。今得記所聞於賦後，亦幸矣。開禧二年六月己巳，笠澤老民陸某謹書。

【題解】

魚計賦，即魚計亭賦，文中稱魚計堂賦，宇文虚中所撰古賦。周必大跋魚計亭賦稱宇文虚中「（宣和四年）二月，爲滎陽趙公叡作魚計亭賦，引物連類，開闔古今，深得東坡、潁濱之筆勢。」（文忠集卷五十）辛棄疾哨遍序：「趙昌父之祖季思學士，退居鄭圃，有亭名魚計，宇文叔通爲作古賦。」魚計，典出莊子徐無鬼：「故無所甚親，無所甚疏，抱德煬和，以順天下，此謂真人。於蟻棄知，於魚得計，於羊棄意。以目視目，以耳聽耳，以心復心。若然者，其平也繩，其變也循。」本文爲陸游爲魚計亭賦所作的跋文，追述宇文虚中爲徽宗草罪己詔故事，表達對其欣慕之意。

本文據文末自署，作於開禧二年（一二〇六）六月己巳（十九）日。時陸游致仕家居。

【箋注】

〔一〕徽祖：即宋徽宗。　罪己詔：帝王引咎自責的詔書。

〔二〕王孝迪：壽州下蔡（今安徽鳳臺）人。宣和末爲翰林學士。靖康元年除中書侍郎。曾領犒金國金銀所，搜刮百姓財物。建炎三年奉使金國。事迹見三朝北盟會編。　當直：翰林學士承擔起草詔書之責。

〔三〕小宇：指宇文虛中。

〔四〕肅愍公：即宇文虛中（一〇七九—一一四六），初名黄中，徽宗爲其改名，字叔通，成都華陽人。大觀進士。政和五年入爲起居舍人、國史院編修官，遷中書舍人，爲徽宗起草罪己詔。官至資政殿大學士，歷仕徽宗、欽宗、高宗三朝。建炎二年應詔使金，被軟禁。仕金任職，陰結義士復宋，被告謀反被殺，全家百口同日遇害。淳熙間，贈開府儀同三司，謚肅愍。開禧初，賜後代姓趙氏。宋史卷三七一有傳。

〔五〕北門：指學士院。唐宋時學士院在禁中北門，故稱。

〔六〕亹亹：勤勉不倦貌。詩大雅崧高：「亹亹申伯，王纘之事。」

〔七〕「今載在」三句：續資治通鑑卷九五：（徽宗宣和七年十二月）「己未，下詔罪己，其略曰：『言路壅蔽，導諛日聞，恩幸持權，貪饕得志。搢紳賢能，陷於黨籍；政事興廢，拘於紀年。

賦斂竭生民之財，戍役困軍伍之力；多作無益，侈靡成風。利源酤榷已盡，而謀利者尚肆誅求；諸軍衣糧不時，而冗食者坐享富貴。災異譴見而朕不悟，衆庶怨懟而朕不知，追惟己愆，悔之何及！』」

〔八〕瞻麗超軼：富麗高超，不同凡俗。

〔九〕大手筆：此指罪己詔。

〔一〇〕趙恬：當爲宇文虛中後人，賜姓趙。

跋徐待制詩稿

予以乾道庚寅入蜀，幾十年而歸〔一〕。故人在朝者，惟許昌韓无咎〔二〕，握手道舊，因相與論當世知名士。无咎獨稱待制徐公，以爲文辭辨論，有貞元、元和間諸賢之遺風〔三〕。恨予不及識，因誦其詩句，信奇作也。後三十年，徐公之子植，以遺稿一編示予，屬以序引。予與待制雖出處不同時〔四〕，然嘗歎愛其筆墨，則亦願托名卷首。而待制之文阨於火，所餘財百之一，則序亦無自作，乃姑書此附於後。它日得全書，細繹其妙處而論載之〔五〕，尚未晚也。開禧二年六月某日，山陰陸某書。

【題解】

徐待制，名字不詳。淳熙五年，好友韓元吉曾向陸游稱道待制徐公。三十年後，徐公之子徐植以其父詩稿求序。本文爲陸游爲徐待制詩稿所作的跋文，追憶當年相聞始末，贊賞其詩句爲「奇作」。

本文據文末自署，作於開禧二年（一二〇六）六月某日。時陸游致仕家居。

【箋注】

〔一〕「予以」二句：陸游於乾道六年（一一七〇）入蜀，淳熙五年（一一七八）東歸。幾，幾近。

〔二〕許昌韓无咎：即韓元吉，字无咎。參見卷十四京口唱和序題解。

〔三〕貞元：唐德宗年號，七八五至八〇五年。元和：唐憲宗年號，八〇六至八二〇年。此時是韓、柳、元、白等中唐文人活躍的時代。

〔四〕出處：指出仕和隱退。蔡邕薦皇甫規表：「修身力行，忠亮闡著，出處抱義，皦然不汙。」

〔五〕細繹：仔細整理頭緒。論載：論説和記載。

跋周益公詩卷

紹興辛巳，予與益公相從於錢塘〔一〕，去題此詩時十一年〔二〕，予年三十七，益公少予一歲。後二年，相繼去國〔三〕，自是用捨分矣〔四〕。今益公捨我去〔五〕，所不知者，相距幾何時耳？開禧丙寅九月二十五日，山陰陸某謹識。

【題解】

周益公，即周必大，封益國公。參見卷十賀周參政啓題解。周益公詩卷，似爲其少年所書詩帖。本文爲陸游爲周必大詩帖所作的跋文，追憶二人交往，感慨老友逝去。

本文據文末自署，作於開禧二年（一二〇六，丙寅）九月二十五日。時陸游致仕家居。

參考卷四一祭周益公文。

【箋注】

〔一〕「紹興」二句：紹興三十一年（一一六一），陸游任敕令所删定官、大理司直，周必大任秘書省正字，二人寓所相連，時相過從。陸游有周洪道學士許折贈館中海棠以詩督之（劍南詩稿卷一），周必大有許陸務觀館中海棠未與而詩來次韻（省齋文稿卷二）。

〔二〕「去題」句：指詩卷題於此前十一年。

〔三〕「後二年」二句：隆興元年（一一六三），陸游通判鎮江府，夏去國返里；周必大因得罪權貴乞祠，主管台州崇道觀。

〔四〕用捨：指被任用或不被任用。蘇軾沁園春赴密州早行馬上寄子由詞序：「用舍由時，行藏在我，袖手何妨閒處看。」

〔五〕益公捨我去：周必大卒於嘉泰四年（一二〇四），年七十九。

跋樊川集

唐人詩文，近多刻本，亦多經校讎，惟牧之集誤繆特甚〔一〕。予每欲求諸本訂正，而未暇也。書以示子遹〔二〕，尚成吾意。開禧丙寅十一月二十七日，放翁書。

【題解】

樊川集，晚唐詩人杜牧的文集。直齋書録解題卷十六著録樊川集二十卷、外集一卷，并稱：「外集皆詩也。又在天台録得集外詩一卷，别見詩集類，未知是否。牧才高，俊邁不羈，其詩豪而艷，有氣概，非晚唐人所能及也。」本文爲陸游爲樊川集所作的跋文，指出杜牧文集刻本謬誤特甚，期望子遹訂正之。

本文據文末自署，作於開禧二年（一二〇六，丙寅）十一月二十七日。時陸游致仕家居。

【箋注】

〔一〕牧之：杜牧字牧之。　誤謬：即謬誤，差錯。

〔二〕子遹：陸游幼子。

跋周侍郎奏稿

某生於宣和末〔一〕，未能言，而先少師以畿右轉輸饟軍，留澤潞，家寓滎陽〔二〕。及先君坐御史徐秉哲論罷，南來壽春，復自淮徂江，間關兵間，歸山陰舊廬，則某少長矣〔三〕。一時賢公卿與先君游者，每言及高廟盗環之寇、乾陵斧柏之憂〔四〕，未嘗不相與流涕哀慟。雖設食，率不下咽引去。先君歸，亦不復食也。伏讀侍郎周公論事榜子〔五〕，猶想見當時忠臣烈士憂憤感激之餘風。於虖！建炎、紹興間，國勢危蹙如此〔六〕，而内平群盗，外捍强虜，卒能披草莽、立社稷者，諸賢之力爲多。某故具載之，以勵士大夫。儻人人知所勉，則北平燕趙，西復關輔〔七〕，實度内事也〔八〕。開禧丁卯歲正月丁亥，故史官陸某謹書。

【題解】

周侍郎，即周聿，濰州（一云青州）人。紹興間歷官比部員外郎、司農寺丞、大理少卿、刑部侍郎、户部侍郎、樞密都承旨，十六年卒於知鼎州任上。數奉使措置邊防，多有建白。（據于北山陸游年譜宣和七年注〔四〕）則周侍郎當是建炎、紹興間與陸游之父陸宰交遊的賢士之一。本文爲陸游爲周侍郎奏稿所作的跋文，追憶幼時家庭變遷及當時忠臣烈士憂憤感激之意氣、平盜捍虜之功績。

本文據文末自署，作於開禧三年（一二〇七，丁卯）正月丁亥（十一）日。時陸游致仕家居。

【箋注】

〔一〕「某生於」句：陸游出生於宣和七年十月十七日。

〔二〕先少師：指陸游之父陸宰。宣和七年任京西路轉運副使，負責畿右軍餉轉輸。澤潞：澤州（今山西晉城）和潞州（今山西長治），位於山西東南部。滎陽，今河南鄭州，位於河南中北部。

〔三〕徐秉哲：靖康元年歷任殿中侍御史、右正言、左司諫、右司諫、給事中、諫議大夫、御史中丞等諫官。（據靖康要録）論罷：遭彈劾落職。壽春：今安徽壽縣。自淮徂江：從淮河往長江。間關：輾轉。少長：稍長大。

〔四〕高廟盜環：漢文帝時高祖廟前玉環被盜。乾陵斧柏：唐高宗、武則天之乾陵柏樹被斫。參見卷十二賀周丞相啓注〔一四〕〔一五〕。

〔五〕榜子：即奏摺。孔平仲孔氏談苑：「唐人奏事非表非狀者，謂之榜子，亦曰録子，今謂之劄子。」

〔六〕危蹙：危迫。後漢書光武帝紀上：「盜賊日多，群生危蹙。」李賢注：「蹙，迫也。」

〔七〕關輔：指關中、三輔。參見本卷跋韓幹馬注〔三〕。

〔八〕度内：計慮之内，意料之中。嵇康與山巨源絶交書：「四民有業，各以得志爲樂，唯達者爲能通之，此足下度内耳。」

跋周侍郎尋姊妹帖

方建炎多故，群盜如林，士大夫家罹禍，有盡室不知在亡者。觀周公所書，可爲流涕。六七十年來，在仕在野，皆安其生。養老者，字幼者〔一〕，藏死者〔二〕，可不知所自耶？尚勉思所以報。開禧三年正月丁亥，山陰陸某書。

【題解】

建炎年間，兵荒馬亂。周侍郎聿家姊妹失散。曾書帖尋找。本文爲陸游爲周侍郎尋姊妹書帖所作的跋文，感慨當年兵禍，慶幸今日安生。

本文據文末自署，作於開禧三年（一二〇七）正月丁亥（十一）日。時陸游致仕家居。

【箋注】

〔一〕字幼：養育幼孩。字，哺乳，養育。

〔二〕藏死：安葬逝者。

跋鮑參軍文集

鮑明遠，宋元嘉中人，比陶淵明、謝靈運差爲晚出〔一〕，然與靈運詩名相埒〔二〕，體制亦頗相類，故世稱鮑、謝云。開禧三正九〔三〕，放翁書。

【題解】

鮑參軍，即鮑照（四一四？—四六六），字明遠，東海（今山東蒼山）人。歷任太子博士，兼中書舍人，出爲秣陵令，轉永嘉令，後任臨海王前軍參軍，世稱鮑參軍。後臨海王叛宋事敗，他爲亂兵所殺。詩文俱佳，與謝靈運、顏延之並稱「元嘉三大家」。宋書卷五一、南史卷十三有傳。直齋書録解題卷十六著録鮑參軍集十卷。本文爲陸游爲鮑參軍文集所作的跋文，肯定其與謝靈運「詩名相埒」。

本文據文末自署，作於開禧三年（一二〇七）正月九日。時陸游致仕家居。

【箋注】

〔一〕「比陶淵明」句：陶淵明（三六五或三七六？—四二七）、謝靈運（三八五—四三三）均略早於鮑照。

〔二〕相埒：相等。梁書何遜傳：「時有會稽虞騫，工爲五言詩，名與遜相埒。」

〔三〕三正九：正德本作「三年正月九日」。是。

跋南華真經

南華真經并音二册〔一〕，籤題皆友人莆陽方伯謨書〔二〕。伯謨下世已二年矣〔三〕，哀哉！開禧丁卯二月四日，老學庵識。

【題解】

南華真經，即莊子。唐玄宗於天寶元年詔封莊子爲南華真人，莊子一書被尊稱爲南華真經，在道教經典中地位僅次於道德真經（老子）。但郡齋讀書志、直齋書録解題道家類均稱莊子，而不稱南華真經。本文爲陸游爲方士繇簽題的南華真經所作的跋文，表達對故友的懷念。

本文據文末自署，作於開禧三年（一二〇七，丁卯）二月四日。時陸游致仕家居。

【箋注】

〔一〕南華真經并音：「音」是注音一類著述，往往附於經典之後。

〔二〕籤題：書籍封面的標題。莆陽方伯謨：即方士繇，字伯謨，莆陽人。陸游友人，爲作方伯謨墓誌銘、祭方伯謨文。

〔三〕下世已二年：據方伯謨墓誌銘，伯謨卒於慶元五年（一一九九）夏，距此時已八年，「二年」或有誤。

跋與周監丞書

某頃得監丞公書，作報如此。後二十餘年，公家持以來，屬以題數字於後，乃爲記歲月。公諸子多賢，不幸有早世者，今惟主簿君以力學承其緒〔一〕。他日仕途有嶄然頭角者，必吾主簿君。恨耄期已迫〔二〕，不及見之耳。開禧三年三月丙子，渭南伯陸某書於山陰澤中老學庵。

【題解】

周監丞，即周必正（一一二五—一二〇五），字子中。周必大從兄。以蔭補入仕，歷袁州司户參軍、知南豐縣。入爲主管官告院，進軍器監丞。知舒州，徙贛州，擢提舉江東常平茶鹽公事。罷歸主管武夷山沖佑觀，致仕，開禧元年卒。陸游爲作監丞周公墓誌銘。陸游二十餘年前曾答書周必正，其子周綱求跋答書。本文爲陸游爲與周監丞書所作的跋文，記録答書始末，勖勉其子。

本文據文末自署，作於開禧三年（一二〇七）三月丙子（初一）日。時陸游致仕家居。

【箋注】

〔一〕「公諸子」三句：據監丞周公墓誌銘：「男二人：綎，蚤夭；綱，今爲修職郎，前潭州醴陵主簿。」主簿君，即周綱。

〔二〕耄期：高年。書大禹謨：「朕宅帝位，三十有三載，耄期倦于勤。」孔安國傳：「八十、九十曰耄，百年曰期頤。言已年老，厭倦萬機。」

再跋皇甫先生文集後

司空表聖論詩有曰〔一〕：「愚嘗覽韓吏部詩〔二〕，其驅駕氣勢，掀雷決電，撐抉於天地之垠，物狀其變，不得鼓舞而徇其呼吸也〔三〕。其次，皇甫祠部文集外所作，亦爲遒逸，非無意於深密，蓋或未遑爾〔四〕。」據此，則持正自有詩集孤行，故文集中無詩，非不作也。正如張文昌集無一篇文〔五〕，李習之集無一篇詩〔六〕，皆是詩文各爲集耳。表聖直以持正詩配退之，可謂知之。然猶云未遑深密，非篤論也〔七〕。予讀之，蓋累歎云。開禧丁卯四月二十一日，某再書。

【題解】皇甫先生文集，唐皇甫湜所撰文集。參見卷二八跋皇甫先生文集題解。本文爲陸游再次爲皇甫先生文集所作的跋文，引司空圖語考證皇甫湜文集外另有詩集孤行，并認爲其詩可與韓愈相配。

本文據文末自署，作於開禧三年（一二〇七，丁卯）四月二十一日。時陸游致仕家居。

【箋注】

〔一〕司空表聖論詩：此段引文出於題柳柳州集後，見司空表聖文集卷二。司空表聖，即司空圖（八三七—九〇八），字表聖，河中虞鄉（今山西永濟）人。咸通十年進士。歷任殿中侍御史、禮部郎中、知制誥、中書舍人等，唐亡不食而卒。工文能詩，善論詩。舊唐書卷一九〇、新唐書卷一九四有傳。

〔二〕韓吏部：即韓愈。

〔三〕撑抉：支撑。　垠：邊際。　徇：順從。

〔四〕深密：深沉縝密。北史齊神武帝紀：「神武性深密高岸，終日儼然，人不能測，機權之際，變化若神。」　未遑：來不及顧及。

〔五〕張文昌：即張籍（約七六六—約八三〇），字文昌，和州烏江（今安徽和縣）人。貞元十五年進士。歷任國子助教、秘書郎、國子博士、水部員外郎、主客郎中、國子司業等。韓愈弟子，工詩，尤善樂府詩。舊唐書卷一六〇、新唐書卷一七六有傳。

〔六〕李習之：即李翺（七七二—八三六），字習之，隴西成紀（今甘肅秦安）人。貞元十四年進士。歷任國子博士、史館修撰、考功員外郎、禮部郎中、中書舍人、户部侍郎、山南東道節度使等。

韓愈弟子，傳承其古文，舊唐書卷一六〇、新唐書卷一七七有傳。

〔七〕篤論：確論。漢書董仲舒傳贊：「至向曾孫龔，篤論君子也，以歆之言爲然。」

跋漢文帝後元年三月詔

漢文此詔，與詩之七月、書之無逸何異〔一〕？吾以此知文景太平之有自也〔二〕。雖然，豈獨爲天下哉，十室之邑，十金之産〔三〕，儻能思是言，其有至於喪敗者乎？庚申五月十七日，陸某書。

【題解】

漢文帝後元年三月詔，見漢書卷四：「間者數年比不登，又有水旱疾疫之災，朕甚憂之。愚而不明，未達其咎。意者朕之政有所失而行有過與？乃天道有不順，地利或不得，人事多失和，鬼神廢不享與？何以致此？將百官之奉養或費，無用之事或多與？何其民食之寡乏也！夫度田非益寡，而計民未加益，以口量地，其於古猶有餘，而食之甚不足者，其咎安在？無乃百姓之從事於末以害農者蕃，爲酒醪以靡穀者多，六畜之食焉者衆與？細大之義，吾未能得其中。其與丞相、列侯、吏二千石、博士議之，有可以佐百姓者，率意遠思，無有所隱也。」本文爲陸游爲漢文帝後元年三月詔所作的跋文，贊賞文帝憂民之心，指出此爲治國理家之本。

本文據文末自署，作於庚申年五月十七日，即慶元六年（一二〇〇）。此與按時間順序排列的體例不合，或編集時疏誤歟？

【箋注】

〔一〕七月：詩豳風篇名，反映周代早期的農業生産和農民的日常生活。無逸：尚書篇名，表達了不要貪圖安逸，知稼穡之艱難，禁止荒淫的思想。

〔二〕文景太平：西漢文帝、景帝時期，推崇黄老之術，採取輕徭薄賦、與民休息的政策，社會安定，百姓富裕，史稱「文景之治」。

〔三〕「十室」二句：指小小村落，少量資産。

跋張魏公與劉察院帖

與人同功，人用而己捨，君子不敢言勞；與人同罪，人免而己窮，君子不敢逃責。非能異夫人也，理固如是也。不然，則亡恥已。使御史公無恙〔一〕，得予此説，其將以爲能知言乎〔二〕？

【題解】

張魏公，即張浚（一〇九七—一一六四），字德遠。封魏國公。參見卷七賀張都督啓題解。劉察院，名字不詳。察院，御史臺三院之一，監察御史稱察院。本文爲陸游爲張浚與劉察院書帖所作的跋文，闡述君子當有功不言勞，有罪不逃責，否則即爲無耻。

本文原未繫年，據前後文，當作於開禧三年（一二〇七）五月。時陸游致仕家居。

【箋注】

〔一〕御史公：即劉察院。

〔二〕知言：指善於辨析他人言辭。論語堯曰：「不知言，無以知人也。」孟子公孫丑上：「『何謂知言？』曰：『詖辭知其所蔽，淫辭知其所陷，邪辭知其所離，遁辭知其所窮。』」

跋世父大夫詩稿

世父大夫公自幼得末疾〔一〕，以左手作字，性喜鈔書，嘗鈔王岐公華陽集百卷〔二〕，筆筆無倦意。豈特其書可貴重哉，亦可見其爲人矣。某年①。

【題解】

世父大夫，即伯父陸宦。老學庵筆記卷二：「伯父通直公，字元長，病右臂，以左手握筆，而字法勁健過人。」家世舊聞卷上：「三十八伯父（諱宦，字元長，楚公長子。）公得子晚，年三十八，始生伯父，遂以三十八爲行。第伯父不幸，少抱微疾。」本文爲陸游爲伯父陸宦詩稿所作的跋文，記録其患末疾而鈔書不倦的軼事。

本文原未繫年，據前後文，當作於開禧三年（一二〇七）五月。時陸游致仕家居。

【校記】

①「某年」，弘治本、正德本、汲古閣本無。

【箋注】

〔一〕末疾：四肢的病患。左傳昭公元年：「陽淫熱疾，風淫末疾。」杜預注：「末，四支也。」

〔二〕王岐公：即王珪，字禹玉。封岐國公。參見卷二七跋高康王墓誌注〔一〕。華陽集：王珪所撰文集。直齋書録解題卷十七著録王珪華陽集一百卷，并稱：「本成都人，故稱華陽。」

渭南文集箋校卷第三十一

跋

【釋體】本卷文體同卷二六，收録跋文四十七首。

跋魯直書大戴踐阼篇

上古之文，幸不泯者，率非後世所可及，不必壞魯壁、發汲冢而得之〔一〕，乃可信也。丹書之辭如此，武王之銘如此〔二〕，雖微大戴禮載之，可置疑哉？某鄉先生傅公子駿爲學者言：洪範自「無偏無黨」至「歸其有極」三十二字，皆古所傳爲人君之常訓，箕子申以告武王〔三〕。吴棫才老著尚書裨傳，以爲得此説於虞仲琳少崔，少崔學於傅公〔四〕。此三十二字，與丹書三十九字，一傳於箕子，一傳於師尚父，武王敬受力行之，卜世卜年之永〔五〕，有所自矣。開禧三年五月辛卯，故史官陸某識於黄太史所書踐阼篇後，以遺廬陵彭君孝求〔六〕。

【題解】

魯直，即黄庭堅。大戴踐阼，即大戴禮記武王踐祚篇。其文曰：「武王踐阼三日，召士大夫而問焉，曰：『惡有藏之約、行之行，萬世可以爲子孫常者乎？』諸大夫對曰：『未得聞也！』然後召師尚父而問焉，曰：『昔黄帝顓頊之道存乎？意亦忽不可得見與？』師尚父曰：『在丹書，王欲聞之，則齊矣！』王齊三日，端冕，師尚父奉書而入，負屏而立，王下堂，南面而立，師尚父曰：『先王之道不北面！』王行西，折而南，師尚父西面道書之言曰：『「敬勝怠者吉，怠勝敬者滅，義勝欲者從，欲勝義者凶。凡事，不强則枉，弗敬則不正，枉者滅廢，敬者萬世。」藏之約行之，行可以爲子孫常者，此言之謂也！且臣聞之：「以仁得之，以仁守之，其量百世；以不仁得之，以仁守之，其量十世；以不仁得之，以不仁守之，必及其世。」』王聞書之言，惕若恐懼，退而爲戒書，於席之四端爲銘焉，於机爲銘焉，於鑑爲銘焉，於盥盤爲銘焉，於楹爲銘焉，於杖爲銘焉，於帶爲銘焉，於履屨爲銘焉，於觴豆爲銘焉，於户爲銘焉，於牖爲銘焉，於劍爲銘焉，於弓爲銘焉，於矛爲銘焉。（以下各銘文略)」踐阼，亦作「踐祚」。即位。師尚父，即吕望。詩大雅大明：「維師尚父，時維鷹揚。」毛傳：「尚父，可尚可父。」鄭玄箋：「尚父，吕望也。尊稱焉。」周必大題山谷書大戴禮踐祚篇載：「大戴禮踐祚篇學者罕讀，東坡妙語聞所未聞，山谷翰墨世共寶之，可謂三絶。太和彭惟孝，字孝求，好古嗜學，謀刻之石。」(文忠集卷四九)則彭惟孝欲將山谷書踐祚篇刻石。本文爲陸游爲黄庭堅所書大戴禮記武王踐祚篇所作的跋文，肯定踐祚篇可信，贊賞周武王敬受力行箕子、吕望傳授的治國訓誡。

本文據文末自署，作於開禧三年(一二〇七)五月辛卯(二十三)日。時陸游致仕家居。

【箋注】

〔一〕魯壁：指孔子故宅藏有古文經傳的牆壁。尚書序：「至魯共王好治宫室，壞孔子舊宅，以廣其居，於壁中得先人所藏古文虞、夏、商、周之書及傳論語、孝經，皆科斗文字。」汲冢：指汲郡(今屬河南衛輝)古墓出土的竹簡古書。西晉武帝時，汲郡人不準偷盜魏襄王陵墓，得竹書數十車，其中有竹書紀年等古籍。

〔二〕「丹書」二句：均見武王踐祚篇。丹書：傳説中赤雀所銜的祥瑞之書。武王：指周武王姬發，周文王次子。

〔三〕傅公子駿：即傅崧卿，字子駿。參見卷十五傅給事外制集序題解。洪範：尚書篇名。老學庵筆記卷三：「鄉里前輩虞少崔言，得之傅丈子駿云：『洪範「無偏無黨，王道蕩蕩；無黨無偏，王道平平；無反無側，王道正直。會其有極，歸其有極」八句，蓋古帝王相傳以爲大訓，非箕子語也。至「曰皇極之敷言」，以「曰」發之，則箕子語。』傳丈博極群書，少崔嚴重不妄。恨予方童子，不能詳叩爾。」箕子：名胥餘，殷商末期人，文丁之子，帝乙之弟，紂王之叔父，官太師，封於箕。與微子、比干並稱「殷末三仁」。論語微子：「微子去之，箕子爲之奴，比干諫而死，殷有三仁焉。」

〔四〕吴棫：字才老。參見卷二七跋韓非子注〔一〕。尚書裨傳：直齋書録解題卷二著録吴棫書裨傳十三卷，并稱：「首卷舉要曰總説，曰書序，曰君辨，曰臣辨，曰考異，曰詁訓，曰差牙，曰孔傳，凡八篇。考據詳博。」虞仲琳少崔：即虞仲琳，字少崔，餘姚（今浙江紹興）人。紹興五年進士。曾任温州州學教授。參見老學庵筆記卷三「鄉里前輩虞少崔」條。傅公：即傅崧卿。

〔五〕卜世卜年：占卜預測傳國的世代數。泛指國運。左傳宣公三年：「成王定鼎於郟鄏，卜世三十，卜年七百，天所命也。」

〔六〕彭君孝求：即彭惟孝（一一三五—一二〇七），字孝求，號求志居士，廬陵太和（今屬安徽）人。三代爲善，周濟鄉鄰。上書論政，丞相推挽，不仕而歸。陸游爲作求志居士彭君墓誌銘。

跋唐昭宗賜錢武肅王鐵券文

某按：唐昭宗乾寧四年，遣中使焦楚鍠賜吳越武肅王鐵券〔一〕，以八月壬子至國。是歲，武肅始兼領鎮東節，出師大敗淮南兵十八營〔二〕，定婺、睦、蘇、湖州，而鐵券適至，蓋其國始盛時也。及忠懿王入朝〔三〕，以其先王所藏玉册鐵券〔四〕，置之祖廟，不敢以自隨。淳化元年，杭州悉上之於朝〔五〕。時忠懿王已薨，太宗皇帝復以册券賜王之子安僖王惟濬〔六〕。安僖王薨，券歸文僖公惟演〔七〕。文僖公薨，券傳仲子霸州防禦使晦〔八〕。霸州侍仁宗皇帝燕閒，帝問先世所賜鐵券，欲見之。霸州并三朝御書以進，帝爲親識御書之末，復賜焉〔九〕。文僖之孫開府公景臻，尚秦魯國大長公主〔一〇〕。某年十二三時，嘗侍先夫人，得謁見大主〔一一〕，鐵券實藏卧内，狀如筒瓦〔一二〕。今七十餘年，乃得見録本於武肅諸孫櫄家〔一三〕。後十字，蓋文僖手書。某家舊藏文僖書帖，亦有押字〔一四〕，皆與此同。武勝軍節度使印，則文僖尹洛時所領鄧州節鉞也〔一五〕。開禧三年六月乙巳，山陰陸某謹書。

【題解】

唐昭宗（八六七—九〇四），名李曄，唐懿宗之子、唐僖宗之弟。八八八至九〇四年在位。錢武肅王，即錢鏐（八五二—九三二），字具美（一作巨美），小字婆留，杭州臨安人，五代十國時期吴越國創建者。唐末跟隨董昌保護鄉里，累遷至鎮海軍節度使，後董昌叛唐稱帝，受詔討平董昌，再加鎮東軍節度使。逐漸佔據以杭州爲首的兩浙十三州，先後被中原王朝（唐朝、後梁、後唐）封爲越王、吴王、吴越王、吴越國王。在位四十一年，廟號太祖，謚號武肅王。在位期間，保境安民，經濟繁榮，文士薈萃，使兩浙在亂世中晏然無事九十年。舊五代史卷一三三、新五代史卷六七、十國春秋卷七七、七八、吴越備史卷一、二均有傳。鐵券文，古代帝王賞給功臣世代享有免罪等特權的證件上的誓詞。唐乾寧四年，昭宗以錢鏐討董昌有功，特賜金書鐵券。券文在列舉錢氏功勳後稱：「是用錫其金板，申以誓詞：長河有似帶之期，泰華有如拳之日，惟我念功之旨，永將延祚子孫，使卿長襲寵榮，克保富貴，卿恕九死，子孫三死，或犯常刑，有司不得加責。承我信誓，往惟欽哉！宜付史館，頒示天下。」本文爲陸游爲唐昭宗賜給錢鏐的鐵券文所作的跋文，追述賜券經過及鐵券在宋代流傳情況，記録幼時親見鐵券及七十年後得見録本的細節。

本文據文末自署，作於開禧三年（一二〇七）六月乙巳（初二）日。時陸游致仕家居。

【箋注】

〔一〕中使：宫中派出的使者。多指宦官。後漢書宦者傳：「凡詔所徵求，皆令西園騶密約敕，號曰中使。」焦楚鍠：生平不詳。

〔二〕大敗淮南兵十八營：乾寧四年四月，錢鏐部將顧全武等攻破圍困嘉興的淮南節度使楊行密的軍隊十八個營寨。見資治通鑑卷二六一。

〔三〕忠懿王：即錢俶（九二九—九八八），初名弘俶，小字虎子，改字文德。錢鏐孫，錢元瓘之子。吴越國末主。宋太祖平定江南，因出兵策應有功，被授天下兵馬大元帥。後入朝，仍爲吴越國王。太平興國三年（九七八），獻所據兩浙十三州之地歸宋。端拱元年卒，謚忠懿。

〔四〕玉册：帝王祭祀告天或上尊號所用册書，用玉簡製成。

〔五〕淳化：宋太宗年號，九九〇至九九四年。杭州：指錢俶後人，在杭州。

〔六〕安僖王惟濬：即錢惟濬，字禹川，錢俶長子。入宋後封淮南節度使、安遠軍節度使、開府儀同三司、檢校太師兼中書令、蕭國公。性放蕩無檢，因沉溺酒色而早卒，追封邠王，謚安僖。

〔七〕文僖公惟演：即錢惟演（九七七—一〇三四），字希聖，錢俶第七子，錢惟濬之弟。從錢俶歸宋，歷任太僕少卿、直祕閣，預修册府元龜，除知制誥，爲翰林學士，累遷工部尚書，拜樞密使，官終崇信軍節度使。卒贈侍中，謚號思。後改謚文僖。宋史卷三一七有傳。

〔八〕霸州防禦使晦：即錢晦，字明叔，錢惟演次子。以大理評事娶太宗女獻穆大長公主女，累遷東上閤門使、貴州團練使，授忠州防禦使，知河中府，改潁州防禦使，歷霸州防禦使，爲群牧副使，卒。宋史卷三一七有傳。

〔九〕霸州：即錢晦。燕閒：安閒，休息。三朝：指太祖、太宗、真宗。

〔一〇〕開府公景臻：即錢景臻，錢惟演孫，錢晅子。尚：娶帝王之女爲妻。秦魯國大長公主：宋仁宗第十女。靖康間未隨諸帝姬北徙，留於汴。建炎初復公主號，改封秦魯國公主。高宗以其行尊年高，甚敬之，推恩其子。卒年八十六，謚賢穆，後加謚明懿。宋史卷二四八有傳。

〔二〕大主：即秦魯國大長公主。

〔三〕筒瓦：圓筒狀的屋瓦。嘉慶太平縣志雜誌：「鐵券，故臨海錢氏所藏。唐乾寧四年，昭宗賜節度使錢鏐嵌金券，文共三百三十三字，券長一尺八寸三分，闊一尺一寸，厚一分五釐，重一百三十二兩，形如半瓦。」

〔三〕諸孫櫄：本家孫輩錢櫄。錢櫄，字誠甫。錢時之子。嘗學於楊簡。宋元學案卷七四有傳。

〔四〕押字：即簽字。

〔五〕「武勝軍」二句：錢惟演天聖七年（一〇二九）任武勝軍節度使，次年判河南府。尹洛，任洛陽尹。鄧州，武勝軍節度所在地，今屬河南。節鉞，符節和斧鉞。古時授予將帥作爲權力的標誌。

跋司馬端衡畫傳燈圖

司馬六十五丈〔一〕，抱負才氣，絶人遠甚。方少壯時，以黨家不獲施用於時〔二〕，欲有以寓其胸中浩浩者，遂放意於畫，落筆高妙，有顧、陸遺風〔三〕。某嘗以通家之舊〔四〕，親聞其論畫，衮衮終日，如孫、吴談兵〔五〕，臨濟、趙州説禪〔六〕，何其妙也。每恨是時不能記録一二，以遺後之好事者。今獲觀傳燈圖，恍如接言論風指〔七〕，時稽首太息，不能自已。開禧丁卯歲十月丁未，山陰陸某謹題。

【題解】

司馬端衡，即司馬槐，字端衡，夏縣（今屬山西）人。司馬光後裔。官參議，紹興初以工畫得名。傳燈圖，内容不詳。傳燈或指佛家傳法。本文爲陸游爲司馬槐畫傳燈圖所作的跋文，贊賞其作畫落筆高妙，并追憶聞其論畫之妙。

本文據文末自署，作於開禧三年（一二〇七，丁卯）十月丁未（初五）日。時陸游致仕家居。

【箋注】

〔一〕司馬六十五丈：即司馬槐。

〔二〕黨家：指入「元祐黨籍」之家。

〔三〕顧陸：指東晉顧愷之和劉宋陸探微。顧愷之（三四五—四〇六），字長康，小字虎頭，晉陵無錫（今江蘇無錫）人。傑出畫家。博學多才，擅詩賦、書法，尤善繪畫。精於人像、佛像、禽獸、山水等。與曹不興、陸探微、張僧繇合稱「六朝四大家」。作畫意在傳神，主張「遷想妙得」、「以形寫神」，成爲傳統繪畫理論的基礎。陸探微，吴縣（今蘇州）人。創始以書法入畫，畫迹不傳。歷代名畫記著録其畫作七十餘件，列入「上品上」，并稱：「宋明帝時，常在侍從，丹青之妙，最推工者。」與顧愷之並稱「顧陸」。

〔四〕通家：指世交。後漢書孔融傳：「語門者曰：『我是李君通家子弟。』」

〔五〕孫吴：即孫武和吴起，皆古代兵家。孫武著有兵法十三篇，吴起著有吴子四十八篇。荀子議兵：「孫、吴用之，無敵於天下。」

〔六〕臨濟趙州：即臨濟院義玄禪師和趙州從諗禪師。義玄，五代時山東菏澤人，俗姓邢。悟得禪宗黄檗佛法，受其印可。到河北住鎮州小院，稱臨濟禪院，創立臨濟宗。其宗風單刀直入，機鋒峻烈，使人突然省悟。從諗，唐代山東青州（一説曹州）人，俗姓郝。幼出家，年八十始住趙州觀音院，講習佛法，世稱從諗禪師，享年一百二十歲。卒謚真際大師。禪風以犀利精妙爲特色。

〔七〕風指：意圖，旨意。漢書薛宣傳：「九卿以下，咸承風指，同時陷於謾欺之辜，咎繇君焉。」

跋吕伯共書後

紹興中，某從曾文清公游〔一〕。公方館甥吕治先〔二〕，日相與講學。治先有子未成童，卓然穎異，蓋吾伯共也。後數年，伯共有盛名，從之學者以百數，不幸中道奄忽〔三〕。而予幾九十尚未死，攬其遺墨，大抵忠信篤敬之言也，爲之涕下。開禧丁卯歲十二月乙巳，山陰陸某書。

【題解】

吕伯共，即吕祖謙（一一三七—一一八一），字伯恭，一作伯共，世稱東萊先生，婺州（今浙江金華）人。隆興元年進士，復中博學宏詞科，調南外宗學教授。累官直祕閣、主管亳州明道宫。參與重修徽宗實録，編纂刊行皇朝文鑒。博學多識，主張明理躬行，學以致用，反對空談心性，開浙東學派先聲。與朱熹、張栻齊名，並稱「東南三賢」。宋史卷四三四有傳。本文爲陸游爲吕祖謙書帖所作的跋文，追憶少時與其相識，感慨其有盛名而早逝。

本文據文末自署，作於開禧三年（一二〇七，丁卯）十二月乙巳（初四）日。時陸游致仕家居。

【箋注】

〔一〕曾文清公：即曾幾。

〔二〕館甥：指擇婿。典出孟子萬章上：「舜尚見帝，帝館甥於貳室。」吕治先：即吕大器，字治先，吕祖謙之父。累官尚書倉部郎。曾幾之女嫁吕大器。

〔三〕奄忽：指死亡。後漢書趙岐傳：「卧蓐七年，自慮奄忽，乃爲遺令敕兄子。」

跋張敬夫書後

隆興甲申，某佐郡京口〔一〕，張忠獻公以右丞相督軍過焉〔二〕。先君會稽公嘗識忠獻於掾南鄭時〔三〕，事載高皇帝實録，以故某辱忠獻顧遇甚厚〔四〕。是時敬父從行，而陳應求參贊軍事〔五〕，馮圜仲、查元章館於予廨中〔六〕，蓋無日不相從。迨今讀敬父遺墨，追記在京口相與論議時，真隔世事也。開禧丁卯十二月乙巳，山陰陸某書。

【題解】

張敬夫，即張栻（一一三三—一一八〇），字敬夫，一作敬父，號南軒，漢州綿竹（今屬四川）人。張浚長子。以蔭入仕，除直祕閣，歷知撫州、嚴州，召爲吏部侍郎，兼侍講，直寶文閣。改知江陵府，提舉武夷山沖佑觀。少時師從胡宏，後主管岳麓書院，從學者數千人，開啓湖湘學派。與朱熹、吕祖謙並稱「東南三賢」。宋史卷四二九有傳。本文爲陸游爲張栻書帖所作的跋文，追憶在京口與張栻等同僚相與議論之往事。

本文據文末自署，作於開禧三年（一二〇七，丁卯）十二月乙巳（初四）日。時陸游致仕家居。

【箋注】

〔一〕「隆興」二句：隆興二年，陸游任鎮江府通判，居京口。

〔二〕張忠獻公：即張浚，卒謚忠獻。參見卷七賀張都督啓題解。隆興二年三月，張浚以右丞相兼樞密使，奉詔視師淮上。

〔三〕先君會稽公：即陸游之父陸宰。掾南鄭：陸宰於宣和中入蜀，與張浚相識。

〔四〕顧遇：指被賞識而受到優遇。後漢書李固傳：「固狂夫下愚，不識大體，竊感古人一飯之報，況受顧遇而容不盡乎！」

〔五〕陳應求：即陳俊卿，字應求。參見卷八賀莆陽陳右相啓題解。

〔六〕馮圜仲：即馮方，字元仲，普康（今四川安岳）人。紹興進士。曾任校書郎、吏部員外郎。事迹見南宋館閣録卷八。查元章：即查籥，字元章。參見卷二六跋查元章書題解。

跋劉戒之東歸詩

乾道中，予與戒之同在宣撫使幕中〔一〕，同舍十四五人。宣撫使召還〔二〕，予輩皆散去。范西叔、宇文叔介最先下世〔三〕，其餘相繼凋落。至開禧中，獨予與張季長猶存〔四〕。今春，季長復考終於江原〔五〕。予年開九秩，獨幸未書鬼録〔六〕，偶得戒之郎君市徵君所藏送行詩觀之〔七〕，恍然如隔世事也，爲之流涕。丁卯十二月乙丑，渭南伯陸某書於山陰老學庵。

【題解】

劉戒之，即劉三戒，字戒之，吴興人。淳熙間知浮梁縣（據同治湖州府志卷七一）。陸游乾道中在王炎宣撫使司的同僚。東歸詩，陸游乾道八年秋在南鄭作送劉戒之東歸：「去國三年恨未平，東城況復送君行。難憑魂夢尋言笑，空向除書見姓名。殘日半竿斜谷路，西風萬里玉關情。蘭臺粉署朝回晚，肯記粗官數寄聲？」（劍南詩稿卷三）陸游晚年偶得劉三戒之子所藏送行詩。本文爲陸游爲當年所作送劉戒之東歸詩所作的跋文，追憶當年同僚存亡情況，抒寫無限感慨之情。

本文據文末自署，作於開禧三年（一二〇七，丁卯）十二月乙丑（二十四）日。時陸游致仕家居。

【箋注】

〔一〕「乾道」二句：乾道八年三月，陸游抵達南鄭，出任四川宣撫使司幹辦公事兼檢法官。宣撫使，指王炎。

〔二〕宣撫使召還：乾道八年九月，虞允文罷相任四川宣撫使，王炎召還回朝。

〔三〕范西叔：即范仲芑，字西叔。參見卷十四送范西叔序題解。陸游又有送范西叔赴召詩二首，見劍南詩稿卷三。范仲芑卒於淳熙三年（一一七六）十一月，見周必大經筵同僚祭范西叔仲芑侍講文（省齋文稿卷三八）。宇文叔介：生平未詳，劍南詩稿卷四有余往與宇文叔介同客山南今年叔介客死臨安……詩，作於乾道九年十月，則宇文叔介乾道九年（一一七三）卒。

〔四〕張季長：即張縯，字季長。參見卷二七跋陝西印章注〔三〕。

〔五〕考終：盡享天年。書洪範：「五曰考終命。」孔傳：「各成其長短之命以自終，不橫夭。」江原：崇州地區古稱。古人誤將岷江當作長江的正源。

〔六〕年開：指老人年齡開始進入新的階段。白居易七年元日對酒：「年開第七秩，屈指幾多人。」九秩：九十。秩，十年。鬼録：陰間死人的名録。曹丕與吳質書：「觀其姓名，已爲鬼録，追思昔遊，猶在心目。」

〔七〕市徵君：劉三戒之子當時擔任掌管市場稅收職務。

跋秦淮海書

黄豫章、秦淮海〔一〕，皆學顔平原真、行〔二〕。豫章晚尤自稱許〔三〕，淮海則退避，不肯以書自名，亦各其志也。嘉定改元四月己酉，山陰陸某書。

【題解】

秦淮海，即秦觀，字少游，號淮海居士。本文爲陸游爲秦觀書帖所作的跋文，指出其與黄庭堅在書法上各有其志。

本文據文末自署，作於嘉定元年（一二〇八）四月己酉（初十）日。時陸游致仕家居。

【箋注】

〔一〕黄豫章：即黄庭堅，字魯直，號豫章先生。

〔二〕顔平原：即顔真卿，曾任平原太守，故稱。唐代著名書法家。真、行：楷書（真書）、行書。

〔三〕尤自稱許：如黄庭堅跋此君軒詩稱：「近時士大夫罕得古法，但弄筆左右纏繞，遂號爲草書可，不知蝌蚪、篆、隸同法同意。數百年來，唯張長史、永州狂僧懷素及余三人悟此法可。蘇才翁有悟處而不能盡其宗趣，其餘碌碌耳。」

跋柳書蘇夫人墓誌

近世注杜詩者數十家〔一〕，無一字一義可取。蓋欲注杜詩，須去少陵地位不大遠，乃可下語。不然，則勿注可也。今諸家徒欲以口耳之學〔二〕，揣摩得之，可乎？書家以鍾、王爲宗〔三〕，亦須升鍾、王之堂〔四〕，乃可置論耳。爾來書法中絶〔五〕，求柳誠懸輩尚不可得，書其可遽論哉！然予爲此言，非獨觸人，亦不善自爲地矣〔六〕，覽者當粲然一笑也。嘉定元年四月己酉，陸某書。

【題解】

柳指柳公權，字誠懸。唐代著名書法家，楷書與顏真卿齊名，並稱「顏柳」。蘇夫人墓誌爲柳公權所書名帖。本文爲陸游爲柳公權書蘇夫人墓誌所作的跋文，闡述欲注大家詩書，首須入門，乃可置論。

本文據文末自署，作於嘉定元年（一二〇八）四月己酉（初十）日。時陸游致仕家居。

【箋注】

〔一〕「近世」句：如淳熙八年有蜀人郭知達九家集注杜詩三十六卷（直齋書録解題卷十九作杜工部詩集注三十六卷）之類。

〔二〕口耳之學：耳聽口説之學，亦即道聽塗説的膚淺學問。語本荀子勸學：「小人之學也，入乎耳，出乎口。」

〔三〕鍾王：指鍾繇、王羲之。他們分別是三國和東晉時的著名書法家，樹立了楷書、行書的典範。

〔四〕升堂：比喻學問技藝入門。論語先進：「子曰：『由也升堂矣，未入於室也。』」

〔五〕中絶：中斷，絶滅。劉向九歎思古：「閔先嗣之中絶兮，心惶惑而自悲。」

〔六〕自爲地：自留餘地。

跋朱希真所書雜鈔

朱先生與諸賢，當建炎間裔夷南牧、群盜四起時〔一〕，猶相與講學如此。吾輩生平世〔二〕，安居鄉里，乃欲飽而嬉，可乎？嘉定之元四月乙酉，陸某書於山陰老學庵，時年八十有四。

【題解】

朱希真，即朱敦儒，字希真。參見卷二九跋雲丘詩集後注〔八〕。雜鈔，據文意，其内容當爲講學的雜録。本文爲陸游爲朱敦儒所書雜鈔所作的跋文，贊揚前賢在戰亂中堅持「相與講學」，慨歎今日士人飽食而嬉。

本文據文末自署，作於嘉定元年（一二〇八）四月乙酉日。時陸游致仕家居。

【箋注】

〔一〕裔夷：邊遠之夷。此指金兵。左傳定公十年：「兩君合好，而裔夷之俘以兵亂之。」南牧：指南侵。

〔二〕平世：太平之世。孟子離婁下：「禹稷當平世，三過其門而不入，孔子賢之。」

跋爲子遹書詩卷後

子遹持匹紙求録詩期年矣〔一〕，以乃翁衰疾，不忍迫蹙〔二〕。予更以此念之，爲寫終此卷。然此兒近者時時出所作，皆大進，論建安、黄初以來至元和後詩人〔三〕，皆有本末，歷歷可聽，吾每爲汗出，因併記之。嘉定戊辰歲五月乙巳，放翁書，時年八十有四。

【題解】

子遹，陸游幼子。本文爲陸游爲子遹抄録的詩卷所作的跋文，記録始末，對幼子近來的進步充滿喜悦之情。

本文據文末自署，作於嘉定元年（一二〇八，戊辰）五月乙巳（初七）日。時陸游致仕家居。

【箋注】

〔一〕匹紙：古代供寫字作畫所用的優質紙。録詩：載録詩作。或是搜輯陸游平時所作詩篇抄録副本，以供日後編集。期年：一年。

〔二〕迫蹙：催逼，催促。韓愈答劉秀才論史書：「僕年志已就衰退……苟加一職榮之耳，非必督責迫蹙，令就功役也。」

〔三〕建安、黄初：建安爲東漢獻帝年號，一九六至二二〇年。黄初爲魏文帝年號，二二〇至二二六年。此時期的代表詩人爲「三曹七子」即曹操、曹丕、曹植和王粲、陳琳、徐幹、劉禎、應瑒、孔融、阮瑀。元和：唐憲宗年號，八〇六至八二〇年。此時期的代表詩人爲韓愈、柳宗元、元稹、白居易、孟郊、李賀等。

跋吕文靖門銘

「一言可以終身行之者，其『恕』乎？〔一〕」此聖門一字銘也。「詩三百，一言以蔽之，曰『思無邪』。〔二〕」此聖門三字銘也。其簡且盡如此，學者苟能充之，雖入聖域不難矣〔三〕。丞相申國文靖吕公作門銘，自「忠、孝」十有八字〔四〕，廣吾夫子之訓，以遺後人。某得本於公元孫祖平〔五〕，敢再拜書其後，致願學之意。嘉定元年夏五月辛亥，山陰陸某謹識。

【題解】

吕文靖，即吕夷簡（九七九—一〇四四），字坦夫，壽州（今安徽鳳臺）人。咸平進士。真宗朝歷任地方官，擢刑部郎中，權知開封府。仁宗即位，拜參知政事，天聖六年拜相。後多次罷相，又復入。封申國公，兼樞密使。以病罷相，以太尉致仕。卒贈太師、中書令，謚文靖。子吕公著、玄孫吕本中均爲聞人。宋史卷三一一有傳。吕夷簡門銘：「古者盤、盂、几、杖，規戒存焉。今爲門銘，竊類於此。忠以事君，孝以養親。寬以容衆，謹以修身。清以軌俗，誠以教民。謙以處貴，樂以安貧。勤以積學，静以澂神。敏以給用，直以全真。約以奉己，廣以施人。重以臨下，恭以待賓。貫之以道，總之以仁。在家爲子，在邦爲臣。斯言必踐，盛德聿新。勒銘於門，永代書紳。」（皇朝文鑒卷七三）陸游從吕夷簡元孫祖平處得見文本。本文爲陸游爲吕夷簡門銘所作的跋文，稱頌聖門之銘「簡且盡」，贊揚吕公門銘十八字「廣夫子之訓」。

本文據文末自署，作於嘉定元年（一二〇八）五月辛亥（十三）日。時陸游致仕家居。

【箋注】

〔一〕「一言」二句：語出論語衛靈公。

〔二〕「詩三百」三句：語出論語爲政。

〔三〕聖域：聖人的境界。漢書賈捐之傳：「臣聞堯、舜，聖之盛也，禹入聖域而不優。」

〔四〕十有八字：指忠、孝、寬、謹、清、誠、謙、樂、勤、静、敏、直、約、廣、重、恭、道、仁。

〔五〕元孫：玄孫。本人以下第五代。祖平：即吕祖平，吕本中孫。歷知桂陽軍、仙游縣，嘉定初任大理寺丞。

跋傅給事竹友詩稿

王逸少寫經換鵝〔一〕，給事傅公籠鵝換竹〔二〕，二者皆山陰勝絶事〔三〕。然换鵝事人皆能道之；换竹事未甚著，鄉人以爲恨。獨某曰：是不足怪也。逸少志在物外〔四〕，不肯輕爲世用，故换鵝事易傳。給事方南渡之初，忠義大節，爲一時稱首，雖困於讒誣〔五〕，用之不盡，然至今聞其風者，可立衰懦〔六〕，則换竹事固應不傳，蓋所見於世者大也。給事遺文百卷，今藏祕閣，某領策府時見之〔七〕。嘉定元年七月庚申，陸某謹識。

【題解】

傅給事，即傅崧卿，字子駿，官至給事中。參見卷十五傅給事外制序題解。竹友詩稿，傅崧卿所撰詩集。本文爲陸游爲傅崧卿竹友詩稿所作的跋文，以傅公與王羲之「籠鵝」軼事作對比，説明傅公忠義大節，影響更大。

本文據文末自署，作於嘉定元年（一二〇八）七月庚申（二十三）日。時陸游致仕家居。

【箋注】

〔一〕王逸少：即王羲之，字逸少。寫經换鵝：晉書王羲之傳：「山陰有一道士，養好鵝，羲之往觀焉，意甚悦，固求市之。道士云：『爲寫道德經，當舉群相贈耳。』羲之欣然寫畢，籠鵝而歸，甚以爲樂。」

〔二〕籠鵝換竹：嘉泰會稽志卷十三：「本朝會稽文獻相望，然往往不營第宅，如杜丞相、陸左丞、顧内相、陳中書，方鼎貴時，皆無尺椽之居。傅給事歸北海故廬，以鵝换竹，種之而已，未嘗營葺。」

〔三〕勝絶：絶妙。薛用弱集異記崔商：「江濆有溪洞，林木勝絶，商因杖策徐步，窮幽深入。」

〔四〕物外：世外，指超脱塵世。張衡歸田賦：「苟縱心於物外，安知榮辱之所如！」

〔五〕讒誣：讒害誣陷。歐陽修重讀徂徠集：「讒誣不須辨，亦止百年間。」

〔六〕立衰懦：使衰弱怯懦之人奮起。

〔七〕領策府：統領帝王藏書之處。指嘉泰二年末任秘書監。

跋陳伯予所藏樂毅論

世傳中山古本蘭亭「之」、「流」、「帶」、「右」、「天」五字有殘闕處，於是士大夫所藏蘭亭悉然。又謂樂毅論古本至二「海」字止，於是凡樂毅論亦至「海」字而亡。其餘妄僞亂真，大抵如此。今伯予此軸皆佳，後一本尤敷腴可愛〔一〕，未可以「海」字爲定論也。嘉定戊辰歲七月己未，山陰陸某務觀書，時年八十有四。

【題解】

陳伯予，陸游朋友。參見卷二二放翁自贊注〔一五〕。樂毅論：王羲之書法名帖。參見卷二八跋蘭亭樂毅論并趙岐王帖題解。本文爲陸游爲陳伯予所藏樂毅論所作的跋文，辨析書法名帖之真僞。

本文據文末自署，作於嘉定元年（一二〇八，戊辰）七月己未（二十二）日。時陸游致仕家居。參考劍南詩稿卷七一寄題括蒼陳伯予主簿平楚亭、卷七九寄陳伯予主簿、陳伯予見過喜余强健戲作。

【箋注】

〔一〕敷腴：喜悦貌。鮑照擬行路難之五：「人生苦多歡樂少，意氣敷腴在盛年。」

跋伯予所藏黄州兄帖

某之從父兄故黄州使君遺墨〔一〕，伯予書其後，發揚大節至矣。伏讀感涕，不知所云。先兄諱沇，字子東，仕至朝奉大夫。嘉定元年七月己未，山陰老民陸某謹書。

【題解】黄州兄，即陸游堂兄陸沇，曾官黄州。本文爲陸游爲陳伯予所藏陸沇書帖所作的跋文，記録堂兄的名字、仕履。

本文據文末自署，作於嘉定元年（一二〇八）七月己未（二十二）日。時陸游致仕家居。

【箋注】

〔一〕從父兄：即從兄，堂兄。使君：對州郡長官的尊稱。

跋詹仲信所藏詩稿

予平生作詩至多，有初自以爲可，他日取視，義味殊短，亦有初不滿意，熟觀乃稍有可喜處，要是去古人遠爾。詹仲信何處得予斷稿以見示〔一〕，爲之屢歎，乃題其後歸之。嘉定改元六月壬辰，山陰陸某務觀書於三山老學庵，時年八十四。

【題解】詹仲信，陸游朋友。劍南詩稿卷六四有題詹仲信所藏米元暉雲山小幅。本文爲陸游爲詹仲信所藏自己斷稿所作的跋文，叙述平生詩歌創作經驗。

本文據文末自署，作於嘉定元年（一二〇八）六月壬辰（二十四）日。時陸游致仕家居。

【箋注】

〔一〕斷稿：不完整的詩稿。

跋陳伯予所藏蘭亭帖

予監定此本〔一〕，自是絶佳，然亦不必云唐舊刻也。卷末數跋，皆吾友王君玉所録黄太史魯直語〔二〕，竊恐未必然。蓋周、孔無過，蘭亭筆法亦無過，學者步亦步，趨亦趨〔三〕，猶或失之，豈可以輕心慢心觀之哉！若以夫子嘗自謂有過〔四〕，孟子云周公之過〔五〕，遂據以爲周、孔有過，乃醉夢中語也。嘉定改元十月庚午，陸某書。

【題解】

蘭亭帖，王羲之書法名帖。參見卷二八跋蘭亭樂毅論并趙岐王帖題解。本文爲陸游爲陳伯予所藏蘭亭帖所作的跋文，闡述學習蘭亭筆法，必須亦步亦趨，不可輕慢。

本文據文末自署，作於嘉定元年（一二〇八）十月庚午（初四）日。時陸游致仕家居。

【箋注】

〔一〕監定：即鑒定。

〔二〕王君玉：即王度（一一五七—一二一三），字君玉，會稽（今浙江紹興）人。從水心先生葉適學。以太學上舍入對，因暢言時務失上第。爲舒州教授，學生盈門。遷太學博士。將召對，以疾卒。

〔三〕步亦步趨亦趨：亦步亦趨，事事追隨模仿。莊子田子方：「夫子步亦步，夫子趨亦趨，夫子馳亦馳，夫子奔逸絶塵，而回瞠若乎後矣。」

〔四〕夫子嘗自謂有過：論語述而：「加我數年，五十學易，可以無大過矣。」

〔五〕孟子云周公之過：孟子公孫丑下：「『然則聖人且有過與？』（孟子）曰：『周公，弟也；管叔，兄也。周公之過，不亦宜乎？且古之君子，過則改之；今之君子，過則順之。古之君子，其過也，如日月之食，民皆見之；及其更也，民皆仰之。今之君子，豈徒順之，又從爲之辭。』」

跋坡谷帖

先大父左轄，元祐中自小宗伯自請守潁，逾年，移南陽〔一〕。而蘇公自北扉得潁，與大父爲代〔二〕。此當時往來書也。書三幅：前後二幅，藏叔父房〔三〕；其一幅，則從伯父彦遠得之〔四〕，亡兄次川又得於伯父〔五〕，此是也。傳授明白，可以不疑。而或者疑其出於摹仿，識真者寡，前輩所歎。嘉定元年十二月乙亥，山陰陸某謹識。

【題解】

坡谷帖，指蘇軾（東坡）、黄庭堅（山谷）的書帖。但文中未及山谷。本文爲陸游爲蘇軾致祖父陸佃之書所作的跋文，考證其來源及流傳情況。

本文據文末自署，作於嘉定元年（一二〇八）十二月乙亥（初十）日。時陸游致仕家居。

【箋注】

〔一〕先大夫左轄：即陸游祖父陸佃。左轄即左丞，陸佃官至尚書左丞。小宗伯：指禮部侍郎。元祐元年，陸佃遷禮部侍郎。五年，權禮部尚書，被封駁後遂乞外，乃改出知潁州。翌年徙知鄧州。南陽：宋代爲鄧州屬縣。

〔二〕蘇公：即蘇軾。北扉：指學士院。元祐六年，蘇軾自杭州召回，任翰林承旨。八月，出知潁州，接替陸佃。

〔三〕叔父：陸游叔父，有陸宲（四十二叔父）、陸宥（四十三叔父）。

〔四〕從伯父彦遠：即陸彦遠，失其名。陸游堂伯父。

〔五〕亡兄次川：即陸濬，字子清，號次川逸叟。陸游次兄。

跋山谷書陰真君詩

此石刻在夔州漕司白雲樓下〔一〕，黄書無出其右者。嘉定己巳四月辛卯，放翁書。

【題解】

陰真君，姓陰，名長生，漢代新野（今屬河南）人。修道成仙後稱陰真君。事迹見葛洪神仙傳。黄庭堅於紹聖四年四月，抄録忠州豐都山仙都觀朝金殿西壁前人所書陰真君詩三章，遂成名帖。本文爲陸游爲黄庭堅書尹真君詩所作的跋文，指出其石刻所在，肯定其書法成就。

本文據文末自署，作於嘉定二年（一二〇九，己巳）四月辛卯（二十八）日。時陸游致仕家居。

【箋注】

〔一〕漕司：轉運使司的簡稱。宋代路一級機構，主管財賦，監察各州官員等。

跋吕尚書帖

右，尚書吕公、給事傅公往來書二卷。書曰：「昔先正保衡，作我先王〔一〕。」語曰：「起予者商也〔二〕。」蓋臣當有以作其君，弟子當有以起其師〔三〕，而况朋友之際乎？二公可謂無負於古道矣。使此書廣傳，安知百世之下無興起者〔四〕？嘉定己巳秋七月辛亥，山陰陸某謹識。

【題解】

呂尚書，即呂頤浩（一〇七一—一一三九），字元直，齊州（今山東濟南）人。紹聖元年進士。歷任密州司户參軍、河北都轉運使等。高宗南渡，起知揚州。建炎三年任同簽書樞密院事、江淮兩浙制置使，因勤王有功，拜尚書右僕射，遷左僕射。四年罷相。紹興元年再次拜相，任少保、尚書左僕射、同中書門下平章事兼知樞密院事，三年罷相。後以少傅致仕。卒贈太師，封秦國公，謚忠穆。宋史卷三六二有傳。呂頤浩與傅崧卿同朝爲官，關係密切。嘉泰會稽志卷十五載：「左僕射呂頤浩都督江淮荆浙諸軍事，崧卿以徽猷閣待制充參謀官。頤浩還行在，以崧卿管都督事，尋權知建康府。」後人搜輯兩人往來書簡，編爲二卷。本文爲陸游爲呂傅二公書簡中呂頤浩書帖所作的跋文，稱道二公書簡不負古道，足令士人興起。

本文據文末自署，作於嘉定二年（一二〇九，己巳）七月辛亥（二十）日。時陸游致仕家居。

【箋注】

〔一〕「書曰」三句：尚書説命下：「王曰：『嗚呼！説，四海之内，咸仰朕德，時乃風。股肱惟人，良臣惟聖。昔先正保衡，作我先王，乃曰：「予弗克俾厥后惟堯舜，其心愧耻，若撻于市。」』先正，前代賢臣。保衡，指伊尹。作我先王，使我先王興起。

〔二〕「語曰」二句：論語八佾：「子夏問曰：『「巧笑倩兮，美目盼兮，素以爲絢兮。」何謂也？』子曰：『繪事後素。』曰：『禮後乎？』子曰：『起予者商也，始可與言詩已矣。』」起，啓發。商，即卜商，字子夏。孔子弟子。

〔三〕作其君：興起、振作其君。　起其師：啓發、提振其師。

〔四〕興起：因感動而奮起。孟子盡心下：「奮乎百世之上，百世之下，聞者莫不興起也。非聖人而能若是乎？」

跋傅給事帖

紹興初，某甫成童，親見當時士大夫相與言及國事，或裂眥嚼齒〔一〕，或流涕痛哭，人人自期以殺身翊戴王室〔二〕。雖醜裔方張〔三〕，視之蔑如也〔四〕。卒能使虜消沮退縮〔五〕，自遣行人請盟〔六〕。會秦丞相檜用事，掠以爲功，變恢復爲和戎〔七〕，非復諸公初意矣。志士仁人，抱憤入地者，可勝數哉！今觀傅給事與呂尚書遺帖，死者可作，吾誰與歸〔八〕！嘉定二年七月癸丑，陸某謹識。

【題解】

傅崧卿、吕頤浩爲南宋初期名臣。後人搜輯兩人往來書簡，編爲二卷。本文爲陸游爲吕傅二公書簡中傅崧卿書帖所作的跋文，追憶紹興初年士大夫殺身成仁、同心抗敵的動人場景，痛責秦檜「變恢復爲和戎」的可耻行徑，表達追隨二公精神的堅强意志。

本文據文末自署，作於嘉定二年（一二〇九）七月癸丑（二十二）日。時陸游致仕家居。

【箋注】

〔一〕裂眥嚼齒：因憤怒而眼眶迸裂，咬牙碎齒。

〔二〕翊戴：輔佐擁戴。晉書閻鼎傳：「乃與撫軍長史王毗、司馬傅遜懷翼戴秦王之計。」

〔三〕醜裔：古代對邊外民族的蔑稱。此指金國。劉琨勸進表：「永嘉之際，氛厲彌昏，宸極失御，登遐醜裔，國家之危，有若綴旒。」

〔四〕蔑如：細微，不足道。漢書東方朔傳贊：「而揚雄亦以爲朔言不純師，行不純德，其流風遺書蔑如也。」

〔五〕消沮：沮喪。王安石上皇帝萬言書：「唐既亡矣，陵夷以至五代，而武夫用事，賢者伏匿消沮而不見。」顔師古注：「言辭義淺薄，不足稱也。」

〔六〕行人：指使者。請盟：求結盟好。左傳文公十六年：「公有疾使季文子會齊侯于陽穀。請盟。」

〔七〕和戎：指與別國媾和修好。左傳襄公四年：「公曰：『然則莫如和戎乎？』對曰：『和戎有五利焉。』」

〔八〕「死者」二句：禮記檀弓下：「死者如可作也，吾誰與歸？」陳澔集説：「言卿大夫之死而葬於此者多矣，假令可以再生而起，吾於衆大夫誰從乎？」

跋熊舍人四六後

裕陵見伯通外制〔一〕，手批付中書曰：「熊本文詞，朕自知之〔二〕。」荆公亦曰：「讀熊君奏報，如面相語〔三〕」。

【題解】

熊舍人，即熊本（一〇二五—一〇九一），字伯通，鄱陽（今屬江西）人。慶曆六年進士。爲撫州軍事判官，遷秘書監，知建德縣。提舉淮南常平，遷刑部員外郎、集賢殿修撰。平定西南瀘夷，招降渝州南夷，遷知制誥。與王安石交深，召爲工部侍郎，知桂州。入爲吏部侍郎，出知杭州、洪州等。宋史卷三三四有傳。四六，文體名，駢文之一種，多以四字六字爲對偶。六朝至唐代稱今文，宋代稱四六，詔制表啓多用之。本文爲陸游爲熊本四六文所作的跋文，引述時人對其文章的肯定。

本卷跋文自本篇起，均未繫年，當爲作者編集時，已難考定，只能集中編於卷末。現據跋文内容，可推測時間範圍的注出，其餘均標「待考」。

本文原未繫年。歐譜列於不繫年文。待考。

【箋注】

〔一〕裕陵：即永裕陵，宋神宗陵寢。此處代指神宗。外制：唐宋時期的皇帝誥命，由中書舍人或知制誥所掌的稱外制，由翰林學士所掌的稱内制。内外制文體多用四六。

〔二〕「手批」三句：宋史熊本傳：「大臣議加本天章閣待制，帝曰：『本之文，朕所自知，當典書命。』遂知制誥。帝數稱其文有體，命院吏别録以進。」

〔三〕荆公：即王安石。奏報：向皇帝的書面報告。

跋臨汝志

歐陽澈字德明，撫州臨川人，徙崇仁〔一〕。金虜犯闕，上書請身使虜庭，馭親王以歸，不報〔二〕。建炎初，伏闕上書論大臣誤國〔三〕。太學生陳東亦上書〔四〕，所言略同。遂并誅二人。年三十一。車駕渡江，贈承事郎。紹興初，贈朝奉郎、祕閣修撰，官其三子，賜田十頃。

【題解】

臨汝志，地理類著述。宋史藝文志地理類著録張貴謨臨汝圖志十五卷，江西古志考輯録宋代佚志另有臨汝志。李壁王荆公詩注卷三五清風閣注、卷四七龍泉寺石井二首注均引臨汝志。臨汝，古縣名。宋代屬撫州臨川縣。本文爲陸游爲臨汝志所作的跋文，記録本地名人歐陽澈生平軼事。

本文原未繫年。歐譜列於不繫年文。據文意，或作於乾道元年至二年（一一六五至一一六六）任職隆興通判期間。

【箋注】

〔一〕歐陽澈（一〇九七—一一二七）：字德明，撫州崇仁（今屬江西）人。年少善談世事，尚氣大言，慷慨不稍屈。靖康初應詔上疏，奏論朝廷弊政三十餘事，陳安邊禦敵十策。金兵南侵，徒步赴行在，伏闕上書，力詆和議。建炎元年八月，與陳東同時被殺。有飄然集六卷。宋史卷四五五有傳。

〔二〕不報：不答覆。

〔三〕伏闕：拜伏於宫闕之下。多指直接向皇帝上書奏事。

〔四〕陳東（一〇八六—一一二七）：字少陽，鎮江丹陽（今屬江蘇）人。早有雋聲，俶儻負氣，不戚戚於貧賤。以貢入太學。欽宗即位，多次率太學生伏闕上書，請誅蔡京等六賊，起用主戰派李綱，均獲施行，震動朝野。高宗初立，又請車駕歸京師，不去金陵，激怒高宗，與歐陽澈同日被殺。著有少陽集。宋史卷四五五有傳。

跋尼光語録

予登豫章西山，其上蓋有光禪師塔焉〔一〕。及來成都，又得師所説法要〔二〕，博辯奇偉，雷霆一世，猶有蜀忠文公立朝堂堂、不橈於死生禍福之遺風〔三〕，信其爲范氏女子也。笠澤漁隱陸某。

【題解】

尼光語録，指女尼光禪師所著語録。據文意，光禪師當爲蜀忠文公范鎮族中女子。本文爲陸游爲尼光語録所作的跋文，贊揚其書博辯奇偉，有范氏遺風。

本文原未繫年。歐譜列於不繫年文。據文意，當作於乾道末至淳熙初（一一七二至一一七七）在成都之時。

【箋注】

〔一〕豫章：南昌的古稱，宋代屬隆興府。光禪師塔：安葬光禪師的佛塔。

〔二〕師所説法要：即指尼光語録。

〔三〕蜀忠文公：即范鎮（一〇〇八—一〇八九），字景仁，華陽（今四川成都）人。舉進士。任新安主簿，累擢起居舍人、知諫院，改集賢殿修撰，歷同修起居注，知制誥。英宗時爲翰林學士。神宗即位，復爲翰林學士兼侍讀，反對王安石變法，遂致仕。哲宗朝拜端明殿學士，提舉崇福宫。累封蜀郡公。卒謚忠文。宋史卷三三七有傳。堂堂：志氣宏大貌。漢書蕭望之傳贊：「望之堂堂，折而不橈，身爲儒宗，有輔佐之能，近古社稷臣也。」不橈：不屈。橈，同撓。

跋程正伯所藏山谷帖

此卷不應携在長安逆旅中〔一〕，亦非貴人席帽金絡馬傳呼入省時所觀〔二〕。程子他日幅巾筇杖，渡青衣江，相羊喚魚潭、瑞草橋清泉翠樾之間〔三〕，與山中人共小巢龍鶴菜飯〔四〕，掃石置風爐，煮蒙頂紫茁〔五〕，然後出此卷共讀，乃稱爾。

【題解】

程正伯，即程垓，字正伯，號書舟，眉州眉山（今屬四川）人。與蘇軾爲中表。工詩文及詞。有書舟詞。山谷帖，黄庭堅書帖，内容不詳。本文爲陸游爲程垓所藏黄庭堅書帖所作的跋文，揭示此帖應在清泉緑蔭、烹茶飲食的休閒生活中展讀賞鑒。

本文原未繫年。歐譜列於不繫年文。據文意，或作於乾道末至淳熙初（一一七二至一一七七）在蜀中之時。

【箋注】

〔一〕逆旅：客舍。左傳僖公二年：「今虢爲不道，保於逆旅。」杜預注：「逆旅，客舍也。」

〔二〕席帽：古代帽名。以藤席爲骨架，形同氈笠，四緣下垂，可蔽日遮顔。見崔豹古今注。金絡馬：指良馬。入省：指入宫禁之中。

〔三〕幅巾：古代男子用以裹頭的全幅絲絹。後裁出脚稱襆頭。筇杖：筇竹所製手杖。青衣江：大渡河支流。主源爲寶興河，匯合天全河、滎經河後稱青衣江，經雅安、洪雅、夾江於樂山草鞋渡處匯入大渡河。以青衣羌國而得名，流域内歷史文化底蘊深厚。相羊：徘徊，盤桓。楚辭離騷：「折若木以拂日兮，聊逍遥以相羊。」洪興祖補注：「相羊，猶徘徊也。」喚魚潭、瑞草橋：均爲青衣江邊的景點。翠樾：緑蔭。

〔四〕小巢龍鶴菜飯：蜀中名菜，用小巢菜和蛇、家禽等做成。劍南詩稿卷四題龍鶴菜帖小序云：「東坡先生元祐中與其里人史彦明主簿書云：『新春龍鶴菜羹有味，舉箸想復見憶邪？』」小巢，劍南詩稿卷三巢菜小序云：「蜀蔬有兩巢：大巢，豌豆之不實者；小巢，生稻畦中，東坡所賦元修菜是也，吴中絶多，名漂摇草，一名野蠶豆，但人不知取食耳。」

〔五〕風爐：一種用於煮茶温酒的小型爐子。陸羽茶經器：「風爐，以銅鐵鑄之，如古鼎形。」蒙頂紫茁：蜀中名茶，用蒙頂山紫芽製成。陸羽茶經：「茶者，紫者上。」蒙頂山，又稱蒙山，在四川雅安。

跋張待制家傳

待制公躋於仕宦，晚途僅得一郎吏〔一〕，而感激國難〔二〕，冒兵渡河北行，忠義之氣，可沮金石。方其客死靈丘，寓骨雲中時〔三〕，雖夷狄異類，亦爲賈涕也。今其家寖微，一孫未去天官侍郎選〔四〕，公卿大夫乃未有表出之以爲忠義勸者〔五〕，誠某所不識也。

【題解】張待制，即張宇發，因拜徽猷閣待制，故稱。嘉泰會稽志卷十五：「張宇發字叔光，會稽人。舉進士。調和州含山主簿、温州瑞安、河南府登封兩縣丞，監炒造丹粉所、京東排岸司。靖康初元，以李綱薦召對，除都官員外郎。金人再犯闕，詭執和議，要大臣宣諭兩河。上以命聶昌、耿南仲，皆辭，惟中書侍郎陳過庭請行。於是宇發爲副，拜徽猷閣待制。已而分過庭往河北，而宇發往河東。會虜情中變，鑾駕北狩，兩人皆已銜命在道，遂縶留異域，聲問阻絶。紹興十三年，前禮部尚書洪皓還朝，言宇發自蔚州歿於雲中，皓見其櫬旅寄荒寺，携至燕山，授僕人徐禹功使葬焉。因再疏請褒贈。時相秦檜沮抑，事不果行。檜薨，皓子、翰林學士遵言字發執節歿身，南北阻遠，計不及時，未蒙贈卹。於是詔贈左朝請大夫，職賜如故，仍以致仕遺表恩官其子孫焉。」家傳，家中自撰的傳記，區別於史官所著史傳。本文爲陸游爲張待制家傳所作的跋文，稱頌其感激國難、客死北國的忠義之氣，感慨其家世寖微、無人表出的命運。

本文原未繫年。歐譜列於不繫年文。待考。

【箋注】

〔一〕躓於仕宦：仕途不順。躓，不順，挫折。　晚途：晚年。　晉書會稽文孝王道子傳：「道子張目謂人曰：『桓温晚塗欲做賊，云何？』(桓)玄伏地流汗不得起。」　郎吏：即郎官，侍郎、郎中一類職務。

〔二〕感激：感奮激發。　劉向說苑修文：「感激憔悴之音作而民思憂。」

〔三〕靈丘：縣名。西漢初始置，宋代屬河東路。今屬山西大同。　雲中：古郡名。秦置雲中郡，唐時再設，在今山西大同，後改爲雲州。

〔四〕天官侍郎：指吏部侍郎。周禮分設六官，以天官冢宰居首，總御百官。後世稱吏部爲天官。

〔五〕表出：表彰，顯揚。　勸：勸勉，勉勵。

跋柳氏訓序

方玭之爲是書也，璨已長矣〔一〕。詩曰：「誨爾諄諄，聽我藐藐〔二〕。」悲夫！

【題解】

柳氏訓序，唐柳玭所著傳記類著述。新唐書藝文志著録柳玭柳氏訓序一卷。郡齋讀書志傳記類著録柳氏序訓一卷，并載：「唐柳玭叙其祖公綽已下内外事迹，以訓其子孫。」新唐書柳玭傳：「玭常述家訓以戒子孫。」孫光憲北夢瑣言卷十二：「僕嘗覽柳氏訓序，見其家法嚴肅，乃士流之最也。」柳玭（七七三—八一九），京兆華原（今陝西耀縣）人。柳公綽之孫，柳仲郢之子。以明經、書判拔萃科入仕。歷秘書省正字、右補闕、殿中侍御史、刑部員外、起居郎、諫議給事中，官至御史大夫。舊唐書卷一六五、新唐書卷一六三有傳。本文爲陸游爲柳氏訓序所作的跋文，感慨其在柳氏後代柳璨的身上未能奏效。

本文原未繫年。歐譜列於不繫年文。待考。

【箋注】

〔一〕柳璨：字照之，河東人。少孤貧好學，中光化進士。精漢書，判史館，進直學士，遷左拾遺，召爲翰林學士。以諫議大夫平章事，改中書侍郎。因投靠朱全忠又勸阻其篡位，遭其所害。

〔二〕「詩曰」三句：語出詩大雅抑。指對你反復教導，你却不聽不理。

舊唐書卷一七九、新唐書卷二二三有傳。

跋祠部集

祠部叔祖詩文至多，今皆不傳〔一〕。此小集得之書肆，蓋石氏所藏也〔二〕。某謹識。

【題解】

祠部集，陸游六叔祖陸傅所撰文集。陸傅字巖老，陸佃之弟。熙寧六年進士。徽宗時曾任祠部郎中。本文爲陸游爲陸傅祠部集所作的跋文，追憶叔祖「詩文至多」，交代文集來源。

本文原未繫年。歐譜列於不繫年文。待考。

【箋注】

〔一〕「祠部」二句：陸游家世舊聞卷上：「六叔祖祠部平生喜作詩，日課一首，有故則追補之，至老不廢。」

〔二〕石氏：名字不詳。

跋消災頌

高道傳言〔一〕：此頌蓋武陵張尊師作〔二〕。尊師亦號白雲子，豈以此故，遂誤爲子微乎〔三〕？玉笈齋書〔四〕。

【題解】

消災頌，道教祈求消除災禍的頌文。本文爲陸游爲消災頌所作的跋文，指明其爲張尊師所作，并推測致誤的原因。

本文原未繫年。歐譜列於不繫年文。待考。

【箋注】

〔一〕高道傳：北宋道士賈善翔所著傳記類著述。宋史藝文志神仙類著録賈善翔高道傳十卷。今佚。賈善翔字鴻舉，號蓬丘子，蓬州（今四川蓬安）人。善談笑，好琴，嗜酒，嘗與蘇軾交遊。任道官左街都監同簽書教門公事，賜號崇德悟真大師。

〔二〕武陵張尊師：中唐道士，號白雲子。與令狐楚、許渾等遊。許渾有送張尊師歸洞庭詩：「能琴道士洞庭西，風滿歸帆路不迷。對岸水花霜後淺，傍簷山果雨來低。杉松近晚移茶灶，岩谷初寒蓋藥畦。他日相思兩行字，無人知處武陵溪。」武陵，唐代改六朝武陵郡爲朗州，另設武陵縣，宋代屬荆湖北路鼎州，今屬湖南常德。

〔三〕子微：即司馬承禎，字子微，自號白雲子。盛唐道士。參見卷二六跋坐忘論注〔一〕。

〔四〕玉笈齋：陸游齋名。曾幾茶山集卷一有陸務觀讀道書名其齋曰玉笈。永樂大典卷二一五四〇「齋」字下引鎮江志：「通判南廳，齋曰玉笈，乾道中陸游建。」劍南詩稿卷二有玉笈齋書事（乾道七年作）。

跋肇論

高僧傳肇公化時〔一〕，年三十一耳，所著書乃傳百世。吾曹老而無聞，可愧也。

【題解】

肇論，後晉僧肇所撰系統發揮佛教般若思想的論文集。包括宗本義、物不遷論、不真空論、般若無知論、涅盤無名論五篇。郡齋讀書志釋氏類著録肇論四卷，并云：「師羅什規模莊周之言，以著此書物不遷、不真空、涅盤無知、般若無名四論。傳燈録云：『肇後爲姚興所殺。』」僧肇（三八四—四一四），俗姓張，京兆（今陝西西安）人。初信老、莊，讀維摩經，欣賞不已，遂出家從鳩摩羅什門下，在譯場從事譯經，評定經論。擅長般若學，被鳩摩羅什歎爲奇才，稱爲「解空第一」。著作多種，尤以肇論著名。高僧傳卷六有傳。本文爲陸游爲肇論所作的跋文，感慨肇公壽短而書傳百世，自愧老而無聞。

本文原未繫年。歐譜列於不繫年文。待考。

【箋注】

〔一〕肇公：即僧肇。化：指死亡。

先楚公奏檢

舊有海陵時録白元本〔一〕，巨編大字，有先左丞親書更定處〔二〕，今不復存。此本紹興中先少師命筆史傳録者〔三〕。某識。

【題解】

先楚公，即陸游祖父陸佃。奏檢，奏疏的標籤。説文：「檢，書署也。」本文爲陸游爲祖父陸佃的奏疏標籤所作的跋文，指出傳録本和白元本的不同。

本文原未繫年。歐譜列於不繫年文。待考。

【箋注】

〔一〕海陵：地名，今江蘇泰州。陸佃紹聖二年（一〇九五）謫知海陵，凡二年。録白：宋樞密院承旨起草的文件。宋史職官志：「凡中書省畫黄、録黄，樞密院録白、畫旨，則留爲底。」

〔二〕先左丞：即陸佃。更定：改訂，修訂。史記屈原賈生列傳：「諸律令所更定，及列侯悉就國，其説皆自賈生發之。」

〔三〕先少師：即陸游父親陸宰。筆史：指掌文書的吏員。傳録：轉抄，傳抄。歐陽修歸田録卷一：「（楊大年作文）每盈一幅，則命門人傳録，門人疲於應命，頃刻之際，成數千言。」

跋宗元先生文集

宗元先生吴貞節，唐史有傳，以歌詩名天寶中。此一卷，蓋見雲章寶室云〔一〕。放翁書。

【題解】

宗元先生文集，唐代著名道士吴筠所撰文集。吴筠（？—七七八），字貞節，一作正節，華州華陰（今陝西華陰）人。性高鯁，少業儒，進士落第後隱居南陽倚帝山。天寶初召至京師，請隸入道門。後入嵩山，師承馮齊整受正一之法。與李白等交往甚密。玄宗多次徵召，應對皆名教世務，并以微言諷帝，深蒙賞賜。後固辭還山。東遊會稽，卒於剡中。弟子私謚宗元先生。舊唐書卷一九二、新唐書卷一九六有傳。直齋書録解題卷十六著録吴筠集十卷，并云：「傳稱筠所善孔巢父、李白，歌詩相甲乙。巢父詩未之見也。筠詩固不碌碌，豈能與太白相甲乙哉！」郡齋讀書後志卷二著録吴筠宗元先生集十卷。本文爲陸游爲吴筠文集所作的跋文，指出其中有關於道教典籍的內容。

本文原未繫年。歐譜列於不繫年文。待考。

【箋注】

〔一〕雲章寶室：皮藏道教典籍的殿堂。雲章，道教的典籍。雲笈七籤卷一二二：「瓊簡瑶函，爰敷寶訓；雲章鳳篆，咸演秘文。」

跋韓子蒼語録

此故人范季隨周士所記也〔一〕，周士没後數年，得之於其子。然余舊聞周士道韓公語極多，尚恐所記不止於此，當更訪之。

【題解】

韓子蒼語録，即記録韓駒詩論的陵陽室中語。韓子蒼，即韓駒，字子蒼。江西詩派詩人。參見卷二七跋陵陽先生詩草題解。陵陽室中語，范季隨所記，詩人玉屑多有引用。本文爲陸游爲韓駒論詩語録所作的跋文，記録其來源，并指出須繼續訪求。

本文原未繫年。歐譜列於不繫年文。待考。

【箋注】

〔一〕范季隨：字周士。曾任建昌軍教授。學詩於韓駒，録有陵陽室中語。

跋孟浩然詩集

此集有示孟郊詩〔一〕。浩然，開元、天寶間人，無與郊相從之理，豈其人偶與東野同姓名耶？晁伯以謂岳陽樓止有前四句〔二〕，亦似有理。續考之，伯以之説蓋不然。大抵浩然四十字詩〔三〕，後四句率覺氣索〔四〕，如洞庭寄閻九、歲暮歸南山之類皆然。杜少陵評浩然詩云「新詩句句盡堪傳」〔五〕，豈當時已有此論，故少陵爲掩之耶？適越留別譙縣張主簿詩，初云「得與故人會」，後云「浮雲去吴會」，此亦是吴與會稽也〔六〕。

【題解】

孟浩然詩集，盛唐詩人孟浩然所撰詩集。直齋書録解題卷十九著録孟浩然孟襄陽集三卷，并云：「宜城王士源序之。凡二百十八首，分爲七類。太常卿韋縚爲之重序。」孟浩然（六八九—七四〇），字浩然，襄州襄陽（今屬湖北）人。早年隱居鹿門山。開元中應進士不第。漫遊江淮、吴越等地後歸襄陽。二十五年辟爲荆州從事。後復歸襄陽，以病卒。詩擅五言，與王維並稱「王孟」。舊唐書卷一九〇、新唐書卷二〇三有傳。本文爲陸游爲孟浩然詩集所作的跋文，考證其中闌入他人詩作，并揭示其五言詩特點。

本文原未繫年。歐譜列於不繫年文。待考。

【箋注】

〔一〕孟郊（七五一—八一四）：字東野，吴興武康（今浙江德清）人。貞元十二年進士。授溧陽尉，辭歸。元和元年被辟爲河南水陸轉運從事，四年丁母憂罷。九年奏爲興元節度參謀，途中暴疾而卒。詩作與韓愈並稱「韓孟」。舊唐書卷一六〇、新唐書卷一七六有傳。

〔二〕晁伯以：即晁説之，字以道，一字伯以。參見卷十四晁伯咎詩集序注〔一〕。岳陽樓：指孟浩然望洞庭湖贈張丞相：「八月湖水平，涵虚混太清。氣蒸雲夢澤，波撼岳陽城。欲濟無舟楫，端居耻聖明。坐觀垂釣者，徒有羨魚情。」

〔三〕四十字詩：指五言律詩，凡四韻八句，四十字。

〔四〕氣索：氣息衰敗。

〔五〕杜少陵：即杜甫。杜甫解悶十二首其六：「復憶襄陽孟浩然，清詩句句盡堪傳。即今耆舊無新語，漫釣槎頭縮頸鯿。」

〔六〕「適越」四句：孟浩然適越留别譙縣張主簿申屠少府：「朝乘汴河流，夕次譙縣界。幸值西風吹，得與故人會。君學梅福隱，余從伯鸞邁。别後能相思，浮雲在吴會。」

跋出疆行程

此一書蓋陳魯公出使時官屬所記〔一〕，不知爲何人也。文詞雖鄙淺，事頗詳洽〔二〕，故録之。淳熙己酉秋〔三〕，錢愷之子端忠爲金部外郎〔四〕，予在儀曹，與之同廊，日會食〔五〕。嘗問此書誰所作，端忠云：「刁廱也〔六〕。」廱字文叔，頗有文，不應鄙淺如此，恐未必然也。放翁書。

【題解】

出疆行程，記載紹興年間陳康伯出使金國行程的記述類著述。記録者不詳。陳康伯，字長卿。參見卷七除編修官謝丞相啓題解。宋史陳康伯傳：「（紹興）十三年，始遷軍器監。借吏部尚書使金，至汴將晡，不供餉，閉户卧勿問；入夜，館人扣户謝不敏，亦不對。後因金使至，召康伯館伴，端午賜扇帕，與論拜受禮，言者以生事論，罷知泉州。」本文爲陸游爲出疆行程所作的跋文，評價其「文辭雖鄙淺，事頗詳洽」，并辨析其作者。

本文原未繫年。歐譜稱：「此文凡二篇，第一篇不書作年，第二篇記爲己酉秋所作。」歐説可議。第二篇「嘗問」云云，仍是回憶語氣，與第一篇當作於同時。待考。

【箋注】

〔一〕陳魯公：即陳康伯。封魯國公。官屬：官員的屬吏。

〔二〕詳洽：詳備廣博。宋書律曆志序：「劉向鴻範始自春秋，劉歆七略儒墨異部，朱贛博采風謠，尤爲詳洽，固并因仍，以爲三志。」

〔三〕淳熙己酉秋：淳熙十六年（一一八九）秋。時陸游在禮部郎中兼實録院檢討官任上。

〔四〕錢愷：字樂道，會稽郡王錢景臻第四子。以蔭入仕，歷防禦使、承宣使，封吴興郡公。端忠：即錢端忠，錢愷之子。歷官金部郎中、司農少卿、江西轉運副使、知平江府。金部：官署名。屬户部。掌勾考市舶、商税、茶鹽等歲入之數，頒布度量衡法式等。外郎：即員外郎，正員以外的郎官。

〔五〕儀曹：禮部郎官的别稱。會食：會餐，相聚進餐。史記淮陰侯列傳：「令其裨將傳飧，曰：『今日破趙會食！』」

〔六〕刁靡：字文叔。曾任鹽官令。

跋李衛公集

韋執誼之爲人，順宗實録及唐書載之甚詳，正人所唾罵也〔一〕。今觀李衛公祭文，稱譽之乃如此〔二〕。衛公之言固過矣，史官所書無乃亦有溢惡者乎〔三〕？毁譽之可疑如此者多矣，可勝歎哉！執誼作相時，實録言嘗遷中書侍郎同平章事，而史不書，衛公又以爲僕射。雖小節，亦聊附見於此。

【題解】

李衛公集，唐代李德裕的文集。李德裕，字文饒，封衛國公。參見卷二一吴氏書樓記注〔九〕。直齋書録解題卷十六著録李德裕會昌一品集二十卷、别集十卷、外集四卷，并云：「一品集者，皆會昌在相位制誥、詔册、表疏之類也；别集詩賦、雜著；外集則窮愁志也。本文爲陸游爲李德裕文集所作的跋文，比較正史與祭文對韋執誼評價之不同，感慨史書毁譽之可疑，并附見各本記載細節之差異。

本文原未繫年。歐譜列於不繫年文。待考。

【箋注】

〔一〕「韋執誼」三句：言正史唾罵韋氏。韋執誼（七六九—八一四）：字宗仁，京兆（今陝西西安）

人。進士及第，歷任右拾遺、翰林學士、吏部郎中等，與王叔文交好。永貞元年拜相，官至中書侍郎、同平章事，協助王叔文推行永貞革新。憲宗繼位後貶崖州司馬，卒於貶所。舊唐書卷一三五、新唐書卷一六八有傳。順宗實録，韓愈所撰實録類史書，記録唐順宗一朝史實。順宗實録和兩唐書反對永貞革新，對韋執誼評價頗低。如順宗實録稱：「執誼進士，對策高等，驟遷拾遺，年二十餘入翰林，巧慧便辟，媚幸於德宗，而性貪婪詭賊。」

〔二〕「今觀」二句：言祭文稱譽韋氏。李德裕亦貶崖州，與韋執誼同病相憐，對其評價極高，作祭韋相執誼文稱：「嗚呼！皇道咸寧，藉於賢相。德邁皋陶，功宣吕尚。文學世雄，智謀神貺。一遘讒疾，投身荒瘴。地雖厚兮不察，天雖高兮難諒。野掇澗蘋，晨薦秬鬯。信成禍深，業崇身喪。」

〔三〕溢惡：過分指責。莊子人間世：「夫兩喜必多溢美之言，兩怒必多溢惡之言。」

跋徐節孝語

仲車名在天下，孰不知尊仰者，雖無蘇公所云可也〔一〕，況它人乎？此集前後所載，悉當削去〔二〕。陸某識。

【題解】

徐節孝語，即徐積之語録。徐積（一〇二八—一一〇三），字仲車，楚州山陽（今江蘇淮安）人。三歲父死，事母至孝。治平進士，以耳聾不能出仕。年過五十，始以揚州司户參軍爲楚州教授，轉和州防禦推官，改宣德郎，監中嶽廟。卒謚節孝處士。宋史卷四五九有傳。直齋書録解題卷九著録江端禮季恭所録徐積節孝先生語一卷，又卷十七著録徐積節孝集二十卷。本文爲陸游爲徐節孝語所作的跋文，指出徐積名高受尊仰，非因蘇軾之言。

本文原未繫年。歐譜列於不繫年文。待考。

【箋注】

〔一〕蘇公所云：蘇公，即蘇軾。東坡志林載：「徐積字仲車，古之獨行也，於陵仲子不能過，然其詩文則怪而放，如玉川子，此一反也。耳聵甚，畫地爲字，乃始通語，終日面壁坐，不與人接，而四方事無不周知其詳，雖新且密，無不先知，此二反也。」

〔二〕「此集」二句：指此本徐積語録，前後或載有「蘇公所云」等内容，當削去。

跋趙渭南詩集

唐人如韋蘇州五字〔一〕，趙渭南唐律〔二〕，終身所作多出此，故能名一代云。

【題解】

趙渭南詩集，即唐代趙嘏所撰詩集。趙嘏，字承祐，山陽（今江蘇淮安）人。會昌四年進士。大中年間，爲渭南尉。卒年四十餘。工詩，長於七律，詞采贍美，聲韻流轉，時有俊逸之氣，紀昀謂開劍南一派。有渭南集。事迹見唐摭言卷十五、唐才子傳卷七。直齋書録解題卷十九著録趙嘏渭南集一卷，并云：「壓卷有『長笛一聲人倚樓』之句，當時稱爲『趙倚樓』。」陸游晚封渭南伯與趙嘏直接相關，劍南詩稿卷七一有蒙恩封渭南縣伯因刻渭南伯印，有「渭南且作詩人伴」之句；又卷七五有恩封渭南伯唐詩人趙嘏爲渭南尉當時謂之趙渭南後來將以予爲陸渭南乎戲作長句，有「好句真慚趙倚樓」之句。本文爲陸游爲趙嘏詩集所作的跋文，指出詩作專注一體，故能名一代。

本文原未繫年。歐譜列於不繫年文。待考。

【箋注】

〔一〕韋蘇州：即韋應物（七三五—七九二），京兆萬年（今陝西西安）人。早年任俠負氣，後折節讀書。歷任洛陽丞、京兆府功曹、比部員外郎、左司郎中等，貞元四年出爲蘇州刺史。詩與柳宗元齊名，尤長五古。事迹見唐才子傳卷四。五字：指五言詩。

〔二〕唐律：指唐代律詩體。

跋石鼓文辨

予紹興庚辰、辛巳間在朝路〔一〕，識鄭漁仲〔二〕，好古博識，誠佳士也，然朝論多排詆之。時許至三館借書〔三〕，故館中尤不樂云。

【題解】

石鼓文辨，鄭樵所撰考辨石鼓文的著述。石鼓文，秦代刻石文字，因其刻石外形似鼓而得名。發現於唐初，共十枚，高約三尺，徑約二尺，分别刻有大篆四言詩一首，共十首，計七百一十八字。内容被認爲是記叙周宣王出獵的場面。宋代鄭樵石鼓音序開啓「石鼓秦物論」。原石現藏故宫博物院石鼓館。直齋書録解題卷三著録鄭樵石鼓文考三卷，并云：「其説以爲石鼓出於秦，其文有與秦斤、秦權合者。」又引隨齋批註云：「樵以本文『丞』、『殹』兩字，秦斤、秦權有之，遂以石鼓爲秦物，先文簡論而非之，其説甚博。」本文爲陸游爲石鼓文辨所作的跋文，追憶紹興年間與鄭樵相識的軼事，稱贊其好古博識。

本文原未繫年。歐譜列於不繫年文。待考。

【箋注】

〔一〕紹興庚辰、辛巳：即紹興三十、三十一年（一一六〇、一一六一）。時陸游任敕令所删定官。

朝路：指朝廷官署。

〔二〕鄭漁仲：即鄭樵（一一〇四—一一六二），字漁仲，興化軍莆田（今屬福建）人，世稱夾漈先生。一生不應科舉，刻苦力學三十年，遍讀古今之書。紹興中以薦召對，授迪功郎、禮、兵部架閣。爲御史劾，改監南嶽廟。通志書成，入爲樞密院編修官。著述共八十餘種，廣涉禮樂、文字、天文、地理、蟲魚、草木、史學、文獻、方志之學。今存僅通志、夾漈遺稿、爾雅注、詩辨妄等幾種。事迹見莆陽比事卷三。

〔三〕三館：即昭文館、集賢院、史館，負責藏書、校書、修史等。宋代并在崇文院中。鄭樵通志總序：「欲三館無素餐之人，四庫無蠹魚之簡，千章萬卷，日見流通。」

跋西崑酬唱集

祥符中，嘗下詔禁文體浮艷〔一〕，議者謂是時館中作宣曲詩，宣曲見東方朔傳〔二〕。其詩盛傳都下，而劉、楊方幸〔三〕，或謂頗指宫掖〔四〕。又二妃皆蜀人，詩中有「取酒臨邛遠」之句〔五〕。賴天子愛才士，皆置而不問，獨下詔諷切而已〔六〕。不然，亦殆哉。

【題解】

西崑酬唱集，楊億所編詩歌總集名。參見卷二六跋西崑酬唱集題解。直齋書録解題卷十五著録西崑酬唱集二卷，并云：「景德中館職楊億大年、錢惟演希聖、劉筠子儀唱和，凡二百四十七章。亦有賡屬者，共十五人。所謂『崑體』者，於此可見。億自爲序。」本文爲陸游爲西崑酬唱集所作的跋文，追述祥符中詔禁文體浮艷的背景。

本文原未繫年。歐譜列於不繫年文。待考。

【箋注】

〔一〕「祥符」二句：祥符即大中祥符，宋真宗年號，一〇〇八至一〇一六年。宋真宗大中祥符二年下詔禁浮華，復古風。石介祥符詔書記載：「乃下詔曰：國家道洽天下，化成域中，敦百行於人倫，闡六經於教本，冀斯文之復古，期末俗之還淳。近代以來，屬辭多弊，侈靡滋甚，浮艷相高，忘祖述之大猷，競雕刻之小巧……今後屬文之士，有辭涉浮華、玷於名教者，必加朝典，庶復古風。」

〔二〕「議者」二句：祥符詔書記載：「祥符二年，翰林學士楊億、知制誥錢惟演、祕閣校理劉筠，唱和宣曲詩，述前代掖庭事，辭多浮艷。」西崑酬唱集卷上有宣曲二十二韻。宣曲，漢宮名。三輔黄圖甘泉宫：「宣曲宫在昆明池西。孝宣帝曉音律，常於此度曲，因以爲名。」漢書東方朔傳：「丞相御史知指，乃使右輔都尉徼循長楊以東，右内史發小民共待會所。後乃私置更衣，從宣曲以南十二所，中休更衣，投宿諸宫，長楊、五柞、倍陽、宣曲尤幸。」

〔三〕劉楊：指劉筠、楊億。

〔四〕宫掖：指皇宫。掖即掖庭，宫中旁舍，嬪妃所居處。後漢書竇憲傳：「憲恃宫掖聲勢，遂以賤直請奪沁水公主園田。」

〔五〕「詩中」句：劉筠和宣曲二十二韻：「盡知春可樂，終歎夜何長。取酒臨邛遠，吞聲息國亡。」

〔六〕諷切：諷喻切責。晉書傅咸傳：「咸復與駿箋諷切之，駿意稍折，漸以不平。」

跋兼山家學

予始得此書時，猶未識昌國。後五年，始同朝〔一〕。詳觀其爲人，誠法度之士〔二〕，間相與論學，輒忘昏旦，乃知其得於子和先生者深矣〔三〕。昌國名其所居曰「艮齋」，亦以嗣兼山之學歟〔四〕？

【題解】

兼山家學，或指郭忠孝之子郭雍所撰傳家易説。兼山，即郭忠孝，字立之。參見卷二七跋兼山先生易説題解。其子郭雍傳承家學，亦有著述。直齋書録解題卷一著録其傳家易説十一卷，并云：「自言其父忠孝，受學於程伊川。伊川示以易之艮，曰：『艮，止也。學道之要無出於此。』自是方覺讀易有味。牓其室曰『兼山』。立身行道，皆自『止』始。兵興之初，先人舊學掃地，念欲補續其説，中心所知者『艮，止也』。潛稽易學，以述舊聞，用傳於家。……雍隱居陝州長陽山中。帥守屢薦，召之不至，由處士封頤正先生。其末，提舉趙善譽言於朝，遺官受所欲言，得其傳家兵學六卷以進，時淳熙丙午也。明年卒，年八十有四。又有兼山遺學六卷，見儒家類。餘書皆未之見也。雍實范忠宣丞相外孫，又號白雲先生。」本文爲陸游爲郭雍所撰傳家易説所作的跋文，梳理郭忠孝、郭雍、謝諤之間的家學淵源。

本文原未繫年。歐譜列於不繫年文。待考。

參考卷二七跋兼山先生易説、卷二五書二公事。

【箋注】

〔一〕「予始」四句：昌國即謝諤，字昌國，號艮齋。參見卷十二賀謝殿院啓題解。陸游與謝諤「同朝」當在淳熙十六年。則陸游「始得」其書在淳熙十一年，而陸游作跋兼山先生易説一文亦在此年，可知郭氏父子的著述應是同時得到的。

〔二〕法度之士：指遵守規矩之人。因其懂得「止」。

〔三〕子和先生：即郭雍，字子和。參見卷二五書二公事注〔七〕。

〔四〕「昌國」三句：謝諤傳承了郭忠孝重視易之艮卦的精神。參見本文題解。

跋淮海後集

悼王子開五詩〔一〕，賀鑄方回作也〔二〕。子開名蘧，居江陰，既死，返葬趙州臨城，故有「和氏」、「干將」之句〔三〕。方回詩今不多見於世，聊記之以示後人。放翁。

【題解】

淮海後集，秦觀所撰文集。直齋書録解題卷十七著録秦觀淮海集四十卷、後集六卷、長短句三卷。本文爲陸游爲秦觀淮海後集所作的跋文，指出其中闌入賀鑄詩作。

本文原未繫年。歐譜列於不繫年文。待考。

【箋注】

〔一〕悼王子開五詩：見淮海後集卷三。

〔二〕賀鑄（一〇五二—一一二五），字方回，衛州（今河南衛輝）人，原籍山陰，故自號慶湖遺老。宋太祖賀皇后族孫。博聞强記，氣俠雄爽。元祐中通判泗州，又倅太平州，悒悒不得志，退居吴下。善詞章，有東山樂府、慶湖遺老集。宋史卷四四三有傳。

〔三〕「子開」五句：子開，即王蘧，字子開，趙州臨城（今屬河北）人。曾知江陰、涪州等。與弟王適子立、王遹子敏均從學於蘇軾。後王適娶蘇轍女。秦觀悼王子開其五：「已矣知無憾，賢愚共此途。白駒馳白日，黄髮掩黄壚。和氏終歸趙，干將不葬吴。駑疴如可强，猶擬奠生芻。」和氏，即和氏璧，最終完璧歸趙。故事見史記廉頗藺相如列傳。干將，吴人，與妻莫邪爲楚王鑄劍，劍成而爲楚王所殺。其子赤爲父報仇，殺楚王後自刎，共葬於三王墓，在宜春（今河南汝南）。故事見搜神記、孝子傳等。

跋張季長中庸辨擇

此書大概似陳瑩中初著尊堯集〔一〕，識者當自得之。

【題解】

張季長，即張縯，字季長，參見卷二七跋陝西印章注〔三〕。中庸辨擇，辨析禮記中庸的著述，已佚。本文爲陸游爲張縯中庸辨擇所作的跋文，指出其略似尊堯集辨析是非之作。

本文原未繫年。歐譜列於不繫年文。待考。

【箋注】

〔一〕陳瑩中：即陳瓘（一〇五七—一一二四），字瑩中，號了齋，南劍州沙縣（今屬福建）人。元豐進士。歷太學博士、秘書省校書郎、右正言、左司諫、權給事中等。矜莊自持，極論蔡京等劣行，崇寧中入黨籍，除名遠竄。後安置通州，徙台州。宋史卷三四五有傳。尊堯集：陳瓘所撰辨斥王安石變亂史實的著述。宋史陳瓘傳：「瓘嘗著尊堯集，謂紹聖史官專據王安石日録改修神宗史，變亂是非，不可傳信，深明誣妄，以正君臣之義。」

跋法書後

法書一編付子遹〔一〕，能熟觀之，亦可得筆法之梗概矣。

【題解】

法書，指名家的書法範本。本文爲陸游爲書法範本所作的跋文，指示學習書法的門徑。

本文原未繫年。歐譜列於不繫年文。待考。

【箋注】

〔一〕子遹：陸游幼子。

跋李太白詩

此本頗精。今當塗本雖字大可喜〔一〕，然極謬誤，不可不知也。

【題解】

李太白，即李白，字太白。李白詩文集，版本十分複雜。直齋書録解題卷十六著録李翰林集三十卷，并梳理其版本流傳云：「唐志有草堂集二十卷者，李陽冰所録也。今案：陽冰序文但言十喪其九，而無卷數。又樂史序文稱李翰林集十卷，别收歌詩十卷，因校勘爲二十卷，又於館中得賦、序、表、書、贊、頌等，亦爲十卷，號曰别集。然則三十卷者，樂史所定也。家所藏本，不知何處本，前二十卷爲詩，後十卷爲雜著，首載陽冰、史及魏顥、曾鞏四序，李華、劉全白、范傳正、裴敬碑誌，卷末又載新史本傳，而姑孰十詠，笑矣、悲來、草書三歌行亦附焉，復著東坡辨證之語，其本最爲完善。别有蜀刻大小二本，卷數亦同，而首卷專載碑、序，餘二十三卷歌詩，而雜著止六卷。有宋敏求後序，言舊集歌詩七百七十六篇，又得王溥及唐魏萬集本，因裒唐類詩諸篇洎石刻所傳，廣之無慮千篇。以别集、雜著附其後。曾鞏蓋因宋本而次第之者也，以校舊藏本篇數，如其言，然則蜀本即宋本也耶？末又有元豐中毛漸題，云『以宋公編類之勤，曾公考次之詳，而晏公又能鏤版以傳於世』，乃晏知止刻於蘇州者。然則蜀本蓋傳蘇本，而蘇本不復有矣。」陸游所跋不知何本。本文爲陸游爲李白詩集所作的跋文，稱其本頗精，而當塗本多謬誤。

本文原未繫年。歐譜列於不繫年文。待考。

【箋注】

〔一〕當塗本：當塗，縣名。南宋屬江南東路。今屬安徽。

跋重廣字説

字説凡有數本〔一〕，蓋先後之異，此猶非定本也。

【題解】

重廣字説：拓展王安石字説的著述，著者不詳。字説，王安石所撰闡述文字源流的小學著述。郡齋讀書志卷著録字説二十卷，并稱其「晚年閒居金陵，以天地萬物之理，著於此書，與易相表裏。而元祐中，言者指其揉雜釋、老，穿鑿破碎，聾瞽學者，特禁絶之。」文獻通考經籍考引石林葉夢得語稱：「凡字不爲無義。但古之制字，不專主義，或聲或形，其類不一。先王略别之，以爲六書；而謂之小學者，自是專門一家之學。其微處遽未易盡通，又更篆隸，損益變易，必多乖失。許慎之説文，但據東漢所存，以偏旁類次，其造字之本，初未嘗深究也。王氏見字多有義，遂一概以義取之，雖六書且不問矣，況所謂小學之專門者乎？是以每至於穿鑿附會，有一字析爲三四文者。古書豈如是煩碎哉！學者所以鬨然起而交詆，誠不爲無罪，然遂謂之皆無足取，則過也。」宋史王安石傳：「初，安石訓釋詩、書、周禮，既成，頒之學宫，天下號曰『新義』。晚居金陵，又作字説，多穿鑿傅會，其流入於佛、老。一時學者，無敢不傳習，主司純用以取士，士莫得自名一説，先儒傳注，一切廢不用。」本文爲陸游爲重廣字説所作的跋文，記録字説有先後多本。

本文原未繫年。歐譜列於不繫年文。待考。

【箋注】

〔一〕字説凡有數本：字説一度盛行，版本頗多，先後有異。新政既罷，此書遭禁而湮没不傳。後人僅有輯本。

跋巖壑小集

朱希真夜熱坐寺庭五字一篇及病虎、過酒樓二古詩〔一〕，皆出同時諸人上。

【題解】

巖壑小集，朱敦儒所撰文集。朱敦儒，字希真。參見卷二九跋雲丘詩集後注〔八〕。直齋書録解題卷十八著録朱敦儒巖壑老人詩文一卷，當即此集。本文爲陸游爲朱敦儒巖壑小集所作的跋文，肯定其詩作出同時人上。

本文原未繫年。歐譜列於不繫年文。待考。

【箋注】

〔一〕「朱希真」句：此列三詩均已佚。

跋王元澤論語孟子解

元澤之殁，詔求遺書。荆公視篋中〔一〕，得論語孟子解，皆細字書於策之四旁，遂以上之。然非成書也〔二〕。

【題解】

王元澤，即王雱，字元澤。王安石幼子。參見卷二八跋居家雜儀注〔三〕。論語孟子解，解讀論語、孟子的著述。遂初堂書目著録王元澤論語解。郡齋讀書後志著録王元澤口義十卷。宋史藝文志於論語孟子類著録王雱解十卷。本文爲陸游爲王雱論語孟子解所作的跋文，追述其來歷。

本文原未繫年。歐譜列於不繫年文。待考。

【箋注】

〔一〕荆公：即王安石。篋，收藏文書的小箱子。

〔二〕成書：完整的書。朱弁曲洧舊聞卷八：「子容又圖其形制，著爲成書，上之，詔藏於祕閣。」

渭南文集箋校卷第三十二

墓誌銘

【釋體】徐師曾文體明辨序説：「按誌者，記也；銘者，名也。古之人有德善功烈可名於世，殁則後人爲之鑄器以銘，而俾傳於無窮，若蔡中郎集所載朱公叔鼎銘是已。至漢，杜子夏始勒文埋墓側，遂有墓誌，後人因之。蓋於葬時述其人世系、名字、爵里、行治、壽年、卒葬年月，與其子孫之大略，勒石加蓋，埋於壙前三尺之地，以爲異時陵谷變遷之防，而謂之誌銘。其用意深遠，而於古意無害也。……至論其題，則有曰墓誌銘，有誌有銘者是也；曰墓誌銘并序，有誌有銘而又先有序者是也。然云誌銘而或有誌無銘，或有銘無誌者，則别體也。曰墓誌，則有誌而無銘；曰墓銘，則有銘而無誌。……又有曰葬誌，曰誌文，曰墳記，曰壙誌，曰壙銘，曰槨銘，曰埋銘。其在釋氏，則有曰塔銘，曰塔記。」又：「其爲文則有正、變二體，正體唯叙事實，變體則因叙事而加議論焉。……若夫銘之爲體，則有三言、四言、七言、雜言、散文；有中用『兮』字者，有末用『兮』字者，有末用『也』字者。其用韻，有一句用韻者，有兩句用韻者，有三句用韻者，有前用韻而末無韻者，有前無韻而末用韻者。」陸游所作共九卷、四十七首。

本卷收録墓誌銘四首。

右朝散大夫陸公墓誌銘

陸氏自漢以來，爲天下名族，文武忠孝史不絶書。比唐亡，惡五代之亂，乃去不仕。然孝弟行於家，行義修於身，獨有古遺法，世世守之，不以顯晦易也〔一〕。宋興，歷三朝數十年〔二〕，秀傑之士畢出。太傅始以進士起家〔三〕，楚公繼之〔四〕，陸氏衣冠之盛〔五〕，寖復如晉、唐時，往往各以所長見於世。而材略偉然可紀者，如公是也。

【題解】

右朝散大夫陸公，即陸游叔父陸寘（一〇八八—一一四八），字元珍。陸佃第五子。歷知仁和、長洲等縣。紹興十八年卒。既葬十五年，其子陸淙等求銘於陸游。本文爲陸游爲叔父陸寘所作的墓誌銘，主要記載其善於治理、敢於擔責、愛護百姓、賑濟鄉里的事迹。

本文據文末自述，作於陸寘葬後十五年，即隆興元年（一一六三）。時陸游新除通判鎮江府，返里待赴任。

【箋注】

〔一〕顯晦：明暗。比喻仕進和隱逸。晉書隱逸傳論：「君子之行殊塗，顯晦之謂也。」

〔二〕三朝：指太祖、太宗、真宗。

〔三〕太傅：即陸軫，字齊卿。參見卷二六跋修心鑑注〔一〕。

〔四〕楚公：即陸佃，字農師。參見卷二六跋造化權輿注〔一〕。

〔五〕衣冠：古代士以上戴冠。此代指士大夫。

公諱宲，字元珍。曾祖吏部郎中、直昭文館、贈太傅諱軫。太傅兩子：伯曰萬載縣令諱琪，縣令生宿州符離縣主簿贈朝奉大夫儼〔一〕；仲曰國子博士贈太尉諱珪，實生楚公，仕至尚書左丞，諱佃〔二〕。公，楚公第五子。大夫早卒無嗣子，楚公命公後焉〔三〕。任爲假承務郎，調台州寧海縣丞，行令事〔四〕。遇事立決，老吏宿姦〔五〕，畏懾縮栗，不敢輒動。巫以淫祀惑民〔六〕，悉捕置於法。習俗爲變。會省丞官，父老送公出境，争贐金帛，公拒之不可，至或泣下，乃取絲一鉤〔七〕。歷杭州仁和縣尉、越州司工曹〔八〕，事以舉。爲蘇州長洲縣，縣號繁劇〔九〕，且久不治，公至，從容如無事，而縣以大治。以最遷郎，就命通判真州事〔一〇〕。發姦伏〔一一〕，申冤枉，號稱神明。州多大陂澤〔一二〕，用事者方興水利，官吏人人懷希望，意謂且得厚賞。公獨不肯與，人莫測也。而覆覈多誕謾，遂置詔獄，惟公獨免〔一三〕。

【箋注】

〔一〕「伯曰」二句：伯，指兄。琪，即陸琪，官萬載縣令。儼，即陸儼，陸琪子，官符離縣主簿。

〔二〕「仲曰」二句：仲，指弟。珪，即陸珪，官國子博士。佃，即陸佃，陸珪子，官尚書左丞，封楚國公。

〔三〕「公」四句：公指陸宲。由於陸儼無子，陸佃命陸宲承其後。

〔四〕「任爲」三句：以陸儼之蔭入仕，任假承務郎。假，指代理。承務郎，從八品下階文散官。行令事，履行縣令的職責。

〔五〕宿姦：一貫奸猾之人。新唐書劉栖楚傳：「栖楚一切窮治，不閱旬，宿奸老蠹爲斂迹。」

〔六〕淫祀：不合禮制的祭祀，妄濫的祭祀。禮記曲禮下：「非其所祭而祭之，名曰淫祀。」

〔七〕省：精簡。　贐：贈送遠行者的路費、禮物。　金帛：泛指錢物。　絲：鈎，指收取少量絲帛。

〔八〕越州：即紹興府。　司工曹：州内主管工程勞作的曹官。

〔九〕繁劇：指事務繁重。郭璞辭尚書表：「以無用之才，管繁劇之任。」

〔一〇〕「以最」二句：因考核上等而升爲郎官，任命爲真州通判。真州，屬淮南東路，今江蘇儀徵。

〔一一〕姦伏：隱伏未露的壞人。袁宏後漢紀桓帝紀下：「（度尚）初爲上虞長，糾摘姦伏，縣中謂之神明。」

〔一二〕陂澤：湖沼，水澤。

〔一三〕「而覆覈」三句：指水利工程多虛妄欺騙，遂被立案查辦，陸宲因不參與而得免。誕謾，虛妄，欺詐。詔獄，奉旨辦案。

盜起青溪，張甚，至出大兵，監司知公長於治劇，共薦爲隨軍勘計官〔一〕。軍食漕浙江，公建議潮汐贏縮不可必〔二〕，請令士卒各持三日糧。舟至龍山，果失期，賴以無乏。而主將怒護舟吏〔三〕，欲立斬之，莫敢争者。公獨慨然曰：「江行與平地異，非吏罪。且戮一人，衆必大駭，怯者求死，强者委舟竄，立敗事矣。」乃議分所載，募民陸輦以行，舟遂輕，皆以時會〔四〕，雖沙磧湍瀨無害也。衆多其謀，而主將終以戾其意不說。凡與軍事者皆超擢，獨公更爲通判登州〔五〕，徙制置發運司幹當公事〔六〕。

【箋注】

〔一〕青溪：古縣名。今浙江淳安。方臘起義爆發於此，失敗後被改爲淳化，再改爲淳安。張甚：十分張狂。監司：宋代諸路長官。治劇：指處理繁重難辦事務。勘計官：主管校對核算的官吏。

〔二〕漕浙江：指通過浙江漕運。潮汐贏縮不可必：指潮水漲落難以準確預估。

〔三〕怒護：憤怒督責。

〔四〕皆以時會：指軍糧按時運至目的地。

〔五〕超擢：越級提升。登州：屬京東東路。今屬山東。

〔六〕制置發運司：宋代掌管漕運的機構。

未赴，除江南東路轉運判官〔一〕，實代兄中散公寘〔二〕，當時以爲榮。部中饑，公便宜留上供米六十萬石〔三〕，損直予民，而糴於他郡〔四〕，官無所亡失，而民賴以濟。避親嫌〔五〕，移提舉京畿常平等事，與轉運、提點刑獄皆置司陳留〔六〕。會金人犯京師，游騎突至，轉運、提點刑獄倉卒避去。故事，兩司皆兼提舉將兵及保甲，而常平司弗與也〔七〕。及是，公獨不動，以便宜招集燕山戍卒數千〔八〕，雜以保甲，日夜部勒習教〔九〕，命舊將張憲統之，扼據要害。虜既不能犯，而潰卒亦不爲亂，措置號令，赫然有大將風采。因間道上章自劾〔一〇〕，且乞犒軍。詔釋罪，從所請。方是時，虜剽掠四出，陳留適當其衝，微公幾殆。議者謂宜出入兵間以盡其材，而公罷歸矣。

【箋注】

〔一〕轉運判官：各路轉運司屬官。

〔二〕中散公寘：即陸寘，陸佃第三子。官至中散大夫。參見卷三五奉直大夫陸公墓誌銘。

〔三〕便宜：指斟酌事宜，自行決斷。史記廉頗藺相如列傳：「以便宜置吏，市租皆輸入莫府，爲士卒費。」上供米：解交朝廷的糧食。

〔四〕「損直」二句：指低價賣給百姓，再從旁郡買進糧食。

〔五〕避親嫌：因親人而避嫌。

〔六〕「移提舉」二句：提舉常平司，主管平倉救濟、農田水利；轉運司，主管財賦，兼管考察官吏等；提點刑獄司，主管司法刑獄，審問囚徒，舉劾官吏等。三者都是路一級區域常設的機構。陳留，即宋代汴州，今河南開封。

〔七〕「故事」三句：舊時先例，轉運、提點刑獄二司都有統領士卒及鄉兵的職責，提舉常平司則不必參與。保甲，宋代的鄉兵。

〔八〕燕山戍卒：守衛燕山的士卒。
〔九〕部勒習教：約束紀律，訓練軍事。
〔一〇〕間道：取道偏僻小路。陸賈楚漢春秋：「沛公脱身鴻門，從間道至軍，張良、韓信乃謁項王軍門。」自劾：自我檢討過失。

屏居常州無錫縣〔一〕，讀書賦詩以自適。初甚貧約，公才具高，既不仕，因治産業〔二〕，甫數年，家大贍足。然取予有大略，不務奇瑣。凶年賑貸〔三〕，至傾倉庾，無少計惜。鄰里疾病嫁娶喪葬，有弗給者，不待告而賙之〔四〕，然必以暮夜，曰：「吾畏人知也。」蓋公雖退而家居，然有所爲，猶卓卓如此。使得盡其材於多故時〔五〕，視古所謂功名之士豈遠哉！

【箋注】

〔一〕屏居：屏客獨居，也指退隱。史記魏其武安侯列傳：「魏其謝病，屏居藍田南山之下數月，諸賓客辯士説之，莫能來。」
〔二〕産業：指生産事業。史記蘇秦列傳：「周人之俗，治産業，力工商，逐什二以爲務。」
〔三〕凶年賑貸：荒年救濟災民。

〔四〕賙：接濟，救濟。

〔五〕多故：多變亂，多患難。國語鄭語：「（桓公）問於史伯曰：『王室多故，余懼及焉，其何所可以逃死？』」

初，太傅遇異人，得秘訣，服氣仙去〔一〕。公晚而嗣其學，起居康寧，齒髮不衰。疾已革〔二〕，猶不亂。以紹興十八年閏八月四日卒，年六十有一。官至右朝散大夫〔三〕。遺命葬太湖之東、大浮山之原，以宜人徐氏祔〔四〕。宜人，尚書禮部員外郎君平之女，有賢德，善筆札文辭，先公二十有九年卒。四男子：演，某官，仕以廉直稱，亦以故不得志，後公十一年卒；淙，某官；洝，某官；渲，某官。一女子，適某官段彬。孫若。公既葬十有五年，淙等始屬公從子某爲銘〔五〕。銘曰：

以公之材，遭時艱虞〔六〕。馳騁功名，公蓋有餘。世方尚法，豪傑斥疏。亦或知之，旁睨欷歔。卒斂智略，老於里閭。二十三年，燕及惸孤〔七〕。大浮之原，其下震澤〔八〕。春秋奉祠，世世無斁〔九〕。

【箋注】

〔一〕「初太傅」四句：指陸軫辟穀仙逝。參見卷二六跋修心鑒。

〔二〕疾已革：病已危急。禮記檀弓下：「衛有大史曰柳莊，寢疾。公曰：『若疾革，雖當祭必告。』」鄭玄注：「革，急也。」

〔三〕朝散大夫：宋代文散官第十八階，從五品下。

〔四〕宜人：古代婦女因丈夫或子孫而得的一種封號。始於宋代政和年間。文官自朝奉大夫以上至朝議大夫，其母或妻封宜人。這一制度中共有淑人、碩人、令人、恭人、宜人、安人、孺人七等。　祔：合葬。

〔五〕公從子某：陸游自稱。陸游爲陸宲侄兒。

〔六〕艱虞：艱難憂患。沈約郊居賦：「逮有晉之隆安，集艱虞於天步。」

〔七〕燕及惸孤：安逸及於孤獨之人。

〔八〕震澤：湖名。即今江蘇太湖。書禹貢：「三江既入，震澤厎定。」

〔九〕無斁：無終，無盡。李翺泗州開元寺鐘銘：「非雷非霆，鏗號其聲。」「弗震弗墜，大音無斁。」

陳君墓誌銘

建炎四年，先君會稽公奉祠洞霄〔一〕。屬中原大亂，兵祲南及吴楚〔二〕，謀避之遠游，而所在盜賊充斥，莫知所鄉〔三〕。有惟悟道人者，東陽人〔四〕，爲先君言：同邑有陳彦聲，名宗譽，其義可依，其勇可恃。彦聲事親孝，父死，貲百萬，悉推以予弟，脱身躬耕，復致富饒。宣和中，盜發旁郡，東陽之民有將應之者，賴彦聲爲言逆順禍福，得不從亂。安撫使劉忠顯公因命悉將其鄉之兵〔五〕。彦聲設方略，明部伍，盡出家貲，激使用命者〔六〕。有潰卒阻林莽，且數百人，彦聲馳一馬自往招之，皆感泣，願效死。東陽當横潰中〔七〕，而能獨全不爲盜區者，彦聲之力也。劉公奇其材，欲官之，辭不肯受。至建炎初，群盜四合，州縣復以禦賊事屬彦聲。方是時，所立尤壯偉，及論賞，則又固辭。先君聞之大喜曰：「是豪傑士，真可托死生者也。」於是奉楚國太夫人間關適東陽〔八〕。彦聲越百里來迎，旗幟精明，士伍不譁。既至，屋廬器用，無一不具者，家人如歸焉。居三年乃歸〔九〕，彦聲復出境餞别，泣下霑襟。已而先君捐館舍〔一〇〕，予兄弟游宦四方，念無以報之，每惕然不自安。

【題解】

陳君，即陳宗譽（一〇九一—一一六五），字彦聲。兩宋之際東陽義軍領袖。建炎末，陸游之父陸宰率全家至東陽避亂，得到陳君禮遇照護。陳君卒於乾道元年，次年，其子陳愔向陸游求銘。本文爲陸游爲陳宗譽所作的墓誌銘，主要記載其全鄉保族、自愛自重的事迹。

本文據文中自述，作於乾道二年（一一六六）秋，時陸游罷歸山陰故居。

【箋注】

〔一〕會稽公：即陸游之父陸宰。奉祠洞霄：陸宰靖康元年落直祕閣，徙居壽春，建炎四年奉祠洞霄宫。洞霄宫，道觀名，在浙江餘姚。

〔二〕兵祲：戰争的凶兆。祲，不祥之氣，妖氛。

〔三〕鄉：通「向」。

〔四〕東陽：縣名。南宋時屬兩浙路婺州。今屬浙江金華。

〔五〕劉忠顯公：即劉韐（一〇六七—一一二七），字仲偃，建州崇安（今福建武夷山）人。元祐九年進士。歷陝西轉運使、集賢殿修撰、知建州、福州、荆南、真定等。靖康元年充河北、河東宣撫副使，除京城四壁守禦使。京城不守，遣使金營，金人欲用之，不屈，自縊而死。高宗初謚忠顯。宋史卷四四六有傳。

〔六〕激使用命者：指激勵效命之人。

〔七〕横潰：以河水決堤横流比喻亂世。梁書沈約傳論：「高祖義拯横潰，志寧區夏。」

〔八〕楚國太夫人：陸宰之母，其父陸佃封楚國公。間關：輾轉。漢書王莽傳下：「王邑晝夜戰，罷極，士死傷略盡，馳入宫，間關至漸臺。」顔師古注：「間關猶言崎嶇輾轉也。」

〔九〕居三年乃歸：家世舊聞卷下：「建炎之亂，先君避地東陽山中者三年，山中人至今懷思不忘。有祠堂，在安福寺。方先君之歸也，嘗有詩云：『前身疑是此山僧，猿鶴相逢亦有情。

珍重嶺頭風與月，百年常記老夫名。』」

〔一〇〕捐館舍：死亡的婉辭。

乾道二年，予歸自豫章〔一〕。一日，有衰絰來見者〔二〕，則彦聲之子愔也。泣曰：「先君晚歲竟以前功補承信郎，遇登極恩，遷承節郎〔三〕，盱眙軍守嘗奏爲沿淮巡檢〔四〕，不赴。不幸以去年三月某日歿矣，享年七十四。將以今年十一月某日葬於猿騰山之原。遺言求銘。」嗚呼！是蓋嘗有德於予家者，義不可辭。

【箋注】

〔一〕歸自豫章：乾道二年五月，陸游被罷免隆興府通判，回鄉卜居鏡湖。

〔二〕衰絰：穿喪服。古人喪服胸前當心處所綴的麻布稱衰，圍在頭上和腰間的麻繩稱絰。禮記雜記下：「三年之喪，如或遺之酒肉，則受之，必三辭，主人衰絰而受之。」

〔三〕承信郎：宋代武官官階第五十二階（總五十三階）。登極：此指宋高宗建炎元年五月即位。承節郎：武官官階第五十一階。

〔四〕盱眙軍：建炎三年六月，盱眙縣升爲軍，隸淮南東路。次年九月廢軍爲縣，屬濠州。巡檢：官名。掌統轄禁兵、士兵，維持地方治安，部分負責邊防。

彥聲曾大父用之〔一〕，大父希觀，父參。娶羅氏，以子回授恩封孺人〔二〕。六男子：恂、忱、惲、懌、愔、恪。恂、忱皆吉州助教，懌成忠郎，新差監光化軍在城都酒稅〔三〕。女一人，適貴州助教盧敏求。孫男二十二人：溥、泳、源、淮、汜、湜、深、潛、沿、澹、淳、浚、汲、瀟、涓，皆業進士〔四〕；滋、汪、潭、準、淇、濤、洋，尚幼。孫女二十人，適進士王宬、范庭艾、胡詠、保義郎路光祖、進士葛少伊、晏剛中、左迪功郎婺州武義尉應振〔五〕。曾孫男女三十二人，元孫一人。予聞彥聲既得官，赴銓〔六〕，離立庭中〔七〕，吏操牘唱姓名，彥聲大不樂，即日棄去。其自愛重，又有士大夫所愧者，則其得銘，亦不獨以與之有雅素而已〔八〕。銘曰：

亂能全其鄉，功名非其願也。富能燕其族〔九〕，公侯非其羨也。一辱於銓吏〔一〇〕，而掩耳疾走，終身弗見，則吾儕區區釋耕而干祿者，非可賤也夫！

【箋注】

〔一〕曾大父：曾祖父。

〔二〕孺人：古代婦女因丈夫或子孫而得的一種封號。

〔三〕成忠郎：武官官階第四十九階。光化軍：南宋隸京西南路，治乾德。在今湖北老河口。都酒稅：統管酒稅。

〔四〕業進士：從事科舉考試。

〔五〕保義郎：武官官階第五十階。迪功郎：文官官階第三十七階（末階），從九品。

〔六〕赴銓：前往吏部聽候銓選。

〔七〕離立：并立。禮記曲禮上：「離立者，不出中間。」

〔八〕雅素：平素的交誼。漢書張禹傳：「君何疑而數乞骸骨，忽忘雅素，欲避流言，朕無聞焉。」顔師古注：「雅素，故也。謂師傅故舊之恩。」

〔九〕燕其族：指使全族安逸。

〔一〇〕銓吏：指吏部銓選時操牘唱名的吏員。

費夫人墓誌銘

故建平守蜀費公樞〔一〕，有女子子曰法謙〔二〕，字海山，年十有七，歸於今右宣教郎晉張君珧三十有八年〔三〕，年五十五而没，没百二十三日而葬，葬再歲而銘。銘之歲，實乾道八年。而作銘者，君之友吴陸某也。

【題解】

費夫人，即費樞之女，名法謙，字海山，嫁於張珧爲妻。陸游與張珧爲友。本文爲陸游爲費夫人所作的墓誌銘，主要記載其篤孝君姑、成夫之賢、臨危不懼的事迹。

本文據文中自述，作於乾道八年（一一七二）。時陸游在權四川宣撫使司幹辦公事兼檢法官任上。

【箋注】

〔一〕建平：漢代縣名。在今河南永城。　蜀費公樞：即費樞，字伯樞，成都人。曾任建平守，餘不詳。直齋書録解題卷七著録費樞撰廉吏傳十卷，并云：「自春秋至唐，凡百十有四人。宣和乙巳爲序。」則費樞亦爲兩宋之際人。

〔二〕女子子：即女兒。儀禮喪服：「女子子在室爲父。」鄭玄注：「女子子者，子女也。別於男子也。」賈公彦疏：「男子、女子各單稱子，是對父母生稱，今於女子別加一字，故雙言二子，以別於男一子者云。」

〔三〕歸：女子出嫁。　宣教郎：文官官階第二十六階，正七品下。　晉張君珖：晉人張珖，曾任劍州刺史。

君少爲進士，有場屋聲〔一〕。既壯，屢屈於禮部，乃以從父任入官，又蹭蹬幾二十年〔二〕。故時同爲進士者、今丞相葉公〔三〕，自大司馬使西鄙，奏君爲其屬。君顧太夫人春秋高，將詞不行〔四〕。夫人曰：「行矣。妾在側，君奚憂？」於是盡斥奩中之藏，具滫髓滑甘，以時進饋〔五〕，奉盥授帨〔六〕，比平日加謹。雖有疾，强自持不怠，至疾平，太夫人或終不知。君得夙夜王事〔七〕，而無内憂者，夫人力也。君嘗自楚歸蜀，上忠州獨珠灘〔八〕，觸石舟敗，舟人皆失魂魄，夫人獨不動，徐謂君曰：「與君平生皆俯仰無愧，何至溺死？」已而果全。上下交慶，而夫人乃澹然無甚喜色。

【箋注】

〔一〕爲進士：猶「業進士」，從事舉業。有場屋聲：指考場名聲好。

〔二〕屈於禮部：指未能及第。科舉考試由禮部主持。蹭蹬：指仕途困頓。

〔三〕今丞相葉公：當即葉顒，乾道年間葉姓拜相者唯此一人。葉顒（一一〇〇—一一六七），字子昂，興化軍仙遊（今屬福建）人。紹興元年進士。歷吏部侍郎，拜參知政事、同知樞密院事。乾道二年，拜尚書左僕射兼樞密使。三年末罷相，旋卒。宋史卷三八四有傳。

〔四〕詞：通「辭」。

〔五〕滫髓：柔滑爽口之食物。滑甘：古時調味的佐料，代指甘美的食物。周禮天官食醫：「調以滑甘。」孫詒讓正義：「謂以米粉和菜爲滑也。」進饋：饋贈食品。

〔六〕奉盥授帨：奉上洗滌器皿，遞上擦手佩巾。比喻侍奉周到。

〔七〕夙夜王事：日夜潛心公事。

〔八〕忠州：南宋隸夔州路。今重慶忠縣。

某曰：夫人篤孝君姑〔一〕，以成其夫之賢，蓋有古列女風〔二〕。至臨死生之變，而不以動心，則雖學士大夫，有弗及者。然求其所以能至是者，亦自孝敬始而已。夫人生四子，男曰宗望、宗康，女曰海月、海雲。海雲先夫人四十餘日卒。孫祖義。銘曰：

嗚呼！有宋孝婦，費夫人之墓。

【箋注】

〔一〕君姑：古代妻子稱丈夫之母。

〔二〕列女：即烈女。指重義輕生、有節操的女子。戰國策韓策二：「非獨政之能，乃其姊者，亦列女也。」

曾文清公墓誌銘

公諱幾，字吉父。其先贛人，徙河南之河南縣〔一〕。曾祖識，泰州軍事推官；妣祖氏，寧晉縣君李氏〔二〕。祖平，衢州軍事判官，贈朝散大夫；妣慈利縣君劉氏。考準，朝請郎，贈少師；妣魏國太夫人孔氏〔三〕。

【題解】

曾文清公，即曾幾，字吉父，謚文清。陸游少時師從曾幾十餘年，既爲師弟，又爲忘年交。陸游詩風，受曾幾影響，兩人多有唱和。參考鄒志方陸游研究第八章曾幾契誼。曾幾卒於乾道二年，其子請銘於陸游。十二年後，陸游游宦巴蜀東歸，才撰成此文。本文爲陸游爲曾幾所作的墓誌銘，主要記載其精於吏道、堅持抗金、傳承道學、詩擅天下的事迹。

本文據文末自述，作於淳熙五年（一一七八）秋。時陸游離蜀東歸，除提舉福建常平茶事，將赴任。

參考卷六賀台州曾直閣啓、賀曾秘監啓、賀禮部曾侍郎啓；卷七謝曾侍郎啓；卷三十跋曾文清公奏議稿、跋曾文清公詩稿及劍南詩稿相關篇目。

【箋注】

〔一〕河南縣：宋代隸京西北路河南府。在今河南洛陽。

〔二〕縣君：古代命婦的封號。唐代五品官母妻封縣君。宋代政和中改郡縣君號爲七等，縣君爲宜人、安人、孺人。

〔三〕國夫人：古代命婦的封號。宋史職官志三：「外内命婦之號十有四：曰大長公主，曰長公主，曰公主，曰郡主，曰縣主，曰國夫人，曰郡夫人，曰淑人，曰碩人，曰令人，曰恭人，曰宜人，曰安人，曰孺人。」

公有器度，舅禮部侍郎孔武仲、祕閣校理平仲〔一〕，歎譽以爲奇童。未冠，從兄官鄆州〔二〕，補試州學爲第一。教授孫勰亦贛人，異時讀諸生程試，意不滿，輒曰：「吾江西人屬文不爾。〔三〕」諸生初未諭。及是，持公所試文，矜語諸生曰：「吾江西人之文也。」乃皆大服。已而入太學，屢中高等，聲籍甚。會兄弼提舉京西南路學事，按部，溺死。無後，特恩補公將仕郎〔四〕。公以太夫人命，不敢辭。試吏部，銓中優等，賜上舍出身，擢國子正，兼欽慈皇后宅教授〔五〕。遷辟廱博士，兼編修道史檢閱官〔六〕。時禁元祐學術甚厲，而以剽剥頹闒熟爛爲文〔七〕。博士弟子更相授受，無敢異。一少自激昂，輒擯弗取，曰「是元祐體也」。公獨憤歎，思一洗之。一日，得經義絶倫者，而他場已用元祐體見黜〔八〕，公争之，不可。明日會堂上，出其文誦之，一坐聳聽稱善，争者亦奪氣。及啓封，則内舍生陳元有也。元有遂釋褐〔九〕。文體爲少變，學者相賀。改宣義郎，入秘書，爲校書郎〔一〇〕。道士林靈素〔一一〕，以方得幸，尊寵用事，作符書，號神霄籙。自公卿以下，群造其廬拜受。獨故相李綱、故給事中傅崧卿及公俱移疾不行〔一三〕。出爲應天少尹〔一三〕，尹、故相徐處仁敬待公〔一四〕。公嘗决疑獄，徐公謝曰：「始徒謂君儒者，乃精吏道如是邪！」一日，有中貴人傳中旨取庫金，而不齎文書〔一五〕，徐公用府寮議，將姑許之。公力争，至謁告不出〔一六〕。徐公雖不果用，而尤以此服公。丁内艱，服除〔一七〕，主管南外宗室財用。

【箋注】

〔一〕孔武仲（一〇四一—一〇九七）：字常父，臨江新喻（今江西新餘）人。孔文仲弟。嘉祐進士。歷秘書省正字、校書郎、著作郎、國子司業、中書舍人，擢給事中，遷禮部侍郎，出知洪州、宣州。坐元祐黨籍奪職。宋史卷三四四有傳。孔平仲（一〇四四—一一一一）：字義甫，一作毅父。孔武仲弟。治平進士，又應制科。歷秘書丞、集賢校理，出知衡州、韶州。徽宗時提舉永興路刑獄等。坐黨籍被罷。與兄文仲、武仲俱以文名，合稱「清江三孔」。宋史卷三四四有傳。

〔二〕未冠：不滿二十。古代男子二十加冠。鄆州，宋代改東平府，隸京東西路。在今山東東平。

〔三〕孫勰（一〇五〇—一一二〇）：字志康，寧都（今屬江西）人。元祐進士。少師從蘇軾。歷鄆州教授，知太和縣。從辟高陽、太原路安撫司機宜文字，除知岳州。程試：此指科舉考試文卷。不爾：不這樣。

〔四〕提舉學事：官名，掌一路州縣學政。按部：指巡視部屬。新唐書令狐峘傳：「齊映爲江西觀察使，按部及州。」將仕郎：宋代文官品階最低一級，從九品下。

〔五〕上舍：宋代太學分外舍、内舍和上舍，學生按一定年限和條件依次遞升。賜上舍出身如同賜進士出身，即可授予官職。國子正：學官名。國子監設有祭酒、司業、丞、主簿、博士、正、録等職位。欽慈皇后：即神宗欽慈陳皇后，徽宗之母。宋史卷二四三有傳。

〔六〕辟雍博士：辟雍爲商、周的天子之學。北宋崇寧間建辟雍，爲太學的外學，學生考核合格者升入太學，設有博士十員。宣和間撤銷。

〔七〕元祐學術：此指以蘇、黄文章爲代表的元祐黨人的著述。剽剥：抄襲竊取。頹闒：萎靡庸劣。

〔八〕經義：爲科舉文體，以闡述儒家經典義理爲宗旨。熙寧變法中，以經義取代詩賦作爲科舉科目，元祐時又恢復詩賦，後争議不斷，最終取二者并列，科舉分設詩賦進士和經義進士。元祐體：指蘇、黄的詩賦文風。

〔九〕釋褐：脱去平民服裝，指授官任職。

〔一〇〕宣義郎：文官品階第二十七級，從七品。秘書：指秘書省，掌古今經籍圖書、國史實録、天文曆數等，設秘書丞、著作郎、秘書郎、校書郎、正字等職位。

〔一一〕林靈素（一〇七五—一一一九）：字通叟，温州永嘉（今屬浙江）人。家世寒微，爲道士，善雷法，以法術得幸於徽宗，賜號通真達靈先生，加號元妙先生、金門羽客。惑衆僭妄，衆皆怨之。在京四年，恣横不悛，斥還故里。宋史卷四六二有傳。

〔一二〕李綱（一〇八三—一一四〇）：字伯紀，邵武（今屬福建）人。政和進士。欽宗時除兵部侍郎、尚書右丞，堅決主戰。高宗即位，拜尚書右僕射兼中書侍郎，組織抗金，在職七十五日被罷。紹興後歷湖廣宣撫使、江西安撫使。上書反對議和，均不納，抑鬱而卒。謚忠定。宋史卷三五八有傳。　傅崧卿：字子駿。参見卷十五傅給事外制序題解。　移疾：移病，稱疾。

〔一三〕應天：即應天府。宋代南京。在今河南商丘。　少尹：副長官。

〔一四〕徐處仁（一〇六二—一一二七）：字擇之，應天府穀熟（今河南商丘）人。元豐進士。歷監察御史、給事中、尚書右丞。出知青州、永興軍、潁昌府等。徽宗時爲應天尹，徙大名尹。欽宗時拜相，旋罷。高宗時爲大名尹。宋史卷三七一有傳。

〔一五〕中貴人：指顯貴的侍從宦官。　庫金：庫藏金帛。　不齎：不帶。

〔一六〕謁告：請假。

〔一七〕「丁内艱」二句：指因母去世而丁憂，守喪期滿。

靖康初，提舉淮南東路茶鹽公事〔一〕。女真入寇，都城受圍，太府鹽鈔無自得，商賈不行。公乃便宜爲太府鈔給之〔二〕。比賊退，得緡錢六十萬〔三〕。喪亂之餘，國用賴是以濟，而公不自以爲功也。改提舉荆湖北路茶鹽公事。群盗大起，湖北諸郡皆破，獨辰、沅、靖三州僅存。有封樁鹽〔四〕，公以與蠻獠貨易〔五〕，得錢數巨萬，間道上行在所。賊孔彦舟據鼎州〔六〕，川陝宣撫使司幕官有傅雱者，輒假彦舟湖北副總管，彦舟因自稱官軍，而殺掠四出自若也。俄以總管檄，檄公求鹽給軍食，官屬震恐，請與以紓禍〔七〕，公卒拒不予。其後，有爲鼎、澧鎮撫使者，怙權暴横〔八〕，復欲得鹽。公曰：「使吾畏死，則輸彦舟矣。」亦卒不予。以疾乞閒，主管臨安府洞霄宫。起爲福建路轉運判官〔九〕，未赴，改廣南西路。廣南支郡賦入悉隸轉運司，歲度所用給之，吏緣爲姦。公獨親其事，吏不得與。文書下，諸郡愜服〔一〇〕。徙江南西路提點刑獄公事，改兩浙西路。

【箋注】

〔一〕提舉茶鹽公事：掌各路茶鹽專賣。

〔二〕太府：即太府寺，官署名。掌國家財貨政令，及庫藏出納、商税、平準、貿易等事。鹽鈔：

鹽商繳款後領鹽運銷的憑證。無自得：指無法流轉。太府鈔：太府寺頒發的臨時憑證。

〔三〕緡錢：一千文紮成串的銅錢。泛指稅金。

〔四〕封樁鹽：貯藏的多餘之鹽。封樁指封存國用羨餘。

〔五〕蠻獠：舊時對西南少數民族的蔑稱。

〔六〕孔彥舟（一一〇七—一一六〇）：字巨濟，相州林慮（今河南林縣）人。初爲避罪從軍，曾敗金兵。建炎元年爲東平府兵馬鈐轄。次年叛，收羅潰兵，燒殺擄掠。參與鎮壓洞庭湖義軍，俘殺鍾相。紹興二年降於僞齊，爲攻宋前鋒。歷金朝工、兵部尚書、河南尹等，後爲金人酖殺。金史卷七九有傳。鼎州：荆湖北路常德府治。在今湖南常德。

〔七〕紓禍：解除禍患。左傳僖公二十一年：「若封須句，是崇皞、濟而修祀紓禍也。」杜預注：「紓，解也。」

〔八〕怙權暴横：專權横行。

〔九〕轉運判官：各路轉運司的屬官。

〔一〇〕愜服：心服。

故太師秦檜用事，與虜和，士大夫議其不可者，輒斥。公兄爲禮部侍郎〔一〕，爭尤力，首斥，而公亦罷。時秦氏專國柄未久，猶憚天下議，復除公廣南西路轉運副使，以慰士心。徙荆湖南路。賊駱科起郴州宜章縣，郴、道、桂陽皆警，且度嶺。詔湖北宣撫司遣將逐捕，賊引歸宜章之臨武峒，宣撫司遂以平賊聞，公獨奏其實〔二〕，朝廷始命他將討平之。主管台州崇道觀。起提舉湖北茶鹽，未赴，改廣西轉運判官。公雖益左遷〔三〕，然於進退，從容自若，人莫能窺其涯。復主管崇道觀，寓上饒七年，讀書賦詩，蓋將終焉。

【箋注】

〔一〕公兄：此指曾幾之兄曾開。

〔二〕奏其實：指賊歸峒而「以平賊聞」。

〔三〕左遷：降官，貶職。漢書朱博傳：「（博）遷爲大司農。歲餘，坐小法，左遷犍爲太守。」

紹興二十五年，檜卒，太上皇帝當宁〔一〕，慨然盡斥其子孫姻黨，而收用耆舊與一時名士。十一月，起公提點兩浙東路刑獄。公老矣，而精明不少衰，去大猾吏張鎬，一路稱快。明年，知台州。公娶錢氏。有郡酒官者，夫人族子也，大爲姦利〔二〕，且恣横，患苦里閭，公亟捕繫獄，奏廢爲民。黄巖令用兩吏爲囊橐以受賕〔三〕，吏持之，令不勝怒，械吏置獄，一夕皆死。公發其罪。或以書抵公曰：「令，左丞相客也〔四〕。」公治益急，亦坐廢〔五〕。

【箋注】

〔一〕太上皇帝：指宋高宗。此時已禪位孝宗，被尊爲太上皇帝。當宁：指臨朝聽政。

〔二〕姦利：指非法謀取的利益。韓非子姦劫弑臣：「百官之吏，亦知爲姦利之不可以得安也。」

〔三〕受賕：接受賄賂。史記滑稽列傳：「身死家室富，又恐受賕枉法，爲姦觸大罪，身死而家滅。」

〔四〕左丞相：據宋史曾幾傳，丞相爲沈該。宋史宰輔表四：「（紹興二十六年）五月壬寅，沈該自參知政事授左朝議大夫，守左僕射、同平章事。」又：「（紹興二十九年）六月乙酉，沈該罷左相。」

〔五〕坐廢：因罪罷官。

逾年，召赴行在所，力以疾辭。除直祕閣，歸故官，數月，復召。既對，太上皇帝勞問甚渥〔一〕，曰：「聞卿名久矣。」公因論：「士氣不振既久，陛下興起之於一朝，矯枉者必過直，雖有折檻斷鞅〔二〕，牽裾還笏〔三〕，若賣直沽名者〔四〕，顧皆優容獎激之〔五〕。」時太上懲秦氏專政之後，開言路，獎孤直，應詔論事者衆，公懼或有以激訐獲戾者〔六〕，故先事反覆極論，以開廣上意。太上大悦。除秘書少監。先是少監選輕〔七〕，士至不樂入館。公既以老臣自外超用〔八〕，名震京都。及入朝，鬢鬚皓然，衣冠甚偉。雖都人老吏，皆感欷，以爲太平之象。於是公去館中三十有八年矣，舉故事與同舍賦詩飲酒〔九〕，縱談前輩言行、臺閣典章，從容每竟日。故相湯思退嘗語客曰〔一〇〕：「恨進用偶在前，不得當斯時從曾公游也。」其爲薦紳歆慕如此。擢尚書禮部侍郎。初，公兄楙，歷禮部侍郎，至尚書〔一一〕。兄開，亦爲禮部侍郎〔一二〕。至是公復繼之，衣冠尤以爲盛事〔一三〕。

【箋注】

〔一〕勞問：慰問。漢書張延壽傳：「永始、元延間，比年日蝕，故久不還放，璽書勞問不絶。」渥：豐厚。

〔二〕折檻斷鞅：均爲直言敢諫之典。「折檻」典出漢書朱雲傳：「成帝時，丞相故安昌侯張禹以帝師位特進，甚尊重。雲上書求見，公卿在前。雲曰：『今朝廷大臣上不能匡主，下亡以益民，皆尸位素餐，孔子所謂「鄙夫不可與事君」，「苟患失之，亡所不至」者也。臣願賜尚方斬馬劍，斷佞臣一人以厲其餘。』上問：『誰也？』對曰：『安昌侯張禹。』上大怒，曰：『小臣居下訕上，廷辱師傅，罪死不赦。』御史將雲下，雲攀殿檻，檻折。雲呼曰：『臣得下從龍逄、比干遊於地下，足矣！未知聖朝何如耳？』御史遂將雲去。……及後當治檻，上曰：『勿易！因而輯之，以旌直臣。』」「斷鞅」典出左傳襄公十八年：「齊侯駕，將走郵棠。太子與郭榮扣馬，曰：『師速而疾，略也。將退矣，君何懼焉！且社稷之主，不可以輕，輕則失衆。君必待之。』將犯之，太子抽劍斷鞅，乃止。」鞅，夾貼在馬頸兩旁的皮條。

〔三〕牽裾還笏：均爲直言敢諫之典。「牽裾」典出三國志魏書辛毗傳：「帝欲徙冀州士家十萬户實河南。時連蝗民饑，群司以爲不可，而帝意甚盛。毗與朝臣俱求見，帝知其欲諫，作色以見之，皆莫敢言。毗曰：『陛下欲徙士家，其計安出？』帝曰：『卿謂我徙之非邪？』毗曰：『誠以爲非也。』帝曰：『吾不與卿共議也。』毗曰：『陛下不以臣不肖，置之左右，廁之謀議之官，安得不與臣議邪！臣所言非私也，乃社稷之慮也，安得怒臣？』帝不答，起入内；毗隨而引其裾，帝遂奮衣不還，良久乃出，曰：『佐治，卿持我何太急邪？』毗曰：『今徙，既失民心，又無以食也。』帝遂徙其半。」「還笏」典出舊唐書褚遂良傳：「高宗將立則天爲后，褚遂良諫，帝不聽。「遂良致笏於殿階，叩頭流血曰：『還陛下此笏！』」

〔四〕賣直沽名：故作正直以獲取名聲。陸贄又答論姜公輔狀：「公輔知朕必擬移改，所以固論造塔事，賣直取名，據此用心，豈是良善。」

〔五〕優容獎激：寬容激勵。

〔六〕激訐：激烈揭發他人隱私，攻擊他人過失。崔瑗司隸校尉箴：「是故履上位者，無云我貴，苟任激訐，平陽玄默，以式百辟。」獲戾：獲咎，得罪。

〔七〕選輕：指職位不夠重要。

〔八〕超用：越級任用。

〔九〕舉故事：回憶當年往事。

〔一〇〕湯思退：字進之。秦檜死後拜相。參見卷六賀湯丞相啓題解。

〔一一〕兄楙：即曾楙，字叔下，曾幾之次兄。元符進士。任禮部侍郎，歷知洪、福、潭、信諸州，官終吏部尚書。

〔一二〕兄開：即曾開，字天游，曾幾之三兄。崇寧進士。歷起居舍人、太常少卿。高宗時爲刑部侍郎，遷禮部侍郎兼直學士院。忤秦檜，罷知婺州、徽州，以病免。宋史卷三八二有傳。

〔一三〕衣冠：代指縉紳、士大夫。漢書杜欽傳：「茂陵杜鄴與欽同姓字，俱以材能稱京師，故衣冠謂欽爲『盲杜子夏』以相别。」顏師古注：「衣冠謂士大夫也。」

二十七年，吴、越大水，地震，公極論消復災變之道〔二〕，及言賑濟之令當以時下，太上皆嘉納。時將郊祀，公力請對，言：「臣老筋力弗支矣，陛下郊天，若禮官失儀，亦足辱國。」太上曰：「卿氣貌不類老人，姑爲朕留。」公再拜謝曰：「臣無補萬分一，惟進退有禮，尚不負陛下拔擢。不然，且爲清議罪人〔二〕。」乃以集英殿修撰，提舉洪州玉隆觀。又三歲，除敷文閣待制〔三〕。

【箋注】

〔一〕消復災變：消除災禍，回復正常。後漢書鮑昱傳：「建初元年，大旱，穀貴。肅宗召昱問曰：『旱既太甚，將何以消復災眚？』」

〔二〕清議：對時政的議論，社會輿論。曹羲至公論：「厲清議以督俗，明是非以宣教者，吾未見其功也。」

〔三〕敷文閣：閣名。紹興十年建，收藏宋徽宗御製文集等，置學士、直學士、待制等職。

元顏亮盜塞〔一〕，下詔進討，已而虜大入，或欲通使以緩其來。公方病卧，聞之奮起，上疏曰：「遣使請和，增幣獻城，終無小益，而有大害。爲朝廷計，當嘗膽枕戈〔二〕，專務節儉，整軍經武之外〔三〕，一切置之。如是，雖北取中原可也。且前日陛下降詔，諸將傳檄，數金人君臣，如罵奴耳，何詞復和耶？」今上初受内禪〔四〕，公又上疏累數千言，大概如前疏而加詳。既封奏，具衣冠溯闕再拜〔五〕，乃發。

【箋注】

〔一〕元顏亮：即完顏亮（一一二二—一一六一），字元功，女真名迪古乃，金朝第四位皇帝，史稱海陵王。在位十二年，爲人殘暴狂傲，殺人無數，同時勵精圖治，遷都燕京，加强中央集權。宋紹興三十一年大舉攻宋，於瓜州作戰時死於内亂。金史卷五有傳。盜塞：侵犯邊塞。此指南下攻宋。

〔二〕嘗膽枕戈：口嘗苦膽，頭枕兵器。形容刻苦自勵，發奮圖强。沈初明勸進梁元帝第三表：「陛下英略緯天，沉明内斷，横劍泣血，枕戈嘗膽。」

〔三〕整軍經武：整頓軍備，致力武事。語本左傳宣公十二年：「見可而進，知難而退，軍之善政也；兼弱攻昧，武之善經也。子姑整軍而經武乎！」

〔四〕今上：指宋孝宗。内禪：指宋高宗傳位於孝宗。

〔五〕溯闕：回望宫闕。

公自宣義郎十一遷爲左中大夫，至是以即位恩，遷左太中大夫〔一〕，執政欲起公入侍經筵〔二〕，度不可致，乃以公子逮爲提點浙西刑獄以便養〔三〕。隆興二年，公上章謝事，遷左通議大夫，致仕。莊文太子立〔四〕，群臣爲父後者，得加封其親。公子逢請於朝〔五〕，而有司疑公官高，詔特遷左通奉大夫。乾道二年五月戊辰，卒於平江府逮之官舍，享年八十三，爵至河南縣開國伯，食邑至七百户〔六〕。公平生燕居莊敬如齊〔七〕，至没不少變。九月辛酉，逢等葬公於紹興府山陰縣鳳凰山之原。詔贈左光禄大夫，有司謚曰文清。娶故翰林學士錢勰之孫、朝請郎東美之女〔八〕，封魯國太夫人。男三人：逢，朝散大夫、尚書左司郎中〔九〕；逮，朝奉大夫、充集英殿修撰、知湖州；迅，通直郎、主管台州崇道觀。女一人，嫁右朝散郎、知吉州吕大器〔一〇〕。孫男七人：槃，迪功郎、監户部贍軍烏盆酒庫；㮚，承務郎、新知平江府長洲縣；梁，從政郎、監户部贍軍諸暨酒庫；棨，迪功郎、監建康府提領所激賞酒庫；槩，宣教郎；棐，修職郎、監明州支鹽倉；棠，迪功郎、新湖州長興縣尉。孫女九人：長適從事郎、衢州江山縣丞李孟傳，次適通直郎、新通判揚州軍州事朱輅，次適宣義郎、新浙東提舉常平司幹辦公事詹徽之，次適從政郎、新婺州金華縣丞邢世材，次適宣教郎、幹辦行在諸軍審計司葉子强，次適修職郎吕祖儉，次適文林郎、湖州長興縣丞丁松年，次適迪功郎、前明州慈溪縣主簿王中行，次適迪功郎、監衢州比較務張震。曾孫男女十三人。

【箋注】

〔一〕「公自」三句：北宋元豐改革官制，又經增補，至政和末形成文臣階官三十七級，南宋即準此。依次爲開府儀同三司、特進、金紫光禄大夫、銀青光禄大夫、光禄大夫、宣奉大夫、正奉大夫、正議大夫、通奉大夫、通議大夫、太中大夫、中大夫、中奉大夫、中散大夫、朝議大夫、奉直大夫、朝請大夫、朝散大夫、朝奉大夫、朝請郎、朝散郎、朝奉郎、承議郎、奉議郎、通直郎、宣教郎、宣義郎、承事郎、承奉郎、承務郎、承直郎、儒林郎、文林郎、從事郎、從政郎、修職郎、迪功郎。以下官階的升遷均可參照此一序列。十一遷，十一次升遷。

〔二〕經筵：爲帝王講論經史而設的御前講席。講官由翰林學士或其他官員充任或兼任。

〔三〕公子逮：即曾幾次子曾逮。

〔四〕莊文太子：即趙愭，孝宗嫡長子，乾道元年立爲太子，三年薨。謚莊文。宋史卷二四六有傳。

〔五〕公子逢：即曾幾長子曾逢。

〔六〕開國：在五等封爵前所加稱號。事物紀原官爵封建開國：「晉令始有開國之稱，故五等皆郡縣開國。陳亦有開國郡公、縣侯伯子男，侯已降，無郡封。由唐迄今，因而不改。」食邑：唐宋時賜予宗室和高級官員的榮譽性加銜。

〔七〕燕居：閒居。　莊敬如齊：莊嚴恭敬如同齋戒。齊，同「齋」。

〔八〕錢勰（一〇三四—一〇九七）：字穆父，杭州人。吴越武肅王六世孫。以蔭入仕，歷中書舍人、給事中、知開封府，拜工部、户部侍郎，進尚書。哲宗時爲翰林學士，兼侍讀。遭章惇排詆，罷知池州。宋史卷三一七有傳。東美：錢勰之子。

〔九〕「逢」二句：此處均爲陸游淳熙五年銘墓時官階及職務。以下均同。

〔一〇〕吕大器：字治先。吕祖謙之父。

公貫通六經，尤長於易、論語。夙興，正衣冠，讀論語一篇，迨老不廢。孝悌忠信，剛毅質直，篤於爲義，勇於疾惡，是是非非，終身不假人以色詞〔一〕。少師捐館舍〔二〕，公才十餘歲，已能執喪如禮，終喪不肉食。及遭内艱，則既祥猶蔬食，凡十有四年，至得疾顛眴乃已〔三〕。每生日，拜家廟，未嘗不流涕也。平生取與，一斷以義。三仕嶺外，家無南物，或求沉水香者，雖權貴人不與〔四〕。守台州，以屬縣並海，産蚶菜〔五〕，比去官，終不食。初佐應天時，元祐諫臣劉安世亡恙〔六〕，黨禁方厲，仕者不敢闖其門，公獨日從之游，論經義及天下事，皆不期而合。避亂寓南嶽，從故給事中胡安國推明子思、孟子不傳之絶學〔七〕。後數年，時相倡程氏學〔八〕，凡名其學者，不歷歲取通顯，後學至或矯托干進〔九〕。公源委實自程氏，顧深閉遠引，務自晦匿〔一〇〕。及時相去位，爲程氏學者益少，而公獨以誠敬倡導學者。吴越之間，翕然師尊，然後士皆以公篤學力行、不嘩世取寵爲法。公治經學道之餘，發於文章，雅正純粹，而詩尤工。以杜甫、黄庭堅爲宗，推而上之，繇黄初、建安，以極於離騷、雅、頌、虞夏之際〔一二〕。初與端明殿學士徐俯、中書舍人韓駒、吕本中游〔一三〕。諸公繼没，公巋然獨存。道學既爲儒者宗，而詩益高，遂擅天下。有文集三十卷、易釋象五卷，他論著未詮次者尚數十卷〔一四〕。

【箋注】

〔一〕假人以色詞：指虚僞待人。假人，待人。色詞，神態和言詞。

〔二〕少師：指曾幾之父曾準，贈少師。捐館舍：死的婉辭。

〔三〕内艱：指母喪。既祥：祭日結束。既，盡。祥，祥日，親喪之祭日。顛眴：即癲癇病。揚雄劇秦美新：「臣常有顛眴病，恐一旦先犬馬填溝壑。」李善注：「眴與眩古字通。」張銑注：「顛眴，謂風病也。」

〔四〕南物：南方的特産。沉水香：即沉香。含有樹脂的木材，可作藥材。分布於廣東、海南、廣西、福建等地。具有行氣止痛，温中止嘔，納氣平喘之功效。

〔五〕蚶菜：即蚶子。蚶類動物的總稱。肉味鮮美，是沿海各地普遍食用的海産品。舊唐書孔戣傳：「上謂裴度曰：『嘗有上疏論南海進蚶菜者，詞甚忠正，此人何在？卿第求之。』」

〔六〕劉安世（一〇四八—一一二五）：字器之，元城（今河北大名）人。舉進士，從學於司馬光。

歷秘書省正字、右正言、左諫議大夫，進樞密都承旨。以直諫聞，人稱「殿上虎」。新黨章惇用事，貶英州安置，徙梅州。徽宗立，知鄆州、真定府。蔡京相，謫峽州羈管。宋史卷三四五有傳。

〔七〕胡安國（一〇七四—一一三八）：字康侯，建寧崇安（今福建武夷山）人。學者稱武夷先生。紹聖進士。爲太學博士，提舉湖南學事。欽宗時一再辭官。紹興初除中書舍人兼侍講，上時政論二十一篇。遷給事中，不日辭去，定居湘潭，築碧泉書堂，撰著春秋傳，從游弟子數十人。卒謚文定。宋史卷四三五有傳。推明：究明，闡明。子思：即孔伋，字子思。孔子之孫。相傳受業於曾子，學説以中庸爲核心。孟子發揮其學説，形成思孟學派。

〔八〕時相：指秦檜。程氏學：即二程道學。程顥、程頤奠基的道學，曾受王安石新學的排擠。南宋初期，王學被斥，重倡元祐學術，秦檜與游酢、胡安國等道學人士相互推挽，重倡道學。

〔九〕矯托干進：指假托道學謀求仕進。干進，求取仕途。楚辭離騷：「既干進而務入兮，又何芳之能祗？」

〔一〇〕源委：水的發源和歸宿，指事物的本末、底細。語本禮記學記：「三王之祭川也，皆先河而後海，或源也，或委也，此之謂務本。」鄭玄注：「源，泉所出也；委，流所聚也。」晦匿：隱蔽不露。隋書高祖紀上：「高祖甚懼，深自晦匿。」

〔一一〕「以杜甫」句：曾幾詩屬江西詩派，標榜以杜甫、黄庭堅爲宗。黄初、建安：漢末魏初年號，此時代表詩人爲「三曹七子」。

〔二〕徐俯：字師川。參見卷二七跋陵陽先生詩草注〔一〕。韓駒：字子蒼。參見卷二七跋陵陽先生詩草注題解。吕本中：字居仁。參見卷十四吕居仁集序題解。三人亦均屬江西詩派。

〔三〕詮次：選擇和編排。詮同銓。韓愈進順宗皇帝實録表狀：「史官沈傳師等采事得於傳聞，詮次不精，致有差誤。」

某從公十餘年，公稱其文辭有古作者餘風，及疾革之日〔一〕，猶作書遺某，若永訣者，投筆而逝。故公之子以銘屬某。會某客巴蜀，久乃歸〔二〕，銘之歲，實淳熙五年，去公之殁十二年矣。銘曰：

聖人既没，道裂千歲。士誦遺經，用鮮弗戾。孰如文清，得於絶傳〔三〕。耄期躬行，知我者天。秉禮蹈義，篤敬以終。病不惰偷〔四〕，大學之功。仕豈不逢，施則未究。刻銘於丘，維以詔後。

【箋注】

〔一〕疾革：病情危急。

〔二〕「會某」二句：指陸游乾道六年夏至淳熙五年春宦游巴蜀八年。

〔三〕絶傳：失傳。

〔四〕惰偷：懈怠苟且。蘇軾謝館職啓：「遇寵知懼，庶不至於惰偷。」

渭南文集箋校卷第三十三

墓誌銘

【釋體】本卷文體同卷三二，收録墓誌銘五首。

青陽夫人墓誌銘

有宋蜀人天池先生譚公諱篆字拂雲之夫人青陽氏，井研人〔一〕。大父知歸州事泰，實生五丈夫子，以幼子古繼其弟春，是爲夫人之考〔二〕。夫人歸譚氏，不及事舅，獨事君姑太安人〔三〕。太安人則歸州之女子子，於夫人爲姑，夫人夙夜婦道，不以親故少懈。天池與其考隆山先生諱望字勉翁，皆以文章名一代，取友皆天下士，亦繼以進士起家，然得年皆不盈五十，志遠年局，未嘗問家人産業〔四〕。方天池殁時，一子曰季壬〔五〕，甫生十年，煢然獨立，而天池亦無兄弟，譚氏不絶如綫。太安人傳家事已久，夫人幼讀書，了大義，於是行其所知。自處儉薄，而不以貧憂其姑；躬履艱難，而不以事累其子。外父母家〔六〕，而一意立譚氏門户。太安人膳服，非其手調芼縫紉，不以進〔七〕。親客至，夫人視庖厨刀匕惟謹。及即席，則立侍姑側，終日不休。酒殽潔豐，果蔬芳甘，奉盥授帨，肅祇無譁〔八〕。客歸，皆太息，祝其女婦願庶幾夫人萬一，而夫人歉然常愧力不足也。斥賣簪襦，遣季壬就學，夜課以書，必漏下三十刻乃止〔九〕。問則爲道隆山、天池言行以磨礪之。及季壬稍長，與人交，則誨之曰：「某可師，某可友，某當絶，勿與通。」故季壬名其堂曰「願學」、室曰「勝己私」，皆夫人所以訓也。夫人享家廟如養姑之孝，字孤嫠如愛子之恩，蓋其節行法度，士君子莫能加焉〔一〇〕。季壬舉進士拔解〔一一〕，太安人尚無恙，夫人不自喜，而爲太安人喜。及擢第拜廟，夫人猶涕泣曰：「先姑不及見矣！」觀者皆感動惻愴。後以德壽宫慶壽恩得封〔一二〕，亦以是不敢樂也。

【題解】

青陽夫人，宋代蜀人譚纂之妻。青陽，複姓。史記五帝本紀：「嫘祖爲黄帝正妃，生二子，其後皆有天下：其一曰玄囂，是爲青陽，青陽降居江水；其二曰昌意，降居若水。」司馬貞索隱：「江水、若水皆在蜀。」宋代青陽氏登進士第者三十餘人，均爲蜀人。青陽夫人之子季壬爲陸游好友，其母卒後請陸游作銘。本文爲陸游爲青陽夫人所作的墓誌銘，主要記載其養姑盡孝、愛子盡責的事迹。

本文據文末自述，作於淳熙十年（一一八三）。時陸游奉祠家居。

【箋注】

〔一〕譚篆：字拂雲，號天池先生。井研：縣名。隋代始建。南宋隸成都府隆州。今屬四川樂山。

〔二〕大父：指青陽夫人祖父青陽泰，知歸州。幼子青陽古過繼給其弟青陽春，即爲青陽夫人之父。歸州：宋代隸荆湖北路，今湖北秭歸。丈夫子：兒子。古代子女通稱子，男稱丈夫子，女稱女子子。

〔三〕「夫人」三句：指青陽夫人嫁入譚家，公公早歿，只能侍奉婆婆。爾雅釋親：「婦稱夫之父曰舅，稱夫之母曰姑。姑舅在，則曰君舅、君姑；没，則曰先舅、先姑。」太安人：安人爲古代命婦封號之一，宋代自朝奉郎以上，其妻封安人，其母或祖母封太安人。

〔四〕「天池」七句：指譚篆與其父皆以文章名，舉進士，但年壽不滿五十，家無産業。譚望，字勉翁，號隆山先生，陵井（今四川仁壽）人。譚篆之父。志遠年局，志氣高遠，而年壽不長。

〔五〕季壬：字德稱，蜀中名士。與陸游交好，多有唱和。

〔六〕外父母家：指青陽夫人不顧自家父母。

〔七〕膳服：飲食服飾。調芼：採摘調製。芼，用手指或指尖採摘。

〔八〕潔豐：潔浄豐盛。盥：洗手器皿。帨：擦手佩巾。肅祗：恭敬。

〔九〕漏下三十刻：刻漏爲古代計時器。銅壺底穿孔，壺中立一標有刻度的浮標，壺中水滴漏漸少，標上刻度漸露，視之可知時刻。漢書哀帝紀：「刻漏以百二十爲度。」顔師古注：「舊漏晝夜共百刻，今增其二十。」則三十刻約六小時。

〔一〇〕享家廟：祭獻家廟。字孤嫠：養育孤兒寡婦。節行法度：節操品行，規矩辦法。

〔一一〕拔解：送禮部參加科舉考試。

〔一二〕「後以」句：指夫人因高宗慶壽恩典得到封賞。德壽宫，宋高宗退位後常居的宫殿，此代指高宗。

初，季壬解褐爲崇慶府府學教授，凡四年，徙成都府，吏部以僑寓格不下〔一〕。執政爲奏，復還崇慶以便養。命至，而夫人棄其孤矣〔二〕。初，命教成都，今樞密使周公貳大政〔三〕，知予與季壬友，以書來告曰：「石室得人矣〔四〕。」季壬有學行，爲諸公大人所知蓋如此，以故士皆慕與之交。而夫人墓道之碣，乃萬里來屬予於山陰鏡湖上，義不可辭。夫人諱字及年，與其他在法當書者，皆已見内誌〔五〕，懼於再告，故獨述其大節而已。自周以降，禮教日衰，爲女子者，不聞姆師之訓、圖史之戒〔六〕，閭巷尼媪〔七〕，交煽其間，非天資淑柔，則悖驁嚚昏，貪黷悍驕〔八〕，不復知供養祭祀爲婦職者，固其所也。夫人奮乎千載之下，獨不移於俗，矯矯自立如此。於虖賢哉！予與季壬，實兄弟如也，故述孝子之意以作銘。其辭曰：

淳熙十祀冬十月丙申，孤季壬奉先夫人之柩，祔於天池先生之藏。平生相倚爲命兮，未嘗輕去吾親之傍。日將夕而未返，則倚門其皇皇。今也山空無人，凛乎欲霜。鳥獸紛其號鳴，木葉霣兮草黄。吾親不見其孤兮，悲生死之茫茫。兒不能奉養於泉塗兮〔九〕，肝心裂而涕滂。茹哀忍死兮，庶其顯揚〔一〇〕。維友予銘兮，後百世而彌芳。

【箋注】

〔一〕僑寓：僑居，寄居。王讜唐語林豪爽：「李元將評事及弟仲將嘗僑寓江都。」格：指調令。

〔二〕夫人棄其孤：指青陽夫人去世。

〔三〕樞密使周公：指周必大。宋史宰輔表四：「（淳熙）十一年六月庚申，周必大自知樞密院事進樞密使。」一貳大政：輔大政。

〔四〕石室：此指收藏圖書檔案之地。

〔五〕諱字及年：指名字和年壽。內誌：或指另有碑誌文。

〔六〕姆師之訓：古代女師宣講婦道的訓示。韓愈順宗實録五：「雅修彤管之規，克佩姆師之訓。」圖史之戒：古代對女子的規勸、戒鑒大多配合圖畫，如顧愷之根據張華女史箴所做的女史箴圖之類。

〔七〕尼媼：即尼姑。

〔八〕悖驁嚚昏：狂悖傲慢，冥頑不靈。嚚，愚蠢，頑固。貪黷悍驕：貪污驕横。

〔九〕泉塗：黄泉，陰間。謝莊宋孝武宣貴妃誄：「皇帝痛掖殿之既闃，悼泉途之已宫。」

〔一〇〕茹哀：銜哀。顯揚：顯親揚名。白居易爲崔相陳情表：「爵禄之榮，實有踰於同輩；顯揚之命，獨未及於先人。」

陸孺人墓誌銘

孺人山陰陸氏。曾大父某，國子博士，贈太尉〔一〕。大父某，承奉郎。考某，迪功郎，明州司法參軍。母同郡齊氏。孺人年若干，嫁爲承議郎、知梧州高郵桑公莊之妻〔二〕。端靖淑柔〔三〕，讀書略知大義，自其在父母家，已得孝名，見治絲枲〔四〕，輒趨與共事，法曹與齊夫人皆異之〔五〕。建炎間，法曹避兵天台，而承議適攝縣主簿事，故時兩家已繼爲婚姻，情好甚篤，因以孺人歸焉。承議既罷主簿，以亂故不克北歸，因寓近縣山中凡四十年。間雖出仕，歲滿輒歸。居山之日多於在官，衣食嘗不足，孺人處之超然。自幼奉佛法，戒擊鮮〔六〕，終身不犯。嘗舟行溯汴，遇老桑門丐錢〔七〕，孺人亟施之，且問曰：「師何許人？老如此，尚行乞耶？」對曰：「居天台，兄弟十八人，我獨好遠游，故抵此。汝與我有宿契〔八〕，他日當爲鄰。」及是，寓居適近石橋。一日，登應真閣，修茶供，至第三尊者，驚歎曰：「此吾汴舟所見也〔九〕。」承議嘗爲西安令〔一〇〕，有娠婦以事繫獄，念釋之，未果。孺人夢白衣人告曰：「囚且字子矣〔一一〕。」旦以告承議，呼乳醫視之而信〔一二〕，即脱械，予假使歸。果以是夕産。孺人事佛之驗至如此。然奉家廟盡孝盡敬，朝夕定省如事生〔一三〕，凡祭祀、烹飪、滌濯皆親之，至累夕不寐。承議平生所與游，多知名士，每客至，輒信宿留〔一四〕，孺人執刀匕，白首無倦色，曰：「此婦職也。」近世閨門之教略，妄以學佛自名，則於祭祀、賓客之事皆置不顧，惟私財賄以徇其好，曰：「吾徼福於佛也〔一五〕。」於虖！娶婦所以承先祖、主中饋〔一六〕，顧乃使之徼佛福而止耶？安得以孺人之事告之。承議有兄之子，妻士人陳汝翼，貧無以生。孺人力贊承議挈之歸，同爨十五年〔一七〕，使其子與己子俱就學，遂中名第。而孺人諸子皆好修〔一八〕，世昌從諸公問學，不以貧奪其志，人以爲積善之報。孺人得年七十有四，以淳熙十二年正月己丑卒。丈夫子三人：長之瑞，早卒；次則世昌；次世茂。女子子四人：徐廷煥、顧淵、陳寬、吴植，其甥也〔一九〕。明年某月甲子，葬於天台之太平鄉朴墺，祔承議之墓。世昌實來請銘，孺人於予爲從祖姊，其敢辭。銘曰：

廟祭賓享，維婦之職。熅鷙很驕〔二〇〕，蠹我壼則〔二一〕。孰如孺人，耆老益恭。名山崇崇，閟此幽宫〔二二〕。

【題解】

陸孺人，陸游之從祖姊。孺人，爲古代命婦封號之一，宋代自通直郎以上，其妻或母封孺人。陸孺人卒於淳熙十二年，其子桑世昌請銘於陸游。本文爲陸游爲陸孺人所作的墓誌銘，主要記載其樂善好施、恪守壼則的事迹。

本文據文末自述，作於淳熙十二年。時陸游奉祠家居。

【箋注】

〔一〕曾大父某：即陸珪，官至國子博士，卒贈太尉。參見卷三二右朝散大夫陸公墓誌銘。

〔二〕桑莊：字公肅，高郵人。陳耆卿赤城志卷三四遺逸：「桑莊，高郵人，字公肅。官至知柳州。

紹興初寓天台。曾文清公幾誌其墓。有茹芝廣覽三百卷藏於家。子世昌。自號莫庵。有文集三十卷。事見尤尚書袤、楊閣學萬里、陸待制游、樓參政鑰、葉侍郎適序跋。」

〔三〕端靖淑柔：端莊恬静，賢淑温柔。

〔四〕絲枲：生絲和麻。書禹貢：「岱畎絲枲，鈆松怪石。」孔穎達疏：「枲，麻也。」

〔五〕法曹：掌司法的官吏。此指明州司法參軍，即陸孺人之父。

〔六〕擊鮮：宰殺活的牲畜禽魚。漢書陸賈傳：「數擊鮮，毋久溷女爲也！」顔師古注：「鮮謂新殺之肉也。」

〔七〕桑門：沙門的異譯，即僧人。後漢書楚王英傳：「其還贖，以助伊蒲塞桑門之盛饌。」李賢注：「桑門，即沙門。」

〔八〕宿契：即宿緣。

〔九〕應真閣：在石橋庵内。陳耆卿赤城志卷二八：「石橋庵，在縣北五十里，建中靖國元年建，後燬於火，紹熙四年復新之。中有妙音、曇華二亭，應真閣。舊有先照亭，今廢。」茶供：指以茶供佛的儀式。唐代開始，寺院形成以茶供佛的禪規，如雲仙雜記卷六載：「覺林院志崇收茶三等。待客以驚雷莢，自奉以萱草帶，供佛以紫茸香。蓋最上以供佛，而最下以自奉也。客赴茶者，皆以油囊盛餘瀝以歸。」尊者：羅漢之尊稱。

〔一〇〕西安：縣名。唐咸通中改信安爲西安，因西溪（衢江）得名，隸衢州。南宋屬兩浙東路。在今浙江衢州。

〔一一〕字子：生子，生産。

〔一二〕乳醫：古代稱産科醫生。漢書霍光傳：「顯愛小女成君，欲貴之，私使乳醫淳于衍行毒藥殺許后。」顔師古注：「乳醫，視産乳之疾者。」

〔一三〕定省：子女早晚向父母問安。禮記曲禮上：「凡爲人子之禮，冬温而夏凊，昏定而晨省。」鄭玄注：「定，安其牀衽也；省，問其安否何如。」

〔一四〕信宿：指連宿兩夜。詩豳風九罭：「公歸不復，於女信宿。」毛傳：「再宿曰信。宿，猶處也。」

〔一五〕閫門之教：指婦德教育。徼福：祈福，求福。左傳成公十三年：「君亦悔禍之延，而欲徼福于先君獻穆。」

〔一六〕中饋：家中供膳諸事。易家人：「無攸遂，在中饋。」孔穎達疏：「婦人之道……其所職，主在於家中饋食供祭而已。」

〔一七〕同爨：同灶炊食。指同住不分家。禮記檀弓上：「或曰：『同爨緦。』」孔穎達疏：「既同爨而食，合有緦麻之親。」

〔一八〕好修：喜歡修飾儀容。借指重視道德修養。楚辭離騷：「民生各有所樂兮，余獨好修以爲常。」

〔一九〕甥：此指女婿。
〔二〇〕熳鷔很驕：傲慢驕横。很，同「狠」。
〔二一〕蠹：蛀蝕。 壼則：婦女行爲的準則。陳子昂唐故袁州参軍妻清河張氏墓誌銘：「承禮訓於公庭，習威儀於壼則。」
〔二二〕閟：掩蔽。 幽宫：指墳墓。王維過秦皇墓：「古墓成蒼嶺，幽宫象紫臺。」

浙東安撫司參議陸公墓誌銘

紹興初，詔修元祐故事，命大臣近侍以十科舉士〔一〕。翰林學士承旨知制誥孫公近〔二〕，首舉右迪功郎陸静之文章典麗，可備著述科。方詔之下也，孫公一時辭宗，主盟翰墨，自三館諸儒與進士高第願得一言者，袂相屬也〔三〕。公年財二十餘，以門蔭入官〔四〕，初未爲人知，而孫公獨歎譽稱薦之。一旦出千百人右，於是中朝名勝士〔五〕，莫不知陸伯山，慕與之交。而公仲弟升之仲高〔六〕，亦以文章有名，號二陸。仲高遂登進士丙科〔七〕。公業春秋及賦，再試禮部，乃輒斥，因不復踐名場〔八〕，而一意欲以才略致通顯。然愈不偶以老，豈非命耶！公會稽山陰人。曾大父珪，國子博士，贈太尉〔九〕。大父佖，中大夫〔一〇〕。考長民，左朝請大夫、尚書右司員外郎〔一一〕。兩世皆贈金紫光禄大夫〔一二〕。公以父任補將仕郎，調信州上饒縣、台州天台縣主簿，皆不赴。監潭州南嶽廟，徙措置户部贍軍酒庫所幹辦公事，又不赴。徙江南東路轉運司、淮南西路轉運司幹辦公事，知台州寧海縣。部使者挾私憾，中公以法，鍛鍊累月，無所得，然猶坐微文銜替〔一三〕。起知臨安府臨安縣，主管台州崇道觀，通判隆興府、建康府。資當守郡，會得重聽疾〔一四〕，不能奉臨遣，乃爲浙東路安撫司參議官。官至朝散大夫，服三品。淳熙十四年六月癸酉卒，享年七十七。娶季氏，先公二十年卒，贈宜人。子二人：子墨，前台州寧海縣主簿；子埜，當以公納禄恩補官〔一五〕。女子二人：長適承議郎、新權知台州軍州事司馬偘，次適從政郎趙善价。孫男三人：立達、立言、立柔。孫女五人，長適鄉貢進士石正大，餘尚幼。子墨、子埜將以九月丙午葬公於會稽縣上皋尚書塢，以季宜人祔，實來請銘。公平生不大試於事，故可傳載者少。然在寧海，有嫗訴子不孝二十條，公遽呼嫗問之，懵不能置一辭。逮問爲書者，則嫗之女婿實爲之，案驗辭服，一邑驚以爲神〔一六〕。佐建康，會久旱，力請於府爲火備。已而火屢作，皆以有備不爲災，士民至今誦之。晚，既久不仕，日誦左氏傳、史記、前漢書，率盡兩卷，不以寒暑疾恙少廢。有疑義，客至輒講之。前五年，忽作治命百餘言〔一七〕，戒家人勿用浮屠法及厚葬〔一八〕。比終，無大疾，疾已亟，猶起坐堂上觀書如平生，徐闔書危坐，遂逝。於虖！亦奇矣。銘曰：

士患不材，材患莫知。既或之知，又弗克施。在昔所歎，天啬其壽。耄耋不試，將孰歸其咎？

【題解】

陸公，即陸静之，字伯山。陸游從祖兄。舉進士不第。以蔭入仕，歷江南東路轉運司、淮南西路轉運司幹辦公事、知台州寧海縣、臨安府臨安縣，隆興府、建康府通判等，官至浙東路安撫司參議官。陸静之卒於淳熙十四年，其子子墨、子埜請銘陸游。本文爲陸游爲陸静之所作的墓誌銘，主要記載其仕途坎坷及治郡有法、終身讀書的事迹。

本文據文中自述，作於淳熙十四年（一一八七）。當作於該年秋。時陸游在知嚴州任上。

【箋注】

〔一〕「紹興初」三句：宋史選舉志六：「（紹興）三年，復司馬光十科，時遣五使宣諭諸道，令訪廉潔清修可以師表吏民者。尋詔宣諭官所薦，并俟終更，令入對升擢，以勸能吏。復用舊制，内外侍從官受命三日，舉官一員自代，中書、門下省籍記姓名，每闕官，即以舉狀多者進擬。内外武臣，舉忠勇智略可自代者一人，如文臣法。」元祐故事，指元祐初恢復内外舉官法，宰相司馬光請朝廷設十科舉士，即：一、行義純固可爲師表科；二、節操方正可備獻納科；三、智勇過人可備將帥科；四、公正聰明可備監司科；五、經術精通可備講讀科；六、學問該博可備顧問科；七、文章典麗可備著述科；八、善聽獄訟盡公得實科；九、善治財賦公私俱便科；十、練習法令能斷請讞科。見宋史選舉志六。

〔二〕孫公近：即孫近，字叔諸，常州無錫（今屬江蘇）人。崇寧二年進士，五年復中宏詞科。高宗時累遷吏部侍郎、直學士院。從帝親征，書命悉委之。以翰林學士承旨參知政事，兼知樞密院。附秦檜主和，爲士論所輕。紹興十一年罷政，謫秘書監，責漳州居住，移贛州，卒。寶慶會稽志卷二有傳。

〔三〕辭宗：文壇宗師。三館：唐代設弘文、集賢、史館三館，負責藏書、校書、修史等。宋代因之，三館合一，併入崇文館。袂相屬：衣袖相連。比喻人多。

〔四〕門蔭：憑藉祖先功勳循例做官。晉書范弘之傳：「（謝）石階藉門蔭，屢登崇顯。」

〔五〕中朝：朝中，朝廷。三國志杜畿傳：「中朝苟乏人，兼才者勢不獨多。」

〔六〕升之：即陸升之，字仲高，陸静之之弟。

〔七〕進士丙科：進士考試第三等。

〔八〕名場：指士子求取功名的科舉考場。劉復送黃曄明府岳州湘陰赴任：「擬占名場第一科，龍門十上困風波。」

〔九〕曾大父珪：即陸珪（一〇二一—一〇七六），字廉叔，陸軫次子。官至國子博士。贈太尉、正義大夫。事迹見蘇頌蘇魏公文集卷五九國子博士陸君墓誌銘。

〔一〇〕大父佖：即陸佖，陸珪長子。歷尉氏縣丞、楚州通判。官至中大夫。卒年八十六。贈金紫光禄大夫。

〔一一〕考長民：即陸長民，陸佖次子。政和五年進士。歷吏部郎官、知明州。官至左朝請大夫、尚書右司員外郎。卒贈金紫光禄大夫。

〔一二〕金紫光禄大夫：正三品文散官，相當於吏部尚書。

〔一三〕私憾：私人之間的怨恨。左傳宣公二年：「君子謂羊斟非人也，以其私憾，敗國殄民。」中：中傷。鍛鍊：指羅織罪名，陷人於罪。後漢書韋彪傳：「鍛煉之吏，持心近薄。」李賢注：「言深文之吏，入人之罪，猶工冶陶鑄鍛煉，使之成孰也。」微文：隱寓諷喻的文辭。班固典引：「司馬遷著書成一家之言，揚名後世，至以身陷刑之故，反微文刺譏，貶損當世，非誼士也。」衝替：宋代公文用語。指貶降官職。司馬光涑水記聞卷九：「獄成，以贖論，猶衝替。」

〔一四〕重聽：聽覺遲鈍，耳聾。枚乘七發：「虚中重聽，惡聞人聲。」

〔一五〕納禄：歸還俸禄，辭官。國語魯語上：「若罪也，則請納禄與車服而違署。」韋昭注：「納，歸也；禄，田邑也。」

〔一六〕爲書者：指爲嫗書寫狀紙者。　案驗辭服：指查詢驗證後其婿服罪。

〔一七〕治命：與亂命相對，指人生前清醒時所立遺囑。泛指生前遺言。

〔一八〕浮屠法：指佛教的喪葬辦法。

山陰陸氏女女墓銘

淳熙丙午秋七月，予來牧新定〔一〕。八月丁酉，得一女，名閏娘，又更名定娘。予以其在諸兒中最稚，愛憐之，謂之「女女」而不名。姿狀瓌異凝重〔二〕，不妄啼笑，與常兒絶異。明年七月，生兩齒矣。得疾，以八月丙子卒，葬於城東北澄溪院〔三〕。九月壬寅，即葬北岡上。其始卒也，予痛甚，灑淚棺衾間，曰「以是送吾女」，聞者皆慟哭。女女所生母楊氏，蜀郡華陽人〔四〕。銘曰：

荒山窮谷，霜露方墜，被荆榛兮。於虖吾女，孤冢巋然，四無鄰兮。生未出房奥〔五〕，死棄於此，吾其不仁兮。

【題解】

陸氏女女，即陸游之妾楊氏所生女兒。生於淳熙十三年八月，卒於次年八月。陸游尤愛憐此女，夭折後悲痛下淚。本文爲陸游爲女兒所作的墓銘，記載其生卒過程，抒寫無限悲痛之情。

本文據文中自述，作於淳熙十四年（一一八七）。當作於該年九月。時陸游在知嚴州任上。

【箋注】

〔一〕淳熙丙午：即淳熙十三年（一一八六）。　牧新定：即知嚴州。

〔二〕姿狀瓌異：形貌特異。魏書世祖紀上：「（世祖）體貌瓌異，太祖奇而悦之。」

〔三〕菆：特指將木材堆放於靈柩四周。引申爲停放靈柩。

〔四〕楊氏：陸游在成都時所納之妾，蜀郡華陽（今四川成都）人。生子布、子遹和定娘。參見鄒志方陸游研究第七章楊氏發隱。

〔五〕房奥：房屋之深處。

傅正議墓誌銘

公諱某，字凝遠，其先爲北地清河著姓〔一〕，後徙光州，爲固始人。唐廣明之亂〔二〕，光人相保聚〔三〕，南徙閩中，今多爲大家。而傅氏之祖曰府君，實與其夫人林氏，始居泉州晉江縣〔四〕。生五子。長子卒，謀葬，有異人告以葬聖姑山之右，而徙其居仙遊羅山之麓〔五〕。林夫人有高識，悉用其言。宋興，仙遊隸興化軍，而傅氏巨公顯人始繼出矣。若夫德修於家，教行於鄉，而身不及用者，亦在其子孫，如公是也。公之大父程，父嵩，以累舉進士推恩，閉門教子，不肯仕，累贈奉直大夫。公，奉直第二子，幼有美質，讀書日數千言，學爲文，輒驚其長老。崇寧中，甫年十八，入太學，聲名籍甚，試中高等。然猶幾二十年，乃以上舍登第，調滄州無棣縣主簿〔六〕。會女真陷全燕〔七〕，乘虚南下，兩河皆震〔八〕，吏士相顧無人色，或委官去。郡檄公餉軍〔九〕，公南方書生，平生不習金鼓，初咸意公難之。而公得檄即行，不暇秣馬，冒兵往來。軍賴以無乏。虜出塞，會公亦遭奉直憂，始南歸。終喪，得南劍州順昌縣尉〔一〇〕。時所在盗起，縣民亦相挻爲亂〔一一〕，公素得士心，徐設方略，窮其窟穴，未幾悉平。部使者欲言之朝，公辭而出。弓手有謀叛者〔一二〕，語其徒曰：「奈累傅公何！」比公罷去，盗遂作，殺掠暴甚，邑人以不留公爲悔。

【題解】

傅正議，即傅伃（一〇八三—一一五一），字凝遠，興化軍仙遊（今屬福建）人。以太學上舍登第。歷無棣主簿、順昌縣尉、安溪縣丞、南安縣丞、知晉江縣、茶事司幹辦公事，除通判南劍州，未到任而卒。官至左朝奉大夫，累贈正議大夫。其子傅淇使浙東，陸游與之遊。傅淇爲父請銘。本文爲陸游爲傅伃所作的墓誌銘，主要記載其臨危不懼、治事有方、廉政愛民的事迹。

本文據文末自述，約作於淳熙十四年（一一八七）。時陸游在知嚴州任上。

【箋注】

〔一〕清河：縣名。漢高帝始置郡，後改縣。在今河北邢臺。

〔二〕廣明之亂：指唐僖宗廣明元年（八八〇），黄巢攻陷長安稱帝，國號大齊。唐僖宗倉皇奔蜀。

〔三〕保聚：聚衆守衛。左傳僖公二十六年：「及君即位，諸侯之望曰：『其率桓之功。』我敝邑用不敢保聚。」杜預注：「用此舊盟，故不聚衆保守。」

〔四〕晉江：縣名。宋代隸福建路泉州，今屬福建泉州。

〔五〕仙遊：縣名。宋代隸福建路興化軍，今屬福建莆田。

〔六〕無棣：縣名。宋代隸河北路滄州，今屬山東濱州。

〔七〕燕：春秋諸侯國，其地包括今遼寧南部和河北北部。

〔八〕兩河：宋代稱河北路、河東路爲兩河，約今河北、山西地區。

〔九〕檄：行文調動。　餉軍：給軍隊發糧餉。

〔一〇〕順昌：縣名。宋代隸福建路南劍州，今屬福建南平。

〔一一〕挻：延及，引發。

〔一二〕弓手：又稱弓箭手。宋代一種吏役。宋初多差富户充當，爲縣尉所屬武裝，負責巡邏、緝捕等。神宗後由差役改爲雇役，實際已成募兵。

調泉州安溪縣丞〔一〕，改宣教郎，猶安其官，不求徙。有自吏部擬注來代者〔二〕，始徙南安縣丞〔三〕。其恬於仕進如此。南安大饑，民棄子者相屬，公請於州，出常平錢米，設安養院於延福僧舍，乳湩糜粥湯液，皆不失其宜〔四〕。明年，歲豐，悉訪其所親歸之。曩時，縣之貧民鬻業者〔五〕，輒減其户產，以求速售。或業盡而賦獨存〔六〕，官責之急，至死徙相踵。公既得其弊，一切以肥磽定賦，民之冤失職者皆得直，治最一路〔七〕。遷知晉江縣。會詔造戰艦，他郡縣吏多並緣煩擾〔八〕，事亦不時集。公獨不以諉吏，躬督其役，勞費視他邑省殆半，而事獨先期辦。安撫使張忠獻公聞於朝，特減磨勘年，遂爲茶事司幹辦公事〔九〕。公於是行能已爲時所知〔一〇〕。秩滿，造行在所，顧不數見公卿。赴銓〔一一〕，得通判南劍州而歸。將之官，以紹興二十一年六月十一日感疾不起，享年六十有八。積寄禄官至左朝奉大夫〔一二〕，累贈正議大夫。

【箋注】

〔一〕安溪：縣名。宋代隸福建路泉州，今屬福建泉州。

〔二〕擬注：宋代官制。應試入選者由吏部注名於册，經考詢後擬定授官，稱爲擬注。范仲淹奏乞差新轉京官人充沿邊知縣事：「自來除合差京朝官外，其餘并從銓司擬注，别無選擇之法。」

〔三〕南安：縣名。宋代隸福建路泉州，今屬福建泉州。

〔四〕常平錢：官府預儲供借貸的錢。　安養院：救濟災民的機構。　乳湩糜粥湯液：乳汁、米粥、中藥湯劑。均爲救濟所用。

〔五〕鬻業：出賣家業。

〔六〕業盡而賦獨存：家業賣完但田賦仍在。

〔七〕肥磽：土地肥沃或瘠薄。　孟子告子上：「雖有不同，則地有肥磽，雨露之養，人事之不齊也。」　失職：失去常業。　周禮地官大司徒：「十曰以世事教能，則民不失職。」孫詒讓正義：「職謂四民之常職。」

〔八〕並緣：互相依附勾結。　漢書薛宣傳：「三輔賦斂無度，酷吏並緣爲奸。」　煩擾：攪擾，干擾。

〔九〕張忠獻公：即張浚，字德遠，卒謚忠獻。參見卷七賀張都督啓題解。　磨勘：古代政府通過勘察官員政績，任命和使用官員的一種考核方式。選人須經過三任六考的磨勘，層層遞升。每任的期限爲三年。　茶事司：即提舉茶事司，宋代各路管理茶事的機構。

〔一〇〕行能：品行和才能。　六韜王翼：「論行能，明賞罰。」

〔一一〕赴銓：指前往吏部聽候銓選。

〔一二〕寄禄官：宋代用以表示品級、俸禄的一種官稱，與職事官相對應。宋初，官名與職掌分離，元豐改制後二者合一，原寄禄官成爲名副其實的職事官，另取前代散官舊名，製定階官，成爲新寄禄官。文臣階官共三十七階，武臣階官共五十三階。

公亡恙時，自發書卜葬於白石之南，雖月日莫不有治命〔一〕。至殁，悉遵用焉。娶林氏，正議大夫豫之女〔二〕，封宜人，今累封太淑人。六子：淶，奉議郎、知漳州漳浦縣；汶，朝散郎、江南西路提舉常平茶鹽公事；淇，朝散大夫直龍圖閣、兩浙西路提點刑獄公事；泃、淩、湑，舉進士。奉議莅官有家法，不幸與泃、淩皆早世。常平以材望擢使一道，而龍圖嘗位列卿，實中朝宿德，皆且柄用矣，士大夫以爲公積行累功之報〔三〕。四女：長適進士林維，次適龍溪縣尉陳希錫，次適進士林若思，次適進士林若公。

【箋注】

〔一〕發書：特指打開卦書。卜葬：占卜選擇吉祥之葬日和葬地。禮記雜記下：「卜葬其兄弟曰『伯子某』。」孔穎達疏：「謂卜葬擇日而卜人祝龜所稱主人之辭也。」治命：指遺囑，遺言。

〔二〕豫：即林豫，字順之，興化軍仙遊人。熙寧九年進士。歷知保德、廣信、邵武軍及邢、邵、鄜、冀州凡七任，所至有惠政。後坐蘇軾薦，入元祐黨籍。事迹見莆陽比事卷二、卷三。

〔二〕淇：即傅淇，字元瞻，興化軍仙遊人。紹興三十年進士。授潮陽縣尉，改知平陽縣。擢監察御史，除太府少卿。歷宗正少卿、浙西提點刑獄，官終直龍圖閣、知温州。莆陽文獻傳卷十有傳。　莅官：居官。　材望：才能聲望。　宿德：年老有德者。　柄用：指被信任而掌權。

初，龍圖使浙東，實治會稽〔一〕，而某爲郡人，始從龍圖游，獲觀公文章，豪邁絶人，而其詩尤工。龍圖又爲某言，公當官至廉，爲縣時，有小吏持官燭入中閾〔二〕，公顧見，立遣出。仕官三十年，先疇無一壟之增〔三〕。老猶力學不厭，行其所知，未嘗以窮達累心。飢者輟食濟之，病者治藥療之。所居之傍，有路達泉州，而林谷阻險者四十餘里，行旅告病。公率親黨，塹山伐石，易爲夷途，人至今誦焉。疾革，猶戒諸子曰：「吾平生無愧俯仰，殁後，汝曹居官主清，治家主嚴，奉先主敬，收族主恩，造次顛沛〔四〕，必主忠信。能用吾言，雖貧賤猶爲有德君子。不然，獵取光顯，奚爲哉！」語終遂瞑。方龍圖言此時，固已屬某以發揚潛德〔五〕。會徙節浙西，後逾年，乃以狀來請銘〔六〕。銘曰：

築野肖夢相武丁，死不泯亡騎列星〔七〕。後世繼起三千齡，峩冠相望立漢廷。公入太學奮由經，蹭蹬晚乃駕簈篂〔八〕。抱才不試歸泉扃，一妙山立尚典刑〔九〕。公雖埋玉有餘馨〔一〇〕，印綬三品告諸冥。馬鬣之封柏青青〔一一〕，咨爾雲來視斯銘。

【箋注】

〔一〕「初」三句：指傅淇任浙東提點刑獄公事，治所在會稽。

〔二〕官燭：公家供給用於辦公的蠟燭。中閾：中門。

〔三〕先疇：現任所遺的田地。文選班固西都賦：「士食舊德之名氏，農服先疇之畎畝。」吕延濟注：「先疇，先人畎畝。」

〔四〕造次顛沛：流離困頓。語出論語里仁：「君子無終食之間違仁，造次必於是，顛沛必於是。」

〔五〕「方龍圖」二句：指當初傅淇介紹父親事迹之時，已委托陸游將其發揚光大。潛德，指不爲人知的美德。

〔六〕「會徙節」三句：徙節浙西：范成大吴郡志卷七：「傅淇，以朝請大夫浙東提刑除，淳熙九年十月十六日到任，十一年六月除直龍圖閣，十月十六日再任，十二年三月二十六日改知寧國府。」則傅淇出任浙西提刑在淳熙九年至十二年，其介紹父親時在除直龍圖閣而尚在浙西提刑任上，即淳熙十一年。逾年，一年以後。狀，指行狀，詳細記録死者世系、籍貫和生平的文章，一般由家族請人撰寫。

〔七〕「築野」二句：用商代武丁賢臣傅説之典比喻傅佇。孟子告子下：「傅説舉於版築之間。」史記殷本紀：「武丁夜夢得聖人，名曰説。」莊子大宗師：「傅説得之，以相武丁，奄有天下，乘東維，騎箕尾，而比於列星。」相傳傅説死後升天化爲星辰，在箕宿、尾宿之間。

〔八〕箳篂：以竹席遮塵的車幡。古代別駕之車皆有箳篂，故用爲別駕車名。此指傅佇赴銓，得通判南劍州，駕別駕之車。

〔九〕泉扃：墓門，地府。山立：像高山一樣屹立不動。

〔一〇〕埋玉：指埋葬才華。梁書陸雲公傳引張纘書：「不謂華齡，方春掩質，埋玉之恨，撫事多情。」

〔一一〕馬鬣之封：墳墓封土如馬頸長毛的形狀。禮記檀弓上：「馬鬣封之謂也。」孔穎達疏：「馬鬣之上，其肉薄，封形似之。」

渭南文集箋校卷第三十四

墓誌銘

【釋體】 本卷文體同卷三三，收録墓誌銘五首。

尚書王公墓誌銘

寶謨閣直學士、正議大夫致仕、贈銀青光禄大夫王公既葬之二年，孫宿來請於公之里人陸某，願次公出處〔一〕，請謚於有司。某辭不獲，既以狀授其家〔二〕，宿復來，泣且言曰：「古之葬以碑封，因識於碑，則碑固在墓外。後世隧葬〔三〕，識於隧中，非古也。吳、會稽之葬弗隧，則雖已葬，刻石墓旁，實爲近古。惟丈人予之銘〔四〕。」某辭以既嘗狀公之行，願更求名卿巨人以信後世。宿復泣言：「近世固有既爲狀，而復爲之碑者，丈人何獨謂謙？」某用是不果固辭。

【題解】

尚書王公，即王佐（一一二六—一一九一），字宣子，號敬齋，山陰（今浙江紹興）人。紹興十八年狀元。任秘書省校書郎、吏部員外郎，歷知永州、吉州、平江、隆興、潭州、揚州、臨安等州府，進工部侍郎、權工部尚書、權户部尚書，兼侍講、侍讀。後奉祠，紹熙二年卒。其孫王宿求狀於陸游，陸游爲撰行狀；王宿復來求銘。本文爲陸游爲王佐所作的墓誌銘，主要記述其不屈權貴、善治州府、力剿陳峒、勉力尹京的事迹。

本文據文首自述，作於紹熙四年（一一九三）。時陸游奉祠家居。

【箋注】

〔一〕次公出處：按順序記録其生平。

〔二〕狀：行狀，亦稱行述，記述死者生平事迹的文體。陸游所撰行狀已不存。

〔三〕隧葬：指挖墓道而葬。古代爲天子葬禮。禮記喪大記鄭玄曰：「禮，唯天子葬有隧。」

〔四〕丈人：指稱陸游。

惟公諱佐，字宣子，會稽山陰人。曾大父諱忠，世有隱德〔一〕。考諱俊彦，以進士起家，經行尊顯〔二〕，爲時醇儒，仕至左宣義郎、太平州州學教授，贈至特進。兩娶同郡葉氏，追贈同安、永寧郡夫人〔三〕。同安實生公，幼而穎異不群，七歲，特進爲講孟子，即能復講，不遺一言，退無矜色〔四〕。特進歎曰：「吾家積善百年，當有興者，是子其當之乎？」十八補太學生。二十有一以南省高選奉廷對爲第一〔五〕。方唱名時，趨拜進止，詳華中度〔六〕。高宗皇帝喜動玉色，授承事郎、簽書平江軍節度判官廳公事。未赴，召爲秘書省校書郎。

【箋注】

〔一〕隱德：指施德於人而不爲所知。晉書王湛傳：「初有隱德，人莫能知，兄弟宗族皆以爲癡，其父昶獨異焉。」

〔二〕經行：經術和品行。漢書師丹傳：「丹經行無比，自近世大臣能若丹者少。」

〔三〕郡夫人：古代命婦封號。唐宋三品以上文武官員之母或妻封郡夫人。

〔四〕矜色：驕傲的神情。韓愈論薦侯喜狀：「辭氣激揚，面有矜色。」

〔五〕南省：指禮部，主持科舉考試。廷對：宋代科舉禮部省試後還要舉行殿試（廷試）試對策，皇帝親自主持。廷對第一即狀元。

〔六〕「方唱名」三句：唱名，指殿試後皇帝呼名召見登第進士。趨拜：趨走拜謁，指上前行禮。詳華：端莊安詳而有風采。張説鄎國長公主神道碑：「每至三元上賀，五日中參，進對詳華，折旋舒婉。」

時秦丞相檜專政，其子熺以前執政提舉秘書省〔一〕，館中或趨附以爲捷徑。公獨簡默嚴重〔二〕，未嘗妄交一語，嘗語同舍曰：「唐三館故事，丞相與赤縣尉均爲學士〔三〕，安得妄自屈哉！」熺聞不能平，嗾言者論去之〔四〕。逾年，請祠禄〔五〕，爲主管台州崇道觀。丁特進憂，服除，會秦丞相死，熺亦斥逐，起家拜秘書郎，兼玉牒所檢討官。遷尚書吏部員外郎，右司郎闕〔六〕，以公兼領。秦丞相夫人王氏，陳乞舊所得恩數之未用者，自稱冲真先生〔七〕。公持白執政曰：「婦人安得此名？向者誤恩，有司不能執，爲失職，今當追正。然王氏封兩國夫人，蓋祖宗以寵親王之配及外家尊屬者，何可輒引以階僭紊〔八〕，當併奪之。」執政不能聽，但寢其請而已〔九〕。後王氏死，卒奪先生號，識者猶恨不盡用公初議。

【箋注】

〔一〕熺：即秦熺，字伯陽，秦檜子。紹興十二年進士。除秘書郎。十三年擢禮部侍郎，兼直學士院，提舉秘書省，除翰林學士。十八年遷知樞密院事。二十五年秦檜卒後致仕。前執政：指其前任禮部侍郎。執政，主管某一方面事務，猶執事。提舉：宋代差遣名目之一，猶掌管。

〔二〕簡默嚴重：簡静沉默，嚴肅穩重。

〔三〕赤縣：京都所治縣稱赤縣。杜佑通典：「大唐縣有赤、畿、望、緊、上、中、下七等之差。京都所治爲赤縣，京之旁邑爲畿縣，其餘則以户口多少、資地美惡爲差。」

〔四〕嗾：教唆，指使。

〔五〕祠禄：宋代大臣罷職後管理道教宫觀，借名食俸，稱爲祠禄。

〔六〕右司：宋代尚書省分左右兩司分管事務，左司管吏、户、禮三部等，右司管兵、刑、工三部等。右司郎：即右司員外郎。

〔七〕「秦丞相夫人」三句：建炎以來繫年要録卷一六九：「（紹興二十五年十月）甲辰，秦檜妻韓魏國夫人王氏乞改賜一道號，詔特封沖真先生。」恩數：指朝廷賜予的封號等級。

〔八〕階：招致。僭紊：超越禮制，錯亂失序。洪邁容齋隨筆蔡君謨帖語：「相呼不以字，而云某丈，僭紊官稱，無復差等。」

〔九〕寖：擱置，停止。

同安夫人墓在山陰，爲盜所發，公即日不待命，奔赴至墓。一日獲盜，公與母弟左司公公衮欲手殺之〔一〕，親戚爲言，此在法固當死，不患讎耻不雪，乃告於有司。公既斂葬，猶不忍去墓所。朝旨趣還，不得已，造朝。逾月獄成，盜不死，左司公憤切，手戮盜，挈其首詣郡，自繫待罪。公乃乞盡納官以贖弟罪，詔給舍議〔二〕。給事中楊公椿等共議曰：「春秋之義，義復讎。公衮無罪。佐納官之請，可勿許。」詔曰：「給舍議是。」〔三〕於是趣公就職如初。

【箋注】

〔一〕左司公公衮：即王佐之同母弟，任職左司。母弟，同母之弟。書牧誓「昏棄厥遺王父母弟不迪」，孔傳：「母弟，同母弟。」孔穎達疏：「春秋之例，母弟稱弟，凡春秋稱弟皆母弟也。母弟謂同母之弟。」

〔二〕納官：指捐納官職爲親屬贖罪。給舍：給事中和中書舍人的並稱。朱弁曲洧舊聞卷六：「近來給舍封駁太多，而晁舍人特甚。」

〔三〕此事周密齊東野語卷九王公衮復仇條載：「王宣子尚書母葬山陰獅子塢，爲盜所發。時宣子爲吏部員外郎，其弟公衮待次烏江尉，居鄉物色得之，乃本村無賴嵇泗德者所爲。遂聞於官，具服其罪，止從徒斷，黥隸他州。公衮不勝悲憤。時猶拘留鈐轄司，公衮遂誘守卒飲之以酒，皆大醉，因手斷賊首，朝復提之自歸有司。宣子亟以狀白堂，納官以贖弟罪。事下給舍議，時楊椿元老爲給事，張孝祥安國兼舍人，書議狀曰：『復仇，義也。夫仇可復，則天下之人，將交仇而不止，於是聖人爲法以制之。當誅也，吾爲爾誅之；當刑也，吾爲爾刑之。以爾之仇，麗吾之法。於是凡爲人子而仇於父母者不敢復，而惟法之聽。何也？法行則復仇之義在焉故也。今夫佐、公衮之母既葬而暴其骨，是僇尸也。父母之仇，孰大於是？佐、公衮得賊而輒殺之，義也，而莫之敢也，以爲有法焉。律曰：「發冢開棺者，絞。」二子之母，遺骸散逸於故藏之外，則賊之死無疑矣。賊誠死，則二子之仇亦報，此佐、公衮所以不敢殺之於其始獲，而必歸之吏也。獄成而吏出之，使賊陽陽出入閭巷與齊民齒。夫父母之仇，不共戴天者也。二子之始不敢殺也，蓋不敢以私義故亂法。今獄已成矣，法不當死，二子殺之，罪也；法當死，而吏廢法，則地下之辱，沈痛鬱結，終莫之伸，爲之子者，尚安得自比於人也哉！佐有官守，則公衮之殺是賊，協於義而宜於法者也。春秋之義，復仇。公衮起儒生，尫羸如不勝衣。當殺賊時，奴隸皆驚走，賊以死捍，公衮得不死，適耳。且此賊掘冢至十數，嘗敗而不死，今又敗焉，而又不死，則其爲惡，必侈於前。公衮之殺之也，豈特直王氏之冤而已哉！椿等謂公衮復仇之義可嘉，公衮殺掘冢法應死之人爲無罪，納官贖弟佐之請當不許，故縱失刑有司之罰宜如律。』詔：『給舍議是。』其後，公衮於乾道間爲敕令所删定官。一日，登對。孝宗顧問左右曰：『是非手斬發冢盜者乎？』意頗喜之。未幾，除左司。公衮爲人臒甚。王龜齡嘗贈詩有云『貌若尫羸中甚武』者，蓋紀實也。」

紹興二十九年二月，拜起居郎〔一〕，遇事直前獻納〔二〕，多所裨益。未兩月，以臺評罷〔三〕。然言者詆公甚峻，至請投竄，而上終保全之，命守外郡。遂知永州。公自初仕，即在館閣，未嘗一日歷州縣。到郡，每決事，吏皆抱牘立數步外，不呼不敢輒進。公親與民語，有冤者得盡其言。誕謾者一再詰〔四〕，皆詞窮折服，自謂當受罰。公乃延見諸生，勞問耆年〔五〕，凡可美民俗、勵士節者，舉之無遺。又言，永之士衆於道州，而解名財及道四之一〔六〕，願詔有司稍均之，庶無失士。徙知吉州。廬陵號江西劇郡〔七〕，人疑公且困於事，不得復閒暇。公至，爲政如零陵時，不知有閒劇之異〔八〕，而事亦頓省。治聲聞於行在，詔直寶文閣。

【箋注】

〔一〕起居郎：官名。宋代隸門下省，與中書省起居舍人共同擔任記録皇帝言行之職。

〔二〕獻納：指獻忠言以供採納。班固兩都賦序：「故言語侍從之臣，若司馬相如……之屬，朝夕論思，日月獻納。」

〔三〕臺評：指御史臺的彈劾。

〔四〕誕謾：放誕傲慢。淮南子脩務訓：「彼并身而立節，我誕謾而悠忽。」高誘注：「誕謾，倨傲。」

〔五〕勞問：慰問。耆年：老年人。王融三月三日曲水詩序：「耆年闕市井之遊，稚齒豐車馬之好。」

〔六〕解名：解額。指各地解送科舉省試的名額。財，通「才」。

〔七〕劇郡：指州務繁劇的大郡。

〔八〕閒劇：空閒和繁忙。隋書后妃傳序：「女使流外，量局閒劇，多者十人已下，無定員數。」

逾年，徙知明州，仍命入奏。而張丞相浚力薦公及王侍郎十朋、張舍人孝祥，以爲可大用。既對，壽皇聖帝諭以且有親擢〔一〕，既退，除中書門下省檢正諸房公事〔二〕，兼權户部侍郎。公力辭，且言：「臣昨面奏，乃者户部以江東歲歉，有江西和糴之令〔三〕。臣在江西，實見一路決不能獨出百五十萬石，而關子、茶藥、乳香之屬〔四〕，既不能售，必至抑配〔五〕，其爲民病，且甚於江東之饑。今臣若不自揆，貪榮冒受〔六〕，而實未有以爲策，他日固不敢逃譴，然民力國計，將何以支？願復補外，或止供檢正職事。」詔不允，仍兼侍講。湯丞相思退以首相領江淮都督〔七〕，請公參其軍謀，公爲湯公言：「虜方議和，而以兵入吾境，此非其酋本指，蓋用事者幸一勝以遂所求〔八〕。當選驍將精卒，乘其驕惰，急擊之。彼以敗聞，則用事者且得罪，吾可從容制之矣。」會湯公去位，公亦罷參謀。方是時，疆埸未靖，調兵遣戍，用度日窘，且諸路歲頗不登〔九〕。公從容應變，窒漏察欺，事無不集〔一〇〕，而民間泰然如無事時。

【箋注】

〔一〕壽皇聖帝：即宋高宗退位後之尊稱。

〔二〕檢正諸房公事：中書門下屬吏。原分孔目房、吏房、户房、兵禮房、刑房分别處理文書事務。建炎三年置檢正諸房公事二人，次年廢。紹興二年復置檢正官一員。

〔三〕和糴：指官府以議價交易的名義向民間强制徵購糧食。

〔四〕關子：南宋時發行的一種紙幣。　茶藥：茶葉藥材。　乳香：熏香原料，亦可作藥用。

〔五〕抑配：强行攤派。陸贄貞元九年南郊大赦天下制：「已後官司應有市糴者，各須先付價直，不得賒取抑配。」

〔六〕自揆：自我測度。　貪榮冒受：貪圖榮華，不應受而受職。

〔七〕湯丞相思退：即湯思退，字進之。參見卷六賀湯丞相啓題解。湯思退以首相領江淮都督在隆興二年，不久即罷相。

〔八〕用事者：指敵軍主持領兵者。與敵酋相對。

〔九〕歲頗不登：指年成不好。

〔一〇〕集：成功。

會永寧夫人卧疾，懇求奉祠，改權吏部侍郎，請不已，乃復以直寶文閣知宣州，徙知建康府行宫留守〔一〕。建康自車駕行幸，建爲别都，居守多執政及侍從久次者，惟公以威望被親擢，中外皆知上任屬之意〔二〕。妖人朱端明、崔先生挾左道，與軍中不逞輩謀不軌且久〔三〕。及公至，相與謀曰：「是不可欺。少緩必敗，不如先事發。」乃共約以春大閲日起事〔四〕，雖極詭秘，而公已盡得其陰謀。一日，坐帳中決事，命捕爲首者至前，略詰數語，即責短狀〔五〕，判斬之，而流其徒數人於嶺外，餘置不問。僚屬方候見於客次〔六〕，無一人知者，見公擲筆，乃異之，而妖人已誅矣。公方閲案牘，治他事如平時。良久，延見賓僚乃退，無一豪異於常日〔七〕。

【箋注】

〔一〕行宫：京城以外供帝王出行時居住的宫室。建康置行宫留守，始於紹興四年。

〔二〕車駕行幸：指建炎三年五月，宋高宗復位後，曾入駐建康數月。　别都：即陪都，首都之外另設的都城。久次：指久居官次。任屬：信用托付。史記淮陰侯列傳：「項王喑噁叱咤，千人皆廢，然不能任屬賢將，此特匹夫之勇耳。」

〔三〕妖人：有妖術之人。左道：邪門旁道。多指非正統的巫蠱、方術等。禮記王制：「執左道以亂政，殺。」鄭玄注：「左道，若巫蠱及俗禁。」孔穎達疏：「盧云左道謂邪道。地道尊右，右爲貴……故正道爲右，不正道爲左。」不逞輩：指犯法爲非之徒。

〔四〕大閱日：大規模檢閱軍隊的日子。古代閱兵一般在春秋二季。

〔五〕責短狀：責令寫下供狀。

〔六〕客次：接待賓客的處所。資治通鑑後漢隱帝乾祐二年：「守恩猶坐客次。」胡三省注：「客次猶今言客位也。坐於客次以俟見。」

〔七〕豪：通「毫」。

又徙知平江、隆興二府。未赴，會知上元縣李允升坐賄，前事未作，已丐尋醫去，而讒者謂公縱有罪，坐削官，居建昌軍〔一〕。讒者去，上察守臣連坐，未有公比〔二〕，且數思其才，復官，主管台州崇道觀。俄起知饒州，又復直寶文閣，知揚州。入對，勞問甚渥，留爲宗正少卿，兼權户部侍郎。上祀南郊，命公玉輅執綏〔三〕，凡所顧問，占對贍敏〔四〕，上甚悦，有褒嘉語。於是疾公者益衆。史侍郎正志爲發運使，坐奏課不實謫，有欲爲史分謗者，乃併罷公〔五〕。而發運司事，公始末未嘗與，且嘗論其徒擾無補，至是乃併得罪。逾年，主管台州崇道觀，起爲福建路轉運判官，徙知潭州，連進祕閣修撰、集英殿修撰〔六〕。

【箋注】

〔一〕上元：縣名，南宋與江寧同隸建康府。　坐賄：因行賄犯罪。　丐：乞求。　建昌軍：北宋始置，軍治在南城（今江西南城）。

〔二〕「上祭」二句：連坐，因親戚下屬犯法連帶受處罰。未有公比，未有能與公相比。

〔三〕祀南郊：古代天子在京城南郊築圜丘以祭天。　玉輅：帝王所乘之車，以玉爲飾。　執綏：陪帝王乘車的侍臣。孟元老東京夢華録：「輅上御座，惟近侍二人，一從官傍立，謂之執綏，以備顧問。」

〔四〕占對：對，對答。　贍敏：詞語豐富，文思敏捷。

〔五〕史侍郎正志，即史正志（一一一九—一一七九），字志道，丹陽人。紹興二十一年進士。除樞密院編修，隨高宗視師鎮江、建康。進恢復要覽五篇。出爲江西、福建、江東運判，擢吏部、刑部、兵部侍郎，歷知建康、寧國二府及贛、廬二州。淳熙初歸老姑蘇。著有建康志、菊譜。

嘉定鎮江志卷十八有傳。發運使，官名，掌管漕運，兼茶鹽錢政等。奏課：將計簿、户籍等按時報送朝廷。資治通鑑陳宣帝太建十三年：「岐俗質厚，彦光以静鎮之，奏課連爲天下最。」胡三省注：「奏課，奏計賬及輸籍也。」分謗：分擔誹謗。

〔六〕祕閣修撰：宋代貼職之一。以他官兼領諸閣學士等職名及三館職名，有諸殿學士、諸閣學士、修撰、直閣、直祕閣等諸多名目。集英殿修撰同。

淳熙六年正月，彬州宜章縣民陳峒竊發〔一〕，俄破道州之江華，桂陽軍之藍山、臨武，連州之陽山縣，旬日，有衆數千。郴、道、連、永、桂陽軍皆警，公奏乞荆鄂精兵三千，未報。公度不可待，而見將校無可用者，流人馮湛適在州〔二〕，公召與語曰：「君能有功，不特雪前罪，且遂爲朝廷用，北鄉恢復，自此始矣。」湛請行，公曰：「請行易耳，今當不俟奏報，以兵相付。既受此命，即以群盗授首爲期，一有弗任，軍法非某敢貸也〔三〕。」遂檄湛帶元管權湖南路兵馬鈐轄，統制軍馬，即日令湛自選潭州厢禁軍及忠義寨〔四〕，凡八百人，即教場誓師遣行。仍命凡兵之分屯諸州縣者，皆聽湛調發，違慢皆立誅。又出軍令牌付湛，軍士所過，秋毫擾民，及臨敵不用命，或既勝而攘賊金帛，使得竄逸者，皆必行軍法。上奏以擅遣湛待罪〔五〕，且請亟發荆鄂軍。

【箋注】

〔一〕陳峒：南宋宜章太平鄉人，農民義軍領袖。淳熙六年（一一七九）正月聚衆起義，旬日内衆至數千，佔領湖南江華、藍山、臨武及廣東陽山等地。王佐起用馮湛領兵圍剿，五月一日，陳峒兵敗被殺。竊發：暗中發動。

〔二〕流人：被流放之人。馮湛（一一二四—一一九五）字瑩中，泰州成紀人。祖上均爲武將。南宋初從劉錡軍征戰，紹興末帥水軍轉戰海州一帶。乾道六年任御前水軍諸軍統制。後遭誣陷罷職謫居潭州，王佐用其爲兵馬鈐轄，剿滅陳峒起義。官至荆鄂副都統制。慶元元年卒。生平詳見袁燮絜齋集卷十五武功大夫閤門宣贊舍人鄂州江陵府駐劄御前諸軍副都統制馮公行狀。

〔三〕貸：寬恕，饒恕。

〔四〕厢禁軍：宋代諸州募兵，壯勇者送京師充禁軍，其餘留駐充勞役，稱厢軍，後部分訓練以備戰守。厢禁軍爲厢軍、禁軍的混合稱呼。忠義寨：南宋民間抗金軍事團體。

〔五〕擅遣湛：指擅自任命馮湛的職務。待罪：等候處罰。

又私念湛有善戰名，賊必遁入廣南。思得勁兵遏其衝，而廣南非所部，未有以爲計。會受命節制討賊軍馬，而前一日又奉詔會合諸路兵，乃合二命爲一，稱節制會合諸路兵馬，檄廣南摧鋒軍兵官黄進、張喜〔一〕，分屯要害。賊知湛至，而廣南守備已嚴，乃驅載所掠輜重，由間道歸宜章〔二〕。轉運司聞之，即移諸州，以爲賊已窮蹙〔三〕，自守巢穴，毋以備禦妨農。公得報曰：「是不獨害捕寇，且必惑朝廷。」乃檄轉運司及諸州，以爲賊未嘗敗，何謂窮蹙；其巢穴旁接三路七郡，林菁深阻〔四〕，出入莫測，何謂自守。復奏言：「遣馮湛之後，事方有緒，若遽弛備，賊必更猖獗，愚民且有附和而起者，非細事也。」因堅乞前所請荆鄂軍，從之。

【箋注】

〔一〕摧鋒軍：宋代廣東兵力薄弱，兵禍嚴重。紹興四年，朝廷派湖南安撫司後軍統制韓京充廣東兵馬鈐轄，屯廣州，此即成爲廣東摧鋒軍。

〔二〕間道：偏僻小路。

〔三〕窮蹙：窘迫，困厄。文選宋玉九辯：「悲憂窮蹙兮獨處廓，有美一人兮心不繹。」

〔四〕林菁：草木叢生之地。新唐書南蠻傳下：「戎瀘間有葛獠，居依山谷林菁，踰數百里。」

已而果聞賊方作箭鏃甚盛，遣入溪峒買毒藥之可爲藥箭者〔一〕。公赫然以蕩滅爲期，且奏：「向者連州受賊首李晞降，賞犒備足，未幾復亡去爲賊，今陳峒之次首領是也。以此知不一意討捕，容其不死，湖廣之憂未艾〔二〕。俟誅賊首而貸脅從，未爲晚也。」樞密院猶謂當先招降，上獨是公策，命公躬至軍前節制。公即日戒行〔三〕，師徒不譁，耕隴市肆之人莫有知者。既至宜章，命湛以四月二十三日移屯何卑山。湛請進兵日，不答，惟給以合符曰〔四〕：「符至即行耳。」二十九日夜半，始發兵符，命湛及鄂州軍統領夏俊五月朔日詰旦分五路進兵〔五〕。賊初詐降，實欲繕治寨栅，阻險以抗官軍。公得其情，督兵甚峻，及馳入隘口，賊果立寨栅未及成，聞官軍至，狼狽出戰。既敗，又退失所憑，乃皆潰走。是日，奪空岡寨，駐兵十二渡。賊之起也，假唐源淫祠以誑其下〔六〕，日殺所虜一人祭神，至是斬像焚其祠。湛遂誅陳峒，函首來獻。已而李晞以下，誅獲無遺。宥其脅從，發倉粟振貸安輯之〔七〕。案功行賞，悉如初令，且上其事於朝，振旅而還〔八〕。詔以公忠勞備著，起拜顯謨閣待制。湛亦由此復進用。

【箋注】

〔一〕箭鏃：箭頭上的金屬尖物。　溪峒：古代對西南少數民族聚居地的統稱。

〔二〕未艾：未盡，未止。左傳哀公二年：「雖克鄭，猶有知在，憂未艾也。」

〔三〕戒行：登程，出發。新唐書石洪傳：「〔烏重胤〕乃具書幣邀辟，洪亦謂重胤知己，故欣然戒行。」

〔四〕合符：指符信。古代以竹木或金石爲符，上書文字，剖而爲二，各執其一，合之爲證。管子宙合：「時德之遇，事之會也，若合符然。」

〔五〕詰旦：平明，清晨。宋書柳元景傳：「自詰旦而戰，至於日昃，虜衆大潰。」

〔六〕淫祠：不合禮制的祠廟。宋書武帝紀：「淫祠惑民費財，前典所絶，可并下在所除諸房廟。」

〔七〕安輯：安撫。漢書西域傳序：「都護督察烏孫、康居諸外國動静，有變以聞。可安輯，安輯之；可擊，擊之。」

〔八〕振旅：整隊班師。詩小雅采芑：「伐鼓淵淵，振旅闐闐。」毛傳：「入曰振旅，復長幼也。」

俄徙公知揚州、平江，遂知臨安府，公力辭曰：「人各有能有不能。天府〔一〕，臣所不能爲也。方祖宗時，用人莫重於三司、開封〔二〕，高選賢傑，號將相之儲，豪右憚其威望〔三〕，莫不斂避，故得人爲多。巡幸以來〔四〕，用人益輕，惟能媚奉權貴，則爲稱職，沿襲非一日矣。若使方拙自守者爲之〔五〕，猶推舟於陸，决不可行。縱臣欲降心下氣〔六〕，周旋其間，賦性既定，如燥濕之不可移，終有不能自抑者，徒速顛隮而已〔七〕。」奏三上，不得請，遂就職。入對，上褒勉甚寵，特賜金帶，進工部侍郎，兼知臨安府。進權工部尚書，而尹京猶如故〔八〕，兼侍講〔九〕。久之，進侍讀，遂權户部尚書，知淳熙十一年貢舉〔一〇〕。公尹京逾三年，又兼版曹〔一一〕，故時以冗劇，日夜不得休。公處之超然閒暇，事皆立辦。貴臣權家，斂手不敢干以私。民間利病，無巨細，罷行之。或可施於四方者，則疏其事以聞，多見施行。歲饑，畿内小民，或以農器蠶具抵粟於大家，苟紓目前〔一二〕，明年皆有失業之憂。公乃出令，斷自東作之日〔一三〕，先以還之。俟蠶麥訖事，而歸其子本。大家不遵令，小民負約不以時償，皆坐罪。令下，農家相慶。識者以爲與呂文靖公建請不税農器事相埒〔一四〕，他日且爲名相。上亦自器異之，嘗因夜直召對，出御書三都賦序以賜，蓋倚以拓定中原之事〔一五〕。

【箋注】

〔一〕天府：此指京師。

〔二〕三司：宋代以鹽鐵、度支、户部爲三司，主理財賦。續通志職官四：「三司起於唐末，五代特重其職，至宋而專掌財賦，皆以重臣領之。」開封：開封府。此指北宋。

〔三〕豪右：富豪家族，世家大户。後漢書明帝紀：「濱渠下田，賦與貧人，無令豪右得固其利。」李賢注：「豪右，大家也。」

〔四〕巡幸：指皇帝巡遊駕幸。此指高宗南渡，建立南宋。

〔五〕方拙：剛直而不知通變。孟郊灞上輕薄行：「自歎方拙身，忽隨輕薄倫。」自守：潔身自好。

〔六〕降心下氣：平抑心氣，平心静氣。

〔七〕顛隮：困頓挫折。王安石辭使相第三表：「末學短能，固知易竭，要官重任，終懼顛隮。」

〔八〕尹京：指任京師府尹，即知臨安府。

〔九〕侍講：官名。宋代以學士、侍從之學術修養較高者爲翰林侍講、侍讀，爲皇帝進讀書史，講説經義，備顧問應對。

〔一〇〕知貢舉：朝廷特派的主持科舉考試的大臣。

〔一一〕版曹：宋代户部左曹因執掌版籍，别稱版曹。亦借指户部。

〔一二〕苟紓目前：暫時緩解眼前的困境。

〔一三〕東作：指春耕。書堯典：「寅賓出日，平秩東作。」孔安國傳：「歲起於東，而始就耕，謂之東作。」

〔一四〕吕文靖公：即吕夷簡，字坦夫。參見卷三一跋吕文靖門銘題解。請不税農器事：宋史吕夷簡傳：「河北水，還指濱州。代還奏：『農器有算，非以勸力本也。』遂詔天下農器皆勿算。」相埒：相等。

〔一五〕器異：器重，看重。後漢書馬嚴傳：「（嚴）因覽百家群言，遂交結英賢，京師大人咸器異之。」三都賦序：西晉左思撰。三都賦爲吴都賦、魏都賦、蜀都賦。拓定：平定。潘勖册魏公九錫文：「濟師洪河，拓定四州。」

會長子病卒，公力乞奉祠，上察其不可留，命以寶文閣直學士出守。公復力申前請，得提舉江州太平興國宫以歸。執永寧夫人喪〔一〕。服除，提舉隆興府玉隆萬壽觀、鳳翔府上清太平宫。紹熙元年八月，自制壙記，又爲治命，凡沐浴斂葬之節，莫不備具〔二〕。時公方康强無疾，人或怪之。二年二月十一日，晨起，猶讀書理家事如平時，俄暴感風眩〔三〕，遂卒，享年六十有六。寄禄官自承事郎積遷至正奉大夫，封自山陰縣開國男至開國伯，食邑自三百户至九百户〔四〕。致仕，進正議大夫。遺表上，贈銀青光禄大夫。以卒之歲十一月四日，葬於山陰縣天樂鄉竺里峰之源。

【箋注】

〔一〕執喪：奉行喪禮，守孝。史記萬石張叔列傳：「其執喪，哀戚甚悼。」

〔二〕壙記：墓誌銘之類。治命：遺囑，遺言。沐浴殮葬之節：指死後沐浴、入殮、下葬的禮節。

〔三〕風眩：又稱風頭眩，眩暈的一種。

〔四〕寄禄官：宋代用以表示品級、俸禄的一種官稱。宋初寄禄官官名和職掌分離，元豐改制後，依官名定職掌，原寄禄官成爲職事官，另雜取唐代及此前散官舊名，制定階官，成爲新的寄禄官。封：即封號，帝王封授的爵號或稱號。食邑：唐宋時期賜予宗室或高級官員的榮譽性加銜。

公娶同郡高氏，早卒。繼室括蒼季氏，亦先公若干年卒。皆追封碩人〔一〕。子男二人：履常，承奉郎、監淮西總領所建康府西酒庫；克常，承奉郎、知台州天台縣丞；皆前卒。女四人：長適温州平陽縣主簿梁叔括，叔括卒，再適提舉湖北路常平茶鹽張孝曾；次適通判建康府曾概。今存者，惟適曾氏女，而概卒矣。孫男二人：宿，承務郎；某，某官。孫女二人，尚幼。

【箋注】

〔一〕碩人：宋代命婦封號之一，大夫以上内眷封碩人。

公以英傑邁往之資〔二〕，自學校科舉時，已卓然出千萬人上。仕雖至侍從，所施設曾未究一二〔二〕。閒居九年，憂患或出意表，而公所養愈剛大，不爲事變之所折困，人莫窺其涯。一日，嘗語某曰：「里中或謂僕以誅殺衆，故多難。不知僕爲人除害也。湖湘鄉者盗相踵，今遂掃迹者二十年〔三〕，綿地數州〔四〕，深山窮谷之氓，得以滋息。而僕以一身當禍讉〔五〕，萬萬無悔。」於虖！公可謂知命者。銘曰：

維宋中興，三聖相承〔六〕。公聽並觀，以出賢能。公奮於幽，有德有勳。知我者天，用我者君。蹈義秉節，迄至耆艾〔七〕。山立在庭①〔八〕，以道進退。大夏方建，拱把毓材〔九〕。豈兹棟梁，萬牛莫回。生或忌之，亦歎其死。我銘弗誣，用諗太史〔一〇〕。

【校記】

①「山」，原作「出」，據弘治本、正德本、汲古閣本改。

【箋注】

〔一〕英傑邁往：才智傑出，超凡脱俗。王羲之誠謝萬書：「以君邁往不屑之韻，而俯同群辟，誠難爲意也。」

〔二〕施設：即施展。蘇舜欽答杜公書：「蓋或得其位而無其才，有其才而無其時者多矣。丈人才位如此，而又當有爲之時，是天付之全，而使施設才業之秋也。」未究：未盡。

〔三〕掃迹：指絶跡。

〔四〕綿地數州：連綿數州之地。

〔五〕禍讁：罪愆。温子昇孝莊帝殺尒朱榮大赦詔：「蓋天道忌盈，人倫嫉惡，疏而不漏，刑之無捨。是以吕霍之門，禍讁所伏；梁董之家，咎徵斯在。」

〔六〕三聖：此指高宗、孝宗、光宗三帝。

〔七〕耆艾：師長，老年人。國語周語上：「瞽史教誨，耆艾修之。」韋昭注：「耆艾，師傅也。」

〔八〕山立：如高山屹立不動。禮記玉藻：「立容，辨卑毋讇，頭頸必中，山立時行。」孔穎達疏：「山立者，若住立則嶷如山之固，不揺動也。」

〔九〕大夏，即大廈。拱把：兩手合圍般粗。孟子告子上：「拱把之桐梓，人苟欲生之，皆知所以養之者。」趙岐注：「拱，合兩手也；把，以一手把之也。」指樹木尚細小。毓材：即育材。杜甫古柏行：「大廈如傾要梁棟，萬牛回首丘山重……志士幽人莫怨嗟：古來材大難爲用。」

〔一〇〕諗：告知，規勸。

楊夫人墓誌銘

鄆爲東方大邦，宋興以來多名公卿，雖擯不仕及仕而不顯者，如穆參軍修、士兵部建中、學易劉先生跂，皆既死而言立，化行於家，至今學者尊焉〔一〕。建炎南渡，人物寖衰矣。而山堂鞏先生，諱庭芝，經爲人師，行爲世範，德義之化，自家人始，凜然克配前數公。先生之仲子、處士諱瀍之夫人，曰武義楊氏。年二十有一而嫁，二十有三而字，二十有六而寡。寡四十有三年，年六十有八而卒，卒一年而葬，望處士之墓，實紹熙五年十一月丙申也。夫人自爲鞏氏婦，事山堂及君姑錢夫人〔二〕，一步趨，一話言，悉皆鞏氏家法。耳目濡染，又皆天下長者事〔三〕。故行成德進，山堂以爲稱吾家婦，宗黨姻戚鄰里皆取法焉〔四〕。處士先山堂不禄〔五〕，當是時，夫人尚盛年也，遂誓不再行〔六〕。二子：伯始學步，踉蹡不逾閾〔七〕；仲尚襁褓。及能言，夫人皆親授以孝經、論語、毛詩國風，爲之講聲形，正章句，具有師法。二子未從外塾，而於幼學之事，各已通貫精習，卓然爲奇童矣。其後子益長，夫人身任家事，不以荒其子之業，故皆舉進士，中其科，然夫人不喜子之得禄，所以教而進之者，父師莫加焉。於虖！非是母，固不能成其子，非鞏氏家法，亦不能成是婦也。予少時，猶及見趙、魏、秦、晉、齊、魯士大夫之渡江者，家法多可觀。雖流離九死中〔八〕，長幼遜悌〔九〕，内外嚴正，肅如也。距今未五十年，散處四方，寖不能如故時。久而不變如鞏氏者，蓋鮮矣。

夫人曾大父瓊，大父彬，父仲卿，皆不仕。子曰豐〔一〇〕，從事郎、江南東路提點刑獄司幹辦公事；嶸，奉議郎、知徽州歙縣事。孫復亨、慈孫、陽孫、耦孫。孫女七，皆處。豐來請銘。銘曰：

鞏氏之先，化行閨門〔一一〕。我觀夫人，典則具存。夫人之賢，實應圖史。有如不信，視其二子。東有茂櫝〔一二〕，處士所藏。雖不克祔〔一三〕，鬱乎相望。

【題解】

楊夫人，即鞏庭芝之子鞏瀍之夫人，武義（今屬浙江）人。鞏庭芝（一〇九九—一一六三）字德秀，號山堂，山東須城（今山東東平）人。少時受業於名儒劉安世。建炎初遷居武義，在明招寺辦學，朱熹、葉適、吕祖謙、陳亮等名流先後蒞臨講學。紹興八年進士。歷任建德縣尉、太平州録事參軍、知諸暨縣，晚主管台州崇道觀。著有山堂類稿等。楊夫人卒於紹熙五年，其子鞏豐請銘於陸游。本文爲陸游爲楊夫人所作的墓誌銘，主要記述其承續鞏氏家法，教子有方的事迹。

本文據文中自述，作於紹熙五年（一一九四）。時陸游奉祠家居。

參考葉適水心集卷十四楊夫人墓表。

【箋注】

〔一〕鄆：州縣名，縣亦稱鄆城。宋代隸京東西路濟州。今屬山東菏澤。穆參軍修，即穆修（九七九—一〇三二），字伯長，鄆州汶陽（今山東汶上）人。大中祥符進士。初爲泰州司理參軍，後爲潁州文學參軍，徙蔡州。搜校韓、柳文集并印售，宣導古文。宋史卷四四二有傳。士兵部建中：即士建中，字熙道，鄆州人。與孫復、石介同時以學鳴。以進士授評事，知魏縣，官至尚書兵部員外郎。事迹見宋儒學案卷六。學易劉先生跂：即劉跂，字斯立，號學易先生，永静軍東光（今屬河北）人。劉摯之子。元豐進士。從父貶所。後遭黨禍，編管壽春，爲官拓落，政和末以壽終。宋史卷三四〇有傳。

〔二〕君姑：古代妻子稱丈夫之母。

〔三〕長者：指德高望重之人。韓非子詭使：「重厚自尊謂之長者。」

〔四〕宗黨：宗族，鄉黨。姻戚，姻親。

〔五〕不禄：士死的諱稱。禮記曲禮下：「天子曰崩，諸侯曰薨，大夫曰卒，士曰不禄。」鄭玄注：「不禄，不終其禄。」

〔六〕再行：此指再嫁。

〔七〕踉蹡：同踉蹌，跌跌撞撞，行步不穩貌。逾閾：超越門檻。

〔八〕九死：萬死。文選楚辭離騷：「亦余心之所善兮，雖九死其猶未悔。」劉良注：「九，數之極也，言……雖九死無一生，未足悔恨。」

〔九〕遜悌：指敬順兄長。禮記祭義下「朝廷同爵則尚齒」孔穎達疏：「是遜悌敬老之道，通達於朝廷矣。」

〔一〇〕豐：即鞏豐（一一四八—一二一七），字仲至。少受學於吕祖謙。淳熙十一年以太學上舍對策及第。歷知臨安縣，遷提轄左藏庫，卒。擅文工詩。事迹見水心集卷二二鞏仲至墓誌銘。

〔一一〕化行：教化施行。漢書王莽傳：「是以三年之間，化行如神。」

〔一二〕茂櫝：指樹木茂密的墳頭。

〔一三〕祔：合葬。

陸郎中墓誌銘

公諱沅，字子元，會稽山陰人。曾大父某①，國子博士，贈太尉。大父某②，中大夫、尚書左丞，贈太師楚國公。考寘，右中散大夫，贈少師。公於某爲從父兄，某蓋少公十五歲。方爲童子時，公已學成行著，以兩浙轉運司進士試禮部，不中；試博學宏詞〔一〕，又不中；乃以世賞試吏部〔二〕，再爲第一人。所與交，多一時知名士。每見某，必諄諄道其所與共學、日夜磨礲浸灌、以希古人者〔三〕，曰時然、進之。時然莊氏，名革，早死不顯；而進之則故相湯岐公也〔四〕。及岐公以文章事業相高皇帝，公猶沉浮州縣。久之，乃得監行在都進奏院〔五〕，監尚書六部門。岐公每見，必留公道往昔相從講習時事，抵掌笑語，公輒俛首踧踖自引去〔六〕。岐公亦歎息，以爲不可親疏〔七〕。後輩躐進至大官者相望〔八〕，公顧處百僚底，自若也。岐公免相，門下士多牽聯以罪斥，未去者亦不自安，公獨澹然如平時，人亦莫指議者。

【題解】

陸郎中，即陸沅（一一一〇—一一九四），字子元，山陰人。陸寘之子，陸游從兄，大游十五歲。歷監行在都奏進院、太府寺丞、權尚書户部郎中，提舉兩浙市舶、權知舒州、提舉福建市舶。陸沅紹熙五年卒，次年返葬，諸子請銘。本文爲陸游爲陸沅所作的墓誌銘，主要記述其不阿權貴、躓於仕途、喜讀詩書、夷雅待人的事迹。

本文據文末自述，作於慶元元年（一一九五）。時陸游奉祠家居。

【校記】

①「某」，弘治本、正德本、汲古閣本作「珪」，此後人改填。

②「某」，弘治本、正德本、汲古閣本作「佃」，此後人改填。

【箋注】

〔一〕博學宏詞：科舉科目之一。原爲唐代吏部的科目選，宋初因之。自紹聖間設宏詞科，大觀間設詞學兼茂科，至紹興初改爲博學宏詞科，亦稱詞科，則通過專門考試，搜羅文學博異之士，以備朝廷詞臣之儲。

〔二〕世賞：即恩蔭，指遇朝廷重要慶典時，官員子孫承恩特許入國學讀書并入仕。

〔三〕磨礲浸灌：切磋浸染，形容勤學苦練，相互影響。韓愈考功員外盧君墓銘：「君時始任戴冠，通詩、書，與其群日講説周公、孔子，以相磨礲浸灌，婆娑嬉遊，未有捨所爲爲人意。」

希：仰慕。

〔四〕故相湯岐公：即湯思退，字進之。參見卷六賀湯丞相啓題解。

〔五〕都進奏院：宋代官署，隸給事中。掌承轉詔敕和三省、樞密院命令及相關文件給諸路；摘録各州章奏事由報門下省，及投遞各州文書等。

〔六〕踧踖：恭敬不安貌。論語鄉黨：「君在，踧踖如也。」

〔七〕親疏：親近或疏遠。

〔八〕躐進：越級擢升。

初，少師自山陰徙四明，已數十年，婚姻皆在焉，蓋四明人也。會史魏公入爲參知政事〔一〕，爲右丞相，與公實姻家，少相從，魏公亦器待公〔二〕，而公未嘗數謁見，朝士亦莫知其相國親且厚也。監門歲滿，遷太府寺丞，權尚書户部郎。久次當爲真矣〔三〕，而公亟求歸養，得提舉兩浙市舶〔四〕，權知舒州，提舉福建市舶，遭母益國夫人憂以歸。初，通判泉州者，嘗有所請，以法拒之。公去，而提點刑獄兼權舶司事，通判者因訹提點刑獄，以危法中公〔五〕。公平日以恭謹聞，又方以舉職被賞遷一官〔六〕，朝論右之。公雖得罪，猶傅輕比〔七〕。於是公斂門絶交游〔八〕，誦佛書，以夜繼日，多至萬卷，不復言再仕，亦絶口不及仇家，對客清談而已。自束髮至老，無一日廢書，尤長於詩，閒澹有理致。在場屋時，以賦稱，老猶自喜，子孫及族黨從之講貫〔九〕，皆有師法。

【箋注】

〔一〕史魏公：即史浩，字直翁，封魏國公。參見卷七謝參政啓題解。

〔二〕器待：器重而禮遇之。北齊書袁聿修傳：「聿修少平和温潤……以名家子歷任清華，時望多相器待。」

〔三〕久次當爲真：久居權户部郎中應轉正。

〔四〕提舉市舶：市舶司屬官。市舶司掌海外貿易徵税、管理外商及收購舶來貨物以資專賣。

〔五〕訹：恫嚇。危法：損害法律。中：中傷。

〔六〕舉職：盡職，稱職。新唐書牛僧孺傳：「會宰相請廣諫員，宣宗曰：『諫臣惟能舉職爲可，奚用衆耶？』」

〔七〕傳：依憑。　輕比：從輕按治。

〔八〕廒門：杜門。

〔九〕講貫：即講習。國語魯語下：「晝而講貫，夕而習復。」韋昭注：「貫，習也。」

公爲人夷雅曠遠〔一〕，與人言，惟恐傷之，然遇事必力行所知，無所撓屈。嘗爲丹徒丞，朝廷用言者，遣使籍江上沙田，立税額，使指甚厲〔二〕，吏莫敢違，亦或從而張虚數以爲功。使者至郡，聞人人稱公詳練〔三〕，乃檄與偕往，公既極論其不可，又爲詩陳民情。詩流傳至朝廷，遂止不行。沙人礱石刻其詩，今猶可考。其使福建也，有中貴人所親皇甫甲者，輒諷公以珍貨别進，公正色拒之，戒典客者，他日謁至勿復通〔四〕。其不阿類如此。

【箋注】

〔一〕夷雅：平和閒雅。文選任昉王文憲集序：「夷雅之體，無待韋弦。」李善注：「夷，平也……言王公平雅之性，無待此韋弦以成也。」

〔二〕使指：指朝廷的意旨命令。史記司馬相如列傳：「相如欲諫，業已建之，不敢，乃著書，籍以蜀父老爲辭，而已詰難之，以風天子，且因宣其使指，百姓知天子之意。」

〔三〕詳練：周詳練達。徐鉉唐故奉化軍節度判官趙君墓誌銘：「察獄詳刑，號爲詳練。」

〔四〕中貴人：指帝王寵倖的近臣。　諷：規勸。　珍貨：珍貴的財寶。　典客：秦漢時官名，掌與少數民族接待交往。此指市舶司内負責接待交往之吏。

公仕自修職郎，至朝奉大夫而廢，二十三年。以紹熙五年四月六日卒，享年八十有五。娶盧氏，封宜人，先公十二年卒，享年亦八十有五。六子：曰梓，通直郎、知寧國府宣城縣，先公十二年卒；曰格，舉進士；曰之瑞，國學免解進士〔一〕；曰橦，曰檍，曰之祥，皆舉進士。一女，適文林郎、監淮東總領所糴場樓鈞。六孫：曰炳，曰焕，曰炎，曰熺，曰爕，曰熨。四孫女。諸孤以慶元元年九月二十五日〔二〕，遵治命返葬於會稽湓塢〔三〕，望少師墓百步，且來屬某爲銘。銘曰：

仕躓於時，年登耄期。孰奪孰與，理莫可推。銘識於幽，孰知我悲。

【箋注】

〔一〕免解：不須參加地方解試而直接參加禮部試。

〔二〕諸孤：衆孤兒。禮記月令：「養幼少，存諸孤。」

〔三〕治命：遺囑，遺言。

知興化軍趙公墓誌銘

慶元二年八月辛亥，朝請郎、新知興化軍事趙公以疾卒於第。越十月庚午，葬於會稽會稽五雲鄉湯家畈之原〔一〕。明年九月乙卯，諸孤寀夫等墨其衰〔二〕，見予於郡西南澤中，泣且言曰：「先君之葬，將請銘於執事。以大事之日迫，方伏苫塊間〔三〕，不能自通。今幸逾年，未即死，敢以承事郎、簽書平江軍節度判官廳公事莫君子純之狀來告〔四〕，惟公幸許之，某等即死無憾。」予以老疾辭，請益牢。維公文學治行，皆應銘法，而寀夫實娶予從孫女，與其弟同時中進士科，爲鄉里後來之秀，乃卒與銘。

【題解】

趙公，即趙彦真（一一四三—一一九六），原名彦能，字從簡。宋宗室，魏王廷美七世孫。隆興元年進士。調撫州録事參軍，知吴縣，通判袁州，慶元二年知興化軍，未赴卒。次年，其子趙寀夫等請銘於陸游。本文爲陸游爲趙彦真所作的墓誌銘，主要記述其公正治獄、誠心督役、大力革弊的事迹。

本文據文首自述，作於慶元三年（一一九七）九月。時陸游奉祠家居。

【箋注】

〔一〕兩「會稽」：上會稽乃會稽郡，古稱；下會稽乃會稽縣也，時爲紹興府治。

〔二〕墨衰：穿黑色喪服。左傳僖公三十三年：「遂發命，遽興姜戎，子墨衰絰。」杜預注：「晉文公未葬，故襄公稱子，以凶服從戎，故墨之。」

〔三〕苫塊：草席和土塊。古代服父母喪，孝子以草薦爲席，土塊爲枕。

〔四〕莫君子純：即莫子純（一一五九—一二一五），字粹中，山陰人。以恩蔭補官，又中慶元二年狀元。簽書平江節度判官廳公事，擢秘書省正字，遷中書舍人。因忤韓侂胄，出知贛州，改江州，又改温州，提舉太平興國宫。事迹見越中雜識。

謹按公諱彦真，一名彦能，以淳熙新制改今名。胄出宣祖昭武皇帝之後〔一〕。曾大父諱叔澹，贈武康軍節度使、洋川郡公。大父諱賁之，武經大夫、浙東路兵馬鈐轄，贈右朝請大夫。考諱公懋，左朝請大夫、知臨江軍，贈太中大夫。公少純篤，從故侍御史王公十朋學〔二〕。王公嘗得中書舍人張公孝祥書「不欺室」榜〔三〕，持以遺公，所以期公者甚遠。公益自奮，雖舉進士，蓋不止爲科舉而已。然同時爲進士，亦皆推之，遂中其科。調撫州録事參軍，以太中公喪解官歸〔四〕。除喪，起爲信州弋陽縣丞。

終更調建寧府觀察推官。薦者如格，改宣教郎、知寧國府宣城縣。未赴，以内艱罷〔五〕。除喪，知平江府吴縣，通判袁州，知興化軍。朝廷知公者寖多，謂且用矣，而得郡未及赴，遽至大故〔六〕。

【箋注】

〔一〕胄，指世系。宣祖昭武皇帝：即趙弘殷（八九九—九五六），涿郡（今河北涿縣）人，後遷居洛陽。宋開國皇帝趙匡胤之父。少驍勇善戰，初事後唐王鎔，後漢任護聖都指揮使，後周以功累遷至檢校司徒，與子趙匡胤分典禁兵。卒贈武德軍節度使。建隆元年追謚武昭皇帝，廟號宣祖。

〔二〕王公十朋：即王十朋（一一一二—一一七一），字龜齡，號梅溪，温州樂清（今屬浙江）人。紹興二十一年狀元。歷秘書郎、國史院編修、起居舍人、侍御史等。力排和議，出知饒、夔、湖、泉四州。除太子詹事。以龍圖閣學士致仕，命下而卒。紹熙三年謚忠文。宋史卷三八七有傳。

〔三〕張公孝祥：即張孝祥，字安國。參見卷二八跋張安國家問題解。宋史王十朋傳：「書室扁曰『不欺』，每以諸葛亮、顔真卿、寇準、范仲淹、韓琦、唐介自比，朱熹、張栻雅敬之。」

〔四〕太中公：即趙彦真之父趙公懋，卒贈太中大夫。

〔五〕内艱：古時遭母喪稱内艱。

〔六〕大故：指亡故。楚辭九章懷沙：「舒憂娱哀兮，限之以大故。」王逸注：「大故，死亡也。」

公之將赴撫州録事參軍也，太中公戒之曰：「汝任治獄，人死生所繫也，可不勉乎！」公再拜受教。既就職，束吏甚嚴，視囚之寒暑飢渴，慘然不啻在己。因以故皆輸其情，曰：「不忍欺吾父也。」會部使者以事付獄〔一〕，有冤狀，而使者方怒，風指甚厲〔二〕，人皆謂乖其意且得譴，吏尤皇恐，即欲捶掠成之〔三〕。公叱吏去，具列其冤，使者爲屈，因欲薦公，公亦終不就也。太中聞之太息曰：「吾有子矣。」及在建寧幕，南劍州將樂、沙縣諸寨，軍食不時給，群卒空壘來訴於轉運司。趙公公碩、謝公師稷爲使〔四〕，乃檄公行。公馳至沙縣，與其令調財得三千緡。明日召卒於庭，閲籍〔五〕，自下給之，軍吏及卒長皆不得一摇手〔六〕，衆乃大服。比至將樂，給之如沙縣，亦皆大服。於是議者謂公所試者小，然猶能表表如此〔七〕，他日功名事業，詎可測哉？郡守鄭公伯熊知公最深〔八〕，有疾，不以郡事屬其貳，而言於使者，請檄公攝守〔九〕。疾革，獨延公至卧内，屬以草乞致仕奏，其知之如此。

【箋注】

〔一〕部使者：六部派出的使者。

〔二〕風指：旨意，意圖。漢書薛宣傳：「九卿以下，咸承風指，同時陷於謾欺之辜，咎繇君焉。」

〔三〕捶掠：杖擊。指用刑逼供。

〔四〕爲使：指爲轉運司使。

〔五〕閱籍：查閱名册。

〔六〕摇手：指插手事務。

〔七〕表表：卓異，突出。韓愈祭柳子厚文：「子之自著，表表愈偉。」

〔八〕鄭公伯熊：即鄭伯熊（一一二七—一一八一），字景望，温州永嘉人。紹興十五年進士。歷秘書省正字、國子監丞、著作佐郎兼太子侍讀。出任提舉福建茶鹽公事，知婺州。召爲國子司業，兼國史院編修官，改宗正少卿。知寧國府、建寧府。卒謚文肅。宋史翼卷十三有傳。

〔九〕攝守：代理掌管。

高宗皇帝永思陵欑宫事興〔一〕，公適爲吴縣，轉運司調取洞庭青石，期會迫〔二〕，不可遽辦。公即日涉湖至其地，召石工泣諭之曰：「先皇帝櫛風沐雨，惡衣菲食，爲天下攘强虜，除大盗，輕賦薄役。汝曹數十年安居樂業，亦知所自乎？今官取此石欲何用？而汝曹尚可顧望不竭力哉！」於是民趣役不待督責，先期告畢。使者欲上其勞於朝，公力辭曰：「此臣子職也。」袁州積彫弊，公佐其守，窮利病根源，一切罷行之，郡爲一振。民困於坊場，官弊於護運〔三〕，皆久不能革。公奮曰：「小民知目前之利，不知後日之害，一陷於坊場，則富者貧，貧者大壞，非死徙不得免。」乃取尤者白守，請於户部，蠲除之。挺繫收檄，一旦幾空，郡人歡呼，以爲昔所未有。護運異時多以所遣官非其人，故多蠹害，公一切精擇才吏，其以權貴請托來者，皆力拒絶之。抵公去，所發漕運四十萬緡，不費一錢。造朝，得知興化軍，未及到郡而卒，享年五十有四。

【箋注】

〔一〕永思陵：宋高宗陵墓，在紹興府會稽縣。攢宫：帝、后暫殯之所。宋室南渡後，帝、后塋冢均稱攢宫，表示暫厝，待收復中原後遷葬汴京。

〔二〕期會：指期限。沈俶諧史：「國家用兵，斂及下户，期會促迫，刑法慘酷。」

〔三〕坊場：官設專賣的市場。宋史食貨志上：「今天下坊場，官收而官賣之，歲計緡錢無慮數百萬，自可足衙前雇募支酬之直。」護運：指護送漕運。

公篤學，工文辭，有集五卷、易集解五卷，他所著未成編者尚多。初，太中通判饒州，有江州統軍官王益者，坐事下吏，更江州、鄂州鞫治〔一〕，獄成，而家以冤聞。由是復命太中鞫之，得冤狀明白，益賴以不死，而太中以決疑獄進秩除郡。未幾，捐館舍，益之家人懷太中之德無已，乃厚載金帛以助葬爲請。公固辭不受曰：「非吾先人之志也。」益家人泣而去。蓋公之清德類此。然常畏人知，故予亦不得而悉書也。公娶李氏、馮氏，皆早世，贈安人，今皆從葬；徐氏，封安人。四子二女，皆李出。康夫，迪功郎、隆興府武寧縣主簿，先公十一年卒；寀夫，從政郎、隆興府南昌縣丞；寯夫，從政郎、臨安府於潛縣尉；忌夫，未仕。女長嫁從事郎、新平江府常熟縣尉劉祖邁，次未行。二孫：時敏，時哲。銘曰：

以公之才，何適不宜？晚始專城〔二〕，政弗克施。天嗇其報，子孫是貽。匪筮匪龜，視我銘詩。

【箋注】

〔一〕鞫治：審問定罪。鞫，通「鞠」。史記李斯列傳：「於是群臣諸公子有罪，輒下（趙）高，令鞠治之。」

〔二〕專城：指主宰一城的州牧、太守等地方長官。王充論衡辨祟：「居位食禄，專城長邑以千萬數，其遷徙日未必逢吉時也。」

渭南文集箋校卷第三十五

墓誌銘

【釋體】本卷文體同卷三二，收録墓誌銘三首。

夫人孫氏墓誌銘

夫人孫氏，會稽山陰人。四世祖沔〔一〕，觀文殿學士、户部侍郎，謚威敏，有傳國史。曾祖之文，朝議大夫、主管杭州洞霄宫，累贈正奉大夫。祖延直，奉議郎、通判盱眙軍，贈朝散郎。考綜，宣義郎致仕。母，同郡梁氏。夫人幼有淑質，故趙建康明誠之配李氏〔二〕，以文辭名家，欲以其學傳夫人。時夫人始十餘歲，謝不可，曰：「才藻非女子事也。」宣義奇之，乃手書古列女事數十授夫人。夫人日夜誦服不廢。既笄〔三〕，歸今文林郎、寧海軍節度推官蘇君瑑。逮事舅姑左右〔四〕，就養唯謹。凡組織縫紉、烹飪調絜之事，非出其手，舅姑弗悦。舅姑殁，夫人執喪哀。終喪，事家廟如生〔五〕，祭薦豐絜中度〔六〕。疾已革，猶修秋祭，不知其力之憊。推官女兄，實朝議大夫、直顯謨閣呂公正己之夫人，性堅正，善持家法，凡家人必責以法度，不知者以爲過嚴，至夫人能事之，則終身怡怡，未嘗少忤。宗黨間既稱譽夫人之賢〔七〕，又以知呂夫人非難事者也。紹熙四年，從推官官臨安，以其年七月辛巳，疾終於官舍。夫人平生奉浮圖氏，能信踐其言，及處生死之際，盥濯易衣，泰然不亂，世外道人有所不逮，亦賢矣！享年五十有三。五子：瀛，太學生；汭、泂、濱、潞，皆卓然自立，能世其家，蓋推官與夫人善訓督之力也〔八〕。二女：長適修職郎、通州録事參軍王易簡，次尚幼。孫男二人：曰暹，幼未名字。予世家山陰，先太尉邊夫人〔九〕，實與威敏夫人爲女兄弟。予與宣義，外兄弟也，少時交好甚篤。今夫人年逾五十而殁，予乃及銘其隧，則予安得不老。銘曰：

猗與夫人，率德不惰。舅姑宜之，曰善事我。移其事姑，以奉女公〔一〇〕。雍雍肅肅〔一一〕，既和且恭。相夫以正，教子以嚴。施於先後，以遜以謙。一病不復，奄其告終。我作銘詩，用詔亡窮。

【題解】

夫人孫氏，即寧海軍節度推官蘇瑑之妻，陸游的遠房侄女。孫氏卒於紹熙四年。本文爲陸游爲孫氏所作的墓誌銘，主要記述其恪守婦道、孝養舅姑的事迹。

本文據文中自述，作於紹熙四年（一一九三）秋。時陸游奉祠家居。

【箋注】

〔一〕四世祖沔：即孫沔（九九六—一〇六六），字元規，越州會稽（今浙江紹興）人。天禧進士。歷秘書丞、監察御史裏行、知處州、陝西轉運使、知慶州，熟悉邊事，有治軍才。皇祐中爲湖南、江西路安撫使兼廣南東、西路安撫使，退敵有功，授樞密副使。後以罪廢。起知河中府，徙慶州，卒。宋史卷二八八有傳。

〔二〕趙建康明誠：即趙明誠（一〇八一—一一二九），字德甫，密州諸城（今屬山東）人。趙挺之之子。以蔭入仕。除鴻臚少卿，宣和中知萊州、淄州，靖康中起知江寧府。建炎三年移知湖州，未赴，卒於建康。撰有金石録。李氏：即李清照（一〇八四—一一五五），號易安居士，濟南章丘人。李格非之女，趙明誠之妻。宋代著名女詞人。

〔三〕既笄：指成年。古代女子十五盤髮插笄，表示成年。

〔四〕舅姑：稱夫之父母，俗稱公婆。國語魯語下：「古之嫁者，不及舅姑，謂之不幸。」

〔五〕家廟：祖廟，宗祠。宋代有官爵者始能建家廟祭祀祖先。

〔六〕祭薦豐絜中度：祭品豐盛潔浄合於法度。

〔七〕宗黨：宗族，鄉黨。

〔八〕訓督：訓教督促。司馬光涑水記聞卷十：「仲淹嘗宿學中，訓督學者，皆有法度。」

〔九〕先太尉：即陸游曾祖陸珪。

〔一〇〕女公：此指丈夫之姐。

〔一一〕雍雍肅肅：和睦莊重貌。北齊書段榮傳：「（段韶）教訓子弟，閨門雍肅。」

奉直大夫陸公致仕墓誌銘①

吴郡陸氏，方唐盛時，號四十九枝，太尉枝最盛。唐末，自吴之嘉興，東徙錢塘。吴越王時，又徙山陰魯墟〔一〕。宋祥符中，贈太傅諱軫以進士起家，仕至吏部郎中，直昭文館。太傅生國子博士、贈太尉諱珪；太尉生尚書左丞、贈太師楚國公諱佃；太師生中散大夫、贈少師諱寘。少師八子，皆以文學政事自奮〔二〕。公諱洸，字子光，少師第四子。紹興初，以蔭補登仕郎，調右迪功郎、浦江縣尉，歷筠州司法參軍、徽州司法參軍、湖北路轉運司幹辦公事，知玉山縣，江淮等路坑冶司主管文字，通判通州，知荆門軍，提舉江南西路常平茶鹽公事、江南西路提點刑獄公事，主管建寧府武夷山沖佑觀，遂致仕。積官至奉直大夫，賜紫金魚袋，封陳留縣開國男，食邑三百户。以慶元元年十月丙寅卒於私第，享年七十有二。初，少師避建炎之亂，益東徙，居明州鄞縣之横溪，猶返葬山陰。至公兄弟，遂有即葬鄞縣者。故公以三年十二月庚午，葬於縣之豐樂鄉西嶴之原。諸孤請銘於公從弟某〔三〕。某則少公一歲，兒時分梨共棗，稍長，同入家塾，實知公比他人爲詳。

【題解】

奉直大夫陸公，即陸洸（一一二四—一一九五），字子光。陸寘第四子，陸游堂兄。以蔭入仕。歷浦江縣尉、筠州、徽州司法參軍、湖北轉運司幹辦公事，知玉山、荆門軍，提舉江西常平、江西提刑，主管武夷山沖佑觀，致仕，官至奉直大夫。卒於慶元元年，於三年下葬。本文爲陸游爲陸洸所作的墓誌銘，主要記述其敬業廉潔、安度凶年、平反冤獄的事迹。

本文據文首自述，作於慶元三年（一一九七）。時陸游奉祠家居。

【校記】

①「致仕」，弘治本、正德本、汲古閣本無。按，此「致仕」二字疑衍刻。

【箋注】

〔一〕「吴郡陸氏」九句：宋山陰陸氏重修宗譜序：「陸氏出自嬀姓，後齊宣王少子通，字季達，封於平原般縣陸鄉，因以爲氏，卒謚元侯。生恭侯發，爲齊上大夫。生二子，曰萬，曰皋。皋生邕。邕生漢大中大夫賈。賈生五子，一曰烈，字伯元，爲吴令，遷豫章都尉，迎葬於吴，子孫始爲吴人。吴郡陸氏，皆祖都尉。唐元和間，福建觀察使庶分著漢潁川太守閎以後四十九支，我山陰陸氏則出侍郎支唐宰相忠宣公之後。當五代時，錢氏割據東南，自嘉禾徙居餘杭之磚街巷，聚族百口，以家世相唐，不仕。有陸仕璋者，錢之貴臣也，求通譜牒，博士諠拒不許，遂東渡錢塘，徙居山陰。厥孫忻，又贅居魯墟，即卜葬地於山陰之九里，山陰陸氏實始博士。」太尉支，或應作「侍郎支」，即陸贄一支。

〔二〕自奮：自我奮發有所作爲。漢書常惠傳：「少時家貧，自奮應募，隨移中監蘇武使匈奴，并見拘留十餘年。」

〔三〕公從弟某：陸游自稱。

公天資穎異，數歲能屬文，舉進士，連拔兩浙轉運司解〔一〕，又爲江東轉運司解首〔二〕，然卒不第。公不以懟有司，治經考古，益不少懈。爲吏窮日夜勤其官，未嘗事燕游。所至，上官委以事，公至忘寢食寒暑以趨事赴功。在玉山時，刳剔蠹弊，根原窟穴，毫髮必盡〔三〕。正俸外，他增給悉棄不取，比代去，計其數凡六十餘萬。故諫官尹穡有別業在縣〔四〕，歲往來邑中。尹爲人喜議論，仕者多憚之，公不爲動。尹顧敬公，每曰：「子光清足以肅吏，惠足以養民，諸邑求其比，殆未見也。」自荆門回，奏事殿上，所陳合指〔五〕，皆即日施行。明日，孝宗皇帝對輔臣稱公之才，丞相王魯公力薦之①〔六〕，遂擢江西常平使者。到官，治便坐於廳事之後，治事退，足迹不履中閾〔七〕。揭所治錢穀出納之最於壁〔八〕，列案皆簿書，終日坐卧其間，目閲手披，窒罅漏，嚴期會，官屬吏胥，奔走承命不暇。不旬月，事大治，一道肅然。歲旱，公一先事爲備，得米百萬斛，吏不能一毫爲姦，五州之民，訖無流殍〔九〕。於是特進一官②，遂除提點刑獄，且進用於朝。會有臨江軍民習儀卿，爲其奴所殺，獄成，則謂儀卿弟宣卿實使之。宣卿既服，復以冤告，凡八移鞫，皆然。最後特以命公，公始得其情，宣卿實無使之之迹，奴亦無異辭，遠近稱神明。事上刑部，刑部以爲疑，言諸朝，移大理寺窮治久〔一〇〕，自卿以下，亦不能與公異，宣卿竟不死。公既以自請得奉祠而歸矣，於是益知奉法守官之難，不復有仕進意。甫七十，即上書告老，始終進退之際，可謂無愧矣。

【校記】

①「王魯公」，原作「王魯國公」，衍「國」字，據弘治本、正德本、汲古閣本删。

②「於是」下原衍「時」字，據弘治本、正德本、汲古閣本删。

【箋注】

〔一〕拔解：唐宋科舉不經地方考試，直接送禮部省試的稱拔解。李肇唐國史補卷下：「京兆府考而升者，謂之等第。外府不試而貢者，謂之拔解。」

〔二〕解首：解試第一。

〔三〕刳剔蠹弊：剷除積弊。根原窟穴：挖掘其根源。

〔四〕尹穡：字少稷，兖州（今屬山東）人。建炎中南渡，居信州玉山。紹興三十二年與陸游同爲樞密院編修官，賜進士出身。隆興間歷監察御史、殿中侍御史，官至諫議大夫。後被劾罷去。宋史卷三七二有傳。

〔五〕指：猶「旨」。

〔六〕丞相王魯公：即王淮，字季海。淳熙八年拜相，十五年封魯國公。參見卷十謝王樞使啓題解。

〔七〕中閾：廳中門檻。

〔八〕最：總計，統計。

〔九〕流殍：指流亡他鄉的饑民。新唐書李栖筠傳：「蘇州豪士方清因歲凶誘流殍爲盜，積數萬。」

〔一〇〕窮治：徹底查辦。漢書戾太子劉據傳：「是時，上春秋高，意多所惡，以爲左右皆爲蠱道祝詛，窮治其事。」

公娶林氏，吏部侍郎保之女。三男子：桂，修職郎、監秀州蘆瀝鹽場，已卒；椿，迪功郎、臨安府臨安縣主簿；棣，迪功郎、徽州歙縣西尉。二女子：長適迪功郎、平江府司户參軍詹騏，次女適從政郎、監楚州鹽城縣鹽場耿開。孫男焯、焯、燀、煒、燠，皆進士。孫女適文林郎、新監台州支鹽倉宋安雅，餘尚幼。銘曰：

邅余道兮晚乃逢〔一〕，握使節兮撫困窮。發積勸分兮忘歲凶〔二〕，以經決獄兮平反之功。人不我知兮道則通，歸築室兮老於東。位列卿兮善始終，服三品兮五等之封。植檟鬱鬱兮起墳崇崇，閲百世兮過者必恭。

【箋注】

〔一〕邅：難以行走，困頓。

〔二〕發積：今發常平積聚。勸分：勸導百姓有無相濟。左傳僖公二十一年：「修城郭，貶食，省用，務穡，勸分，此其務也。」杜預注：「勸分，有無相濟。」

中丞蔣公墓誌銘

公諱繼周，字世修。初，周公相成王，封元子伯禽於魯，是爲魯公〔一〕。別子伯齡封於蔣〔二〕，其後子孫因以國爲氏。至漢，有蔣詡，十世孫休自樂安徙義興陽羨縣，始爲吴人〔三〕。裔孫伸〔四〕，相唐宣宗、僖宗，故蔣氏益大。宋興，有堂爲仁宗侍臣，之奇執政徽宗初，芾相孝宗，皆不去陽羨〔五〕。而公之先獨益東徙，家處州青田縣。曾祖球，贈通奉大夫。祖禋、父伃，宣教郎致仕，贈中散大夫。

【題解】

中丞蔣公，即蔣繼周（一一三四—一一九六），字世修，處州青田（今屬浙江）人。紹興二十四年進士。歷官太學正、秘書省正字、秘書丞兼國史院編修官、將作監兼太子侍讀，遷右諫議大夫、御史中丞，任諫官五年，敢犯顔直諫。遷禮部尚書，辭不拜。出知婺州，徙寧國府、太平州。晚年卜居嚴州。慶元二年卒。本文爲陸游爲蔣繼周所作的墓誌銘，主要記述其静退沉穩、直言敢諫、不避權豪的事迹。

本文據文末自述，作於慶元三年（一一九七）。時陸游奉祠家居。

參考卷十一賀蔣中丞啓、卷十二賀蔣尚書出知婺州啓。

【箋注】

〔一〕元子：天子和諸侯之嫡長子。詩魯頌閟宫：「王曰叔父，建爾元子，俾侯於魯。」朱熹集傳：「叔父，周公也。元子，魯公伯禽也。」

〔二〕别子：庶子。禮記大傳：「百世不遷者，别子之後也，宗其繼别子之所自出者。」孔穎達疏：「别子謂諸侯之庶子也。諸侯之適子適孫繼世爲君，而第二子以下悉不得禰先君，故云别子。」伯齡：周公旦第四子，封於蔣，在今河南固始。

〔三〕蔣詡（前六九—前一七）：字元卿，杜陵（今陝西西安）人，東漢兖州刺史，以廉直著稱，因不滿王莽專權而辭官退隱，閉門不出。舍中有三徑，惟求仲、羊仲從之遊。漢書卷七二有傳。休：即蔣休，揚州壽春（今安徽壽縣）人，三國吴將蔣欽少子。父兄卒，代領兵，後因罪失業。樂安：郡名，在今山東博興。義興陽羡：郡縣名，在今江蘇宜興。

〔四〕裔孫伸：即蔣伸（七九九—八八一），字大直，唐常州義興（今江蘇宜興）人。登進士第，大中初入朝，任右補闕、史館修撰，轉中書舍人，召入翰林爲學士。歷户部侍郎、學士承旨，轉兵部侍郎。大中末，擢中書侍郎、同中書門下平章事。懿宗即位，任刑部尚書、河中節度使、太子少保、太子太傅，致仕。卒贈太尉。舊唐書卷一四九、新唐書卷一三二有傳。裔孫：遠代子孫。

〔五〕堂：即蔣堂，字希魯，常州宜興人。擢進士第。授大理寺丞，知臨川縣。通判諸州，歷監察御史、侍御史，出爲江東、淮南轉運使。入爲户部度支、鹽鐵副使，出知越州、蘇州、洪州、杭州、益州等。以尚書禮部侍郎致仕。宋史卷二九八有傳。之奇：即蔣之奇（一〇三一—一一〇四）字穎叔，常州宜興人。蔣堂之侄。嘉祐進士，又舉賢良方正科。歷監察御史、殿中侍御史，因誣歐陽修遭貶。歷淮東、陝西諸路轉運副使，知潭州、廣州、熙州等。紹聖中召爲中書舍人，拜翰林學士兼侍讀。徽宗立，拜同知樞密院、知樞密院事。出知杭州，以疾告歸。宋史卷三四三有傳。芾：即蔣芾（一一一七—一一八八），字子禮，常州宜興人。蔣之奇曾孫。紹興二十一年進士。歷起居郎兼直學士院、中書舍人，簽書樞密院事、權參知政事。乾道四年拜相。知紹興府，提舉洞霄宫，卒。宋史卷三八四有傳。

公天資警邁〔一〕，七歲賦牧童詩，有奇思，遂精詞賦。十四棄其業，習戴氏禮〔二〕，期年輒通貫，諸老先生自謂莫及。一日，先生有欲勉成之者，期以問處〔三〕，曰：「吾將有以發子。」公先時往，俟之甚謹，先生喜曰：「子誠可教。士當務學，才不足恃也。子於書，能博觀而得要則善。如其未也，當勉之，毋以才自足，蹈吾所悔。」公再拜謝。

自是窮日之力，無所不讀，人罕見其面。遂舉進士，中其科，調衢州常山縣主簿。試教官中選，歷太平州州學、臨安府府學教授，改宣教郎，入爲太學正。會省官〔四〕，添差簽書鎮東軍節度判官廳公事〔五〕，復入爲司農寺主簿。召試館職，擢秘書省正字，進校書郎、秘書郎兼國史院編修官、實録院檢討官。遭中散公憂，服除，起知舒州。陛辭，改宗正丞。初，公在館中得對，所論甚衆，其間因論和糴省運〔六〕，孝宗皇帝大悦曰：「公文絶類陸贄，省運誠不難行。」又曰：「朕將用卿，卿果有趨事赴功之意乎？」公逡巡退避久之〔七〕，上亦默然。方是時，士大夫鋭於進取者衆，得上一語，自謂結主知，往往遂投合以取大官。公獨若不敢當上意者，故至是財得補郡，然上終賢之。辭日，上問：「卿往年論事，朕謂似陸贄。今七年矣，卿尚能記否？舒州待次幾年〔八〕？」公以三年對。上曰：「卿家貧母老，豈得待遠次，當除卿行在職事官。」公謝曰：「臣事君，猶子事父，固願朝夕膝下。然幹蠱於外〔九〕，亦子職也，敢有所擇？」上益察公静退〔一〇〕，乃大悦，即有是命。改秘書丞，兼國史院編修官，權吏部郎官。

【箋注】

〔一〕警邁：警拔，敏悟超群。

〔二〕戴氏禮：先秦至西漢闡發禮經的文章極多，東漢出現了兩種選輯本：一是戴德的八十五篇本，稱大戴禮記；一是其侄戴聖的四十九篇本，稱小戴禮記。大戴禮記流傳不廣，到唐代已亡佚大半。小戴禮記因鄭玄作注而暢行於世，後人徑稱之爲禮記。

〔三〕閒處：同「閑處」。僻静之處所。史記張釋之馮唐列傳：「上怒，起入禁中。良久，召唐讓曰：『公奈何衆辱我，獨無閒處乎？』」

〔四〕省官：裁減冗官。晉書荀勖傳：「勖議以爲，省吏不如省官，省官不如省事，省事不如清心。」

〔五〕添差：宋代正官皆授虚銜，實不任事，内外政務另立差遣主管。凡於差遣員額外增添的稱添差。

〔六〕和糴：官府以議價交易爲名向民間强徵糧食。　省運：減省漕運。

〔七〕逡巡退避：徘徊遲疑，退讓躲避。

〔八〕待次：指官吏授職後，依次按照資歷補缺。抱朴子釋滯：「士有待次之滯，官無暫曠之職。」

〔九〕幹蠱：泛指主事，辦事。易蠱：「幹父之蠱，有子，考无咎，厲終吉。」幹，習也，承也。蠱，事也。

〔一〇〕静退：恬淡謙遜，不競名利。韓非子主道：「人主之道，静退以爲寶。」

公還朝逾二年，杜門絶造請〔一〕，諸公貴人以爲簡我〔二〕，將假他事出之。會熒惑犯氐〔三〕，公因對言：「氐者邸也，驛傳宜備非常〔四〕。」不淹旬，都進奏院果災〔五〕，上諭輔臣曰：「蔣某博學善論事，卿知其人否？」皆對以不詳知。上乃自禁中索班簿閲之，將作監闕，即命除公〔六〕。已而命下，則少監也，蓋有密以資淺爲言者，上終不快。未幾，遷將作監，遂兼太子侍讀。然所以屬公者，顧不在是。方試太學諸生，未出院，除右正言，實淳熙十年九月也。十一年正月，同知貢舉，有禮記義絶出流輩〔七〕，已見黜，公力主之，拔置高等，及啓封，則吴人衛涇也〔八〕。已而廷對，遂爲第一。

【箋注】

〔一〕造請：登門晉見。史記酷吏列傳：「公卿相造請禹，禹終不報謝，務在絶知友賓客之請，孤立行一意而已。」

〔二〕以爲簡我：認爲怠慢自己。

〔三〕熒惑犯氐：火星運行於氐宿。古代認爲是不祥之兆。熒惑，即火星，因其熒熒似火，隱現不定，令人迷惑，故名。吕氏春秋制樂：「熒惑在心。」高誘注：「熒惑，五星之一，火之精也。」氐，二十八宿之一，被視爲天根。史記天官書：「氐爲天根，主疫。」

〔四〕驛傳：驛站，傳舍。古代供官員往來和傳遞公文所用的交通機構。

〔五〕「不淹旬」二句：不多時，都進奏院果然送來了災情的報告。淹，滯留。都進奏院，諸路官署名。掌承轉詔敕和轉遞公文。

〔六〕班簿：在朝職官名册。新唐書鄭綮傳：「昭宗意其有所藴未盡，因有司上班簿，遂署其側曰：『可禮部侍郎、同中書門下平章事。』」將作監：官署名。掌宫室、城郭、橋樑、舟車營繕等事務，置將作監、少監爲正副長官。

〔七〕禮記義：題出自禮記的經義試卷。義，指經義，宋代科舉文體之一。

〔八〕衛涇：字清叔，嘉興華亭人，徙居平江崑山。淳熙十一年狀元。與朱熹友善。開禧初累遷御史中丞，參與謀誅韓侂胄，除簽書樞密院事兼參知政事。後爲史彌遠所忌，罷知潭州。卒謚文穆，改文節。宋史翼卷十五有傳。

十二年二月兼侍講，八月遷右諫議大夫，十三年九月遷御史中丞。公任諫官、中執法凡五年〔一〕，知無不言。初，上受内禪，收召四方名士，舉集於朝。其間議論或過爲激昂，貴近不便之〔二〕，於是妄言方秦檜當國時，遴於除授〔三〕，一人或兼數職，亦未嘗廢事，又可省縣官用度〔四〕。於是要官多不補，而收召絶稀。公首論之曰：「往者權臣用事，專進私黨，廣斥異己，故朝列多闕，至有一人兼數職者。今獨何取此？朝臣俸禄有限，侍從、卿、監、郎中以至百司，月計其俸，乘除百緡而已〔五〕。假使省一二十員，不過月省二千緡，是特一二節度使俸耳，其省幾何？而遺才乏事，上下交病。且一官治數司而收其禀，裴延齡用以欺唐德宗也〔六〕。孰倡此議者？請得其人詰之。」其言蓋指貴臣。人服其敢言。時著令，贓吏必坐舉官〔七〕，既屢施行矣。有蔣億者，以贓坐罪，而舉官獨置不問。公劾之曰：「此非有所避，則有所芘耳〔八〕。同罪異罰，法且由是廢。」上悦，命有司舉行如初詔。進士黄光大上書，送台州聽讀，公極論其不可，且曰：「臣既樸愚，不長於言，人之有言，又不能開導以廣言路，實有愧焉。」

【箋注】

〔一〕中執法：即中丞。漢書高帝紀下：「御史中執法下郡守。」顔師古注引晉灼曰：「中執法，中丞也。」

〔二〕貴近：指顯貴的近臣。陸贄奉天論擬與翰林學士改轉狀：「夫行罰先貴近而後卑遠，則令不犯；行賞先卑遠而後貴近，則功不遺。」

〔三〕遴於除授：在拜官授職上十分吝惜。遴，通「吝」，吝惜。

〔四〕縣官：指朝廷，官府。史記孝景本紀：「令内史郡不得食馬粟，没入縣官。」

〔五〕乘除：計算，算計。緡：成串的銅錢，每串一千文。

〔六〕稟：指俸禄。裴延齡（七二八—七九六）：唐河中河東（今山西永濟）人。德宗貞元八年以户部侍郎判度支，以苛刻剥下附上爲功。時陸贄秉政，反對由他掌管財賦。德宗信用不疑，反斥逐陸贄。延齡死，中外相賀。舊唐書卷一三五、新唐書卷一六七有傳。舊唐書裴延齡傳載：「（裴）嘗因奏對請積年錢帛以實帑藏，上曰：『若爲可得錢物？』延齡奏曰：『開元、天寶中，天下户僅千萬，百司公務殷繁，官員尚或有闕；自兵興已來，户口減耗大半，今一官可兼領數司。伏請自今已後，内外百司官闕，未須補置，收其闕官禄俸，以實帑藏。』」

〔七〕贓吏必坐舉官：懲治貪贓之吏必須懲辦舉薦他的官員。

〔八〕芘：通「庇」。庇護。

太史奏日中有黑子，公言：「日象君德，豈容陰慝乘之〔一〕。大臣之蒙蔽，外夷之侵軼〔二〕，後宫之私謁〔三〕，宦者之用事，下民之困窮，皆其應也。願陛下仰觀天文，俯察人事，以消群陰之萌。」會地震，公復反覆論奏，而加詳焉。將行郊禮〔四〕，上春秋寖高，或以陟降拜跪爲勞，公言：「今距冬至則逾半年，願陛下清心省事，養性導和，毋强疲勞，毋過燕樂。飲酒以和氣，不可以無節而飲過度之酒；服藥以養生，不可以無疾而服伐性之藥〔五〕。自今以往，宜若神祇在其上下，祖宗臨其左右，誠意所加，幽明并助，將不勞而成禮矣。」上悉嘉納，議者亦翕然以爲得耳目之體〔六〕。

【箋注】

〔一〕陰慝：指陰氣。後漢書馬融傳：「至於陽月，陰慝害作，百草畢落，林衡戒田，焚萊柞木。」李賢注：「左傳曰：『唯正月之朔，慝未作。』杜注云：『慝，陰氣也。害作言陰氣肅殺，害於百草也。』」

〔二〕侵軼：侵犯襲擊。左傳隱公九年：「北戎侵鄭。鄭伯禦之，患戎師，曰：『彼徒我車，懼其侵軼我也。』」杜預注：「軼，突也。」

〔三〕私謁：因私事而干謁請托。詩周南卷耳序：「内有進賢之志，而無險詖私謁之心。」毛傳：「謁，請葉。」

〔四〕郊禮：天子祭祀天地的大禮。史記封禪書：「天子從昆侖道入，始拜明堂，如郊禮。」

〔五〕伐性：危害身心。劉勰文心雕龍養氣：「秉牘以驅齡，灑翰以伐性，豈聖賢之素心，會文之直理哉？」

〔六〕耳目：比喻輔佐或親信之人。書益稷：「帝曰：『臣作朕股肱耳目。』」孔穎達疏：「君爲元首，臣爲股肱耳目，大體如一身也。」

有女冠請於皇太子妃，以久廢上清宮額，徙置其居，因爲住持，祝妃本命〔一〕。女冠入謝禁奥，適有他女冠祝中宮本命者，同列庭中，争長〔二〕。舊例，以住持者爲首。事聞，上取文書毁之，初不知有舊額也。皇太子皇恐不敢入朝，群臣不知所爲。公乃抗言：「徙廢額置他寺觀，天下皆有之。然女冠自不應入宫，今當一切禁絶，僧、尼、道士、女冠，勿使得入而已。」上悦曰：「卿此奏，善處朕父子間矣〔三〕。」封以付東宫。明日，皇太子入謝，上歡甚。皇太子，今太上皇帝也〔四〕，亦遣人謝曰：「非公慮不及此。」方是時，上以暇日，時御佛書，間召其徒入對，或自内東門賜肩輿以入〔五〕，故公因以爲諫。自是遂無所召，士論歸重〔六〕。

【箋注】

〔一〕女冠：即女道士。亦稱女黄冠，因道士皆戴黄冠。王建唐昌觀玉蕊花：「女冠夜覓香來處，唯見階前碎玉明。」皇太子：此指恭王趙惇，乾道七年立。後即位爲光宗。上清宮額：上清宮道士的員額。上清宮爲宋代道觀。本命：即本命年，指與生年地支相同的年份，十二年爲一輪。

〔二〕禁奥：宫禁深密處。中宮：指皇太子妃。争長：争行禮先後。左傳隱公十一年：「滕侯、薛侯來朝，争長。」

〔三〕善處朕父子間：指既肯定皇太子妃任命女冠爲住持，又順皇帝意禁絶僧道入宮争寵。

〔四〕「皇太子」二句：指皇太子恭王趙惇，慶元間已成爲太上皇帝，禪位於其子寧宗趙擴。

〔五〕肩輿：一種轎子。

〔六〕歸重：推重。

都下喧傳遊奕軍統制官笞百姓娠婦〔一〕，至墮胎。公上章彈之，詔大理寺鞫治。同時又有故内人陸靚姬者，訴其夫恃爲閤門官，無故棄逐，且據有其貲〔二〕。公請窮治，其人自計下吏詞且窮，乃遣人妄訹公曰：「旦暮且除簽書樞密矣〔三〕。」公叱遣之，論愈力。會考殿試進士，此兩人者相與合力〔四〕，於是大理具獄〔五〕，以爲所笞乃軍妻，公爲風聞不實〔六〕。即日統制官者復還故官，且賜金帶。而靚姬所訴，亦得不治。考試畢，公方再抗章〔七〕，詔遷禮部尚書，辭不拜，出知婺州。未幾，以母喪解。

【箋注】

〔一〕喧傳：哄傳，盛傳。張仲素賀獲劉辟表：「萬里喧傳，兆人鼓舞。」遊奕軍：古代軍種之一。遊奕，遊弋，巡邏。

〔二〕内人：指宫女。閤門官：負責官員朝參、宴飲、禮儀等事宜的官員。吴自牧夢粱録閤職：「閤門，在和寧門外，掌朝參、朝賀、上殿、到班、上官等儀範。有知閤、簿書、宣贊及閤門祗候、寄班等官。」棄逐：捨棄驅逐。

〔三〕妄訹：虚妄引誘。簽書樞密：即簽書樞密院事，知樞密院事的副職。

〔四〕此兩人：指游奕軍統制官和閤門官。

〔五〕大理：即大理寺，宋代最高審判機關，掌刑獄案件審理。具獄：備文定案。漢書于定國傳：「吏驗治，孝婦自誣服。具獄上府。」

〔六〕風聞：經傳聞而知。漢書南粵傳：「又風聞老夫父母墳墓已壞削，兄弟宗族已誅論。」顏師古注：「風聞，聞風聲。」

〔七〕抗章：向皇帝上奏章。蘇舜欽兩浙路轉運使王公墓表：「每改秩，必抗章辭避，若不勝任。」

紹熙元年，除喪復還，徙寧國府，加焕章閣待制〔一〕，徙太平州。比四年，易三郡。適遇水旱，公力行賑恤之政，寢食不置。所條上者，皆盡利害之實。其大略曰：「臣夙夜訪求荒政〔二〕，言者萬端，然大指不過廣儲畜一事爾。有備，則拙者亦能集事〔三〕。不然，雖智何益？」中外服其論，故奏多見聽。其以常平樁管通融賑民〔四〕，蓋得請乃行，又旋已補足。且災傷五分，許賑糶〔五〕，方高宗時已屢著之春秋頒矣。常平使者顧劾以爲罪。或曰：「是爲其所親報宿怨，公盍自言於朝？」公曰：「吾初不計此。人臣奉行寬大詔令，寧過無不及，天下豈無公論。」會使者召用，公卒以口語罷歸〔六〕。卜居嚴州，得屋僅庇風雨，頹垣壞甃，悠然自適，讀書旦暮不輟。時從其耆老而訓其子弟，若未嘗貴達者。初，公任言責累年〔七〕，排擊不避權豪，至士大夫有以誣得謗傷者，輒語同舍曰：「夷考其人平日〔八〕，恐不至此。」及廣詢之，果不合。故一時在朝寒遠孤進之士〔九〕，得以自保。而四方賢牧伯〔一〇〕，皆得究其設施，不爲怨仇所摇。及公治郡，善政爲一路最，所遭乃如此，人爲公憤悒，而公未嘗見之色辭。於虖！非學問之力，疇克至此〔一一〕。居嚴逾年，稍起，提舉江州太平興國宫。俄感疾，以通議大夫致仕，遂卒，實慶元二年十一月二十一日也。享年若干。

【箋注】

〔一〕焕章閣：宋閣名。收藏高宗御製。淳熙初建，置學士、直學士、待制等職。

〔二〕荒政：賑濟饑荒的政令或措施。周禮地官大司徒：「以荒政十有二聚萬民。」鄭玄注：「荒，凶年也。鄭司農云：『救饑之政，十有二品。』」

〔三〕集事：成事，成功。左傳成公二年：「此車一人殿之，可以集事。」杜預注：「集，成也。」

〔四〕常平椿管：指常平倉儲保管的糧食。常平，即常平倉。宋史食貨志上：「淳化三年，京畿大穰，分遣史臣於四城門置場，增價以糴，虛近倉貯之，命曰常平，歲饑即下其直予民。」

〔五〕賑糶：售米拯救。

〔六〕口語：指譭謗。楊惲報孫會宗書：「懷禄貪勢，不能自退，遂遭變故，横被口語。」

〔七〕言責：指諫官。王安石右司諫趙汴禮部員外郎兼侍御史知雜事制：「以爾嘗任言責，有猷有爲。」

〔八〕夷考：考察。孟子盡心下：「夷考其行，而不掩焉者也。」趙岐注：「考察其行，不能掩覆其言。」

〔九〕寒遠孤進：指出身寒門，又特别出色之人。

〔一〇〕牧伯：指州郡長官。漢書朱博傳：「今部刺史居牧伯之位，秉一州之統，選第大吏，所薦位高至九卿，所惡立退，任重職大。」

〔一一〕疇克至此：誰能如此。

娶梁氏，故户部尚書汝嘉之孫〔一〕，封碩人。五男子：綸，修職郎、台州司法參軍；緯，宣義郎、知徽州休寧縣丞；繹，承奉郎；維，將仕郎；紳，承務郎。一女子，朝散郎、通判温州湯宋彦、進士梁至，其婿也。五孫男，一孫女，皆幼。諸孤將以某年某月某日，葬公於處州某縣某原，以某獲從公遊〔二〕，屬以銘，不敢以衰耄辭，銘曰：

孝宗龍興〔三〕，大哉爲君。聖意圖回，群才駿奔。于時語公，爾朕自知。今且巨用，欽哉勿違。公屹如山，却立弗前。曰臣實愚，敢先衆賢？帝初不怡，久乃太息。是予所求，忠厚諒直。乃長諫垣〔四〕，乃丞御史。陳謨謌謌〔五〕，國論所倚。一去不復，白首外藩。晚躋于讒，浩然丘園。維始及終，進德彌劭〔六〕。勒銘墓隧，萬世是詔。

【箋注】

〔一〕汝嘉：即梁汝嘉（一〇九六—一一五四），字仲謨，處州麗水（今屬浙江）人。以蔭入仕。建炎間通判常州。紹興初知臨安府。擢户部侍郎，權尚書兼江淮荆廣經濟使。親近秦檜，出知明州、温州、宣州等。事迹見周必大文忠集卷六九寶文閣學士通奉大夫贈少師梁公汝嘉神道碑。

〔二〕某獲從公遊：陸游於淳熙十四年知嚴州時，作有賀蔣中丞啓、賀蔣尚書出知婺州啓。

〔三〕龍興：比喻王者興起。此指孝宗登基。

〔四〕諫垣：指諫官官署。權德輿酬南園新亭宴會璩新第慰慶之作時任賓客：「予婿信時英，諫垣金玉聲。」

〔五〕陳謨：陳獻謀劃。諤諤：直言争辯貌。韓詩外傳卷十：「有諤諤争臣者，其國昌；有默默諛臣者，其國亡。」

〔六〕劭：美好，高尚。

渭南文集箋校卷第三十六

墓誌銘

【釋體】本卷文體同卷三二，收録墓誌銘六首。

吕從事夫人方氏墓誌銘

維中國吕氏，自五代至宋，歷十二聖，常有顯人〔一〕。忠孝文武，克肖先世。婚姻多大家名胄〔二〕，婦姑相傳以德，先後相勉以義，富貴不驕汰，雖甚貧，喪祭猶守其舊，養上撫下，恩意曲盡，雖寓陋巷環堵之屋〔三〕，鄰里敬化服之，猶在京師故第時。於虖盛哉！從事郎諱大同之夫人方氏，嚴州桐廬人。曾大父楷，尚書駕部員外郎。大父蒙，朝散郎、尚書屯田員外郎。父元矩，朝散郎、知建州。建州之殁，夫人尚幼，事母已爲宗黨所稱。年二十有一來歸，生一男一女，而從事不禄〔四〕。夫人能篤禮好義，哀死字孤，爲子求師擇友，日夜進其業，而教其女以婦事，皆訖於成。不幸得年不長，四十有九而卒於淳熙三年，祖平猶未仕也〔五〕。及祖平通朝籍，以宗祀恩贈從事通直郎，夫人亦追封孺人〔六〕。故祖平每言輒霣涕曰：「祖平不天〔七〕，不得以斗升之禄養吾親，視斯世尚何聊？惟圖所以慰親於九原者〔八〕，在墓隧之文乎？」遂來告某於山陰澤中，曰：「願有述。」某亦早失先親〔九〕，與吾子之憾無異也。行年八十，每思之，殆欲忘生，則吾子之悲哀①，某實能深知之。其敢愛一日之勞，不以成吾子之悲乎？初，從事葬於信州上饒縣明遠鄉之德源山，以潦水齧墓趾〔一〇〕，改卜於舊墓少東二百步，實慶元二年十二月庚申。而夫人初没時，祖平窶〔一一〕，不能以柩祔從事墓，乃即婺州武義縣明招山祖墓之旁葬焉。自改葬從事，諏日奉夫人歸祔，而筮未得吉〔一二〕。祖平於是爲承議郎、知興化軍仙游縣事。女嫁朝請郎、添差通判鎮江府曾棐。孫男樗年，孫女萊孫。銘曰：

維吕世世有令德，繄女父母皆得職。夫人熏陶成厥質，行則尊矣壽胡嗇。歸柩同穴慰存殁，先刻此銘俟卜吉。

【題解】

呂從事，即呂大同，字逢吉。呂好問之孫，呂玾中之子，呂本中之侄。宋元學案列於紫微家學，稱「其所講釋者，莫非前言往行之要，蓋皆有得於家學者」（宋元學案卷三六）。大同官從事郎，後贈通直郎，娶桐廬方氏。本文爲陸游爲呂大同夫人方氏所作的墓誌銘，主要記述其篤禮孝義、哀死字孤的事迹。

本文據文末自述，作於慶元三年（一一九七）。時陸游奉祠家居。

【校記】

①「悲」，原作「志」，據弘治本、正德本、汲古閣本改。

【箋注】

〔一〕中國呂氏：古中國和呂國同爲姜姓，周宣王時同遷於今南陽。詩大雅崧高：「維嶽降神，生甫（呂）及申。維申及甫，維周之翰。」伯夷曾佐堯帝掌管四嶽，後又助大禹治水有功，爲大禹「心呂之臣（心腹重臣）」，故封之爲呂侯，是爲呂氏始祖。春秋初年，楚國攻伐南陽，相繼滅古申國、呂國，呂國子孫以故國名爲姓氏，形成呂氏的主脈，被視爲呂姓正宗，是爲南陽呂氏。中國呂氏即指南陽呂氏。常有顯人：如後唐呂夢奇曾任御史中丞、户部侍郎。入宋，其孫呂夷簡於太宗、真宗兩朝爲相，封申國公；夷簡子呂公著於哲宗時與司馬光共爲宰相；公著孫呂好問靖康末助高宗即位，拜尚書右丞；好問子呂本中官至中書舍人兼侍講，善詩，標舉江西詩派；本中侄孫吕祖謙博學多識，領袖浙東學派，學者稱東萊先生。吕氏家族在兩宋傳承十餘代，人才輩出。

〔二〕名胄：名門後代。新唐書嚴綬傳：「綬既名胄，於吏事有方略，然鋭進取，素議薄之。」

〔三〕環堵：四周環繞每面一方丈的土牆。形容居室狹小簡陋。禮記儒行：「儒有一畝之宫，環堵之室。」

〔四〕不禄：士大夫死的諱稱。

〔五〕祖平：即吕祖平，吕大同與方氏之子。歷知仙游縣、江陰軍、常州、徽州、處州等。

〔六〕通朝籍：指初入仕。朝籍，在朝官吏的名册。宗祀恩：指吕氏先祖的恩典。

〔七〕不天：不爲天所護佑。左傳宣公十二年：「鄭伯肉袒牽羊以逆，曰：『孤不天，不能事君，使君懷怒，以及敝邑，孤之罪也。』」杜預注：「不天，不爲天所佑。」

〔八〕九原：指九泉，黄泉。蘇軾亡妻王氏墓誌銘：「君得從先大人於九原，余不能，嗚呼哀哉！」

〔九〕某亦早失先親：陸游之父陸宰卒於紹興十八年，時陸游二十四歲。

〔一〇〕潦水齧墓趾：指墓地地勢低，被水浸淹。

〔一一〕窶：貧窮，貧寒。

〔一二〕諏日：商量選擇吉日。儀禮特牲饋食禮：「特牲饋食之禮，不諏日。」鄭玄注：「諏，謀也。」歸祔：合葬。筮未得吉：卜筮暫未得吉日。

夫人陳氏墓誌銘

紹熙、慶元之間，予以故史官屏居鏡湖上，有東陽進士吕友德自太學來與予游〔一〕，問學論議文辭，皆有源流，而衣冠進趨甚偉〔二〕。予固異之，訪於東陽人，則曰：「是清潭吕君紹義之子。吕君蓋賢有德，而其配陳夫人又賢，生三子，孟則友德，仲定夫，季友之〔三〕。孟固奇士，仲、季亦有聲學校場屋間，能稱其兄者也。」自是友德不閲歲必一過予，過必見其進〔四〕。予老病謝客，無貴賤，多不能接。獨友德來，欣然倒屣〔五〕，不知疾痛之在體也。歲戊午十月壬午，忽墨其衰絰〔六〕，叩予門哭，且言母夫人不幸以八月戊子殁矣，得年六十有五，卜用十二月壬申，葬於孝順鄉蟠谷之原。以其家君之命，徵銘於予。予方病，亦不勝悲，不敢以病爲解，乃按從事郎陳君黼狀〔七〕，序次爲銘。夫人與吕君同邑人，曾大父懿，大父嚴，父子淵，皆鄉長者。夫人幼孤，女功不待教而能。稍長，佐其母經紀家事如成人。大父猶無恙，奇之，爲擇所歸，得吕君。既嫁，事舅姑以孝聞。女妹適人，傾其嫁時橐裝無少靳〔八〕。積勤儉以裕財，隆祭享以盡孝，厚振施以立義〔九〕，吕氏之興，夫人之助爲多。處事明果〔一〇〕，雖吕君有不能回者，諸子獻疑，亦堅守初意不爲變，曰：「後當如是。」及事定，一如夫人言，人人歎服。其後呂氏家益康，大第千礎，堂寢尤宏麗。而夫人顧自挹損，齊居玩道，即東偏汛掃一室，蕭然如老釋之廬，或終日不出閾〔一一〕。如是歷十餘年，呂君與諸子婁勸其歸堂中，皆不可。然絲枲針縷之事，至老猶自力，暇日勉諸子以學，授諸婦以家事，諄諄不惰。雖古賢婦，殆無以加。不幸一日不疾而卧，醫藥至，皆却之，曰：「吾固無疾也。」已而遂不復語。諸子方就試，馳歸省疾，頷之而已，神宇泰定〔一二〕，超然就蜕〔一三〕。及有司以友德名上禮部，報至，夫人不及見矣。可哀也已！夫人三女，嫁吴一夔、徐僑、徐鼒，皆良士。孫男四人。銘曰：

山盤水紆，龜食筮從。吉日壬申，宅是幽宫〔一四〕。表表三子〔一五〕，奮繇書詩。維夫人之賢，有以基之。

【題解】

夫人陳氏，即東陽呂紹義之妻，呂友德之母。呂友德曾多次赴鏡湖向陸游問學，陸游倒屣相迎。劍南詩稿卷三六次呂子益韻：「呂子奇才非復常，詩來起我醉中狂。大音誰和陽春曲，真色一空時世妝。東閣獻諛無轍迹，西湖寄傲有杯觴。病懷正待君湔祓，墨妙時須寄數行。」本文爲陸游爲夫人陳氏所作的墓誌銘，主要記述其孝事舅姑、處事明果、齋居玩道、超然就蜕的事迹。

本文據文中自述，作於慶元四年（一一九八）十月。時陸游奉祠家居。

【箋注】

〔一〕東陽：縣名。宋代隸兩浙路婺州，今屬浙江金華。陸游幼時曾隨父避亂東陽山中。呂友德：字子益，東陽人。舉進士。

〔二〕進趨：行動舉止。莊子天道「老子曰：而容崖然」，郭象注：「進趨不安之貌。」

〔三〕孟：長子。兄弟姐妹排行依次爲孟、仲、叔、季。正妻所生長子稱「伯」，妾媵所生長子稱「孟」。

〔四〕不閱歲：不過一年。　進：進步。

〔五〕倒屣：急於出迎而把鞋倒穿。形容熱情歡迎。三國志王粲傳：「時邕才學顯著，貴重朝廷，常車騎填巷，賓客盈坐。聞粲在門，倒屣迎之。」

〔六〕戊午：慶元四年。　墨其衰絰：穿着黑色喪服。

〔七〕陳君黼狀：陳黼所作行狀。陳黼，字斯士，東陽人。少從呂祖謙遊。淳熙八年進士。累遷國子博士、著作郎，仕途偃蹇，後丐祠歸。事迹見宋元學案卷七三。陳黼當爲夫人陳氏親屬。

〔八〕女妹：指夫之妹，即小姑。爾雅釋親：「夫之女弟爲女妹。」　適人：出嫁。　槖裝：珠寶財物，指嫁妝。　靳：吝惜。

〔九〕振施：猶「賑施」。救濟布施。

〔一〇〕明果：聰穎果決。三國志黄權張嶷等傳論：「張嶷識斷明果，咸以所長，顯名發迹，遇其時也。」

〔一一〕挹損：指縮減、回避享受。　齋居：即齋居，齋戒别居。　玩道：體悟道之真諦。　汛掃：灑掃。　閾：門檻。

〔一二〕神宇：神情氣宇。　泰定：安定，鎮定。莊子庚桑楚：「宇泰定者，發乎天光。」成玄英疏：「且德宇安泰而静定者，其發心照物，由於自然之智光。」

〔一三〕就蜕：指離世。道家認爲修道者死後留下形骸，魂魄散去成仙，稱爲「尸解」，也叫「蜕」。

〔一四〕幽宫：指墳墓。

〔一五〕表表：卓異，特出。韓愈祭柳子厚文：「子之自著，表表愈偉。」

承議張君墓誌銘

君諱鎮，字深父，年三十有八，慶元三年十一月壬辰病卒。以四年九月庚申，孤某葬君於臨安府西湖佛首山之原。因其伯父、寺丞功父鎡，以君之友、太學内舍生陳公道原狀請銘〔一〕。予與功父交二十年，信重其言，而陳君所叙文亦甚美，可考據，遂與爲銘。君家秦之三陽〔二〕。曾大父安民靖難功臣〔三〕，太師，靖江、寧武、静海軍節度使，清河郡王，追封循王，謚忠烈，配饗高宗皇帝廟庭。大父諱子厚，左武大夫、康州刺史、帶御器械[四]，贈少傅。考諱宗元，通議大夫、敷文閣待制，贈少師。君幼而穎異，强記好學。少師遇郊祀恩，任爲承事郎[五]，稍長，主管建昌軍仙都觀。遭少師憂，未除，而母夫人繼卒。君執喪累年，毁瘠幾不可識[六]，族人以不勝喪爲憂，共諭勉之，始稍自抑，然終喪猶羸甚。歷兩浙轉運司明州造船場，簽書安豐軍判官廳公事，江、淮、荆、浙、福建、廣南路都大提點坑冶鑄錢司檢踏官監[七]，總領淮西、江東軍馬錢糧所太平惠民局[八]，積官承議郎。君之爲船場，人或唁其非勳閥所宜處[九]，君謝之曰：「景迂晁以道先生所嘗爲也[一〇]，吾處之，懼弗稱，敢薄之耶？」訖代去，不以卑冗怠其事，自守以下，皆歎譽之。晚官藥局[一一]，尤號閒冷，顧無所施其才。又素簡儉，遠聲色，獨以書自娱，時屬文辭見志，然未嘗妄出以示人。所居帷屏壁門，皆有銘以自警戒。其文尤高，没後，始或見之，皆驚其才，服其識，以爲使未死，得享中壽[一二]，其所至詎可量哉？孰謂不幸，年止於此。君嘗以進士試禮部，見黜，不以懟有司，亦遂不復踐場屋。諸公貴人多知之，然仕常從銓[一三]，與寒士並進，至終其身。其静退乃天性[一四]。娶楊氏，太師、和王存中之孫[一五]。繼室以潘氏，少保、安慶軍節度使邵之孫。皆封孺人。子男一人，渥，將仕郎，有賢稱。女一人，與孫伯東皆幼。

銘曰：

君家勳德奕世傳〔一六〕，圖像麟閣侍甘泉〔一七〕。佳哉公子何翩翩，才當用世不永年。有美樂石可磨鐫，百世之下知此賢。

【題解】

承議張君，即張鎮（一一五九—一一九七），字深父。張俊曾孫張鎡之侄。以蔭入仕，多歷地方職務，官至承議郎。其伯父張鎡向陸游請銘。本文爲陸游爲張鎮所作的墓誌銘，主要記述其簡儉静退、以文見志的事迹。

本文據文中自述，作於慶元四年（一一九八）。時陸游奉祠家居。

【箋注】

〔一〕寺丞功父鎡：即張鎡（一一五三—一二三五），字功父，一作功甫，號約齋。參見卷十六德勳廟碑題解。

〔二〕秦之三陽：三陽，砦名，宋代隸秦鳳路秦州成紀縣（今甘肅天水）。陳公道原狀，陳道原所撰行狀。

〔三〕曾大父：指張俊（一〇八六—一一五四），字伯英。參見卷十六德勳廟碑題解。

〔四〕帶御器械：武官軍職名，係御前親侍。

〔五〕任爲承事郎：指張鎮承恩任承事郎。

〔六〕毁瘠：因居喪過哀而極度瘦弱。荀子禮論：「故量食而食之，量要而帶之，相高以毁瘠，是奸人之道也，非禮義之文也，非孝子之情也，將以有爲者也。」

〔七〕都大提點坑冶鑄錢司：官署名，掌冶煉和錢幣鑄造。　檢踏官監：實地監督檢查的官員。

〔八〕惠民局：官署名，屬太府寺。掌配置藥品出售。

〔九〕唁：指對遭遇非常變故者的慰問。　勳閥：勳門。建立過功勳的家族。　蘇軾次許沖元韻送成都高士敦鈐轄：「高才本不緣勳閥，餘力還思治蜀兵。」

〔一〇〕景迂晁以道：即晁説之，字以道，號景迂先生。參見卷十四晁伯咎詩集序注〔一〕。晁説之爲船場，參見卷十八景迂先生祠堂記。

〔一一〕藥局：指太平惠民局。

〔一二〕中壽：中等年壽。古代説法不一，有九十、八十、七十、六十等多種。如吕氏春秋安死：「中壽不過六十。」

〔一三〕從銓：根據吏部的銓選。

〔一四〕静退：恬淡謙遜，不争名利。韓非子主道：「人主之道，静退以爲寶。」

〔一五〕和王存中：即楊存中（一一〇二—一一六六），本名沂中，字正甫，代州縣（今山西代縣）人。初從張俊抗金，遷御前中軍統制。紹興間屢敗金兵，官至殿前都指揮使。聽命秦檜，權崇日盛，任殿帥二十五年。封同安郡王，以太師致仕。追封和王，謚武恭。宋史卷三六七有傳。

〔一六〕奕世：累世，代代。國語周語上：「奕世載德，不忝前人。」

〔一七〕麟閣：即麒麟閣。漢代閣名，在未央宫内。甘露三年，漢宣帝令人畫霍光等十一名功臣圖像於閣上，以示紀念和表彰。後世多以畫像於麒麟閣爲最高榮譽。甘泉：即甘泉宫。漢代宫殿名。在咸陽城北，於秦代甘泉宫基址上建成，爲漢武帝時僅次於未央宫的重要活動場所，兼作避暑之地。陪侍甘泉宫是當時大臣的榮耀。

朝奉大夫石公墓誌銘

公諱繼曾，字興宗。周武王之弟康叔封於衛〔一〕，五世生靖伯，邑於石，是爲石氏之始祖。而會稽新昌之石，實自青之樂陵南徙〔二〕，距公二十三世，其詳見於世譜。左朝議大夫、累贈正奉大夫諱端中，朝散大夫、大理正、出爲福建路參議諱邦哲，迪功郎、温州平陽縣主簿、累贈朝奉大夫諱祖仁，公之三代也。公幼穎異，入家塾，日誦千言，過目不再。寺正築堂，名博古，藏書二萬卷〔三〕，每撫公歎曰：「吾是書以遺爾，無恨矣。」客至，侍左右，進退應對唯謹。客悚然不敢童子視之，曰：「石氏興未艾也。」朝議捐館舍時〔四〕，公尚未生，遺言吾致仕得任子恩〔五〕，當以予適曾孫。公既生，補明州文學，調黄州黄陂縣尉，以便養親。監潭州南嶽廟，歷臨安縣、新城縣主簿，楚州司理參軍，監行在編估打套局門〔六〕，監建康府户部贍軍西酒庫〔七〕，知饒州德興縣，兩浙轉運司主管文字，提轄行在文思院〔八〕。未及造朝，以疾卒於家，享年五十有八。自迪功郎十遷至朝奉大夫。公事親孝，執喪如禮，毁瘠幾不可識，除喪久之，乃復居官。守家法，以廉自勵。俸入可以受，可以無受，必辭；饋鑑可以取〔九〕，可以無取，必却。徇公而忘私，約己而裕物，捐利而篤義。爲主簿新城時，謹簿書，扼吏姦，以善其職聞〔一〇〕。移於潛丞，邑民讙於境上，曰：「奈何奪我主簿〔一一〕？」久乃涕泣辭去。在楚州，治獄尤詳明。屬縣尉一日獲盜十輩，意且得醲賞〔一二〕，同僚爲言：「君雖恕，然不可縱盜。」公正色對曰：「盜誠不可縱，罪亦不可入，因辭亦不可不盡。」同僚退相顧曰：「尉賞不諧矣。」然憚其正，不敢復言。獄成，真盜財伍人〔一三〕，餘破械遣去。部使者趙公思尤賢公，一路有疑獄滯訟，輒以委公。公治之無遺察〔一四〕，雖受罰者，皆稱其平。德興壯縣，俗喜負氣，健鬥而終訟。公始下車，歎曰：「是不可以柱後惠文治也〔一五〕。」於是爲政一本於教化，有兄弟宗族争訟者，輒對之泣下，多感愧而去，俗爲一變。繕治學宫，聚經史，豐饍羞〔一六〕，尊延耆老，而賓友其秀民〔一七〕，又創小學以誘進其童子，誦書之聲聞於行路。會科詔下德興，與薦送者二十有三人，比他邑爲最盛。縣之遠郊，貧民憚多子，或不能全，公舉行胎養之令〔一八〕。置保伍以察之甚悉〔一九〕，而盜攘因不得輒發。其政大抵類此。郡以上聞，勢孤無爲援者，不報。還朝，從吏部得兩浙漕司屬官，公澹然無滯留色。浙江西陵渡，舊設官護舟楫，歲久不復擇人，其弊叢出，歲有覆溺。公建言請各命文臣一員，察其勤惰，以爲陞黜。且渡舟一，置備舟二以翼之，雖有惡風怒濤，可無大害。江之津，官舊爲築舍數十區爲待渡之所，後輒廢，往來有暴衣露蓋之患，公亦請以官廢房復之。事有施行者，皆至今爲利，而議者惜其不盡用也。公雖以任子入仕，然志在繼世科〔二〇〕，嘗貢禮部，不合有司，退而力學著書。比卒，遺稿可次第者數十卷，多可行世。娶郭氏，封安人，先公一歲卒。丈夫子三：曰正大、正誼、正權，皆舉進士。而正大亦嘗至禮部。女子子九，已嫁者五。鄉貢進士郭溪，修職郎、新邵武軍司户參軍趙善騋，從政郎、新隆興府府學教授王益之，國學進士孫之淵，國學進士劉敏文，其壻也。諸孤將以卒之明年，慶元六年正月丙午，葬於山陰縣謝墅之原，以安人祔前葬，來請銘。銘曰：

噫大夫，秀而文。學自强，仕有聞。秩中郎，返蒿焄〔二一〕。我作銘，賁其墳〔二二〕。後百世，仰遺芬。

【題解】朝奉大夫石公，即石繼曾（一一四一—一一九九），字興宗，會稽新昌（今屬浙江）人。歷州縣，官至朝奉大夫。慶元五年卒。其子請銘陸游。本文爲陸游爲石繼曾所作的墓誌銘，主要記述其守法敬業、公平治獄、教化治縣的事迹。

本文據文末自述，作於慶元五年（一一九九）。時陸游致仕家居。

【箋注】

〔一〕康叔：又稱衛康叔、康叔封，姬姓，名封。周文王姬昌與正妻太姒所生第九子，周武王姬發同母弟，因獲封畿内之地康國（今河南禹州西北），故稱康叔或康叔封。後因功改封於殷商故都朝歌（今河南淇縣），建立衛國，成爲衛國第一任國君。

〔二〕青：青州，書禹貢所載古九州之一，大體指起自渤海、泰山，涉及河北、山東半島的一片區域。樂陵：縣名。今屬山東德州。

〔三〕寺正：即大理正，指石邦哲，字熙明，石公弼從侄。嘉泰會稽志卷十六藏書：「越藏書有三家：曰左丞陸氏，尚書石氏，進士諸葛氏。中興祕府始建，嘗於陸氏就傳其書。而諸葛氏在紹興初頗有獻焉，可以知其所蓄之富矣。（二事見求遺書門。尚書則石公公弼也。）陸氏書特全於放翁家，嘗宦兩川，出峽不載一物，盡買蜀書以歸，其編目日益鉅。諸葛氏以其書入四明，子孫猶能保之。而石氏當尚書亡恙時，書無一不有，又嘗纂集前古器爲圖記，亦無一不具。其後頗弗克守，而從子大理正邦哲盡以金求得之，於是爲博古堂，博古之所有衆矣。其冥搜遠取，抑終身不厭者。後復散出，而諸孫提轄文思院繼曾稍加訪尋，間亦獲焉。三家圖籍，其二氏嘗更廢遷，而至今最盛者惟陸氏。」石邦哲曾輯刊博古堂帖傳世。石公弼：原名公輔，字國佐，越州新昌人。元祐進士。歷宗正寺主簿、侍御史、太常少卿、御史中丞，上章力劾蔡京。進兵部尚書兼侍讀。出知揚州、襄州。蔡京再相，遭貶秀州團練副使，台州安置。遇赦歸。宋史卷三四八有傳。

〔四〕朝議：即朝議大夫，指石端中。

〔五〕任子：因父兄功績得保任授予官職。

〔六〕編估打套局：官署名。屬太府寺，掌挑選市舶所納香藥雜物等進行估價，除供朝廷外，送雜賣場出售。

〔七〕贍軍酒庫：負責造酒和賣酒的機構，隸户部。

〔八〕文思院：官署名。隸工部。掌金銀、犀玉工巧及彩繪、裝鈿之飾。

〔九〕饋餞：贈送行資，贈送財物。

〔一〇〕扼：遏止，阻塞。　職聞：職務聲譽。

〔一一〕潛丞：指楚州司理參軍。　讙：喧嘩。説文解字：「讙，嘩也。从言，雚聲。」

〔一二〕醲賞：重賞。岳飛辭宣撫副使劄：「顧土宇恢復之迹，未見尺寸，而厚恩醲賞，涯分已逾。」

〔一三〕財：通「才」。

〔一四〕遺察：即失察。

〔一五〕柱後惠文：冠名。執法官、御史等所戴。此指嚴刑峻法。漢書張敞傳：「秦時獄法吏冠柱後惠文。」

〔一六〕饍羞：美味食品。饍，亦作「膳」。周禮天官膳夫：「膳夫掌王之食飲膳羞。」鄭玄注：「膳，牲肉也；羞，有滋味者。」

〔一七〕秀民：德才優異之平民。國語齊語：「其秀民之能爲士者，必足賴也。」韋昭注：「秀民，民之秀出者也。」

〔一八〕胎養：養育。後漢書魯恭傳：「今始夏，百穀權輿，陽氣胎養之時。」

〔一九〕保伍：泛指基層的户籍編制。因古代五家爲伍，又立保相統攝。

〔二〇〕世科：指世代科舉入仕的傳統。

〔二一〕蒿焄：祭祀時祭品發出的氣味，也用以指祭祀。禮記祭義：「其氣發揚于上，爲昭明，焄蒿，悽愴，此百物之精也，神之著也。」鄭玄注：「焄謂香臭也，蒿謂氣蒸出貌也。」

〔二二〕賁：修飾，裝飾。説文解字：「賁，飾也。」

方伯謨墓誌銘

伯謨甫姓方氏〔一〕，名士繇，一名伯休，莆陽人。曾大父會〔二〕，事徽宗皇帝，出入榮顯，顯謨閣待制，贈少師。大父昭，左朝請大夫，嘗入尚書省，爲駕部郎中。父豐之〔三〕，右迪功郎、監建州豐國監〔四〕，中書舍人呂公居仁、著作郎何公晉之〔五〕，皆屈年輩與之遊，紹興間有名士方德亨者是也。予嘗序其文〔六〕，今行於世。伯謨甫所自出，曰兵部尚書呂公安老〔七〕，尚書以臨大節不橈，死淮西之難，載在國史〔八〕。伯謨甫遭父憂，時財十二歲，從太夫人依外家，居邵武軍〔九〕。執喪，已能無違禮，而事太夫人及庶祖母以孝謹稱。入小學，與他童子從師授經，既退，意不滿，爲朋儕剖析義理〔一〇〕。師聞之，悚然自失。既冠，遊鄉校，試屢在高等。聞侍講朱公元晦倡道學於建安，往從之。朱公之徒數百千人，伯謨甫年尚少，而學甚敏，不數年，稱高弟。因徙家從之於崇安五夫籍溪之上〔一一〕。所以熏陶器質，涵養德業，磨礲浸漬，以至於廣大高明者，蓋朱公作成之妙，而伯謨甫有以受之也。伯謨甫既見朱公，即厭科舉之習，久之，遂自廢，不爲進士，專以傳道爲後學師。六經皆通，尤長於易，亦頗好老子，嘗歎曰：「老子之言，蓋有所激者，生於衰周，不得不然。世或黜之，以爲申、韓慘刻，原於道德〔一二〕，亦過矣。」又曰：「釋氏固夷也，至於立志堅決，吾亦有取焉。」其博學兼取，不以百家之駁擠所長如此，亦足見其資之寬裕忠厚，與世俗異也。伯謨甫晚得脾弱之疾〔一三〕，春夏之交輒作，不能食者彌月乃已。慶元五年夏，病如常歲。至五月庚申，忽命家人爲之總髮〔一四〕。既畢，取鏡自照，正冠危坐而歿，得年五十有二。娶黄氏、曹氏。男女各三：男曰丕、曰立、曰平。女嫁張崟、劉學稼，幼未行。明年，卜葬於武夷山石門寺之原。六月，丕書來請銘，其辭指甚哀。予雖老病昏眊，亦重違孝子之意〔一五〕。且伯謨甫之賢，固願有所述，遂不敢辭。初，德亨之文，豪邁警絶，人莫能追及。而伯謨甫之作，則閒澹簡遠，有一倡三歎之音，世莫能優劣之也。工於書，自篆、籀、分、隸、行、草諸體〔一六〕，皆極其妙，又能講其時世之變，與圜方腴瘠之法〔一七〕，聽之終日忘倦。遺稿數百篇，與它著書甚衆，丕等方輯之未成。好方技〔一八〕，治疾有奇驗，能逆決生死，著傷寒括要，亦未成。嘗謂予曰：「士貧，惟賣藥可爲。然子孫繼爲之，有怠且欺，則不免害人，不若不爲之愈也。」大抵伯謨甫多才藝，所能輒過人，其思慮精詣又若此。然在伯謨甫，皆不足言，故不詳著。銘曰：

方氏三徙，而不出閩。君從朱公，始爲建人。武夷山麓，鬱有封樹〔一九〕。車過必式〔二〇〕，曰是爲伯謨甫之墓。

【題解】

方伯謨，即方士繇（一一四八—一一九九），一名伯休，字伯謨，號遠庵，興化軍莆陽（今福建莆田）人。少時從朱熹受學，後不事科舉，專以傳道爲業。慶元五年卒，其子方丕書來請銘。陸游淳熙間提舉福建常平，與伯謨交遊甚篤。本文爲陸游爲方士繇所作的墓誌銘，主要記述其受學朱熹、爲師傳道、博學兼取、多才多藝的事迹。

本文據文意，作於慶元六年（一二〇〇）六月。時陸游致仕家居。

參考卷四一祭方伯謨文、劍南詩稿卷十六寄題方伯謨遠庵。

【箋注】

〔一〕伯謨甫：伯謨之美稱。説文解字：「甫，男子美稱也。」多用於表字之後。

〔二〕曾大父會：即方會，字子元，興化軍莆田人。熙寧九年進士。任建州教授，知越州、廣州，再知越州，充兩浙安撫使。政和中歷太子詹事，累爵文安郡開國侯。事迹見莆陽比事卷五。

〔三〕父豐之：即方豐之，字得亨，號北山。參見卷十四方得亨詩集序題解。

〔四〕建州：古州名。唐代始置，南宋升建寧府，府衙在今福建建甌。豐國監：北宋咸平三年置，屬建州，鑄銅錢，爲全國四監之一。元代廢，故址在今福建建甌東北。

〔五〕吕公居仁：即吕本中，字居仁。參見卷十四吕居仁集序題解。何公晉之：即何大圭，字晉之，廣德軍（今安徽廣德）人。政和八年進士。以文章著名。歷秘書省正字、著作郎。建炎間坐失洪州除名，編管嶺南。紹興中以左朝請郎直祕閣，後主管台州崇道觀。萬姓統譜卷三四有傳。

〔六〕予嘗序其文：指陸游撰方德亨詩集序，見卷十四。

〔七〕呂公安老：即呂祉（一〇九二—一一三七），字安老，建州建陽（今屬福建）人。以上舍生入仕。建炎中爲右正言、明州通判。紹興初爲直龍圖閣、知建康府。遷兵部尚書兼都督府參謀軍事，後被叛將酈瓊所害。宋史卷三七〇有傳。

〔八〕「尚書」三句：紹興七年春，朝廷罷劉光世兵權，所部駐淮西行營左護軍，依張浚主張，以劉氏舊部王德爲都統制，酈瓊爲副，派文臣呂祉節制。酈瓊與王德不協，呂祉密奏罷酈瓊兵權，事泄爲瓊所執。宋史呂祉傳載：「瓊遂率全軍四萬人渡淮降劉豫，擁祉次三塔，距淮三十里。祉下馬曰：『劉豫逆臣，我豈可見之？』衆逼祉上馬，祉駡曰：『死則死於此！』又語其衆曰：『劉豫逆臣，爾軍中豈無英雄，乃隨酈瓊去乎？』衆頗感動，凡千餘人環立不行。瓊恐搖動衆心，急策馬先渡，祉遇害。」此即「淮西之難」。

〔九〕邵武軍：隸福建路。今屬福建南平。

〔一〇〕朋儕：朋輩。陸佃爲息纘謝敕賜朝服啓：「姻族移聽，朋儕改矚。」

〔一一〕崇安：縣名，隸建寧府。今福建武夷山市。五夫：鎮名，朱熹故鄉。今武夷山市東南。

〔一二〕申韓：戰國時法家代表人物申不害和韓非。慘刻：兇狠刻毒。道德：指老子道德經。

〔一三〕脾弱：脾氣虚，表現爲脘腹脹滿，不思飲食，大便溏薄，形體消瘦，精神不振，肢體倦怠，面色萎黄，舌淡苔白，脈緩弱無力。

〔一四〕總髮：束髮。

〔一五〕重違：難違。漢書孔光傳：「傅太后欲與成帝母俱稱尊號……唯師丹與光持不可。上重違大臣正議，又内迫傅太后，猗違者連歲。」顔師古注：「重，難也。」

〔一六〕篆籀分隸行草：指篆書、籀文、八分書、隸書、行書和草書，均爲書法之體。

〔一七〕圜方腴瘠：指書法中圓與方、肥與瘦的處理方法。

〔一八〕方技：醫藥及養生之類技術。漢書藝文志：「侍醫李柱國校方技。」顔師古注：「醫藥之書。」

〔一九〕封樹：堆土爲墳，植木爲樹。古代士以上的葬制。禮記王制：「庶人縣封，葬不爲雨止，不封不樹，喪不貳事。」孔穎達疏：「庶人既卑小，不須顯異，不積土爲封，不標墓以樹。」

〔二〇〕車過必式：指經過墳地必加祭奠。式，通「軾」，以手撫軾，表示尊敬。

留夫人墓誌銘

慶元六年十月，余之友信安徐賡赴告其母夫人之喪於山陰澤中曰〔一〕：「賡不天，早失先人〔二〕。先人無他子，賡與母氏相恃爲命。稍長，娶婦韓。賡出遊，獲從一時知名士學問。母氏與婦韓，治家事以待賡歸。賡雖遊，不敢甚遠。母氏壽而康，間有小疾，則馳歸省〔三〕，到家，往往已愈。母氏見賡所與諸公論議辨質文章，則大喜曰：『使汝嘗在吾傍，詎有是哉！』今年六月，賡客都下，得報母氏有疾，賡即日歸，行二日而遭大變。至家，已無及矣。俯仰天地，豈能生存！大事未終，不敢致毁〔四〕，惟是幽隧之銘，敢請於執事。賡忍死以須〔五〕，執事忍却乎？」按狀〔六〕，夫人姓留氏，常山之馬尪人〔七〕。曾大父唐，大父永，父師古，世爲儒。夫人適西安人徐君諱國潤。徐君，一鄉善士。其卒也，故尚書謝公諤狀其行〔八〕，而内相洪公邁誌其葬〔九〕。不知徐君者，以二公許與〔一〇〕，可信其賢。夫人資端重，色莊言厲，然遇人慢己者〔一一〕，輒退自省曰：「吾其有以致之？」舅姑御家嚴，夫人左右無違①。嫁女妹，凡己嫁時服飾妝澤無所惜〔一二〕。與先後處，自始逮終，歡如一日。凡徐君行事，見稱於族黨閭里者，多夫人相之。而賡之學識卓然聞於世者，抑又夫人教誨之力也。是可以得銘矣。夫人享年七十。生丈夫子一，賡也。女子子三，知武當縣劉錧、新知樂安縣劉壔、前監太平縣税韓朴，其甥也〔一三〕。孫男曰魯。孫女長適進士翁時敏，餘二尚處。卒之歲，某月某日葬於清平鄉官檥山，祔徐君之墓。銘曰：

三代益遠，世廢女史〔一四〕。豈無淑人〔一五〕，曾莫之紀。玉埋於泉，孰知貞堅？我文尚傳，夫人與焉。

【題解】

留夫人，即陸游之友、朱熹弟子徐賡之母。常山（今浙江衢州）人，嫁西安人徐國潤。慶元六年卒，其子徐賡赴告陸游請銘。本文爲陸游爲留夫人所作的墓誌銘，主要記述其孝養舅姑、相夫教子的事迹。

本文據文首自述，作於慶元六年（一二〇〇）十月。時陸游致仕家居。

參考卷二一橋南書院記。

【校記】

①「違」，原作「遲」，據弘治本、正德本、汲古閣本改。

【箋注】

〔一〕信安：即衢州。唐宋時二者曾交替使用，信安得名於信安溪。下文又稱「西安」，因晚唐咸通中曾改信安爲西安，因西溪得名。

〔二〕不天：不爲上天護佑。先人，指亡父。左傳宣公十五年：「爾用先人之治命，余是以報。」

〔三〕歸省：回家探望父母。朱慶餘送張景宜下第東歸：「歸省值花時，閒吟落第詩。」

〔四〕致毁：造成哀毁。指居喪時因過分哀傷而損害健康。

〔五〕忍死以須：到死殷切期待。須，等待。

〔六〕狀：指留夫人行狀。

〔七〕常山：縣名。今屬浙江衢州。馬尪，地名，得名於馬尪溪。

〔八〕謝公諤：即謝諤，字昌國，官至權工部尚書。參見卷十二賀謝殿院啓題解。狀其行：爲其作行狀。

〔九〕洪公邁：即洪邁（一一二三—一二〇二），字景盧，號容齋，饒州鄱陽（今江西鄱陽）人。紹興十五年中博學宏詞科。累遷中書舍人兼侍讀、直學士院、同修國史。淳熙間爲翰林學士。以端明殿學士致仕。學識博洽，著述宏富。宋史卷三七三有傳。內相：唐代改翰林供奉爲學士，專掌內命，參裁朝廷大政，人稱「內相」。誌其葬：爲其作碑誌。

〔一〇〕許與：指結交引爲知己。任昉王文憲集序：「弘奬風流，許與氣類，雖單門後進，必加善誘。」

〔一一〕慢己：輕慢自己，對己無禮。

〔一二〕妝澤：指化妝的油脂。

〔一三〕甥：此指女婿。

〔一四〕女史：古代女官名。以知書女子充任。周禮天官女史：「女史掌王后之禮職，掌內治之貳，以詔后治內政。」

〔一五〕淑人：即淑女。賢良美好的女子。

渭南文集箋校卷第三十七

墓誌銘①

【釋體】

本卷文體同卷三二，收録墓誌銘五首。

【校記】

①「墓誌銘」，原無「銘」字，各本同，據各首標題補「銘」字。

朝議大夫張公墓誌銘

於虖！士有才足以任重責成，謀足以折衝經遠〔一〕，而不見知於人，不獲用於時者，世固有矣，人猶未以爲憾也。至於知之而不盡，用之而不極，利安元元之功〔二〕，卒不克見，則後世讀其事，至於悲傷歎息，有不能自已者。某自壯歲客遊四方，獲識其豪傑，如朝議大夫張公，其殆是已。公諱郯，字知彦，和州烏江人。曾大父諱延慶，大父諱補，蓄德深厚，然皆不仕。父諱幾，才尤高，以子貴，贈金紫光禄大夫。公少用兄待制邵出使恩[三]，授右迪功郎，調開化尉，兼主簿。歷平江府西比較務[四]、監南嶽廟、平江府録事參軍、全椒令，復監南嶽廟，監行在激賞酒庫所糯米場[五]，樞密院編修官，通判建康府，主管台州崇道觀，主管淮西轉般倉[六]，監登聞檢院[七]，太府寺丞[八]，知真州、鄂州，提舉江南東路常平茶鹽公事，復主管崇道觀、建寧府武夷山冲佑觀。積九遷至朝奉大夫，遂請老。以子遇郊祀恩[九]，積四封至朝議大夫。

【題解】

朝議大夫張公，即張郯（一一〇二—一一八九），字知彦，和州烏江（今安徽和縣）人。以兄邵出使恩入仕。官至朝奉大夫、提舉江東常平。以郊祀恩遷朝議大夫。淳熙十六年卒。張郯長兄張邵使金被囚，十四年後得歸；次兄張祁官至直祕閣、淮南轉運判官，其子張孝祥爲陸游舊友。陸游曾在鄂州結識張郯，并得其賞識。張郯子孝伯請銘於陸游，本文爲陸游爲張郯所作的墓誌銘，主要記述其臨事逆決、整飭吏治、賑恤災民、收養孤嫠的事迹。

本文原未繫年，文中述及銘主張郯長子孝伯官權禮部尚書兼實録院同修撰，考張孝伯始任此職在慶元五年十月（見南宋館閣續録卷九），而本文前後篇均作於慶元六年，根據編例，本文當作於慶元六年（一二〇〇）。時陸游致仕家居。

【箋注】

〔一〕折衝：制敵取勝。衝，戰車名。吕氏春秋召類：「夫脩之於廟堂之上，而折衝乎千里之外者，其司城子罕之謂乎？」高誘注：「衝，車。所以衝突敵之軍，能陷破之也……使欲攻己者折還其衝車於千里之外，不敢來也。」經遠：指謀劃長遠。

〔二〕利安元元：利好安定百姓。元元，百姓，庶民。戰國策秦策一：「制海内，子元元，臣諸侯，非兵不可。」

〔三〕兄待制邵：即張邵（一〇九六—一一五六），字才彦。宣和三年登上舍第。建炎三年以直龍圖閣、假禮部尚書出使金國，被因不屈。直至紹興十三年和議成乃歸。擢祕閣修撰，改敷文閣待制，知池州，奉祠卒。宋史卷三七三有傳。

〔四〕比較務：宋代徵收酒税的地方機構。徽宗政和年間，在原先的都酒務基礎上分設比較務，以立額比較，增加課税，并在各郡推廣。務，爲州縣徵收商税的機構。

〔五〕行在激賞酒庫所：高宗紹興七年（一一三七），於行在設置贍軍酒庫，以專管酒利。後又稱贍軍激賞酒庫，歸户部管轄。糯米場：貯藏釀酒用糯米的倉庫。

〔六〕轉般倉：漕運的轉運倉庫。宋代在真、揚、楚、泗四州設立轉般倉，卸納東南各路漕糧，再换船轉由汴河運至京師等地。

〔七〕登聞檢院：官署名，簡稱檢院。隸諫議大夫。宋代官民有關朝政得失、公私利害、軍期機密、陳乞恩賞、理雪冤濫的上書，先向登聞鼓院（簡稱鼓院）投進。如遭拒，再投登聞檢院。檢院收到上書，如事關緊急，即日上達皇帝，否則五日一次通進。

〔八〕太府寺：官署名。掌有關國家財貨政令，以及庫藏出納、商税、平準、貿易等事。置太府卿、少卿爲正副長官，丞爲助理。

〔九〕郊祀恩：皇帝於郊外祭祀天地時封賞的恩典。

公爲人魁磊不凡〔一〕，學問識其大者，臨事前見逆決，若燭照龜卜，無秋毫疑滯〔二〕。他人極思慮不能可否者，公一言處之，常有餘裕。初爲編修官，公府吏素容養，習爲姦利，無所畏忌，視掾屬無如也〔三〕。公因事時白發其甚不可者，群吏縮栗〔四〕，至相語以公白事爲憂。未幾，坐臺評免歸〔五〕。孝宗皇帝受内禪，虜猶窺江淮，上慨然思却虜復中原，廟堂共謀拔擢人材，分任兩淮事，築城浚隍，什伍民兵，漕上江之粟，以儲兵食〔六〕。乃自散地起公主管淮西轉般倉，然初議乃欲概付以淮西邊事，不獨治倉庾也〔七〕。會更用大臣，所議不果行，乃以公監鹽院丞〔八〕。太府無深知公者，求試外，出守儀真〔九〕。得對，言：「臣疏賤，歷州縣，頗熟民間事。今蒙恩使治郡，不敢不力。惟淮南新被虜禍，民散徙未還，臣當體聖意，安輯撫摩〔一〇〕，察其蠹弊，一一皆上聞，惟陛下省察。如臣不任職，固不敢逃罪。」前守員琦，獻羨緡八萬，皆文具，實不有一金〔一一〕。公到郡，悉以實聞，訖得免輸。

【箋注】

〔一〕魁磊不凡：形容高超特出，不同一般。

〔二〕前見逆決：指超前察覺，預先決斷。　龜卜：指灼龜甲以卜凶吉。

〔三〕容養：蓄養，供奉。宗炳明佛論：「非崇塔侈像，容養濫吹之僧，以傷財害民之謂也。」掾屬：佐治的官吏。　無如：不如，比不上。

〔四〕白發：告發，揭露。新唐書元載傳：「華原令顧繇上封白發其私，帝方倚以當國，乃斥繇，除名爲民。」　縮栗：畏縮戰慄。韓愈與少室李拾遺書：「彊梁之凶，銷鑠縮栗，迎風而委伏。」

〔五〕臺評：指御史臺的彈劾。

〔六〕浚隍：疏浚城壕。隍，没有水的城壕。　什伍：指組織。古代軍隊編制，五人爲伍，十人爲什。　上江：泛指長江上流地區。

〔七〕散地：閒散之地，指閒散的官職。　倉庾：貯藏糧食的倉庫。

〔八〕匭院：官署名，即匭使院。始置於唐代，以諫議大夫爲知匭使，設方函列於署外，凡臣民有懷才自薦、匡正補過、申冤辯誣、進獻賦頌者，均可分類投匭。宋太宗雍熙初，改匭院爲登聞鼓院和登聞檢院。此指登聞檢院。

〔九〕太府：指太府寺。儀真：即真州，隸淮南東路。即今江蘇儀徵。

〔一〇〕安輯撫摩：即安撫百姓。

〔一一〕羨緡：即餘錢。羨，剩餘。文具：指空有條文。史記張釋之馮唐列傳：「且秦以任刀筆之吏，吏争以亟疾苛察相高，然其敝徒文具耳，無惻隱之實。」司馬貞索隱：「謂空具其文而無其實也。」

俄詔兩淮郡守及部使者，各上用錢券利害〔一〕。公力言：「券用於四蜀全盛之地，故能流轉，然猶有弊。今兩淮凋瘵如此〔二〕，諸郡賴以給用度者，不過酒税，新爲戰場，無復土産可以貿易，獨賴錢幣而已。若用券，商賈且不行，何以爲郡？」時議者多妄揣時事，謀開邊隙〔三〕，公密奏：「虜盟固不足恃，然其主孱懦，懲故酋敗盟之失，方幸無事，其任事之臣，又皆齪齪，日事琴弈，無遠略可知〔四〕。我若惑浮言遽動，不惟力有未給，又激彼使生事，朝廷且旰食矣〔五〕。」上頗采用其説。公因言：「真爲揚、楚之衝，當城此郡，以固人心。度費緡錢十萬，米三千斛，而郡有上供與經制羡數〔六〕，可得太半。止乞給降三萬緡，發傍近屯兵二千人。臣身自督役，不再閱月可成〔七〕。」既得請，果以四十有四日告畢，樓櫓屹立，而民不與知。上聞，益知公可用。代歸入對，所陳又合上指，乃有武昌之命〔八〕。入辭，上慰諭曰：「卿真州之政不苟，鄂上游重地，是以委卿。卿便宜體此意〔九〕，到郡有事，第奏來御前，當遣金字牌報卿〔一〇〕。」公感奮，益盡力。

【箋注】

〔一〕錢券：錢幣（銅錢、鐵錢）和紙幣（會子）。

〔二〕凋瘵：衰敗，困乏。王勃廣州寶莊嚴寺舍利塔碑：「昔者萬人疾疫，神農鞭草而救之；四維凋瘵，夏禹刊木以除之。」

〔三〕邊隙：邊釁，邊境上挑釁。梁書武帝紀上：「永明季年，邊隙大啓，荆河連率，招引戎荒。」

〔四〕齺齺：拘謹，謹小慎微貌。史記貨殖列傳：「而鄒魯濱洙泗，猶有周公遺風，俗好儒，備於禮，故其民齺齺。」琴弈：彈琴下棋。

〔五〕旰食：晚食。指政務繁忙不得按時進食。左傳昭公二十年：「奢聞員不來，曰：『楚君、大夫其旰食乎！』」

〔六〕上供：唐宋時賦税中解交朝廷的部分。新唐書食貨志三：「（憲宗）分天下之賦以爲三，一曰上供，二曰送使（節度使），三曰留州。」經制：即經制錢，始於北宋宣和年間的一種附加雜税。楊萬里轉對劄子：「民之以軍興而暫佐師旅征行之費者，因其除軍帥謂之經制使也，於是有經制之錢。既而經制使之軍已罷，而經制錢之名遂爲常賦矣。」羡數：剩餘之數。

〔七〕不再閲月：指不到兩月。

〔八〕武昌之命：指知鄂州。

〔九〕便宜：指斟酌事宜，自行決斷處理。史記廉頗藺相如列傳：「以便宜置吏，市租皆輸入莫府，爲士卒費。」

〔一〇〕金字牌：宋代驛傳中以最快速度發送檔的「急脚遞」所懸之木牌，爲朱漆金字，故名。宋史輿服志：「又有檄牌，其制有金字牌、青字牌、紅字牌。金字牌者，日行四百里，郵置之最速遞也。」

鄂爲江、湖間一都會〔一〕，總領、轉運及都統制〔二〕，三司鼎立，異時多縱肆，雖幕府僚屬，皆下視郡守〔三〕。公素剛介難犯，人固已震畏其名。及視事，衣冠視瞻甚偉，號令設施皆當人心，由是莫不敬憚。而軍中猶倔强自如，縱群卒入市，視民及郡兵有長身中度程者〔四〕，輒驅以往。公捕至郡庭，呼吏作奏，軍吏羅拜，請後不敢。自是訖公去，無敢犯。都統入朝，有營卒夜挾刃貸於富室，脅使不敢言。公廉得之〔五〕，馳入提舉軍事張平家。平素以兄事公，呼家人置酒，公曰：「我來正欲飲，但當得劫富民者，行軍法，乃快飲爾。」平惶恐，立捕治如公言。妖人吴興居屬邑〔六〕，有詔名捕〔七〕。公求得善捕盜者唐青，厚資給之，且授以方略，遣行。而方士皇甫坦挾禁奥勢，爲私請〔八〕，公弗聽，俄獲興以獻。及公還朝，上首問獲興之狀，公謝曰：「妖人在郡境，不即置法，至煩詔命，臣乃有罪。然唐青實盡力，賞未償勞，敢昧死以爲請。」蜀士以喪歸，遇名盗破舟殺人，又欲斲其棺，公厚賞捕之，竟伏法。由是江路清夷，有誤觸舟者，舵師大言曰：「今張公在此，汝尚敢爾耶！」歲大疫，公爲之營醫藥，以全否爲醫殿最〔九〕。餓給之食，死予之轊〔一〇〕。民家一牛死，貸錢三萬以買犢。治聲聞於行在。

【箋注】

〔一〕江湖：指長江、洞庭湖。

〔二〕總領：即總領財賦或總領某路財賦軍馬錢糧。高宗紹興間先後置淮東、淮西、湖廣、四川四總領，分掌各路上供財賦，供辦諸軍錢糧，成爲户部派出機構。轉運：即轉運使，宋代各路長官，掌管一路財賦，監察各州官吏等。都統制：南宋各屯駐大軍統兵官。

〔三〕下視：輕視，看不起。

〔四〕度程：標準。禮記月令：「（孟冬之月）是月也，命工師效功，陳祭器，按度程。」鄭玄注：「度，謂制大小也；程，謂器所容也。」

〔五〕廉：考察，視察。

〔六〕妖人：指有妖術之人。

〔七〕名捕：按名緝捕。漢書平帝紀：「家非坐不道，詔所名捕，它皆無得繫。」

〔八〕方士：古代從事醫、卜、星、相之類職業的人。　挾禁奥勢：倚仗方術隱秘的威勢。　爲私請：指私下爲吴興求情。

〔九〕殿最：考核，評比。下等爲殿，上等爲最。葛洪抱朴子道意：「又非在職之要務，殿最之急事。」

〔一〇〕槥：通「櫘」。小棺材。漢書高帝紀下：「令士卒從軍死者爲槥，歸其縣。」顔師古注引應劭曰：「小棺也，今謂之櫝。」

及使江東，公言部中旱，饒、南康尤甚〔一〕，濟之當如救焚拯溺，今當奏事，往返且兩月，請先馳至部，議所以賑恤者，又條上其事甚悉。上皆從其請。事略定，乃入對，且以聞。上惻然曰：「何以使吾民得食至麥熟耶？」公又具以計畫對，上勞勉遣行。會詔諸路諸郡陳事之不便於民者，公因言：「歲饑民流，去年渡江而北者殆數百萬，至淮南，亦無所得食，死者相枕藉。今僅中熟，而郡縣不度民力，督常賦及私負甚厲。加之造寨屋，教民兵，行和糴〔二〕，創馬棚，鑄錢幣，未見其利，已不勝其擾。願發德音，一切罷之。」此數事，有主之者，施行方力，而公盡言乃如此。武臣提點刑獄，怙權侵官，公略不爲屈，職業所及，必力争得直乃已。至甚不可者，又以互察法劾上之〔三〕。其人懼，乃與池州守相附結排公〔四〕。賴上素知公，譖不得行。歲滿，請奉祠而歸。

【箋注】

〔一〕饒、南康：饒州和南康軍均隸江南東路。在今江西鄱陽、贛州。

〔二〕和糴：官府以議價交易爲名向民間强制徵購糧食。魏書食貨志：「又收内郡兵資與民和糴，積爲邊備。」

〔三〕互察法：指文臣和武臣互相監察之法。

〔四〕附結：依附交結。新唐書宦者傳上：「玄宗在藩，力士傾心附結，已平韋氏，乃啓屬内坊，擢内給事。」

初，待制治命〔一〕，以遺恩官諸侄。仲兄祕閣公祁辭不取〔二〕，以予公之子，初不告也。公聞，亦固辭，而乞官孤侄孝嚴。寓家蕭山，收養孤嫠〔三〕，與同甘苦，視所居之鄉，如其宗黨。進善人，誨責其有過者，俗爲一變。門當吴越大道，有病於旅、死於行，公以私財療治斂瘞之〔四〕，無遺力。歲惡，飢民争歸公，公爲設食，不可數計，然用度初不給足，食或不肉也。間無事，時出門徜徉，扶一童立里巷，老稚遥見，稽首祝之曰：「願吾父壽百千歲，爲窮民歸。」淳熙十六年八月七日晨闢户，有方外士二人來謁〔五〕，公接之如平時。將食，曰：「吾今日病，不能同汝食。」家人請命醫，公不許，且麾使去。家人行數步，回視之，奄然逝矣，享年八十有七。

【箋注】

〔一〕待制：即張郯長兄張邵。　治命：指人死之前神智清醒時的遺囑。

〔二〕祕閣公祁：即張祁，字晋彦，郯次兄，孝祥父。以兄使金恩補官。負氣尚義，爲秦檜羅織下獄，檜死獲免。累遷直祕閣、淮南轉運判官。後卜居蕪湖，築堂曰歸去來，自號總得翁。

〔三〕孤嫠：孤兒寡婦。王安石哀賢亭：「終欲往一慟，詠言慰孤嫠。」

〔四〕斂瘞：入殮安葬。

〔五〕方外士：方外人，即不拘世俗禮法之人，如釋、道、隱士等。南史謝澹傳：「帝以爲澹方外士，不宜規矩繩之。」

娶余氏，進士芾之女，封恭人，贈碩人，先公三年卒。諸孤以公捐館之明年十月二十有八日，奉公之喪，與碩人合葬於慶元府鄞縣桃源鄉西山之原。子六人：孝伯〔一〕，朝請大夫、權禮部尚書兼侍講，兼實録院同修撰；孝仲，承議郎、京西南路安撫司幹辦公事；孝叔、孝季，未官而卒；孝穉，從事郎、監嚴州神泉監；孝聞，從事郎、新差管押紹興府石堰，慶元府鳴鶴鹽場袋鹽。女四人：修職郎高得中、進士王孝友，其婿也；其二早卒。孫六人：守之、宜之、約之、及之、即之、能之。孫女十有五人。

【箋注】

〔一〕孝伯：即張孝伯，字伯子，官至參知政事。參見卷二八跋張安國家問注〔三〕。

初，公兄弟皆負異材，惟待制稍顯榮，然皆不得盡行其志。祕閣之子中書舍人孝祥，以進士第一起家，出入朝廷二十年，文學議論政事，隱然號中興名臣，亦未四十而卒。公晚遇主，又壽最高，亦竟不用。識者謂天嗇其報〔一〕，將大興張氏後，而公之陰德在人，其後亦當大。今尚書公忠孝文武〔二〕，方極柄用。公既以通議大夫告第矣，追榮且繼下〔三〕，然後知識者之言爲驗。某生晚，不及拜待制之門，若祕閣及中書，則辱知厚甚。晚始識公於武昌〔四〕，公又特期之遠，不惟以祕閣、中書故也。時方葺南樓，公朝夕召與燕飲，慨然語曰：「吾南樓天下壯觀，要得如子者落之〔五〕。子之來，造物以厚我也。」謝不敢當。今尚書之客，皆一時賢傑，其巨筆鴻藻〔六〕，皆足以慰公於九泉，而尚書獨以誌墓屬某，豈猶以公遺意耶？用是不敢辭。銘曰：

世患無才，才大輒棄。萬里之途，方駕而税〔七〕。若時張公，表表國器。入掾樞庭〔八〕，謗讒亟至。兩城一節〔九〕，所至大治。抱負萬億，出微一二。猶或忌之，竟以讒躓。言歸江濱，風雨財蔽〔一〇〕。聃然耄期〔一一〕，化被閭里。天其知我，報在嗣子。教忠之榮，四品告第。尚有寵褒，震耀一世。爰勒斯銘，式賁幽隧〔一二〕。

【箋注】

〔一〕天嗇其報：上天吝嗇其報謝。指將報謝後代。

〔二〕尚書公：即張郯長子張孝伯。

〔三〕追榮：爲死者追加恩榮。北齊書楊愔傳：「追榮之盛，古今未之有也。」

〔四〕晚始識公於武昌：乾道六年陸游溯江入蜀，八月至鄂州結識知州張郯。參見卷四六、四七入蜀記第四、第五。

〔五〕落：古代宮室樓觀建成時舉行祭禮。左傳昭公七年：「楚子成章華之臺，願與諸侯落之。」

〔六〕鴻藻：雄文。班固東都賦：「鋪鴻藻，信景鑠，揚世廟，正雅樂。」

〔七〕駕而稅：解駕，停車，休息。史記李斯列傳：「物極則衰，吾未知所稅駕也。」司馬貞索隱：「稅駕，猶解駕，言休息也。」

〔八〕入掾樞庭：指在朝廷擔任掾屬之職。

〔九〕兩城一節：指知真州、鄂州，提舉江東常平。

〔一〇〕財：通「才」。

〔一一〕聃然：高壽貌。聃，耳大垂。　耄期：高年。書大禹謨：「朕宅帝位，三十有三載，耄期倦于勤。」孔傳：「八十、九十曰耄，百年曰期頤。言已年老，厭倦萬機。」

〔一二〕式：語助詞。　賁：文飾，光彩，光耀。

王季嘉墓誌銘

予自尚書郎罷歸〔一〕，屏居鏡湖上，郡牧、部使者多不識面，至縣大夫以耕釣所寄〔二〕，尤避形迹，弗敢與通。惟兩人，曰山陰張君槖、會稽王君時會，相從歡然如故交。張君端亮英達〔三〕，不幸卒於官。王君尤淵粹有守〔四〕，官滿造朝〔五〕，來別予，悵然語之曰：「贈行當以言，願足下自愛，毋以用捨愧初心、敗晚節。」君曰：「是我志也。」及見除書，從天官銓調湖南轉運司主管文字以去〔六〕。方是時，大臣多知君賢，近臣或奏疏薦君，而揚歷久〔七〕，且嘗爲邑以最聞，近比當得美官〔八〕。君一不顧，方上書論進退人才當考實，不宜以近似斥善士。已而迂道來過予，喜津津見眉宇曰〔九〕：「某於是粗能不負公所期矣。」予作而答曰：「僕不失言，足下不失己，皆可賀也。」及卒，予聞訃歎驚，爲朝廷惜此一士，亦竊喜君仕雖躓而志達也。會其子前葬來求銘。因叙而銘之。

【題解】

王季嘉：（一一三六—一二〇〇），名時會，字季嘉，慶元府奉化（今浙江奉化）人。乾道五年進士。曾知紹興府會稽縣，官至湖南轉運司主管文字。鋭意經學，善詩文。慶元六年卒。陸游紹熙初與之交遊，并多有期望。其子向陸游求銘，本文爲陸游爲王時會所作的墓誌銘，主要記述其淵粹有守、見識過人、鋭意經學、長於詩文的事迹。

本文據文末自述，作於慶元六年（一二〇〇）。時陸游致仕家居。

參考劍南詩稿卷三六送王季嘉赴湖南漕司主管官。

【箋注】

〔一〕「予自」句：淳熙十六年十一月，陸游自禮部郎中兼實録院檢討官任上被劾罷歸。

〔二〕郡牧，州郡長官。部使者：宋代監司的俗稱，即諸路轉運使、提點刑獄、提舉常平等監察機構長官。縣大夫：指縣裏的官吏。

〔三〕端亮：端正誠實。新唐書路隋傳：「父泌，字安期，通五經，端亮寡言，以孝悌聞。」英達：英明通達。袁宏後漢紀靈帝紀上：「吾嘗與杜周甫論林宗之德也，清高明雅，英達瑰瑋，學問淵深，妙有俊才。」

〔四〕淵粹有守：精深純粹有操守。

〔五〕官滿：指知會稽縣任滿。

〔六〕天官：周禮分設六官，以天官冢宰居首，總御百官。後世用以指吏部。銓調：根據考績遷調官職。

〔七〕揚歷：指仕宦的經歷。王禹偁請撰大行皇帝實録表：「然念臣太平興國五年，徒步應舉，再就御試，遂登文科，服勤州縣，揚歷四考。」

〔八〕近比：近例。蘇軾張文定公墓誌銘：「公又奏百官遷秩，恩已過厚，若錫賚復用嘉祐近比，恐國力不能支，乞追用乾興例足矣。」

〔九〕喜津津：得意貌。新唐書奸臣傳上：「初，三宰相就位，二人磬折趨，而林甫在中，軒驁無少讓，喜津津出眉宇間。」

君字季嘉，慶元府奉化縣人。曾大父起，大父元發，皆布衣。考中立，以君有列於朝，再贈至宣教郎。君自少時事親孝，事兄悌，處鄉里學校，從師擇友甚嚴，言語舉動，忠敬有法，與兄時叙同登乾道五年進士第。仕自台州司户參軍，歷袁州州學教授，監行在左藏西庫〔一〕，知紹興府會稽縣①，最後終於長沙。自迪功郎七遷至朝散郎，賜緋魚袋。初，魏惠憲王判明州累年〔二〕，君移書丞相史魏公〔三〕，言：「國家早建儲宫〔四〕，以定天下之本，而魏王偃藩在外〔五〕，天下皆以爲當然者。父子異宫，天下爲家，東藩之守，猶異宫也，然父子兄弟之情，終若有間。雖曲加恩禮，豈若用故事，使得日奉朝謁，外庭濟濟，示天下以公，内庭熙熙，從家人之樂哉！」史公讀之，太息稱善。會魏王薨，言不果行。觀君此書，使得居中任用，其補國家、化天下，必有大過人者矣。有識之士，恨君之不遇也。

【校記】

①「縣」，原作空圍，據弘治本、正德本、汲古閣本補。

【箋注】

〔一〕左藏：古代國庫名。始於晉代。宋代國庫有内藏和左藏，内藏待非常之用，左藏供經常之費。宋史職官志五：「左藏東西庫，掌受四方財賦之入，以待邦國之經費，給官吏、軍兵奉禄賜予。舊分南北兩庫，政和六年修建新庫，以東西庫爲名。」

〔二〕魏惠憲王：即趙愷，宋孝宗次子。孝宗受禪時封慶王。莊文太子卒，愷當立，孝宗未決。後立恭王惇即光宗，進封愷魏王，判寧國府。淳熙元年徙判明州，加荆南、集慶軍節度使，行江陵尹，改永興、成德軍節度使、揚州牧。七年卒於明州，年三十五。謚惠寧。宋史卷二四六有傳。

〔三〕史魏公：即史浩，字直翁。隆興元年、淳熙五年兩次拜相。參見卷七謝參政啓題解。

〔四〕儲宫：借指太子。潘尼贈陸機出爲吴王郎中令：「乃漸上京，羽儀儲宫。」

〔五〕偃藩：安卧藩邸。指居於明州。

會稽歲霖潦〔一〕，郡方督已蠲之賦甚急，君持不可。守不聽，乃袖告身〔二〕，易服立庭中力争，守爲之奪氣，民賴以紓。遂修社倉之政〔三〕，因立保伍〔四〕，以察不孝不悌惰遊不逞者，風俗一變。會營奉永阜陵〔五〕，吏按舊比〔六〕，抱文檄如山，環案立。

君徐視，去十之七，餘不可已者，召民面給錢粟，與爲期會〔七〕。於是民不知役，而事悉集。君所至設施多可稱述，論事亦多識大體。予所書，特其章章可備史官之求者〔八〕。若廉於貨財，簡於自奉，不納妄饋，不受羨俸〔九〕，此在君爲不足言，故皆略之。

【箋注】

〔一〕霖潦：淫雨。曹攄思友人：「密雲翳陽景，霖潦掩庭除。」

〔二〕告身：古代授官的文憑。

〔三〕社倉：即義倉。古代爲防糧荒而在鄉社設置的糧倉。始於隋代，歷代管理體制不一。宋史食貨志上：「時陸九淵在敕令局，見之歎曰：『社倉幾年矣，有司不復舉行，所以遠方無知者。』」

〔四〕保伍：指基層户籍編制。古代五家爲伍，又立保相統攝，故名。曾鞏陳康民管勾永興等路常平制：「敕具官某等：朕爲保伍之法，寓耕戰之政，典農之官屬以兼領。」

〔五〕營奉：指施工營建。奉，行。永阜陵：宋孝宗陵墓，在紹興東南二十五里。

〔六〕舊比：舊例。

〔七〕期會：期限。沈俶諧史：「國家用兵，斂及下户，期會促迫，刑法慘酷。」

〔八〕章章：昭著貌。史記貨殖列傳：「關中富商大賈，大抵盡諸田，田嗇，田蘭。韋家栗氏，安陵杜氏，亦巨萬。此其章章尤異者也。」

〔九〕羡俸：多餘的俸禄。

君鋭意經學，有易、詩、書、論語訓傳、鄉飲酒辨疑〔一〇〕，凡數十百卷。文辭簡古，尤喜爲詩，與范文穆公及尤延之、楊廷秀倡酬〔一一〕，諸公皆推之，有泰庵存稿三十卷。病已亟，猶强起，拱手端坐，無惰容，顧家人曰：「吾學易，晝夜之理甚明。」遂卒，享年六十有四，慶元六年正月丙申也。娶楊氏，封安人，淑柔孝恭，晚益好静，安於死生，有學士大夫所難者，先君一歲卒。男女各五：男宗廣，以君遺恩入官；宗大，太學生；宗朴，早卒；宗野、宗愚；女長嫁進士楊琪、迪功郎沈黯、進士杜思問、進士孫之穎，幼尚處。孫男五人：與點、與回、與賜、與文、與求。孫女七人，皆尚處。諸孤將以十二月甲午，奉君及安人之柩合葬於某地之原。銘曰：

君才雋偉天所授，早篤於學晚益富。年過六十是亦壽，道悠運促志弗究。子孫森然敏而秀，如芝在庭驥在厩。築丘植櫝日高茂，盛德表表宜有後。

【箋注】

〔一〕鄉飲酒：即鄉飲酒禮。周代鄉學三年業成大比，考核道行德藝優異者，薦於諸侯。將行之時，由鄉大夫設宴以賓禮相待。後歷代沿用。

〔二〕范文穆公：即范成大，謚文穆。尤延之：即尤袤，字延之。楊廷秀：即楊萬里，字廷秀。倡酬：以詩詞相酬答。

石君墓誌銘

會稽之姓石爲大〔一〕。君諱允德，字迪之，會稽剡人。梁開平中〔二〕，分剡爲新昌，君之籍在焉，爲新昌人。五世祖開府儀同三司待旦，以學行爲范文正公所禮〔三〕。子孫又多賢，爲聞人，而石氏益爲名家。君曾祖景恭，祖端怡，父圖南，獨皆不列仕籍，然邑人皆推以爲賢長者。至君繼以好學謹行，事後母至孝，舉鄉進士，亦每在選中，然卒不遇以死。吾嘗觀一邦一邑之士，其犯法觸禁、流離困踣者，非必皆其身不善也。問其先，往往喪節而貴者也，否則不義而富者也，否則養交黨、事頰舌、飾詐售僞以取名譽者也〔四〕。其仕而達、處而給足、且有才子令孫者，非必皆其身之賢也。

問其先，往往正直而不遇者也，否則廉讓而貧者也[五]，否則篤學守道而不爲人知者也。若君之家世，庶幾於正直廉讓、篤學守道者歟？君又能繼之，而滋不遇[六]。

【題解】

石君，即石允德，字迪之，會稽新昌（今浙江新昌）人。好學謹行，事後母至孝，終身未仕，卒於慶元六年。其子請銘於陸游，本文爲陸游爲石允德所作的墓誌銘，主要記述其厚於賓友、樂善好施的事迹。

本文據文末自述，作於嘉泰元年（一二〇一）。時陸游致仕家居。

【箋注】

〔一〕會稽之姓石爲大：嘉泰會稽志卷三：「會稽今宦學最盛者，杜氏、石氏、陸氏、唐氏、諸葛氏等。」

〔二〕梁開平：即後梁太祖年號，九〇七至九一一年。

〔三〕待旦：即石待旦（九八五—一〇四二），字季平，新昌人。真宗咸平四年創石溪義塾，親自掌教。天禧三年登進士第，棄仕歸隱，創鼓山書院。時范仲淹知越，尊禮之，稱石城先生而不名。受聘任稽山書院山長，四方受業者甚衆。成就諸多名臣，相傳文彦博、吕公著、杜衍、韓絳皆出其門。後以子貴贈開府儀同三司、刑部尚書。卒後祀於學宫。萬曆新昌縣志卷十一有傳。

〔四〕交黨：同黨，朋黨。史記燕召公世家：「已而啓與交黨攻益，奪之。」頰舌：口舌言語。比喻口才。梁武帝責賀琛敕：「欺罔朝廷，空示頰舌。」

〔五〕廉讓：清廉遜讓。王符潛夫論遏利：「世人之論也，靡不貴廉讓而賤財利焉，及其行也，多釋廉甘利。」

〔六〕滋：愈益，更加。

初，君先世寡兄弟，至君亦孑立。而君乃生四子，皆不墜詩、書之業，天之報將有在矣。君薄於自奉，厚於賓友，所居財蔽風雨〔一〕，而作東園，有大堂方池，爲宴客之地。客至，把酒賦詩，弈棋投壺，或終日乃休。平居尤樂施惠，嘗葬不舉之喪，遺失時之女〔二〕。晚與族人吏部公晝問議同作義莊〔三〕，以給族之貧者。會吏部下世，君乃與其子提刑宗昭將終爲之〔四〕。而君又殁，提刑亦殁。善之鮮克舉如此。於虖悲夫！君殁以慶元六年四月癸丑，享年四十九。娶許氏，朝散郎、知辰州從龍之女〔五〕。諸子孝本、孝施、孝聞、孝積，皆進士。女孟嫁太平州司户參軍趙時儒，仲、季未行。諸子將以嘉泰元年十二月甲申，葬君於仙桂鄉大姥山之原，實祔大墓，來請銘。銘曰：

維石畜德世克嗣，至君宜顯乃復躓。報不在身在後裔，天之昭昭其可恃。

【箋注】

〔一〕財：通「才」。

〔二〕不舉：無子女謂之不舉。失時：超過可婚嫁之齡謂之失時。

〔三〕吏部公晝問：即石晝問，字叔訪，新昌人。父爲秦檜所陷，年十四奉母屏居苦學。檜死上書訴父冤，詔復職，恩補入仕。歷監造船場、知鄞縣、軍器監丞等，主管武夷山沖佑觀。官至朝請大夫。善於管理財貨。萬曆新昌縣志卷十一有傳。義莊：古代家族中設置的救濟族人的田莊。宋史范仲淹傳：「置義莊里中，以贍族人。」

〔四〕提刑宗昭：即石宗昭，字應之，别號誠齋。石晝問子。師事楊龜山，與一時名賢交遊，朱熹曾與論學。乾道八年進士。歷無爲軍教授、知長洲縣。召試館職，授秘書省正字、直華文閣。官至福建提刑。後贈金紫光禄大夫，加特進。萬曆新昌縣志卷十一有傳。

〔五〕「娶許氏」三句：從龍，即許從龍，陸游親家，陸游四子子坦娶許從龍女。參見卷四一祭許辰州文題解。石允德亦娶許氏女，則與子坦爲連襟。陸游乃其長輩。

夫人陸氏墓誌銘

夫人陸氏，吴興人。曾大父某，大父某，皆爲薦紳士大夫〔一〕。父某，有學行，爲進士。母劉氏，同郡户部侍郎劉公岑之女〔二〕，劉公蓋與進士君遊甚久。夫人幼有美質懿行，既笄〔三〕，嫁金溪人故通直郎黄君齊〔四〕。黄君仕至靖州軍事判官以殁。夫人持家教子有法度，廟享賓燕合禮，嫁娶不苟，里中多稱之。遇疾雖篤不亂，起坐盥櫛，正衣冠，乃殁。其殁以慶元六年十一月己未，享年六十七，上距黄君捐館舍三十六年。初葬以嘉泰二年十月壬午，實祔黄君之墓。夫人三男子：曰甲，曰庚，曰丙。一女嫁陸綦。四孫：自勉、自得、自立、自防。一孫女。予與夫人皆吴人，夫人之先徙吴興，而予家徙山陰，其實一族也，而綦又予從子。故其孤以朝奉郎、通判江州黄君榮之狀來請銘。銘曰：

生苕溪〔五〕，嫁汝水〔六〕。夫善士，又有子。家方興，孫嶷嶷〔七〕。葬得銘，永弗毁。

【題解】

夫人陸氏，即陸游同族吴興陸氏夫人。其婿陸綦爲陸游侄子。夫人卒於慶元六年，其子請銘於陸游，本文爲陸游爲陸氏夫人所作的墓誌銘，主要記述其持家教子、遇疾不亂的事迹。

本文據文末自述，作於嘉泰二年（一二〇二）。時陸游致仕家居。

【箋注】

〔一〕薦紳：縉紳。古代高官的裝束。借指有官職之人。韓非子五蠹：「堅甲厲兵以備難，而美薦紳之飾。」

〔二〕劉公岑：即劉岑（一〇八六—一一六七），字季高，號杼山居士，吴興（今浙江湖州）人。宣和六年進士。任著作郎，出使遼國。紹興三年除秘書少監，因得罪秦檜被免官。檜死復官，歷知泰州、揚州、温州，除户部侍郎。以徽猷閣待制致仕。文章雄贍，工草書。事迹見江寧府志。

〔三〕笄：簪。古代特指女子十五盤髮插簪，以示成年。

〔四〕金溪：縣名。宋淳化五年設立，隸撫州。今屬江西撫州。

〔五〕苕溪：在浙江北部，浙江八大水系之一。沿河盛長蘆葦，秋天蘆花飄散如飛雪。當地稱蘆花爲「苕」，故名苕溪。

〔六〕汝水：又稱撫河，是鄱陽湖水系主要河流之一。發源於武夷山脈西麓，納流域中南城、金溪、撫州、臨川等地支流後匯入鄱陽湖。

〔七〕嶷嶷：幼小聰慧貌。詩大雅生民「克岐克嶷」，鄭玄箋：「嶷，識也。其貌嶷嶷然，有所識别也。」

程君墓誌銘

君諱宏濟，字志仁，兵部尚書諱瑀之子〔一〕。尚書鄉里世次，家有譜，墓有碑，國史有傳。君生於宣和六年，客有得古劍於武夷山中，以獻尚書。已而君生，遂以劍命之。幼讀書，記誦博敏，號奇童。十二能爲詩，有老成氣。紹興初，尚書以給事中勸講邇英殿〔二〕，敷繹古義，開廣上聽，以濟中興之業者甚衆。君概聞其説，輒歎息不已。一夕，夢道君皇帝大駕南還〔三〕，且以告尚書。尚書悲慨，爲賦詩。他日，以示中書舍人傅公崧卿〔四〕。傅公抱負大節，常思捐肝腦，死國家，與尚書尤厚，讀詩感欷曰：「忠義出天資，非勉彊可至。吾輩老矣，使後生皆如此兒，寤寐不忘國事，尚何慮讎耻之不雪哉！」十年，以宗祀恩授右承務郎〔五〕，久之不調官。或勸之仕，皆不從。秦丞相檜亦嘗以問尚書，君尤不謂可。凡再爲監南嶽廟，法不許復請，乃命以江南西路安撫司屬官。尚書壽終，君哀慕過人〔六〕。除喪，監通州金沙鹽場。秦丞相用事久，數起羅織獄，士大夫株連被禍者，袂相屬也。廉得尚書所著論語説〔七〕，摘近似語以爲訕〔八〕，禍且叵測，母夫人憂懼不知所爲。君侍左右，無俄頃捨去，且慰解，言先人逮事三朝，上所眷禮〔九〕，必且蒙矜宥〔一〇〕，願毋戚戚。母夫人賴以少安。君雖竟坐罷官，然母子居家如平日。同時得罪，莫得與比，蓋高宗皇帝終保全之，如君所料。久之，起家爲江南西路轉運司幹辦公事。時李莊簡公光自海南歸〔一一〕，舟下瀟湘而病，君曰：「吾先友也[二二]，且兒時蒙公知，得一見，死不恨。」亟謁告往迓，兼程抵江州，則李公至蘄州薨矣，君弔祭盡哀。歷江南西路提舉常平司幹辦公事，遭内艱[二三]，除喪，監建康府榷貨務[二四]。乾道元年六月丙戌，以疾卒，年財四十有二[二五]，官止通直郎。明年五月庚申，葬於番陽縣鑒山之原。夫人臨川黄氏，吏部郎季岑之女[二六]。六男子：有功，宣教郎、故通判秀州；有孚，朝散郎、户部犒賞酒庫所主管文字；有元，進士；有徽，太學内舍生，充國子監小學教諭，當赴殿試正奏名[二七]；有初、有大，皆進士。二女子，長適進士鮑庭掞，次適黄州黄岡縣尉臧誨。一孫茞。始予自蜀召歸，出爲江南西路常平使者，進士程君有章，字文若，以五字詩爲贄，卓然有元和遺風[二八]，予刮目視之。自是二十餘年間，數相見。及見於臨安[二九]，程君已入太學，更名有徽，字晦之，才名動一時，即君第四子也。來屬予銘君墓，不獲以衰病辭。銘曰：

古士奚學？惟忠暨孝。君雖不試，志弼名教。中蹈險艱，凛不回撓。咨爾後人，是則是效。

【題解】

程君，即程宏濟（一一二三—一一六五），字志仁，饒州浮梁（今江西景德鎮）人。程瑀之子。

以宗祀恩入仕，官至監建康府榷貨務。乾道六年卒。淳熙七年，陸游任職江西常平時與其四子程有章（有徽）交遊。二十餘年後，陸游入都修史，有徽請銘父墓。本文爲陸游爲程宏濟所作的墓誌銘，主要記述其不忘中興、不屈權臣、不棄先友的事迹。

本文據文末自述，作於嘉泰二年至三年（一二〇二至一二〇三）。時陸游在實録院同修撰兼同修國史或秘書監任上。

【箋注】

〔一〕兵部尚書諱瑀：即程瑀（一〇八七—一一五二），字伯寓，號愚翁。太學試第一。歷校書郎、兵部員外郎，出使高麗、金國。高宗時召爲司封員外郎，歷國子司業、直祕閣、太常少卿，遷給事中兼侍講。出知撫州、嚴州、宣州，除兵部侍郎、兵部尚書。秦檜忌之，出知信州，提舉江州太平興國宫。卒年六十六。宋史卷三八一有傳。

〔二〕勸講：即侍講。給皇帝講學。邇英殿：宋代宫殿名。義取親近英才。

〔三〕道君皇帝：即宋徽宗。趙與時賓退録卷一：「上自稱教主道君皇帝。」

〔四〕傅公崧卿：即傅崧卿，字子駿。參見卷十五傅給事外制序題解。

〔五〕宗祀：祭祀祖宗。孝經聖治：「昔者周公郊祀后稷以配天，宗祀文王於明堂以配上帝。」

〔六〕哀慕：指因父母、君上之死而哀傷思慕。梁書處士傳：「父靈瑜，居父憂，以毁卒。元琰時童孺，哀慕盡禮。」

〔七〕廉得：訪得，考察而得。

〔八〕擿：挑剔，指摘。　訕：譭謗。

〔九〕眷禮：愛重禮遇。新唐書武元衡傳：「帝素知元衡堅正有守，故眷禮信任異它相。」

〔一〇〕矜宥：矜憐寬宥。後漢書劉愷傳：「宜蒙矜宥，全其先功。」

〔一一〕李莊簡公光：即李光，字泰發。參見卷二七跋李莊簡公家書題解。李光自海南歸在紹興二十八年。

〔一二〕先友：亡父之友人。邵博聞見後録卷十四：「柳子厚記其先友於父墓碑，意欲著其父雖不顯，其交遊皆天下偉人善士。」

〔一三〕内艱：舊時指遭母喪。

〔一四〕榷貨務：官署名。屬太府寺，掌折换糧食、金帛等物。

〔一五〕財：通「才」。

〔一六〕季岑：即黄彦平，字季岑，洪州分寧人。黄庭堅族子。宣和間進士。靖康初坐與李綱善貶官。建炎初擢吏部郎中，出提點荆湖南路刑獄，旋主管亳州明道宫。著有三餘集。事迹見四庫全書總目卷一五七。

〔一七〕正奏名：宋代科舉中與「特奏名」相對。正奏名是通過禮部省試正常録取者；特奏名是屢考不中，經造册附試，特賜出身者。

〔一八〕元和遺風：指唐代元和年間以元稹、白居易爲代表的文人間以詩章相贈答的風氣，其詩號「元和體」。

〔一九〕見於臨安：時陸游應詔入京修史。

渭南文集箋校卷第三十八

墓誌銘

【釋體】

本卷文體同卷三二，收録墓誌銘四首。

朝奉大夫直祕閣張公墓誌銘

公諱瑄，字子律，寧州真寧縣人。其先爲邠寧望族〔一〕，世以學行著，或居邠，或居寧。居邠之後，故吏部侍郎兼侍讀舜民，爲元祐名臣〔二〕。居寧者，則公之大父大中大夫也，諱居，擢元祐六年進士第〔三〕。元符三年，徽宗皇帝嗣位，下詔求言，太中時爲黔州彭水令，上疏切直，出數百人上，而數百人者得其副〔四〕，亦歎以爲不可及。會蔡京入相，取奏疏次第之，置姦黨上等，特降官銜替〔五〕，永不許改官。數年，遂卒於沉廢〔六〕。後以子仕登朝，累贈至今官。實生朝請大夫、通判永州事諱遹〔七〕，則公之考也，亦累贈至中奉大夫。中奉遭亂南渡，從大將岳少保飛，爲之屬，身先將士，屢與金虜鏖戰，走其名王大酋〔八〕，策功進官。方慨然以功名自許，會朝廷與虜和，中奉去幕府，調知岳州巴陵縣，有異政。久之，佐永州以歿。識者謂用不究其才，後當有興者。

【題解】

朝奉大夫直祕閣張公，即張瑄（一一四一—一二〇五），字子律，寧州真寧（今甘肅寧縣）人。以郊祀恩入官，歷會昌主簿、興國丞、信豐令、潭州右司理參軍、武陵縣丞，遷主管官告院，進將作監主簿、太府寺丞，出知嘉興府，改主管武夷山沖佑觀。晚居錢塘門外張氏園。官至朝奉大夫。卒於開禧元年。以其季子張嗣古使金加直祕閣。張嗣古嘉泰間與入都修史的陸游同事，遂請銘於陸游。本文爲陸游爲張瑄所作的墓誌銘，主要記述其治獄公正、關心民瘼，勤官循吏，磊落清約的事迹。

本文據文末自述，作於開禧元年（一二〇五），時陸游致仕家居。

【箋注】

〔一〕邠寧：唐方鎮名，在今陝西、甘肅東交界處。乾元二年（七五九）置，治所在邠州（今陝西彬縣）。長期領有邠、寧、慶三州。

〔二〕舜民：即張舜民，字芸叟，號浮休居士，邠州人。陳師道姊夫。治平二年進士。爲襄樂令。元祐初任祕閣校理、監察御史。徽宗時擢吏部侍郎，以龍圖閣待制知定州，改同州。坐元祐黨，被貶楚州團練副使，商州安置。後復集賢殿修撰。工詩畫，著有畫墁集等。宋史卷三四七有傳。

〔三〕諱居：張居，元祐六年進士。任黔州彭水令，上疏切直，爲蔡京所黜，卒。以子登朝贈太中大夫。

〔四〕副：指奏疏副本。

〔五〕衝替：指貶降官職。司馬光涑水記聞卷九：「獄成，已贖論，仍衝替。」

〔六〕沉廢：指埋没下層，不被起用。北史序傳：「（李季凱）坐兄事，與母弟俱徙邊，久之，會赦免。遂寓居晉陽，沉廢積年。」

〔七〕諱遹：張遹，張居之子，張瑄之父。曾任岳飛幕僚，調知巴陵縣、永州通判，卒贈中奉大夫。

〔八〕名王大酋：指金國的貴族、首領。

公始以郊祀恩入官〔一〕，調贛州會昌縣主簿。未幾，以材選攝事興國丞、信豐令，皆閲歲〔二〕。會昌與梅州比境，梅移文捕逃卒，卒已亡去，巡檢司乃發卒圍其所親李杞舍〔三〕。杞雄其鄉，以爲耻詬，聚謀亂。令托辭委縣去，以印屬公。公不爲動，械巡檢卒繫獄，親爲檄，諭杞以禍福。杞皇恐聽命，縣賴以無事。興國有婚訟，久不决，公察其婦人不類良家，一問引服〔四〕。信豐俗悍，輸賦率不以時，吏亦以此擾之，至相率抱險自固。吏計窮，即以民拒官爲言。公曰：「豈有是哉！」馳至近村，憩僧廬中，以善言招其鄉之爲士者及父老，與之酒食，從容曰：「稅賦豈可終負？然已失時，姑使吾得十一藉手若何〔五〕？」皆踴躍而去，更相告，即日皆集如約。公去而之他鄉，悉如之，旬日歸報。太守洪公邁異其能〔六〕，方薦於朝，而忌者間之於部使者，遂止。

【箋注】

〔一〕郊祀：古代在郊外祭祀天地，南郊祭天，北郊祭地。漢書郊祀志下：「帝王之事莫大乎承天之序，承天之序莫重於郊祀。」

〔二〕攝事：代理，代行其事。蘇軾上圓丘合祭六議劄子：「若親郊之歲，遣官攝事，是無故而用有故之禮也。」閲歲：經一歲。

〔三〕巡檢司：負責統轄禁兵、土兵，維持地方治安的機構。

〔四〕引服：認罪，服罪。魏書樊子鵠傳：「太山太守彭穆參候失儀，子鵠責讓穆，并數其罪狀，穆皆引服。」

〔五〕藉手：借助，借人之手爲助。左傳襄公十一年：「凡我同盟，小國有罪，大國致討，苟有以藉手。」

〔六〕洪公邁：洪邁，參見卷三六留夫人墓誌銘注〔九〕。

調潭州右司理參軍〔一〕。有老卒夫婦居牙城中〔二〕，白晝爲何人所屠，而掠其貲。卒有義子，兵官疑之，執送州，且以同處之卒及牧羊兒爲證。既繫獄，公親詰之，皆詞服〔三〕。公察其冤屈①，日取牧羊兒置壁間，引義子者與他重囚雜立庭中，出兒問孰爲殺老卒者，懵無以對。乃入白州，請揭厚賞，募告真盜，不閱日獲之〔四〕，則卒王青也。捕至，具伏，且得其貲於市庫無遺。即日釋義子去。湘鄉縣械鋪卒張德上州，以爲手刃其叔祖。公引至前，語之曰：「茲罪十惡，赦宥所不及。汝兄與叔祖同居，汝暫自外來，有何憾而戕之？」德泣曰：「因來省叔祖，不得見，兄以疾告，就視則死，而非疾也。方愕視，兄與里正及鄰人共謀執誣之，且以言脅誘，謂決不死，今乃知死矣。」因稱冤不已。公亟呼其兄與對，兄情得語塞，遂伏辜〔五〕。他死囚類此得不死者，十有七人，終不言賞〔六〕。

【校記】

①「冤屈」，弘治本、正德本、汲古閣本皆無「屈」字，有「他」字從下句讀。按，底本此頁原闕，係鈔配，疑鈔者涉「冤」字而誤録，又脱「他」字。

【箋注】

〔一〕司理參軍：官名。掌各州獄訟勘鞫。

〔二〕牙城：軍中主帥或主將所居之城。因須建牙旗，故稱。

〔三〕詞服：告服，認罪。

〔四〕不閲日：不過一天。

〔五〕情得：情況相符。伏辜：服罪，擔責而死。語本詩小雅雨無正：「舍彼有罪，既伏其辜。」辜，罪。

〔六〕終不言賞：指張琯伸冤救活多人，最終未得賞賜。

府帥林公栗以直得名〔一〕，臨事剛果，小人揣知之，有榜於州治門，言提轄官者爲帥謀〔二〕，將稱兵〔三〕。林公怒，闔門遍呼吏卒，驗其書，一兵典者與榜出一手，親詰不服，乃以付僉廳〔四〕，苛慘雖至，終不服。乃屬公即僉廳鞫問〔五〕，公寬之，而諭使以情言，且許以不死。始具言提轄官横甚，爲所患苦之狀，度不可訴，故出下策，爲此榜，以爲不及帥，則無以激其怒，不知乃陷重辟〔六〕。公問於六局兵，人人言同。公乃白帥，且求寬其罪。林公大怒嘻笑，必誅之。公一日凡十餘進，力争曰：「帥所以屬某者，欲得其情也。今得其情而失信，則有司自是不復可鞫獄矣。」争至暮，林公亦悟，黥隸嶺外而已〔七〕。民有訴一冤死而十年不見理者，訴於提點刑獄馬公大同〔八〕。馬公以屬公，公閱其獄，皆謂震死，公獨得其死狀，實以鬥毆，非震也。公曰：「罪固有所歸。然歲月久，屢更赦令，當從末減〔九〕。」馬公强果自信，下吏莫敢與争，公獨不爲屈。又有訟者，馬公直判委公勘某罪，公力陳其不可。馬公皆霽威嚴〔一〇〕，如公請。識者兩善之〔一一〕。公每白事，姓名歲月，及事之名數曲折，皆成誦在口，無一遺者。馬公始亦疑，因强記一條驗之牘，皆合，乃大歎服，自謂不逮。

【箋注】

〔一〕府帥：此指知州。林公栗：即林栗（一一二二—一一九〇），字黄中，福州福清（今屬福建）人。紹興十二年進士。歷崇仁尉、南安軍教授、屯田員外郎、恭王府直講，出知江州。召還歷慶王府直講、太常少卿，知興化軍、夔州，改潭州、隆興府等。除兵部侍郎，與朱熹論學不合，攻擊其爲僞學之首。出知泉州，改明州，奉祠卒。宋史卷三九四有傳。

〔二〕提轄官：宋代州郡置提轄兵甲官，簡稱提轄。掌統轄軍隊，訓練校閱，維持治安。

〔三〕稱兵：舉兵，指發動戰事。禮記月令：「（孟春之月）是月也，不可以稱兵，稱兵必天殃。」

〔四〕僉廳：即簽廳，簽書判官廳。州府官署名，首長稱簽書判官廳公事，由京官選派充任。

〔五〕鞫問：審訊。戴孚廣異記仇嘉福：「吾非常人，天帝使我案天下鬼神，今須入廟鞫問。」

〔六〕重辟：極刑，死罪。陳書孔奐傳：「沈炯爲飛書所謗，將陷重辟，事連臺閣，人懷憂懼。」

〔七〕黥隸：處黥刑充作徒隸。嶺外：指五嶺以南地區。

〔八〕提點刑獄：宋代各路掌管司法、刑獄的官員。馬公大同：即馬大同，字會叔，嚴州建德（今屬浙江）人。紹興二十四年進士。歷國子監、大理正、湖南提刑、刑部侍郎等，官至户部侍郎。事迹見景定嚴州續志卷三。

〔九〕末減：指從輕論罪或減刑。左傳昭公十四年：「（叔向）三數叔魚之惡，不爲末減。」杜預注：「末，薄也；減，輕也。」

〔一〇〕霽威嚴：消除威嚴之色。

〔一一〕兩善：兩者都好。

又調常德府武陵縣丞，政事益明習，攝縣及府從事者，凡再閲歲〔一〕。紹熙中，武陵大水，犯縣城，不没者三版〔二〕，門不得闔，水且入城。公時方攝縣，亟命實土於布囊以窒門。俄而水定，乃設方略，募舟救民，且親載粟，户給之，泥行露宿無所憚。蠲閣賦輸〔三〕，一切必以實，吏不得一摇手〔四〕，民忘其災。縣三里港灌溉甚廣，久弗治，數遇枯旱，公爲築之，不愆期訖事〔五〕。因治他陂塘，無遺利，迨今賴焉。以薦者及格，改宣教郎，知隆興府奉新縣。縣有營田〔六〕，征賦比他爲最薄，民競耕之。久而營田罷，以鬻於民，履畝取税〔七〕，比舊已增，俄而復命折粟帛以緡錢，其低卬或至十百，民皆破家不能輸。令屢以病告，不見聽。公力請，又不聽，則欲棄官去。會帥張公杓來〔八〕，是公言，始奏蠲之。户千有九十，皆若更生，楊公萬里記其事。他興除利害，勸農桑，築陂防，興學校，不可勝載。所部及府俱以其事論薦於朝。而王公大人亦自知公，乃命主管官告院〔九〕，進將作監主簿、太府寺丞。

【箋注】

〔一〕攝：代理。　從事：州郡長官的僚屬。　再閲歲：經過兩年。

〔二〕不没者三版：指未被淹没的城牆僅有三版高。史記趙世家：「三國攻晉陽，歲餘，引汾水灌其城，城不浸者三版。」張守節正義引何休云：「八尺曰版。」一説築牆用版一塊高二尺，三版爲六尺。

〔三〕蠲閣：免除。　閣：同「擱」。　賦輸：賦税的繳納。

〔四〕摇手：插手，經手。漢書外戚傳下：「家吏不曉，今壹受詔如此，且使妾摇手不得。」

〔五〕愆期：失期，誤期。易歸妹：「歸妹愆期，遲歸有時。」

〔六〕營田：即屯田。利用士兵或招募流民於駐紮地區種田，以供軍餉。

〔七〕履畝：指丈量田畝，實地觀察。公羊傳宣公十五年：「税畝者何，履畝而税也。」何休注：「履踐案行，擇其善畝、穀最好者税取之。」

〔八〕張公杓：即張杓，字定叟，漢州綿竹（今屬四川）人。張浚次子，以父蔭入仕。知臨安府，出知鎮江、明州，召爲户部侍郎。高宗崩，知紹興府，召爲吏部侍郎。光宗時權刑部侍郎，兼知臨安府，又歷知建康府、隆興府等。以疾乞祠，卒。宋史卷三六一有傳。

〔九〕官告院：官署名。屬尚書省，掌文武官員、將校告身（授官文憑）及封贈。

方公在朝，子右史舍人翱翔三館，俄擢從班〔一〕，父子相望於班列中。客至門見公，便坐從容，聞國朝故事，前輩履行〔二〕，後生所未聞者，人人饜足。退而見舍人，碩大雋傑之資，同時進用，爲國光華，史册所載，殆無以進焉。而公了不以自滿，方勤其官，如仕州縣時。文思院火〔三〕，告身綾無在者〔四〕，士大夫不以時得告身。公時在告院，建言援故例，便宜以雜華綾紓目前〔五〕，從之。藥局舊隸太府，積姦弊至衆，公日夜窮極弊原，髪櫛而縷析之〔六〕，都人無貴賤，皆得善藥。方擢置要官，而近比厄於未爲郡〔七〕，公亦小疾，思彷徉外藩〔八〕，力請去。乃知嘉興府。

【箋注】

〔一〕右史舍人：即起居舍人，與左史起居郎同掌記録皇帝言行及朝廷政令活動，以授著作官。三館：指弘文館、集賢院、史館，負責藏書、校書、修史。此指張琯之子張嗣古。張嗣古嘉泰間歷任校書郎、著作佐郎、著作郎、起居舍人，并兼實録院檢討官、國史院編修官。（據南宋館閣序録卷八）故稱「翺翔三館」。從班：列於朝班，借指朝臣。

〔二〕履行：指履歷。王禹偁送丁謂序：「是秋，何來訪，僕既與之交，又得生之履行，甚熟，且渴其惠顧於我也。」

〔三〕文思院：官署名。屬少府監。宋史職官志五：「文思院，掌造金銀、犀玉工巧之物，金采、繪素裝鈿之飾，以供輿輦、册寶、法物凡器服之用。」火：指嘉泰元年三月臨安大火，四日乃滅。

〔四〕告身綾無在者：製作告身的綾緞均被焚毁。

〔五〕雜華綾：雜有花紋的一種絲織品。紓：紓解，延緩。

〔六〕髮櫛：梳理。櫛，梳子。

〔七〕近比：指近例。厄：困厄。

〔八〕彷徉：周遊，遨遊。文選宋玉招魂：「彷徉無所倚，廣大無所極些。」張銑注：「彷徉，遊行貌。」外藩：外部的屏藩。三國志陳矯傳：「矯説太祖曰：『鄗郡雖小，形便之國也，若蒙救援，使爲外藩，則吴人剉謀，徐方永安。』」

中貴人藍氏，殖産於崇德縣，名田過制而役不及〔一〕，有鍾淳者糾之。藍迫期去産以規免〔二〕，官吏欲許之。公判曰：「兩家物力，相去遠甚。而藍又白脚〔三〕，必如法乃可。」一郡稱快。故人子乘舟方醉，縱從者與將官朱樗年忿争，交訴於府。公察故人子不直，治其從者不少貸〔四〕。民張瑨得臨安營妓，與之歸，遂欲棄妻出子。其兄止之，復悖兄。兄以告官，公爲逐妓歸臨安，且以大義開諭之，於是瑨爲兄弟、夫婦、父子如初。其爲政有古循吏風〔五〕，類如此。且摘發隱伏，照了如神。良民雖相與化服，而奸豪之讒作矣。改主管建寧府武夷山冲佑觀，公怡然命駕去〔六〕。郡人錢公孜，鄉之老成人，嘗以書抵其舅妻公機曰〔七〕：「張公廉直有守，近時鮮及，今乃遽去。此無他，吾鄉士民福薄耳。」

【箋注】

〔一〕中貴人：指顯貴的侍從宦官。　殖産：置産，購置田産。　崇德縣：今浙江桐鄉。　名田：以私名佔有田地。漢書食貨志上：「限民名田，以澹不足。」顔師古注：「名田，占田也。各爲立限，不使富者過制，則貧弱之家可足也。」　役不足：按田地應服的差役不足。

〔二〕迫期去産以規免：迫近期限賣出田産，設法免除差役。

〔三〕白脚：指差役中未曾正式充役者。文獻通考職役二：「已充役者謂之批朱，未曾充役者謂之白脚。」

〔四〕不直：不正，不公。史記淮南衡山列傳：「王使人上書告内史，内史治，言王不直。」　不少貸：不稍寬恕。

〔五〕循吏：守法循理的官吏。史記太史公自序：「奉法循理之吏，不伐功矜能，百姓無稱，亦無過行。作循吏列傳第五十九。」

〔六〕命駕：指立即動身。左傳哀公十一年：「退，命駕而行。」

〔七〕婁公機：即婁機，字彦發，嘉興（今屬浙江）人。乾道二年進士。歷於潛丞、江東提舉司幹辦公事、知西安縣等，遷宗正寺主簿、秘書郎，兼資善堂小學教授。擢監察御史，遷右正言，權中書舍人。召爲吏部侍郎，遷禮部尚書兼給事中，擢同知樞密院事，進參知政事。　提舉洞霄宫卒。深於書學。宋史卷四一〇有傳。

歸過國門，右史方請外，乃檥舟北關，需同載而歸〔一〕。會右史被命使金國〔二〕，右史將懇奏辭行，公不許曰：「使事不可辭。我留此待汝自薊門回〔三〕，乃偕去，未晚也。」遂寓錢塘門外張氏園。甫再旬，右史既渡淮而北，公女孫醜老生十歲，暴得疾。醜老慧而孝，公甚愛之，朝暮親撫視，因亦感疾。比其夭，家人不敢告，而公揣知之曰：「吾與此孫偕逝矣。」遂卒，享年六十有四。上始聞公疾革〔四〕，以子方遠使，加直祕閣，蓋異恩也。公自宣教郎七遷至朝奉大夫，賜緋魚袋。娶韓氏，魏忠獻王元孫通直懿肖之女〔五〕，封恭人。三子：嗣真，從事郎、新新州新興縣尉，先公七年卒；嗣祖，苦學得心疾〔六〕，未能仕；其季則朝散大夫、侍立修注官兼實録院檢討官、國史院編修官、資善堂小學教授嗣古也〔七〕。一女，適宣教郎、新知太平州蕪湖縣趙汝鍔。三孫：烜、煜舉進士，幼未名。

【箋注】

〔一〕國門：指都城臨安城門。檥舟：停船靠岸。檥，猶「艤」。北關：臨安城北門。需：

等待。

〔二〕「會右史」句：宋史孝宗紀二：「（嘉泰四年六月癸巳）遣張嗣古賀金主生辰。」

〔三〕薊門：即薊丘。古地名，在今北京城西德勝門外西北。

〔四〕疾革：病情危急。禮記檀弓下：「衛有大史曰柳莊，寢疾。公曰：『若疾革，雖當祭必告。』」鄭玄注：「革，急也。」

〔五〕魏忠獻王：即韓琦，參見卷四上殿劄子二注〔八〕。

〔六〕心疾：勞思、憂憤引起的疾病。左傳昭公元年：「晦淫惑疾，明淫心疾。」杜預注：「思慮煩多，勞成心疾。」

〔七〕侍立修注官：即起居舍人。資善堂：宋代皇帝子孫讀書處。

公資磊落恢疏〔一〕，與人交，洞然無城府，而默察其賢否邪正，無能遁者。善則稱之不遺餘力，不善則苦言規之，雖愠，不恤也〔二〕。初，中奉公遭亂去秦，生公於襄陽，遂卜居宜春〔三〕。公仕宦五十年，先疇之外〔四〕，不增一壟。比右史奉公喪歸，至無屋可廬，其清約如此。右史卜以開禧元年八月丙申，葬公於袁州宜春縣歸化鄉宜化里大富嶺趙家衝之原。以王君克勤之狀〔五〕，來屬某爲銘。某與舍人同爲史官，因得從公游，義不可以耄疾辭。銘曰：

彭原之張〔六〕，與邠相望。邠遷杜城〔七〕，元祐之英。彭原綿綿，獨處不遷。至大中公，得謚以忠〔八〕。中奉履艱，有功兵間。傳家禾興〔九〕，益以才稱。剛不容世，方用而躓。是生記注，麟儀鳳翥〔一〇〕。父子在廷，國有典刑。子聘於幽〔一一〕，公逝不留。上聞歎息，加錫祕職〔一二〕。生誰不終，賁耀無窮〔一三〕。刻銘隧道，百世是告。

【箋注】

〔一〕資：天資，天賦。恢疏：寬宏，開朗。

〔二〕雖慍不恤：雖惱怒但不顧念。

〔三〕中奉公：即張琯之父張遹。秦：指張氏故鄉寧州。襄陽：在今湖北西北。宜春：在今江西西北。

〔四〕先疇：先人遺留的田産。文選班固西都賦：「士食舊德之名氏，農服先疇之畎畝。」吕延濟注：「先疇，先人畎畝。」

〔五〕王君克勤：即王克勤，字叔弼，臨川人。淳熙二年中童子科，十四年中進士。歷官太常簿、祕書省正字等。

〔六〕彭原：彭澤之原。彭澤，即今鄱陽湖，在江西北部。

〔七〕杜城：周杜伯國封地，後爲秦所滅，置杜縣。在今陝西西安雁塔區。

〔八〕大中公：即張琯祖父張居。得譴以忠：見本文首段。

〔九〕禾興：嘉興古稱。

〔一〇〕記注：指擔任起居舍人的兒子張嗣古。麟儀鳳翥：比喻才智出衆。如麟之儀表，如鳳之展翼。麟鳳，麒麟和鳳凰。

〔一一〕聘於幽：指出任賀金使。幽，幽州。

〔一二〕加錫祕職：指加直祕閣。

〔一三〕賁耀：光耀，榮耀。

山堂陸先生墓誌銘

陸氏之遺譜曰：漢太中大夫賈，生烈①，仕爲豫章都尉，葬於吴胥屏亭，始爲吴人〔一〕。至晉侍中贈太尉玩〔二〕，生始。始生萬載，萬載生子真〔三〕，子真生惠澈，惠澈生閑〔四〕，閑生皃，皃生丘公，丘公生探，探生山仁，山仁生玄之，玄之生元生，元生生景融。景融後四世曰文公希聲〔五〕，仕唐爲户部侍郎、同中書門下平章事。文公生崇，崇生德遷，猶居吴。遭唐季之亂，始徙家撫州之金溪。德遷生有程，有程生演，演生處士諱戩，配曰周氏。處士生贈宣教郎諱賀，配曰孺人饒氏。宣教生從政郎諱九思〔六〕，配曰孺人賜冠帔彭氏〔七〕。

【題解】

山堂陸先生，即陸焕之（一一四〇—一二〇三），字伯章，一作伯政，號山堂先生。參見卷十三答陸伯政上舍書。陸焕之卒於嘉泰三年，其子陸浚再三請銘於陸游。本文爲陸游爲陸焕之所作的墓誌銘，主要記述其家族沿革及其潁異端重、學成文奇的事迹。

本文據文末自述，作於開禧二年（一二〇六）。時陸游致仕家居。

參考卷十三答陸伯政上舍書、卷十五陸伯政山堂類稿序。

【校記】

①「烈」，原脱，諸本同，據宋山陰重修陸氏宗譜序補。按，底本有修「仕」爲「烈」之痕迹，蓋脱刻「烈」字，因改「仕」爲「烈」也。

【箋注】

〔一〕「漢太中」五句：宋山陰重修陸氏宗譜序：「邕生漢大中大夫賈。賈生五子，一曰烈，字伯元，爲吴令，遷豫章都尉，迎葬於吴，子孫始爲吴人。吴郡陸氏，皆祖都尉。」朱長文吴郡圖經續記卷下：「（陸烈）字伯元，爲吴令、豫章都尉。既卒，吴人思之，迎其喪葬於胥亭。子孫遂爲吴縣人。吴郡陸氏之所自出也。」陸賈（前二四〇？—前一七〇），其先爲楚人。有辯才，隨劉邦平天下。漢高祖十一年，奉命出使南越，招諭趙佗臣屬漢朝，歸來擢太中大夫。高祖崩，吕后擅權，參與誅滅諸吕、迎立文帝。文帝即位，又出使勸南越王回歸稱臣。史記卷九七、漢書卷四三有傳。

〔二〕玩：即陸玩（二七八—三四二），字士瑶，晉吴郡吴縣（今屬蘇州）人。歷任侍中、吏部尚書、尚書左僕射等，擢尚書令，升任侍中、司空。卒贈太尉，謚康。晉書卷七七有傳。

〔三〕子真：即陸子真，字同宗。陸仲元弟。元嘉十年爲海陵太守，後遷國子博士、臨海東陽太守。宋書卷五三有傳。

〔四〕閑：即陸閑，字遐業。仕至揚州别駕。後始安王作亂，爲徐世標所害。南齊書卷五五有傳。

〔五〕文公希聲：即陸希聲，字鴻磐。博學工書，善屬文，昭宗時召爲給事中，歷同中書門下平章事，以太子太師罷。卒贈尚書左僕射，謚曰文。新唐書卷一一六有傳。

〔六〕九思：即陸九思，字子彊。參見卷二九跋陸子彊家書題解。

〔七〕冠帔：古代婦女所戴帽子和披肩。

從政生山堂先生諱焕之，字伯章，一字伯政。生而穎異端重，五歲入家塾，坐立語默，悉有常度，讀書自能質問，出長者意表。與季父象山先生九淵〔一〕，生同年，學同時，先生不敢以年均狎季父〔二〕，象山則朋友視之，磨礲浸灌甚至。十三學爲進士，即有聲。十六諸父開以大學，先生一聞，輒窮深造微，極其指趣〔三〕。而文章機杼，自成一家，宿士見之，多自貶以爲不可及。屢貢禮部，皆不合。學益成，文章益奇，閔世學多淪於異端，尤務自拔出，以張吾道。意所不可，雖名儒顯人爲時所宗者，必力斥之，恨力之不足也。諸父雖繼以進士起家〔四〕，亦不用於時。象山晚爲朝士，陸陸百寮底〔五〕，旋復斥死。先生滋信其道之窮，蓋將退耕於野，著書傳世，而未及也。以嘉泰三年十月戊子卒，年六十有四。諸孤以是年十二月乙酉，葬先生於某鄉之福林。

【箋注】

〔一〕季父：叔父。亦專指最小的叔父。九淵：即陸九淵，字子靜，號象山。「心學」創始人。與朱熹齊名，史稱「朱陸」。參見卷二一吴氏書樓記注〔三〕。

〔二〕狎：親昵，親近而不莊重。

〔三〕指趣：宗旨，意義。王充論衡案書：「六略之録，萬三千篇，雖不盡見，指趣可知。」

〔四〕「諸父」句：陸九思兄弟共六人，即九思、九叙、九臯、九韶、九齡和九淵，皆學識不凡、卓然有成。其中九齡和九淵均舉進士。

〔五〕陸陸：猶「碌碌」。無所作爲貌。後漢書馬援傳：「季孟（隗囂）嘗折愧子陽（公孫述）而不受其爵，今更其陸陸，欲往附之，將難爲顔乎？」李賢注：「陸陸，猶『碌碌』也。」

娶陳氏，鄱陽人，有賢行，先十八年卒。子男三：洽、濬、浹。洽篤於養，先生出遊，賴以經理家事，無後憂。濬遊太學，有雋才，而器度淵粹可喜〔一〕。浹方就學。女五，項點、朱日邁、鄧文子，其婿也，皆良士；餘二尚處。先生葬日迫，幽隧之銘未刻。既葬二年，濬以先生之友晁君百談之狀來請銘〔二〕，某以既嘗序先生文章所謂山堂集者〔三〕，而先生多朋遊，不應併以銘見屬，因辭焉。連三年〔四〕，請益勤，乃叙而銘之。銘曰：

陸姓入漢，祖好時兮〔五〕。迨及豫章〔六〕，始南徙兮。吴晉至唐，世見史兮。斷自文公，三百祀兮〔七〕。傳世八九，皆可紀兮。雖不公卿，世爲士兮。後乃浸大，名實偉兮。培養既久，産杞梓兮〔八〕。維時伯章〔九〕，繼以起兮。白首篤學，未見止兮。攘斥異端，正而不詭兮。天不少留，使耄齒兮〔一〇〕。伯章之志，在其子兮。我銘於隧，亦以誄兮。

【箋注】

〔一〕器度：器量。晉書列女傳：「范陽王有非常器度，若燕祚未盡，其在王乎！」淵粹：精深。

蕭統答雲法師請開講書：「夫釋教凝深，至理淵粹，一相之道，杳然難測。」

〔二〕晁君百談：即晁百談，字元默。晁詠之曾孫。師從陸九淵，通理學。淳熙進士，歷官吉州教授、知南康軍、道州。

〔三〕「某以」句：即卷十五陸伯政山堂類稿序。

〔四〕連三年：指連着的（既葬後）第三年。下葬在嘉泰三年（一二〇三），初次請銘在兩年後，即開禧元年（一二〇五），則「連三年，請益勤，乃叙而銘之」在開禧二年（一二〇六）。

〔五〕好畤：縣名。漢書陸賈傳：「孝惠時，吕太后用事，欲王諸吕，畏大臣及有口者。賈自度不能争之，乃病免。以好畤田地善，往家焉。」顔師古注：「好畤即今雍州好畤縣。」後以「好畤田」喻隱居耕種之田。

〔六〕豫章：指豫章都尉陸烈。

〔七〕文公：指唐代宰相陸希聲。其拜相在唐昭宗（八八八至九〇四年）時，距作銘時約三百年。

〔八〕杞梓：兩種樹木皆良材。左傳襄公二十六年：「晉卿不如楚，其大夫則賢，皆卿材也。如杞梓、皮革，自楚往也。雖楚有材，晉實用之。」杜預注：「杞、梓皆木名。」

〔九〕伯章：即山堂先生陸焕之。

〔一〇〕耄齒：古人稱七十至九十歲年紀。陸焕之享年僅六十四，故云。

監丞周公墓誌銘

公諱必正，字子中。曾祖諱衎，朝奉郎；祖諱詵，左朝散大夫：皆贈太師、秦國公。曾祖妣郭氏，祖妣潘氏、李氏、張氏，俱贈秦國夫人。考諱利見，左朝請郎，贈金紫光禄大夫。妣尚氏，贈鄴郡夫人。世居鄭州管城縣〔一〕。祖秦公通判吉州〔二〕，遇亂，不能北歸，因家焉。光禄與弟秦公諱利建，皆世以進士擢第〔三〕。公與從父弟、丞相益公諱必大，成童俱入家塾，學行修立〔四〕，俱以世科自期〔五〕。已而益公策名，又舉博學宏詞，如其志〔六〕。公乃不偶，始以祖遺澤補將仕郎，易迪功郎，監潭州南岳廟。亦嘗貢至禮部，久之，調袁州司户參軍。適歲旱盜起，分宜尉巡檢捕之，皆不能獲。安撫龔公茂良聞公至〔七〕，召問計，公曰：「此皆飢民，群聚貸粟以自活耳。桀黠爲之倡者〔八〕，財一二輩，可以計取，餘必自散。」龔公乃檄公往捕，至則諭以禍福，解散其黨，而陰募鄉豪，授之策，俾擒致盜首，於是盜盡得，坐誅者二人而已。龔公復委公以荒政。當是時，自郡至屬邑，流民坌集〔九〕，公日夜行視，凡累月，全活巨萬〔一〇〕。諸司共薦於朝，孝宗皇帝召對便殿，論奏合上指，諭以將褒用，遂改宣教郎，知建昌軍南豐縣。

【題解】

監丞周公，即周必正（一一二五—一二〇五），字子中，吉州廬陵（今江西吉安）人。周必大從兄。蔭補迪功郎。歷袁州司户參軍、知南豐縣，除主管官告院、軍器監丞，出知舒州，徙贛州，擢提舉江東常平。遭誣罷歸，主管武夷山沖佑觀，告老致仕。開禧元年卒。陸游與周必大交厚，亦曾與必正相逢。其子周綱求銘，本文爲陸游爲周必正所作的墓誌銘，主要記述其善理荒政、公平治獄、恢復鼓鑄、興修水利等事迹。

本文據文末自述，作於開禧二年（一二〇六），時陸游致仕家居。

【箋注】

〔一〕鄭州管城縣：今河南鄭州中心城區，因春秋時爲管國都城而得名。

〔二〕祖秦公：指周詵，字仁叔，元符三年進士，宣和間任吉州通判。建炎中遷居廬陵。

〔三〕「光禄」二句：光禄指周必正之父周利見，政和八年進士。其弟周利建爲周必大之父，舉進士，官至左宣教郎、太學博士，累贈太師、秦國公。

〔四〕修立：修身而有所成就。周書李遷哲傳：「遷哲少修立，有識度，慷慨善謀畫。」

〔五〕世科：指世代登科及第。

〔六〕策名：指科舉及第。　舉博學宏詞：指再登詞科。

〔七〕安撫龔公茂良：即龔茂良，字實之。曾任江西轉運判官，兼知隆興府。參見卷九賀龔參政啓題解。

〔八〕桀黠：兇悍狡黠之人。羅隱薛陽陶觱篥歌：「掃除桀黠似提帚，制壓群豪如穿鼻。」

〔九〕坌集：聚集。劉禹錫山南西道新修驛路記：「説使之令既下，奮行之徒坌集。」

〔一〇〕全活：保全救活。漢書成帝紀：「流民欲入關，輒籍内，所之郡國，謹遇以理，務有以全活之。」

南豐，劇邑也〔一〕。公遇事明敏，常若有餘。民柏氏夜被盜，并殺守藏奴。賊逸去，公物色求之，果獲。面詰猶不承，搜其家，得白金器一篋。既至，倒奩出之，囚聞其聲，即引服。浄梵寺有盜，夜斬關入〔二〕，既獲，公察其非盜，挺出之，立賞捕真盜。僧恨甚，以公爲故出，訴之郡。郡方以他事怒公，即逮所縱囚，繫鞫甚峻，囚不能自伸，并邑吏皆重坐。未幾，獲真盜送郡，拒不肯治，公乃以白諸司，雖治，猶久不決。御史聞之，奏徙大理，乃得實，如公所言。邑賦色目極繁〔三〕，以入償出，不足者猶四萬緡，率苛征預借，苛逭吏責〔四〕。公至，一切罷之，且以其實言於轉運司，得稍朘〔五〕，邑賴以蘇。鄉校久不治，公凡可以補弊起仆者，一切爲之。甫滿秩，詔赴都堂審察〔六〕，除主管官告院，進軍器監丞。

【箋注】

〔一〕劇邑：政務繁劇之郡縣。晉書王猛傳：「陛下不以臣不才，任臣以劇邑，謹爲明君翦除凶猾。」

〔二〕斬關：指砍斷門閂。

〔三〕色目：種類名目。元稹彈奏劍南東川節度使狀：「本判官及諸州刺史名銜，并所收色目，謹具如後。」

〔四〕逭：逃避。

〔五〕朘：縮減。

〔六〕都堂：唐宋時尚書省的總辦公處所。

會益公參政事①〔一〕，公請外，知舒州。陛辭，所陳又合指，命公卹民隱，修武備，闢田萊，并究鼓鑄利害〔二〕。先是同安、宿松兩監〔三〕，歲鑄鐵錢三十萬緡，言者以爲擾，既損其半，而監亦遽廢。亟復，會歲荐饑〔四〕，又命罷鑄，故臨遣及之〔五〕。公至郡，乃知地産鐵炭〔六〕，民以不售爲患，而兵工失業，亦或轉而爲盜，故當饑歲，尤宜鼓鑄以聚民。條上便宜，詔命復鑄，且省宿松監入同安。公奉行尤有術，公私皆便。又奏：「自昔鼓鑄，未始殺以鉛〔七〕，止因議者謂入鉛之錢，不可爲兵〔八〕，始殺鉛以鑄。臣嘗親視之，鉛之精者爲飛烟，其滓惡下墜爐底，與鐵初不相爲用。亦嘗以入鉛不入鉛錢，較其堅脆，及冶爲兵，初無異。」徒使處、信兩州歲歲輓運〔九〕。」謂宜廢夾鉛之制。又奏：「郡歲輸上供緡錢五萬八千，舊皆倚辦於常賦，不足則取征榷之贏以補之〔一〇〕。乾道間，守臣偶以羨餘爲民代輸租税一年，而來者因踵爲例。會征榷之贏不能當其半，餘三萬趣辦於坊渡二十九所〔一一〕。今諸場舊餘鐵炭及民所貸錢，凡一萬五千緡，若取以爲鑄本，可歲得三萬緡，代舒民上供。悉罷坊渡之征，百世利也。」事俱施行。大修學宫，如在南豐時。又立文翁廟於學，立周將軍廟於城南，皆舒人也〔一二〕。復故堤城北，以禦灊溪漲溢。民田數千畝，復爲膏腴，因作四橋於北、西、東門之外。其一公自捐奉爲之，州民號周公橋。郡東南有烏石陂分其流，旁則爲石塘陂。烏石之民欲專其利，乃壅水使不得行〔一三〕，石塘之田歲以旱告。公命懷寧令、丞視之，得實圖上於州，公按圖自以意定水門高下〔一四〕。甫去壅水未尺餘，得古舊迹，與所高下不少差，陂利始均。石塘民喜至感泣，乃歌曰：「烏石陂，石塘陂，流水濺濺有盡時，思公無盡時。」

【校記】

①「参政事」，正德本、汲古閣本「参」下有「知」字。

【箋注】

〔一〕益公参政事：周必大拜参知政事在淳熙七年（一一八〇）。

〔二〕鼓鑄：指鼓風扇火，鑄造錢幣。史記貨殖列傳：「即鐵山鼓鑄，運籌策，傾滇蜀之民，富至僮千人。」

〔三〕監：此指鑄錢的機構。

〔四〕荐饑：連年災荒。左傳僖公十三年：「晉荐饑。」孔穎達疏引李巡曰：「連歲不熟曰荐。」

〔五〕臨遣：臨軒派遣。

〔六〕鐵炭：指一種用於冶煉的煤，火焰不高。宋應星天工開物煤炭：「炎平者曰鐵炭，用於冶鍛。」

〔七〕殽：相雜錯，摻入。

〔八〕「止因」二句：指摻雜了鉛的鐵錢不能再用以打兵器。

〔九〕輓運：即運輸。

〔一〇〕常賦：國定的賦税。征榷：指國家徵收的商品税。

〔一一〕坊渡：指酒坊、河渡，均由官府經營牟利。

〔二〕文翁（前一五六—前一〇一）：字仲翁，廬江舒人。西漢景帝末爲蜀郡守，興教舉賢，整修水利，政績卓著。廬江建鄉賢祠，首立文翁祭祀。周將軍：即周瑜，字公瑾，廬江舒人。三國東吴名將。

〔三〕壅水：在水中建閘或壩阻斷水流。

〔四〕水門高下：指水閘門的高低。

徙知贛州。過闕，上諭曰：「聞贛兵悍驕，死徙之餘，今亦無幾，可勿復補。倘尚循故習，卿當便宜行事。朕將以他郡兵更戍。」公對：「守臣古號郡將，今結銜云『知軍州事』，苟有過，臣自當臨幾應變，不敢勞聖慮。」上喜。明日語宰相曰：「周必正有器識，似其弟。」謂益公也。至郡，江西副總管錢卓，本起行伍，暴人也。入境，下令諸校將，以翼日部肄其子弟〔一〕，選補軍額，初不以告郡。會卓請見，公詰其率意，力止之，且微諭以上指。錢驚謝，然意不悦，乃漏公言於諸校將，激使詣郡訴。公徐曉之，如所以告卓，辭指明辯，卒皆帖服〔二〕，無敢讙者。章、貢二水，來自郡南，夾城東西流，皆有浮梁以濟〔三〕，而城南獨以舟渡。溪惡，或至覆溺。公始作南橋，又治道路，以石易甓，最數百丈〔四〕。興國縣之安陂，溉田六十頃，水勢自上奔突，故難築而易壞，壞且五十年。公命復之，費不及民。

【箋注】

〔一〕翼日：明日。書金縢：「公歸，乃納册於金縢之匱中，王翼日乃瘳。」孔傳：「翼，明。」

〔二〕帖服：服帖，馴順。北齊書厙狄士文傳：「法令嚴肅，吏人貼服，道不拾遺。」

〔三〕浮梁：即浮橋。方言第九：「艁舟謂之浮梁。」郭璞注：「即今浮橋。」艁，同「造」。

〔四〕甓：磚。最：合計。

擢提舉江東常平茶鹽公事。入奏，還道玉山縣。縣有徐田陂，其渠瀕江，數決。將徙渠，則地主不可；將徙陂，而下則柘陂，居下流，懼爲己害，復不可。交訟於公。公諭徐田民買地鑿渠，倍讎其直。柘陂民遂皤然無靳色〔一〕。不三日，渠成，溉田三百餘頃，民大感悦。江自陂而下，避礙析爲兩支，其一掠縣壖而去〔二〕。歲久岸潰，民居其濱者，聞公修渠以利民，乃遮道自言。公爲相水之衝，爲石堤。民欣賴之，相與繪公像，祠於玉虹橋側，歲時奉牲酒，抵今不懈。舊法，没官之産以畀民耕，而歸其租於常平〔三〕。及是，議臣請鬻田，以價充糴本〔四〕。公言：「如此，則常平儲愈匱，請除新令。」光宗皇帝從之，因并行於諸路。池州舊試貢士，率寓景德寺，隘不能容，士病之。會闕守，公兼領郡事，始作貢院，植八桂於門，名其門曰擢桂〔五〕。是歲，貢士五人而三奏名，士以爲公之賜。言者訹於間言〔六〕，誣玉山之役以爲擾。罷歸，主管建寧府武夷山冲佑觀。上章納禄〔七〕，不許，再命武夷祠，而公歸志已決，告老益力，乃許致仕。

【箋注】

〔一〕靳色：吝色，捨不得貌。

〔二〕縣壖：縣城牆外的田地。

〔三〕常平：指常平倉，用以平準糧價的糧倉。

〔四〕糴本：指糴買糧草的成本。

〔五〕擢桂：猶「折桂」，指科舉及第。杜誦哭長孫侍御：「禮闈曾擢桂，憲府舊乘驄。」

〔六〕訹：引誘，誘惑。間言：離間之語。魏書獻文六王傳論：「北海義昧鶺鴒，奢淫自喪，雖禍由間言，亦自貽伊戚。」

〔七〕納禄：歸還俸禄，指辭官。國語魯語：「若罪也，則請納禄與車服而違署。」韋昭注：「納，歸也；禄，田邑也。」

公自江東還，闔門屏外事，讀書賦詩者累年。益公少公一歲，亦謝事歸第，相與置酒高會無少間，時人比漢二疏〔一〕。益公薨，公哭之慟，不復有世間意。開禧元年十一月旦〔二〕，感疾不起，享年八十一。娶向氏，文簡公五世孫〔三〕，封恭人，前公一年卒。男二人：綖，蚤夭；綱，今爲修職郎，前潭州醴陵主簿。一女，適進士胡榆。孫男二人，頌、穎，皆將仕郎。孫女一人，尚幼。恭人之歿也，葬廬陵縣膏澤鄉金鳳山，祔大墓之東。至是，乃以十二月庚申，奉公柩合葬焉。維公仕自迪功郎，積遷至奉直大夫，爵管城縣開國男，服三品。

【箋注】

〔一〕漢二疏：指漢代名臣疏廣與兄子疏受。疏廣字仲翁，東海蘭陵人。少好學，明春秋，徵爲博士、太中大夫，選少傅，徙太傅。疏受字公子，以賢良舉爲太子家令，拜爲少傅。漢書卷七一有傳。

〔二〕月旦：指農曆每月初一。

〔三〕文簡公：即向敏中（九四九—一〇二〇），字常之，開封（今屬河南）人。太平興國進士。歷户部推官、知制誥、樞密院直學士、同知樞密院事等。咸平初拜參知政事，四年拜相，次年罷。大中祥符五年復相，進右僕射兼門下侍郎。卒於官。謚文簡。宋史卷二八二有傳。

公孝友最篤，歸自龍舒[一]，築第於永和鎮，聚族共爨。弟侄蚤世[二]，育其孤如己子。伯氏宜春守[三]，出妾之子世修，流落贛境，公訪得之，爲治産築室於永豐，蓋伯氏志也。其處閨門率如此[四]。鄭人有寓旁近者，皆歲饋之。剛介有守[五]，不以進退累心。方家居時，前後當國數公，多與公有雅故[六]，數問公安否，公應之泊然。益公屢推恩數以貤公[七]，亦辭不受。善屬文，尤長於詩。孝宗皇帝嘗訪當代詩人於胡忠簡公銓[八]，忠簡首稱公。敷文閣直學士程公大昌亦稱公文學操行之美[九]。晚取莊周息黥補劓之説，名其堂曰「乘成」，因以自號[一〇]。有文集三十卷。書有古法，四方豐碑巨扁，多出公筆。既葬，綱以朝奉大夫、新知真州郭君賓之狀來求銘。某與益公定交五十年，且嘗遇公於臨川，適重九日，同集擬峴臺[一一]，風度話言，尚可想也。而女孫又歸公之從子紀[一二]，情好厚矣，銘其敢辭？銘曰：

仕不爲不逢，人不以爲通。年不爲不究，人不以爲壽。有愛在民，百世不泯。有纍其丘[一三]，利爾後之人。

【箋注】

〔一〕龍舒：舒州古稱，在今安徽舒城。

〔二〕蚤世：同「早世」。過早去世，夭亡。左傳昭公三年：「則又無禄，早世隕命，寡人失望。」

〔三〕伯氏：指伯父。

〔四〕閨門：内室之門。借指家庭。禮記樂記：「在閨門之内，父子兄弟同聽之則莫不和親。」

〔五〕剛介：剛强正直。世説新語賢媛：「彼剛介，有才氣，卿往不如不去。」

〔六〕雅故：故舊，舊友。新唐書安禄山傳：「陛下少恩，雖腹心雅故，皆爲仇敵。」

〔七〕恩數：朝廷賜予的封號等級。范仲淹求追贈考妣狀：「今又俯臨葬禮，尚闕褒封，祭奠之間，誌述之際，乏兹恩數。」貤：通「移」。轉贈。

〔八〕胡忠簡公銓：即胡銓（一一〇二—一一八〇），字邦衡，號澹庵。吉州廬陵（今江西吉安）人。建炎進士。紹興初任樞密院編修官。上書力斥和議，乞斬秦檜，聲震朝野，被除名，編管新州，再謫吉陽軍。檜死復出，歷國史院編修官、國子祭酒、兵部侍郎，以資政殿學士致仕，卒謚忠簡。宋史卷三七四有傳。

〔九〕程公大昌：即程大昌（一一二三—一一九五），字泰之，徽州休寧（今屬安徽）人。紹興二十一年進士。歷著作佐郎、國子司業、直學士院、中書舍人、權吏部尚書等，出知泉州、建寧府，徙明州。長於考訂名物典故，著有演繁露等。宋史卷四三三有傳。

〔一〇〕息黥補劓：指修補面容殘缺，恢復本來面目。乘成：指承載精神之軀體不再殘缺。乘，承，載；成，備。語本莊子大宗師：「庸詎知夫造物者之不息我黥而補我劓，使我乘成以隨先生邪？」

〔一〇〕「且嘗」三句：時在淳熙七年（一一八〇），陸游在提舉江西常平任上。擬峴臺，在臨川東隅城垣上，爲縣治登臨勝處。始建於北宋嘉祐二年，用晉羊祜登峴山故事。曾鞏有擬峴臺記。

〔一一〕女孫：孫女。　從子：侄兒。

〔一二〕業：高聳貌。

夫人樊氏墓誌銘

廬陵隱君子宣溪王英臣之夫人樊氏，同郡永新人〔一〕。曾大父佐，大父仲文，學行皆見推於其里中。父才，字子明，尤以賢著聞，敬其里之長老，而教其子弟，環數縣從之決曲直。雖所不與，亦皆厭服，往往内省而徙義爲善士矣〔二〕。二男五女，獨奇夫人，以爲吾門亦將賴焉。及少長，女工婦儀，未習而能，事親左右無違。及笄，歸英臣君。舅南鵬〔三〕，交友傾一世，食客塞門。君姑不幸早没，二長子亦不得年〔四〕，冢婦嫠居，悲傷齋居，不能與賓祭事〔五〕。亞婦又父母奪志〔六〕。獨夫人佐英臣，仰事俯育，凡祭祀、燕享、將迎、慶吊、婚姻之事〔七〕，一皆身任之。英臣隱操達識，見於楊公廷秀誌銘〔八〕，先夫人十五年捐館舍。夫人不以家事累諸子，使皆得用其力於學，暇則勉以道義名節，不獨責其仕進起家也。及琳以進士策名〔九〕，又嘗有列於朝，出爲大縣，文章得盛名，然後薦紳間愈知英臣及夫人之賢。夫人母壽百歲，夫人無一日不遣人問起居，珍膳良劑，必出其手，終身不少怠。又請於朝，得封，卒如子明之言。夫人以宣和五年五月某日生，以開禧二年十一月甲辰卒，享年八十有四。卒之明年三月甲申，葬於廬陵縣膏澤鄉山寺岡之原。子男四人：長即琳也，宣教郎、新知潭州衡山縣；次揚某、揚烈、揚暉，皆進士。女二人：迪功郎、辰州叙浦縣主簿張履、免解進士曾霈〔一〇〕，二女及履皆已卒。孫男八人：霽之、彬之、勝之、濛之、得之、冲之、隆之、豐之，嘗試吏部。孫女九人：婿則迪功郎、新道州江華縣主簿張淵、進士左利見、戴元崇、曾克寬、易應龍、彭舜牧、劉侃、劉治元、曾克願。利見、克寬亦皆嘗貢禮部。曾孫女各七人，尚幼。琳，予友也，遣一介行千七百里〔一一〕，持書抵予於山陰澤中，以臨安府府學教授危君積之狀來求銘〔一二〕。予年八十三，不敢以老疾辭。銘曰：

女也而行則士，耄也而志不惰。敏而好修〔一三〕，静以寡過。持身如畏，趨義則果。我銘之悲，維以代些。

【題解】

夫人樊氏，爲廬陵隱士王英臣之妻。持身趨義，相夫教子。樊氏卒於開禧二年，其子王琳爲陸游之友，求銘于游，本文爲陸游爲夫人樊氏所作的墓誌銘，主要記述其家世及教子孝母的事迹。

本文據文中自述，作於開禧三年（一二〇七），時陸游致仕家居。

【箋注】

〔一〕永新：縣名。南宋隸江南西路吉州，今屬江西吉州。

〔二〕不與：不贊成。厭服：信服。東觀漢記馮勤傳：「由是使典諸侯封事，勤差量功次輕重，國土遠近，地勢豐薄，不相逾越，莫不厭服焉。」徙義：指見義則改變意念而跟從。論語顏淵：「子曰：『主忠信，徙義，崇德也。』」何晏集解引包咸曰：「徙義，見義則徙意而從之。」

〔三〕舅：指丈夫之父，即公公。南鵬：即王翊，字南鵬，廬陵宣溪（今江西吉州）人。王英臣之父。官德興縣丞，棄去歸隱，購書萬卷。事迹見誠齋集卷一二七王南鵬墓誌銘。

〔四〕君姑：舊時妻稱丈夫之母，此指王英臣妻。

〔五〕冢婦：嫡長子之妻。嫠居：寡居。齋居：家居。不得年：未享高年。賓祭：指招待賓客和主持祭祀。

〔六〕亞婦：指次子之妻。父母奪志：指父母促其改嫁。

〔七〕燕享：猶「燕饗」。以酒食款待客人。將迎：送往迎來。莊子知北遊：「顏淵問乎仲尼曰：『回嘗聞諸夫子曰：「無有所將，無有所迎。」回敢問其遊。』仲尼曰：『……唯無所傷者，爲能與人相將迎。』」慶吊：慶賀、吊慰，指喜事喪事。

〔八〕楊公廷秀：即楊萬里（一一二七—一二〇六），字廷秀，號誠齋，吉州吉水（今屬江西）人。紹興進士。歷知奉新縣，擢國子監博士、太常博士、太子侍讀等，出知筠州。光宗即位，召爲秘書監，出爲江東轉運副使。紹熙中致仕，後屢召不赴。工詩，與尤袤、范成大、陸游並稱「中興四大家」。著有誠齋集。宋史卷四三三有傳。楊萬里所撰王英臣志銘不見於誠齋集。

〔九〕琳：即王琳，字子林。王孚侄。淳熙十四年進士。監車輅院，授瀏陽主簿，歷融州推官、衡山、茶陵二縣令、知南安、靖州。同治廬陵縣志卷二八有傳。劍南詩稿卷五三有謝王子林判院惠詩篇，題下自注：「王從楊廷秀甚久。」詩中有云：「王子江西秀，詩有誠齋風。」

〔一〇〕免解進士：宋代獲得永遠免解赴禮部省試者。顧炎武日知録舉人自注：「宋時亦有不須再試而送南宮者，謂之免解進士。」南宮，指禮部。

〔一一〕一介：一位使者。

〔一二〕危君積：即危稹，字逢吉，號巽齋，撫州臨川（今屬江西）人。舊名科，淳熙十四年進士，孝宗更名稹。歷南康軍、臨安府、諸王宮教授，擢著作郎，出知潮州，移漳州，提舉崇禧觀。卒年七十四。宋史卷四一五有傳。

〔一三〕好修：指重視道德修養。楚辭離騷：「民生各有所樂兮，余獨好脩以爲常。」洪興祖補注：「皆言好自脩潔也。」

渭南文集箋校卷第三十九

墓誌銘

本卷文體同卷三二，收録墓誌銘二首。

【釋體】

求志居士彭君墓誌銘

廬陵太和有士曰彭君惟孝，字孝求。曾大父述，大父琮，父汝弼，三世皆篤於爲善。鄉人過其門，乘車者式，放鶩者肅，忿争者解去，蓋古所謂一鄉之善士，殁而可祭於社者〔一〕。至君不幸，甫冠而孤〔二〕，服喪致毁。族姻憂其不勝喪，共以大義寬譬之，乃少自抑〔三〕。而事母盡子道，鄉人皆喜曰：「是稱其家子也。」稍長，力於學，聚書萬餘卷，號彭氏山房，延老師宿士主講説，命子侄執弟子禮惟謹。君亦造其席，旦暮不懈，每自勵曰：「學而不施於事，猶不學也。」於是賙鄉閭之急，赴公上之難〔四〕，必行其志乃已。鄉士當試禮部，而以道遠食貧未能駕者，君不待其求，亟饋之，蓋非一人。其他館寓客，藥疾癘，藏死字孤〔五〕，多至不可數。造梁以濟涉，甃甓以夷途〔六〕，周其鄉百里，無不以身任之。退無夸辭矜色，以人不知爲喜。識者謂且享天報，然擧進士輒阨於命。乃浮江東遊，遂詣行在所，上書言天下事，自丞相以下，多稱其言議英發，將推挽之，而卒報聞〔七〕。公即日南歸，自誓老於故鄉，築第閎壯，園林臺沼爲一邦之盛。自號求志居士，或曰玉峰老人，日置酒觴客，笑談不倦，間則賦詩，多警邁之思〔八〕。以開禧三年五月癸未，考終於新第，享年七十有三。明年嘉定改元正月甲申，葬於石陂桌岡之原。初，君從艮齋、平園、誠齋三先生遊〔九〕。君之卜築也〔一〇〕，三先生賦詩屬文以表之〔一一〕，一日而傳天下，由是無遠近皆知彭孝求國士也。及君之葬，將求銘，而三先生皆已殁。於是諸孤與君之友曾君之謹謀曰〔一二〕：「然則捨陸渭南將安歸？」乃以曾君之狀來請銘。君之配倪氏，婉嫕有法度〔一三〕，先君九年卒。丈夫子五：一飛，前卒；一鳴、一德，太學生；一愚，禮部進士；一遵。皆有學行。女子二，周瓌、曾煒，其婿也。孫模、果、窠、槼、宲、棐、桌、桀、棻、槩、榮。模、槩皆繼君卒。女孫七，已嫁者二，其婿曰吳克勤、李憲周。銘曰：

有蘊不逢，以布衣終，世歎其窮。孝以事親，惠以及人，世與其仁。冠弁峩峩，後從前訶〔一四〕，憂愧則多。櫝書充宇，行必稽古，孰予敢侮。於虖孝求，學講行修，言歸於丘。我作銘詩，百世是貽，匪君之私。

【題解】

求志居士彭君，即彭惟孝，字孝求，廬陵太和（今江西泰和）人。三世爲善，聚書力學，厄於科舉，上書行在。還鄉築第，自號求志居士。開禧三年卒，其子請銘於陸游。本文爲陸游爲彭惟孝所作的墓誌銘，主要記述其力學苦讀、樂於助人、詩酒交友的事迹。

本文據文末自述，作於開禧三年（一二〇七）秋冬，時陸游致仕家居。

【箋注】

〔一〕式：通「軾」，以手撫軾，表示尊敬。書武成：「釋箕子囚，封比干墓。式商容閭。」騖：駿馬。社：鄉社。鄉間祭祀土地神的處所。

〔二〕甫冠：才行冠禮。指二十歲。

〔三〕族姻：家族和姻親。左傳襄公二十六年：「雖楚有材，晉實用之。子木曰：『夫獨無族姻乎？』」寬譬：寬慰勸解。後漢書馮異傳：「自伯升之敗，光武不敢顯其悲戚，每獨居，輒不御酒肉，枕席有涕泣處。異獨叩頭寬譬哀情。」

〔四〕賙：接濟。鄉閭：鄉親，同鄉。後漢書朱儁傳：「儁以孝致名，爲縣門下書佐，好義輕財，鄉閭敬之。」公上：朝廷，官府。漢書楊惲傳：「是故身率妻子，勠力耕桑，灌園治産，以給公上。」

〔五〕寓客：寄居他鄉之人。　藏死字孤：指埋葬逝者，養育孤兒。

〔六〕「造梁」二句：造橋以渡河，砌磚以平路。

〔七〕推挽：薦舉，引薦。韓愈柳子厚墓誌銘：「既退，又無相知有氣力得位者推挽，故卒死於窮裔。」　報聞：皇帝批答臣下奏章後書一「聞」字，意爲已知。漢書哀帝紀：「書奏，天子報聞。」此指終不得任用。

〔八〕警邁：警拔，警策拔俗。

〔九〕艮齋：即謝諤，字昌國，號艮齋。參見卷十二賀謝殿院啓題解。　平園：即周必大，號平園老人。　誠齋：即楊萬里，號誠齋。

〔一〇〕卜築：擇地築屋，指定居。

〔一一〕「三先生」句：周必大跋彭惟孝求志堂記有云：「夫子之門，升堂入室者衆矣。隱居求志，猶云未見其人，蓋非伯夷、叔齊莫能當也。太和彭氏築堂而是之名，以似以續，今三世矣。至於孝求，無念爾祖，聿修厥德，復形於名字之間，則其求之也，其諸異乎人之求之與？」（文忠集卷十八）謝諤、楊萬里詩文未見。

〔二〕曾君之謹：即曾之謹，曾安止侄孫。曾任耒陽令。安止嘗著禾譜五卷，蘇軾爲賦秧馬歌，并惜其不譜農器。之謹作農器譜三卷，續二卷，直齋書録解題卷十著録，并稱「追述東坡作歌之意爲此編。周益公爲之序，陸務觀亦作詩題其後」。周必大平園續稿卷十四有曾氏農器譜題辭，劍南詩稿卷六七有耒陽令曾君寄禾譜農器譜二書求詩。

〔三〕婉嫕：温順嫻静。張華女史箴：「婉嫕淑慎，正位居室。」

〔四〕「冠弁」二句：冠弁，古代禮帽的總稱。荀子君道：「修冠弁衣裳，黼黻文章，琱琢刻鏤皆有等差，是所以藩飾之也。」後從前訶：前呼後擁，開路呵道。

吏部郎中蘇君墓誌銘

公諱玭，字訓直，泉州同安人。其高大父翰林侍讀學士諱某〔一〕，曾大父觀文殿大學士、太子太保諱某〔二〕，兩世皆贈太師，封魏國公。大父諱某，朝請郎，贈金紫光禄大夫〔三〕。考諱某，中散大夫，贈正議大夫〔四〕。兩魏公皆厚德重望，仕至公卿，登載國史。至光禄、正議，仕雖不甚通顯，而學術風節，皆挺挺爲時聞人〔五〕。游公定夫銘光禄墓，而正議之銘則韓公无咎作〔六〕，兩公皆重許可，然於稱述，猶歉然若不能盡者。正議三子，公最長，而正議之配碩人歐陽氏，實兗文忠公之孫〔七〕。

【題解】

吏部郎中蘇君，即蘇玭（一一二九—一一九二），字訓直，泉州同安（今屬福建厦門）人。蘇頌曾孫。以蔭入仕，歷遂安尉、黄巖縣主簿、淮西安撫司書寫機宜文字，知衢州常山縣，通判明州，知泰州，擢爲尚書吏部郎。蘇玭卒於紹熙三年，其子溱請銘於陸游。陸游於少時與蘇玭交好。本文爲陸游爲蘇玭所作的墓誌銘，主要記述其家世淵源及關心民瘼、事親盡孝、振興士風的事迹。

本文據文末自述，作於紹熙三年（一一九二）夏，時陸游奉祠家居。

【箋注】

〔一〕高大父：高祖父。此即蘇紳（九〇九—一〇四六）字儀甫，泉州晉江（今屬福建）人。天禧三年進士，再舉賢良方正。歷宜州、開封府推官、三司鹽鐵判官等，進史館修撰，擢知制誥、翰林學士，遷尚書禮部郎中。出知揚州、河陽，徙河中，未行而卒。宋史卷二九四有傳。

〔二〕曾大父：曾祖父。此即蘇頌（一〇二〇—一一〇一），字子容。參見卷二七跋蘇魏公百韻詩題解。

〔三〕大父：祖父。此即蘇京，字世美。曾知丹陽。

〔四〕考：父親。此即蘇師德，字仁仲。任歷陽主簿，監華亭縣市舶務，監都進奏院，充樞密院計議官，通判平江府、建康府，提舉荆湖南路常平茶鹽。遷中散大夫，贈正議大夫。

〔五〕挺挺：正直貌。左傳襄公五年：「詩曰：『周道挺挺，我心扃扃。』」杜預注：「挺挺，正直也。」聞人：有名望之人。荀子有坐：「夫少正卯，魯之聞人也。」楊倞注：「聞人，謂有名爲人所聞知者也。」

〔六〕游公定夫：即游酢（一〇五三—一一二三），字定夫，建州建陽（今屬福建）人。元豐六年進士。歷太學博士、監察御史、知漢陽軍、和舒濠三州等。師事程顥、程頤，與謝良佐、呂大臨、楊時合稱「程門四先生」，卒謚文肅。著有中庸義、易説等。宋史卷四二八有傳。其撰蘇京墓銘今不見。韓公无咎：即韓元吉，字无咎。參見卷十四京口唱和序題解。其所作故中散大夫致仕蘇公墓誌銘見南澗甲乙稿卷二十。

〔七〕兖文忠公：即歐陽修。以其謚文忠，追封兖國公，故稱。

公生出既異於人，又天資嗜學，恂恂孝悌〔一〕，才雖高而不以驕人，處群衆中，退然若不能者〔二〕。及遇事奮發，切中事機，於古有考，於後可傳，而公色辭愈謙下，衆或不知其出於公也。初以叔祖待制致仕恩補將仕郎〔三〕，調右迪功郎、嚴州遂安尉。會正議通判平江府〔四〕。正議嘗爲樞密院計議官，同僚胡公銓上書詆斥時相〔五〕，胡公既貶竄，正議亦株連去國，不調者久之。及來平江，適王晌爲守，揣時相意，日窺伺正議。正議廉且公，無所肆毒。既去，而正議權府事，適中丞常公同卒於海鹽，公爲文歔之〔六〕，語頗及時相。晌得之曰：「此奇貨，可以逞。」即爲告密之舉。時相大忿，嗾御史劾奏，且曰：「常同，師德之友婿，且其子玭之婦翁〔七〕。」遣玭致祭，以庫金二千緡賻之〔八〕。」雖究得誣狀〔九〕，正議猶徙汀州，公坐停官。

【箋注】

〔一〕恂恂：温順恭謹貌。論語鄉黨：「孔子於鄉黨，恂恂如也，似不能言者。」陸德明釋文：「恂恂，温恭之貌。」

〔二〕退然：謙卑貌。柳宗元與太學諸生喜詣闕留陽城司業書：「太學生聚爲朋曹，侮老慢賢……有凌傲長上而誶罵有司者。其退然自克，特殊於衆人者無幾耳。」

〔三〕叔祖：父親的叔父。此當爲蘇頌之弟。

〔四〕正議：即蘇玭之父蘇師德，贈正議大夫。

〔五〕「同僚」句：胡銓上書詆斥時相，事在紹興八年，詳見宋史胡銓傳。時相，指秦檜。

〔六〕常公同：即常同（一〇九〇—一一五〇），字子正，邛州臨邛（今四川邛崍）人。政和八年進士。紹興初歷殿中侍御史、中書舍人、史館修撰、禮部侍郎、御史中丞。出知湖州，與秦檜不睦，請祠。退居海鹽十餘年卒。宋史卷三七六有傳。　歠：飲以酒，奠祭之也。
〔七〕友婿：連襟。　婦翁：妻之父。
〔八〕庫金：庫藏金帛。　賻：以錢財助人辦理喪事。
〔九〕究得誣狀：指最終發現爲誣告。

及時相死，正議起於久廢，公亦復官，調台州黄巖縣主簿。台四邑，黄巖爲大，綿地百萬畝，吏與豪民爲市，户籍惟出鄉有秩手，官莫能稽考〔一〕。公日夜紬繹，吏不得欺，雖數十年蠹弊皆洞見，貧下始得職〔二〕。徙淮西安撫司書寫機宜文字。又以辟書從舅侍郎方公某使金國〔三〕，裨助既多，又以其暇繫日爲書〔四〕，凡山川、城邑、人情、風俗，登載詳密，史官蓋有取焉。歸而知衢州常山縣，其治抑豪右，伸貧弱，下令簡而信，用刑明而寬，前日輸公上不以時者〔五〕，皆期而至。又因定陽一鄉民病於役，與義役厝置〔六〕，井井有理，至今爲利，它鄉人不病者亦置之，其虚心裕民如此。歲饑，出倉粟振糶〔七〕，不待上命，民賴以不死徙。徐遣吏市米於吴，視常平舊藏〔八〕，悉如其故。政既成，顧縣學久茀不治〔九〕，乃力葺之。進秀民於學，以禮延鄉老先生爲之表倡〔一〇〕，士亦自知勉勵，儒風益盛。至於橋梁道路，廐置委積，産蓐醫藥，莫不爲之經理，而於掩骼殣死、長養孩幼尤篤〔二〕。後數十年，士民追論之，猶感涕也。召赴都堂審察，監行在搉貨務都茶場公事〔三〕。

【箋注】

〔一〕四邑：台州下轄黄巖、寧海、天台、仙居四縣。綿地：薄地。豪民：有錢有勢之人。有秩：古代鄉官名，掌管一鄉人事。後漢書百官志五：「鄉置有秩、三老、遊徼。本注曰：有秩，郡所署，秩百石，掌一鄉人。」此指百姓户籍均出自鄉官之手。稽考：查考。

〔二〕紬繹：指理出户籍亂象的頭緒。貧下：貧困小民。得職：得所。漢書趙廣漢傳：「廣漢雖坐法誅，爲京兆尹廉明，威制豪彊，小民得職。」顔師古注：「得職，各得其常所也。」

〔三〕辟書：徵召文書。侍郎方公某：即方滋，字務德，嚴州桐廬人。以蔭入仕，歷知秀、楚、廣、福、明等十餘州郡，有政績。入爲吏部、户部、刑部侍郎，兩次出使金國。以敷文閣學士提舉宫觀。事迹見韓元吉方公墓誌銘（南澗甲乙稿卷二一）。

〔四〕繫日：逐日。即撰寫出使日記。

〔五〕輸公上不以時：指不按時繳納賦税。公上：官府。

〔六〕與義役厝置：參與義役的設置。義役爲宋代一種徭役形式。宋史食貨志上：「乾道五年，處州松陽縣倡爲義役，衆出田穀，助役户輪充。」

〔七〕振糶：賑糶。售米賑救。

〔八〕常平：常平倉。爲調節米價設置的一種糧倉。

〔九〕茀：野草塞路。

〔一〇〕秀民：德才優異的平民。國語齊語：「其秀民之能爲士者，必足賴也。」韋昭注：「秀民，民之秀出者也。」表倡：表率宣導。

〔一一〕廐置委積：指驛站的糧草儲備。　産蓐：指産婦坐月子。　掩骼殣死：指掩蓋暴露的屍骨。殣，掩埋。

〔一二〕榷貨務都茶場：官署名。掌給賣茶引，即茶商納税後發給的行銷執照。

事親盡孝，惟恐毫髮不當親意。繼遭家難，執喪毀瘠注血，食米不鑿，鹽酪蔬果皆不御，終喪期如一日〔一〕。朋友規以於禮爲過，輒痛哭以對，規者亦爲慘愴。至除喪久之，容貌猶不能復故。通判明州，在官二年，歷兩守，政事獄訟不苟合，亦不爲崖異〔二〕。然有一孅事〔三〕，士民輒譁曰：「此出於蘇公也。」城東有造船場，晁公以道坐元符上疏，錮不許親民，來爲船官，所著書及文章最多，邦人至今言晁朝散〔四〕。公慨然爲築祠立碣，致其師尊之意。陳忠肅公嘗謫於明，而豐清敏公明人也〔五〕，公又言於郡，立二公祠於學宫，風勵學者。其所建類，非庸衆人所及如此。會歲歉，常平使者朱公元晦檄公〔六〕，屬以一郡荒政。客米自海道至者多，公請於朱公，請發積錢廣糴，以爲後備。朱公爲聞於朝，如其請。又建築定海縣崇丘河，灌四千頃，公爲之親駕，不避風雨，歷五月而後成。還朝，除知衡州。大臣薦公才可用，乃改常州。常，股肱郡，守符蓋不輕畀〔七〕。及入對，所陳皆當上意。且行矣，會有間言，乃改知泰州。泰亦名城也，公下車已六十，殊無倦意，祀社稷，陟降盥薦，恪敬不懈〔八〕。學校釋奠〔九〕，器服有不如禮令者，一皆正之。盡買國子監書，以惠諸生。王公明叟墓在郡境〔一〇〕，遣郡僚致奠，人士爲之興起。既擢爲尚書吏部郎，分職侍郎西銓〔一一〕，吏畏縮不敢肆，孤遠微眇〔一二〕，悉得自伸，譽望日著。

【箋注】

〔一〕毁瘠注血：因居喪過哀而極度瘦弱，乃至吐血。鑿：舂米使之精白。左傳桓公二年：「粢食不鑿，昭其儉也。」鹽酪：鹽和乳酪，調味品。

〔二〕崖異：乖異。指性情言行不合常理。莊子天地：「行不崖異之謂寬，有萬不同之謂富。」

〔三〕媺事：美事。媺，同「美」。

〔四〕晁公以道：即晁説之，字以道。參見卷十四晁伯咎詩集序注〔一〕、卷十八景迂先生祠堂記。

錮不許親民：禁錮不許任父母官。晁朝散：晁説之任船官時爲朝散大夫。

〔五〕陳忠肅公：即陳瓘，字瑩中。參見卷二六跋武威先生語録注〔六〕。豐清敏公：即豐稷，字相之。參見卷二六跋武威先生語録注〔一〕。

〔六〕朱公元晦：即朱熹，字元晦。時任提舉浙東常平茶鹽公事，故稱常平使者。

〔七〕殷肱郡：拱衛京師的要地。史記季布欒布列傳：「河東吾股肱郡，故特召君耳。」守符：太守之符信。畀：給予。

〔八〕陟降盥薦：指升降祭壇，濯手進獻。恪敬：謹慎恭敬。李翺祭楊僕射文：「公自登朝，及於謝政，善接交友，居官恪敬。」

〔九〕釋奠：古代在學校設酒食奠祭先聖先師的典禮。禮記文王世子：「凡學，春官釋奠於其先師，秋冬亦如之。凡始立學者，必釋奠於先聖先師。」鄭玄注：「釋奠者，設薦饌酌奠而已。」

〔一〇〕王公明叟：即王覿，字明叟，泰州如皋（今屬江蘇）人。嘉祐進士。元祐間爲侍御史、刑部侍郎，權禮部、户部。紹聖初出知成都府，徙河陽，後再貶鼎州團練副使。徽宗時入爲御史中丞，改翰林學士。出知潤州，徙海州，罷宫觀。宋史卷三四四有傳。

〔一一〕侍郎西銓：唐代選用、考績文官由吏部主管，分由尚書、侍郎主持。尚書一人爲尚書銓，掌五品至七品選，侍郎二人，分爲東銓與西銓，掌八品、九品選，合爲三銓。中唐後全由侍郎主持，尚書僅在文書上署名。宋代改稱吏部四選。

〔三〕孤遠微眇：指遠離朝廷、地位卑微的官吏。

以紹熙三年五月某甲子，遇疾捐館舍，享年六十有四，寄禄至朝請大夫〔一〕。八月庚申，葬於會稽陶山西塢，祔正議墓。娶常氏，封宜人，以賢稱於族黨，先公一年卒。丈夫子二人：溱，文林郎、新知衢州常山縣，有志節，執喪如公喪考妣時；溓，將仕郎。女子二人：長嫁承直郎、常州晉陵縣丞徐邦傑，次尚處。孫男女二人：男曰隨，與其妹皆尚幼。公家世顯於累朝，天資穎異，讀書一過目輒不忘，尤長考訂異同。其於官名、地里、軍制、民賦，雖甚細微，皆能講晝窮盡，無所放軼。屬文有體制，筆法簡遠，其尺牘尤爲時所珍愛，往往藏去。少從張公子韶、徐公端立、汪公聖錫遊〔二〕，皆期之甚遠。晚學於朱公元晦，盡門人禮，元晦亦稱其善學。初，公從父有著魏公談訓者〔三〕，未及成，或附益之。正議嘗以爲有可更定者，而未及書，公卒成之，藏之家塾。又著魏公年譜一卷，累歲乃成，識者貴之。公既殁之年，溱乃以吕君祖儉狀來請銘〔四〕。某曾大父太尉隧銘，實出魏公〔五〕。而正議之銘，則某實書之〔六〕。又少時獲獨拜正議於牀下，退而與公相從甚久〔七〕。山陰之居，又俱在城西南，相望煙水間，扁舟往來，交好不薄，故爲之銘。銘曰：

維相魏公，克有全德。菑畬三世〔八〕，是生訓直。事賢友仁，政則宜民。晚纔爲郎，志不盡信。陶山之腋，松栝孔碩〔九〕，峩峩高丘，過者必式。

【箋注】

〔一〕寄禄：即寄禄官。宋代表示品級、俸禄的一種官稱。後又稱階官、散官，與有具體執掌的職事官相對。

〔二〕張公子韶：即張九成（一〇九二—一一五九），字子韶，其先開封人，徙居錢塘。少從楊時學。紹興二年狀元。歷太常博士、著作郎、宗正少卿、權禮部侍郎兼侍講等。因忤秦檜謫邵州。檜死，起知温州。丐祠歸，病卒。寶慶初贈太師，封崇國公，謚文忠。宋史卷三七四有傳。徐公端立：即徐度，字端立，一字敦立，睢陽穀熟（今河南商丘）人。宰相徐處仁子，賜進士出身。紹興八年除校書郎，遷都官員外郎，官至吏部侍郎。著有却掃編。事迹見南宋館閣録卷八。汪公聖錫：即汪應辰（一一一九—一一七六），字聖錫，信州玉山（今屬江西）人。紹興五年狀元。召爲秘書省正字，以忤秦檜出通判建州、袁州、廣州等。檜死還朝。爲四川制置使、知成都府，入爲吏部尚書、兼翰林學士并侍讀。出知平江府。宋史卷三八七有傳。

〔三〕從父：父親的兄弟。魏公談訓：此魏公當指蘇頌。下同。

〔四〕吕君祖儉：即吕祖儉，字子約，婺州金華（今屬浙江）人。吕祖謙弟。歷台州通判、太府丞。諫罷趙汝愚，忤執政韓侂冑，貶韶州安置，改吉州，量移高安，慶元二年卒。宋史卷四五五有傳。

〔五〕曾大父太尉：指陸游曾祖父陸珪，贈太尉。蘇頌爲撰國子博士陸君墓誌銘（蘇魏公文集卷五九）。

〔六〕「而正議」二句：據前文，蘇師德墓銘爲韓元吉撰，此謂由陸游書丹，即以朱筆書寫上石。

〔七〕「退而」句：劍南詩稿卷一有病中簡仲彌性唐克明蘇訓直、卷十四有簡蘇訓直判院莊器之賢良。

〔八〕菑畬：耕耘。易无妄：「不耕穫，不菑畬，則利有攸往。」

〔九〕松栝：松檜。栝，檜樹。孔碩：碩大。詩小雅楚茨：「執爨踖踖，爲俎孔碩」，朱熹集傳：「碩，大也。」

墓表

【釋體】徐師曾文體明辨序説：「墓表自東漢始……其文體與碑碣同，有官無官皆可用，非若碑碣之有等級限制也。」

本卷收録墓表五首。

陸氏大墓表

山陰陸氏大墓，九里袁家嶼。曰二評事諱忻〔一〕，配李氏祔，是爲某之七世祖。九評事諱郇〔二〕，配范氏祔，是爲某之六世祖。光禄卿、贈太子太保諱昭〔三〕，配福昌縣君、贈昌國夫人李氏祔，是爲某之五世祖。九評事冢前少右，有小冢，或以爲殤子〔四〕。昌國冢傍，又有冢差小，或以爲其姊，不可考也〔五〕。四世祖太傅公，始别葬焦塢〔六〕，而元配靖安縣君、贈崇國夫人吴氏，猶祔大墓。紹聖九年，先大父楚公，懼寖遠失傳，墓上皆立石表〔七〕。自是距今又九十五年，中更兵亂，惟太保冢可識，餘皆迷不知處，歲時祭於太保冢前而已。淳熙十二年三月，或爲某言，鄉民鋤麥，得石表草間，蓋陸氏祖。某亟往視，則二評事冢也，幸不毁。乃從父老參訂，不三日，盡得之，石表皆在，封識如新，而地多爲人冒没〔八〕。聞某至，迭相質證〔九〕，於是侵地皆歸，培冢築垣，闢道蓺木，而陸氏大墓皆復其故。某老矣，群從有曾孫行〔一〇〕，其視二評事已十世。世益遠，則大墓守護或益怠，故具書始末於石，以告後之人。淳熙十五年正月日，朝請大夫、權知嚴州軍州事某謹書。

【題解】

陸氏大墓，指山陰陸氏祖墳，爲陸游七世祖至四世祖之墓。年久湮没。淳熙十二年，陸游發現祖墳，質證屬實，討還侵地，培冢築垣，恢復其故。本文爲陸游爲山陰祖墳所作的墓表文，記述家世沿革及發現、修復祖墳之經過。

本文據文末自述，作於淳熙十五年（一一八八）正月。時陸游在知嚴州任上。

【箋注】

〔一〕二評事諱忻：即陸忻，字孟達，號中和，因恥事吴越，入贅山陰魯墟農家，隱居讀書。後因孫陸軫功績，宋廷贈大理評事。生子陸郇參鄒志方陸游研究之陸游家世。二評事：「二」爲排行，因下文有評事郇者，故以排行區之。

〔二〕九評事諱郇：即陸郇，字元邦，號哲氏。宋太祖開寶年間官大理評事，真宗咸平年間官翰林學士，校書天禄閣。生二子，長子陸仁旺，次子陸仁昭。參鄒志方陸游研究之陸游家世。文中作「諱昭」，不知孰是。

〔三〕諱昭：即陸仁昭，字允明，號韜輝。宋仁宗天聖年間因數陸軫功績贈光禄卿。徽宗建中靖國元年又因曾孫陸佃功績贈光祿大夫、太子太保。生子陸軫。參鄒志方陸游研究之陸游家世。

〔四〕殤子：未成年而死者，短命者。莊子齊物論：「莫壽於殤子，而彭祖爲夭。」成玄英疏：「人生載運縕褓而亡，謂之殤子。」陸德明釋文：「殤子，短命者也。」

〔五〕昌國：即贈昌國夫人李氏。 娣：古代姐姐稱妹妹。

〔六〕「四世祖」二句：太傅公，即陸軫，字齊卿。參見卷二六跋修心鑒注〔一〕。焦塢，嘉泰會稽志卷六：「陸諫議軫墓在五雲鄉焦塢。贈太傅。」

〔七〕先大父楚公：即陸游祖父陸佃。 寖遠：漸遠。 石表：石碑。

〔八〕封識：指墓封合的標識。 冒没：冒領侵吞。

〔九〕迭相質證：反復核實驗證。

〔一〇〕群從：指堂兄弟及諸子侄。陶淵明悲從弟仲德：「禮服名群從，恩愛若同生。」曾孫行：曾孫輩。

詹朝奉墓表

新定遂安縣詹氏，爲郡望族。自光祿公諱良臣以死勤事〔一〕，被褒顯，書其事於國史。少保公諱大方，純誠質厚，爲中興賢輔〔二〕。熏陶漸漬，子孫皆以學行顯聞，雖未必皆至貴仕，而學行淵粹，論議堅正，師友稱其賢，鄉閭服其化，身殁而不泯。若故朝奉郎諱靖之，字康仲，及其子承奉郎諱長民，字子齊者，是矣。某謹按家傳〔三〕，及質之鄉人所傳，朝奉公以少保遇郊祀恩，補承務郎，歷浙東安撫司主管機宜文字，監潭州南嶽廟，婺州金華、常州宜興縣丞，浙東提舉常平司幹辦公事，通判靖州，卒於官舍，年五十二，葬淳安縣仁壽鄉拜山之陽。

【題解】

詹朝奉，即詹靖之，字康仲。新定遂安（今浙江淳安）人。以父恩入仕，歷浙東安撫司主管機宜文字、金華、宜興縣丞、浙東提舉常平司幹辦公事，遷靖州通判，卒於官舍，年五十二。其長子詹長民，字子齊，以祖恩入仕，歷監紹興府都稅院、鎮江府排岸兼拆船公事。卒於家，年二十七。靖之次子、長民弟詹阜民請墓表於陸游，願共爲一碑。本文爲陸游爲詹靖之、詹長民父子所作的墓表文，主要記述其公正孝悌、屬孤托死及勤官孝親的事迹。

本文據文末繫銜「中大夫、直華文閣致仕、山陰縣開國男、食邑三百户、賜紫金魚袋」，當作於慶元六年（一二〇〇）。時陸游致仕家居。

【箋注】

〔一〕光禄公諱良臣：即詹良臣，字元公，一字唐公，睦州分水（今浙江桐廬）人。舉進士不第，以恩得官，爲縉雲尉。方臘舉青溪，犯處州，良臣率兵禦之，爲所執。賊欲降之，良臣怒駡，賊怒割其肉，使自啖之，良臣吐且駡，至死不絶聲，時年七十二。徽宗聞而傷之，官其子孫二人。宋史卷四四六、東都事略卷一一〇有傳。死勤：因盡力國難而死。

〔二〕少保公諱大方：即詹大方。紹興十三年起歷監察御史、右司諫、右諫議大夫、御史中丞兼侍讀、工部尚書、知紹興府等。紹興十八年七月簽書樞密院事，兼權參知政事，九月卒。宋史秦檜傳列其於附秦檜「立與擢用」任執政二十八人之中。

〔三〕家傳：家族中記載父兄及祖先事迹的傳記。

初，將赴金華，而代者以私故〔一〕，欲遷延，而重於自言，既遣吏來迓，公始聞之，亟出避。吏至，家人告以適他郡。後數月乃往。郡委以受輸〔二〕，而公所親有居部内者，貧不能及期，公亟代之輸。民聞之，莫敢後。嵊有筮者徐生〔三〕，嘗倉卒繫獄，無妻孥，有田數畝，預書券，屬其友鬻之。友鬻而有其直。徐生出訟於有司，久不決，公詰以數語，得其情。宜興到官，纔再閲月〔四〕，會兄得疾甚篤，丐歸視疾，郡不許，乃棄官歸。郡督還甚厲，公卒不可，曰：「寧坐法，不忍有負於孝悌也。」人服其決，郡亦卒無以罪。浙東茶鹽司同僚有嫚公者〔五〕，公置不較。及其人遇疾卒，妻前死，男女皆幼稚，貧甚，斂具歸裝〔六〕，一切皆出公力。又爲營其葬，及嫁孤女之費，無憾而後已。公雖閒居，無厚積餘藏，然勇於爲義，有婚姻不能舉，及疾病死喪之急，慨然助之，忘其力之不足也。所親鄭椿年官於嚴〔七〕，公以嫌不數見。一日椿年卒，有子在外〔八〕，名以似宗，而未及以歸。及卒，有致仕恩，族子自其鄉來，衰絰而入，將冒取官，公力排出之，求得似宗，卒官之。公爲大率類此，不可概舉。古所謂可以屬孤托死者，公真其人也。

【箋注】

〔一〕代者：指將被取代縣丞職務者。

〔二〕受輸：接受繳納賦税。

〔三〕筮者：以占卦爲生者。

〔四〕再閱月：即兩月。閱月，經一月。

〔五〕嫚：輕視，侮辱。

〔六〕斂具歸裝：指斂尸安葬。

〔七〕鄭椿年：字春卿，福州福清人。隆興元年進士。紹興間知南劍州。事迹見福清縣志循良傳。

〔八〕有子在外：指將兒子過繼或送予族外人。

公娶王氏，封安人，賜冠帔，後公四年卒。子七人：長民，承奉郎，前公三年卒；阜民，文林郎、新寧海軍節度推官；表民，出繼公弟徽之，仕至從事郎、常州無錫縣丞，卒；定民，少有疾，亦已卒；乂民，從事郎、前楚州司户參軍；養民、仁民未仕。女子二人：朝請郎、前通判湖州曾槩，朝散大夫、直華文閣、前淮南轉運副使石宗昭，其婿也。孫七人：强學、好學、好問、好禮、好謙、好修、好信。

承奉君以少保遺表恩，補承務郎，遷承奉郎，歷監紹興府都稅院、鎮江府排岸兼拆船公事，卒於家，享年二十七，葬祔世墓之次。君所至勤其官，在紹興時，府遣官檢察〔一〕，所遺者無以爲功，則肆爲侵刻〔二〕，行道爲之咨嗟。君與争，不聽，即自劾去。故時鎮江排岸官兼掌總領所〔三〕，逋欠綱運官吏〔四〕，君至閲視，凡八九十輩，皆飢寒疾病，或父死而督其子，君慨然爲之言，皆得挺縶以去。未幾屬疾，謁告歸省〔五〕，郡持不可。比得請，則疾已篤矣。朝奉公見其瘻瘠，驚問故，以實告。且曰：「懼爲親憂，故不敢左右。」聞者皆感欷。自是疾遂不可爲，而君每見父母，輒以有瘳告〔六〕，痛楚則忍不發聲，懼親之聞也。君從吾友呂祖謙伯恭學〔七〕。伯恭門人數百，君以孝謹好學屢見稱歎。比卒，伯恭哀之，見於歔辭〔八〕。雖位下而年不遐，亦可不泯矣。娶馮氏，子一人，强學。初，朝奉公之子阜民，以父兄遺事屬予爲墓表，且曰：「願共爲一碑，而疑古未有比。」予謂石元懿公熙載〔九〕，及其子文定公中立〔一〇〕，實同一碑，故相蘇魏公所爲也〔一一〕。是爲比，後世尚有考焉。慶元某年某月某日，中大夫、直華文閣致仕、山陰縣開國男、食邑三百户、賜紫金魚袋陸某撰。

【箋注】

〔一〕檢察：檢舉稽查，考察。後漢書百官志五：「什主十家，伍主五家，以相檢察。民有善事惡事，以告監官。」

〔二〕侵刻：侵害，剥奪。詩曹風下泉序：「曹人疾共公侵刻下民，不得其所，憂而思明王賢伯也。」

〔三〕總領所：官署名。掌總領一路財賦軍馬錢糧。

〔四〕逋欠：拖欠。綱運：分組成批運送大宗貨物，一組稱一綱。謂之綱運。其法始於唐，宋代沿用。

〔五〕歸省：回家探望父母。

〔六〕瘳：病癒。

〔七〕吕祖謙：字伯恭。參見卷三一跋吕伯共書後題解。

〔八〕歡辭：奠祭之辭。

〔九〕石元懿公熙載：即石熙載（九二八—九八四），字凝績，河南洛陽人。後周顯德進士。宋初爲太宗幕僚，太宗即位，遷左補闕、同知貢舉，擢簽書樞密院事，遷刑部侍郎，拜户部尚書、樞密使，授尚書右僕射。卒贈侍中，謚元懿。宋史卷二六三有傳。

〔一〇〕文定公中立：即石中立，字表臣，石熙載之子。以蔭入仕。歷光禄寺丞、直集賢院、禮部侍郎、户部郎中、史館修撰等，以吏部郎中、知制誥領審官院，遷右諫議大夫、給事中、翰林學士、禮部侍郎、學士承旨兼龍圖閣學士。景祐四年拜參知政事。以太子少傅致仕。卒贈太傅，謚文定。宋史卷二六三有傳。

〔一一〕蘇魏公：即蘇頌，字子容。參見卷二七跋蘇魏公百韻詩題解。蘇頌所爲即二樂陵郡公石公神道碑銘，見蘇魏公文集卷五四。

孫君墓表

會稽餘姚縣有士曰孫君，名椿年，字永叔。其先山陰人。當仁宗皇帝時，有諱沔者〔一〕，仕至樞密副使，有忠直名，謚威敏。威敏之弟曰洞，洞生儼，始東徙餘姚。儼生璣，璣生繹，繹生逑，君之考也。以君貢南省〔二〕，遇慶壽恩補修職郎〔三〕。實始聚書館士人，以善其子弟。子弟多自奮於學，而君尤知名，間遊四方，從老師宿儒受學，尤好左氏春秋、班氏漢書、司馬氏通鑑。平居至忘寢食，遇其得意，時時著説，以發明三家奥指，多世儒所不及。又從長老及有識者，講國家兵興以來理亂得失之故〔四〕，某事可法，某事可戒，至於淮、江以北，極於司、并、幽、薊，山川險要，及前代用師饋糧道路所出，言之莫不詳盡，聽者忘倦。使君得至人主前，口論手畫，極利害是非之實，以感悟上聽，安知不見拔用而成功名哉？士固有幸不幸，未易以成敗論也。晚預特奏名，人皆謂公且遇合，乃復以不合有司意入下第〔五〕。時有詔例補嶽祠〔六〕，君辭焉。然君年未六十，識者以爲學識如此，安知終不合，而君不幸死矣。

【題解】

孫君，即孫椿年，字永叔，會稽餘姚（今屬浙江）人。淳熙二年鄉貢禮部，遇恩補修職郎。屢次應舉，晚預特奏名，終未第。其子孫子宏請墓表於陸游。本文爲陸游爲孫椿年所作的墓表文，主要記述其勤學博識、屢舉不第、篤於孝友、資助里人的事迹。

本文據文末自述，作於慶元六年（一二〇〇）十月。時陸游致仕家居。

參考水心集卷十六孫永叔墓誌銘。

【箋注】

〔一〕諱沔者：即孫沔，字元規。參見卷三五夫人孫氏墓誌銘注〔一〕。

〔二〕貢南省：鄉貢禮部應試。南省，指禮部。

〔三〕慶壽恩：指淳熙二年慶祝太上皇高宗七十壽辰的恩典。

〔四〕國家兵興以來：指抵抗金兵侵略。

〔五〕入下第：即落第。

〔六〕補嶽祠：指任宫觀官。

君雖終不合以死，然居家可紀者多，尤篤於孝友。兄早死，諸孤猶襁負〔一〕，父母哀之。君曰：「某在，兄不亡也。」父母爲損哭泣〔二〕。君於是奉嫠嫂，撫孤侄，盡敬盡愛。父母既終，視平日加篤。立義居〔三〕，法度寬裕而密察，可久不廢。兩院子弟，分授諸經，擇名師，遣從學，朋遊亦謹擇，以故皆有學行可稱。姊適里中胡氏〔四〕，夫婦皆早卒，君撫孤，恩意甚備。不幸其孤又早夭，君益哀憐之，復爲立後。胡氏之祭，繫君力得不絶。晚仿范文正公義莊之制贍其族，長幼親疏，咸有倫序，歲以爲常〔五〕。

有餘，又以及姻戚故舊，無遺力。紹熙中，歲旱，米價日翔，君悉發廩貸里人〔六〕。明年，稼登糴賤〔七〕，來償者止受其米如初貸之數。有鬻屋廬，將散而之四方者，君必貸之以錢如鬻屋之數，曰：「所得幾何，奈何捨鄉里而去？」以此旁近無流徙者。縣並海，堤防數決，在仕者欲泆湖〔八〕，募人耕其中，積粟爲築堤費。君爭不可，曰：「捍海固利矣〔九〕，泆湖則無以灌溉，歲且饑，利不補害。請出私金，率鄉里共營之，堤可成。」卒如君言，而湖利亦得不廢。君之所爲，大概類此，觀者可知其磊落不凡矣。

【箋注】

〔一〕襁負：以襁褓背負。韓詩外傳卷三：「道無襁負之遺育。」

〔二〕損：減少。

〔三〕義居：指孝義之家世代同居。范正敏遯齋閒覽人事：「姑蘇馮氏兄弟三人，其季娶婦逾年，輒風其夫分異。夫怒訴曰：『吾家義居三世矣，汝欲敗吾素業耶？』婦乃不復言。」

〔四〕姊：同姊。　里中：同里之人。

〔五〕范文正公義莊：即范仲淹所設義莊。宋史范仲淹傳：「置義莊里中，以贍族人。」　倫序：條理，順序。

〔六〕發廩：開倉分發糧食。

〔七〕稼登糶賤：穀物豐收，米價下跌。

〔八〕洪湖：指填湖使水溢出。

〔九〕捍海：抵禦海水入侵。

君享年五十有九，以慶元五年二月壬申卒，卜以明年十二月甲申，葬於龍泉鄉澄清之原。娶吴氏。子四人：之宏、之亮、之望、之穎〔一〕，皆有學行。之宏、之亮嘗同試禮部。女一人，歸迪功郎、衢州州學教授史彌忠〔二〕，亦知名士。既納銘竁中〔三〕，又來請文以表墓上〔四〕。於虖！義修而命室，施豐而報嗇，維報不忒〔五〕，亦不在亟。尚其後人，克肖君德。慶元六年十月，中大夫、直華文閣致仕陸某表。

【箋注】

〔一〕之宏：即孫之宏，字偉夫，葉適弟子。嘉定七年登進士第。後爲葉適習學記言序目作序。

〔二〕史彌忠：字良叔，明州鄞縣（今浙江寧波）人。宰相史浩從子、史嵩之之父。淳熙十四年進士。歷知廬陵縣、饒州、南安軍、吉州、提舉福建常平，遷寶謨閣待制、龍圖閣學士，以資政殿學士致仕。卒贈少師、鄭國公，謚文靖。延祐四明志卷五有傳。

〔三〕竁：墓穴。

〔四〕「又來」句：葉適孫永叔墓誌銘：「君子之宏來索銘，值余得眩疾，文理顛倒，不自省録，乃請山陰陸公表於墓以待。」

〔五〕忒：差錯。

何君墓表

詩豈易言哉！一書之不見，一物之不識，一理之不窮，皆有憾焉。同此世也，而盛衰異；同此人也，而壯老殊。一卷之詩有淳漓〔一〕，一篇之詩有善病，至於一聯一句，而有可玩者，有可疵者；有一讀再讀至十百讀，乃見其妙者；有初悦可人意、熟味之使人不滿者。大抵詩欲工，而工亦非詩之極也。鍛煉之久，乃失本指，斲削之甚，反傷正氣。雖曰名不可幸得，以名求詩，又非知詩者。纖麗足以移人，夸大足以蓋衆，故論久而後公，名久而後定。嗚呼艱哉！予固不足爲知此道者，亦致其意久矣，顧每不敢易於品藻〔二〕。蓋彼皆廣求約取，極數十年之力，僅得其所謂自喜者以示人，而我乃欲一覽而盡，其可乎？何君名逮，字思順，能詩，終身不自足而卒〔三〕。卒後，予友人曾樂道、鞏仲至〔四〕，始介思順之子羡，以遺稿屬予表墓，且言思順平生欲見予而不果，故有斯請。予年近九十，病卧鏡湖上，凡以文章來者，積架上不能省。一日，取思順詩讀之，不覺起坐太息曰：「今世豈無從事於此者？如思順蓋未易得也。不以字害其成句，不以句累其全篇，超然於世俗毁譽之外，予之恨不一見其人，甚於其人之願見予也。」思順曾大父諱粹中，大父諱汝能，父諱松，東陽東陽人〔五〕。以嘉泰三年九月十一日卒，年五十有一。兩娶郭氏，皆先卒。以開禧元年十一月二十日，合葬於仁壽鄉陂頭山之原。子一人。女長適進士郭槩，次尚幼。開禧二年四月戊寅，太中大夫、寶謨閣待制致仕、山陰縣開國子、食邑五百户、賜紫金魚袋陸某表。

【題解】

何君，即何逮，字思順。東陽（今屬浙江）人。布衣善詩，永不自足，超然世俗。何逮卒於嘉泰三年（一二〇三），其子何羨以父遺稿請陸游表墓。本文爲陸游爲何逮所作的墓表文，闡述品藻詩歌的原則，稱道其詩「超然於世俗毁譽之外」。

本文據文末自述，作於開禧二年（一二〇六）四月戊寅（二十七）日。時陸游致仕家居。

【箋注】

〔一〕淳漓：醇厚和澆薄。劍南詩稿卷五七獨酌：「已於醉醒知狂聖，又向淳漓見古今。」

〔二〕品藻：品評鑒定。漢書揚雄傳：「爰及名將尊卑之條，稱述品藻。」顔師古注：「品藻者，定其差品及文質。」

〔三〕自足：自己滿意。王羲之三月三日蘭亭詩序：「當其欣於所遇，暫得於己，快然自足。」

〔四〕曾樂道：即曾槃，字樂道。曾幾之孫。鞏仲至：即鞏豐，字仲至。婺州武義（今屬浙江）人。師從朱熹、吕祖謙。淳熙十一年進士。歷漢陽軍學教授、江東提刑司幹辦公事、福州帥司幹辦公事、知臨安縣等，晚提轄左藏庫。事迹見鞏仲至墓誌銘（水心集卷二二）。陸游曾薦其「材識超卓，文辭宏贍」。（参見卷五薦舉人材狀）

〔五〕東陽東陽：指東陽郡（婺州）東陽縣。

孺人王氏墓表

孺人王氏名中，字正節，濰州北海人。曾大父諱競，朝議大夫、直祕閣。大父諱慎修，迪功郎、贈中奉大夫。父諱嵎，贈承事郎，字季夷，負天下才名〔一〕。孺人嫁司馬文正公元孫、龍圖閣待制諱伋之仲子、通直郎、新權發遣信州軍州事遵〔二〕。司馬君亦有文學、政事稱其家，登用於朝，孺人實相之〔三〕。人謂季夷雖坎壈不偶以死，而三子皆知名士，夫人復以賢婦稱，天所以報善人，亦昭昭矣。司馬君簽書寧海軍節度判官公事，孺人不幸遇疾卒，時嘉泰三年二月初二日也，得年四十有四。司馬君來赴告曰〔四〕：「亡婦不逮事君姑，其事舅及少姑，皆盡孝〔五〕。執喪中禮，而哀有餘。至除喪，猶不能自抑。」司馬，大族也，孺人承上接下，肅敬慈恕。既歿，哭之皆哀。以開禧二年十二月壬申，葬於會稽山陰清轡北塢之原。三子：拓、摭、操，二女尚幼。予與待制及季夷少共學〔六〕，情好均兄弟，兩公又皆娶予中表孫氏，則表孺人之墓，宜莫如予，乃泣而書之。太中大夫、寶謨閣待制致仕、山陰縣開國子、食邑五百户、賜紫金魚袋陸某書。

【題解】

孺人王氏，即王中，名正節，濰州北海（今山東濰坊）人。名士王嵎之女，嫁司馬光後裔司馬遵。嘉泰三年（一二〇三）卒，封孺人。陸游與王氏之父及公公少時共學。本文爲陸游爲王氏所作的墓表文，記述其本家與夫家身世以及與陸游之關係。

本文據文末自述，作於開禧二年（一二〇六）。時陸游致仕家居。

【箋注】

〔一〕「父諱嵎」四句：直齋書録解題卷二十著録王季夷北海集二卷，解題稱：「北海王嵎季夷撰。紹、淳間名士，寓居吴興，陸務觀與之厚善。三子甲、田、申皆登科。」王氏乃其女。

〔二〕司馬文正公元孫：即司馬光玄孫。元孫，玄孫之諱改，本人以下第五代。龍圖閣待制諱伋：即司馬伋，字季思。高宗紹興八年受詔以司馬光族曾孫爲右承務郎，嗣光後。歷添差浙東安撫司幹辦公事、通判處州。孝宗乾道二年爲建康總領，六年以試工部尚書使金。淳熙四年爲吏部侍郎，五年以中奉大夫、徽猷閣待制知鎮江，六年升寶文閣待制，改知平江，尋奉祠。九年，知泉州。卒。仲子：次子。

〔三〕相：輔佐。

〔四〕赴告：指報喪。史記周本紀：「昭王南巡狩不返，卒於江上。其卒不赴告，諱之也。」

〔五〕君姑：女子稱丈夫之母，即婆婆。舅：稱丈夫之父，即公公。少姑：稱丈夫之庶母。姑在則曰君姑，姑歿則曰先姑。又，婦謂夫之庶母爲少姑。

〔六〕待制：即司馬伋。季夷：即王嵎。

壙記①

【釋體】

徐師曾文體明辨序説：「（墓誌銘）又有曰葬誌，曰誌文，曰墳記，曰壙誌，曰壙銘，曰槨銘，曰埋銘。其在釋氏，則有曰塔銘，曰塔記。」

本卷收録壙記一首。

【校記】

①原脱文體名，諸本同，據目録補。

令人王氏壙記

於虖！令人王氏之墓。中大夫、山陰陸某妻蜀郡王氏，享年七十有一，封令人，以宋慶元丁巳歲五月甲戌卒。七月己酉葬，祔君舅少傅、君姑魯國夫人墓之南岡〔一〕。有子子虡，烏程丞；子龍，武康尉；子惔；子坦；子布；子聿〔二〕。孫元禮、元敏、元簡、元用、元雅〔三〕。曾孫阿喜，幼未名〔四〕。

【題解】

令人王氏，即陸游第一任夫人，蜀郡人。紹興十七年（一一四七）嫁入陸家，時陸游二十三歲。慶元三年（一一九七）卒，封令人。山陰陸氏族譜載：「（陸游）娶唐，於母夫人爲姑姪。繼蜀郡晉安澧州刺史王鐇字竭之之女，封令人，加封陳國夫人。」本文爲陸游爲妻王氏所作的壙記，記述其卒葬及子孫情況。

本文據文中自述，作於慶元三年（一一九七）五月，時陸游奉祠家居。

【箋注】

〔一〕君舅少傅：即陸游之父陸宰。君舅，妻子稱丈夫之父。君姑魯國夫人：即陸游之母唐氏，封魯國夫人。君姑，妻子稱丈夫之母。

〔二〕「有子」三句：陸游共有七子二女：夫人王氏生有子虡、子龍、子修（即子惔）、子坦、子約及大女靈照，其中子約入贅餘姚呂家，故文中不書；妾楊氏生有子布、子遹（即子聿）及小女女女。七子仕履列下：

陸子虡（一一四八—一二二二），字伯業，小字彭兒。以父郊恩補常州比較務，歷烏程、金壇丞、浙西提刑司幹辦官，通判清州、隋州，擢京西提刑、軍器監丞，知江州節度軍馬使，召除國子監丞，終朝奉大夫，贈紫金魚袋。

陸子龍（一一五〇—一二三三），字叔夜，小字恩哥。以父郊恩補將仕郎，歷武康尉、吉州司理，東陽、灌陽令，除左司諫，賜紫緋魚袋。

陸子修（一一五一—一二二八），原名子惔，字文長，小字秀哥。以父致仕恩補通仕郎，歷湘鄉丞、平江令，除知江寧軍，終奉直大夫。

陸子坦（一一五六—一二二七），字文度，小字行哥。以父待制日郊恩補承務郎，歷荆門、歸州僉判，知安豐軍，終朝議大夫。

陸子約（一一六六—一一九二），字文清。以父待制恩補承務郎，知辰州軍，終朝請大夫。贅餘姚吕參議之女。

陸子布（一一七四—一二五二）字思遠，小字英孫。以父遺表恩補從仕郎，歷安平軍通判，遷將監簿，知高郵軍，轉隋州，除淮南東路提刑，終通奉大夫。

陸子遹（一一七八—一二五〇），原名子聿，字懷祖，以父致仕恩補官，歷新喻丞、漢陽令，知溧陽縣，遷臨安僉判，監登聞鼓院、司農丞，出知平江軍、嚴州，召遷吏部侍郎。終中奉大夫，賜紫金魚袋。

〔三〕「孫元禮」句：陸游孫輩共十四人，情況如下：子虡有四子：元常、元韶、元用、元過；子龍生一子：元禮；子修生二子：元簡、元廷；子坦生二子：元史、元黨；子布生三子：元質、元雅（出繼給子虡，更名元常）、元楚；子遹生三子：元敏、元道、元性。作壙記時僅五人。

〔四〕曾孫阿喜：父祖不詳。

渭南文集箋校卷第四十

塔銘

【釋體】徐師曾文體明辨序説：「（墓誌銘）又有曰葬誌，曰誌文，曰墳記，曰壙誌，曰壙銘，曰槨銘，曰埋銘。其在釋氏，則有曰塔銘，曰塔記。」

本卷收録塔銘八首。

祖山主塔銘

嘉州天王禪院景倫師有二弟子，孟曰紹覺，仲曰紹祖[一]。倫且老，歎曰：「孰能問法南方，以大吾門者乎[二]？」於是覺請行，曰：「不可使師有恨。」祖請留，曰：「老人不可以莫養也。」覺南游得法，居蘄州五祖山〔三〕。而祖左右就養，先意承志〔四〕，終身不去。倫欲新其廬，祖則雨濡日炙，出入閭巷〔五〕，累年崇成，鬱爲寶坊。倫飲食往來者，祖則高囷大庖，床敷絜温〔六〕，凡至者如歸焉。皆曰：「倫師可謂有子矣。」祖既老，亦有二弟子，曰海慧、海澄。慧萬里走閩中，求大藏經以歸〔七〕。祖不及待，而澄實送終。其撰次祖行實以求予銘者〔八〕，慧弟子法琳也。是倫師不獨有子，子又有孫，何其盛哉！世所謂學士大夫，蹈義秉禮，終其身者或鮮矣，況至四世、閱百年而不失者乎？予於是有感焉。祖姓楊氏，字繼遠，世居龍游，歿以乾道四年十月某甲子，年七十五。葬以五年二月某甲子。銘曰：

峨眉之麓，鬱鬱方墳。維爾有承，以弋吾文〔九〕。

【題解】

祖山主，即嘉州天王禪院住持紹祖禪師。俗姓楊，字繼遠，世居龍游。禪師堅忍不拔，奉養祖師，乾道四年圓寂。其再傳弟子法琳求銘於陸游。本文爲陸游爲紹祖禪師所作的塔銘，主要記述其尊養祖師，矢志不渝，及世代相傳的事迹。山主，寺院的住持。

本文據文意，約作於乾道九年（一一七三）秋冬。時陸游攝知嘉州。

【箋注】

〔一〕嘉州：宋代屬成都府路，即今四川樂山。孟、仲，兄弟姊妹間的長幼順序。左傳隱公元年「惠公元妃孟子」，孔穎達疏：「孟仲叔季，兄弟姊妹長幼之別字也，孟、伯俱長也。」

〔二〕問法：指問佛法。大吾門：廣大天王禪院之門庭。

〔三〕蘄州：在今湖北蘄春。五祖山：又稱馮茂山、東山。在今湖北黄梅東北。禪宗五祖弘忍建寺於此，圓寂後葬於此山。

〔四〕先意承志：指孝子先父母之意而承順其志。禮記祭義：「君子之所爲孝者，先意承志，諭父母於道。」

〔五〕「祖則雨」二句：指到處化緣，籌措經費。雨濡日炙，日曬雨淋。

〔六〕「祖則高」二句：指高倉大廚，牀鋪潔浄。

〔七〕大藏經：佛教典籍叢書。北宋初四川首先刻成開寶藏，隨即福建在神宗、徽宗時又先後開雕大藏經，世稱崇寧萬壽大藏和毗盧藏。

〔八〕行實：指生平事迹。黄滔華嚴寺開山始祖碑銘：「十一年，其徒從紹疏師行實於闕，昇其院爲華嚴寺。」

〔九〕弋：取得。

定法師塔銘

淳熙四年，予自梁、益還吴，蓋西游九年矣〔一〕。耆老凋落，朋舊散徙，無與晤語。而少年學問日新，議論鋒出，亦莫與顧，爲之戃怳不樂〔二〕。一日，有叩户者，攝衣迎之，則所謂惠定法師也。風骨巉巉〔三〕，如太華之立雲表；議論衮衮〔四〕，如黄河之行地中。爲予談諸經，辭指精詣，往輒破的，窮日夜不休。予作而曰：「公生、肇一輩人〔五〕，予懼不足以辱公友也。」會予復出仕，又三年，乃還，屏居鏡湖之西，略無十日不過予，霰雪風雨，往往留不去。予方以讒斥退〔六〕，亦安於不遇，意者相從湖山間以老，而師不幸死矣。其徒來乞銘。師字寧道，姓王氏，世爲紹興山陰人。幼歲從錢清保安院子堯道人得度〔七〕，出遊四方，從道隆、師會、景崇三師〔八〕，授華嚴義〔九〕，盡得其説。至超然自得，出入古今，不妄隨，不苟異，三師蓋莫能屈也。衆請住戒珠省院，未幾棄去。時大惠禪師宗杲説法阿育王山〔一〇〕，師慨然往造其居，所聞益廣，學者宗之。起住妙相，徙觀音，復還省院，皆蕭然小刹〔一一〕，羹藜飯豆，人不堪其枯槁。然著書不少輟，若金剛般若經解、法界觀圖、會三歸一章、莊嶽論，已盛行於世，餘在稿者猶數十百篇。以淳熙八年十二月二十四日，焚香説偈示滅，年六十八，僧夏四十八〔一二〕。九年十二月十八日，葬於錢清。得法弟子妙定、了洪、了悦，得度弟子了知、了端、了達〔一三〕。初，師著金剛解成，持以示予。語之曰：「昔德山見龍潭，言下悟，盡焚金剛疏鈔〔一四〕。公見大慧而歸，更著此解，與德山孰優？」師笑不答，豈魯之善學柳下惠者歟〔一五〕？銘曰：

木葉旁行，九譯而東〔一六〕。維此雜華，衆經之宗〔一七〕。肇自有唐，世以名家。師如巨舟，極其津涯。著書至死，此亦奚求？承其師傳，以絶爲羞。我徂弔之，遺書滿室。喟然作銘，用愧逢掖〔一八〕。

【題解】

定法師，即惠定法師，俗姓王，字寧道，紹興山陰人。曾問道於大慧禪師宗杲。住持妙相等小刹，但著書不輟。淳熙八年圓寂。陸游曾與其多有交遊。本文爲陸游爲惠定法師所作的塔銘，主要記述法師不懈著書的事迹及兩人之間的交遊。

本文據文末自述，作於淳熙九年（一一八二）。時陸游奉祠家居。

【箋注】

〔一〕「淳熙」三句：陸游奉召離蜀東歸在淳熙五年（一一七八）春，此云「四年」恐誤。

〔二〕儻怳：惆悵，傷感。楚辭遠遊：「步徙倚而遥思兮，怊惝怳而乖懷。」

〔三〕巉巉：山勢峻峭險拔貌。張祜遊天台山：「巉巉割秋碧，媧女徒巧補。」

〔四〕衮衮：説話滔滔不絶貌。太平御覽引竹林七賢論：「張華善説史、漢，裴逸民叙前言往行，衮衮可聽。」

〔五〕生肇：指道生、僧肇。道生，即竺道生（三五五—四三四），本姓魏，巨鹿（今河北平鄉）人。東晉佛教學者。幼年跟從竺法汰出家，改姓竺。後師從鳩摩羅什譯經，是其著名門徒之一。僧肇（三八四—四一四），俗姓張，京兆（今陝西西安）人。初好老莊，後讀維摩經感悟出家。師從鳩摩羅什，擅長般若學。參與鳩摩羅什譯經場，著有肇論。

〔六〕以譴斥退：陸游淳熙七年（一一八〇）十一月奉詔詣行在，後待命。次年三月因臣僚論其「不自檢飭」，給事中趙汝愚封駁其提舉淮東常平新命，遂奉祠。

〔七〕錢清：鎮名。在今浙江蕭山。保安院：嘉泰會稽志卷七：「保安院，在（山陰）縣西北五十一里。晉開運元年建，號保寧院。治平三年改賜今額。」

〔八〕道隆：嘉泰普燈録卷九：「嚴州鍾山道隆首座，桐廬董氏子。於鍾山寺得度，自游方，所至耆衲皆推重。晚抵黄龍，死心延爲座元。心順世，遂歸隱鍾山。慕陳尊宿高世之風，掩關不事事，日羇數屨自適，人無識者。」師會：號可堂，籍貫不詳。自幼研究華嚴之教章。痛感華嚴之衰頽，乾道二年始著五教章復古記，以償多年宿志，未成得疾而寂，遺命弟子繼其業。

謚號法真大師。景崇：事迹不詳。

〔九〕華嚴，即華嚴經，全名大方廣佛華嚴經，大乘佛教主要經典，華嚴宗的立宗之經。記佛陀之因行果德，并開顯重重無盡、事事無礙之妙旨。以唐代所譯八十卷本品目完備，文義暢達，流傳最廣。

〔一〇〕大惠禪師宗杲：即徑山宗杲禪師。惠，或作「慧」。參見卷二二大慧禪師真贊題解。阿育王山：在今浙江鄞縣。爲臨濟宗道場，南宋高僧多往住持。

〔一一〕「起住」四句：妙相、觀音、戒珠省院，均爲會稽之小寺廟，所謂「蕭然小刹」。

〔一二〕説偈：吟誦偈語。示滅：佛教稱坐化身死。僧夏：指僧尼受戒後的年數。夏，夏臘。僧人以七月十六日爲歲首，十五日爲除夕，出家後，以夏臘計算年歲。

〔一三〕得法：指得到佛法傳授。得度：指得到引度、披剃出家。

〔一四〕德山：即德山宣鑒，俗姓周，簡州（今四川簡陽）人。唐代高僧。少出家，初精究律學，常講金剛經，時稱周金剛。後師從澧州龍潭崇信禪師，通過言辭機鋒達於頓悟，盡焚其原讀金剛疏鈔，遂皈依禪宗。又去寧鄉大溈山與靈佑鬥法。懿宗咸通初，應邀住朗州德山，從學者甚衆，時稱德山和尚。

〔一五〕魯之善學柳下惠：孔子家語好生：「魯人有獨處室者，鄰之嫠婦亦獨處一室。夜暴風雨至，嫠婦室壞，趨而托焉，魯人閉户而不納。嫠婦自牖與之言：『何不仁而不納我乎？』魯人曰：『吾聞男女不六十不同居，今子幼吾亦幼，是以不敢納爾也。』婦人曰：『子何不如柳下惠？然嫗不逮門之女，國人不稱其亂。』魯人曰：『柳下惠則可，吾固不可。吾將以吾之不可，學柳下惠之可。』孔子聞之曰：『善哉！欲學柳下惠者，未有似於此者，期於至善而不襲其爲，可謂智乎！』」

〔一六〕「木葉」二句：指佛經東傳。木葉，樹葉。旁行，横寫。相傳古印度佛經多傳寫於貝樹葉子，即「貝葉經」。九譯，輾轉翻譯。史記大宛列傳：「重九譯，致殊俗。」張守節正義：「言重重九遍譯語而致。」

〔一七〕「維此」二句：謂華嚴經爲衆經之宗。雜華，華嚴經之異名。

〔一八〕逢掖：寬大的衣袖。指儒生所穿之衣，亦借指儒生。禮記儒行：「丘少居魯，衣逢掖之衣；長居宋，冠章甫之冠。」

良禪師塔銘

禪師處良，字遂翁，會稽山陰劉氏子。紹興五年，甫九歲，以童子得度。十三歲遊諸方〔一〕，僅勝衣笠〔二〕，路人爲之驚歎。初爲妙喜禪師宗杲侍者〔三〕，又從卍庵禪師道顔爲書記〔四〕。遂翁英邁玉立，遊二師間，皆受記莂〔五〕，餘事能文詞〔六〕，善筆札，諸方翕稱良書記。然亦以議論皦核，不少假借〔七〕，不爲諸方所容。妄一比丘〔八〕，輒得名山壯刹，遂翁獨陸陸衆中〔九〕。嘗居嘉興法喜院，舉香爲卍庵嗣，蕭然數僧，食財半菽〔一〇〕。再歲，退廬會稽海上〔一一〕。今太常尤公延之守臨海，起遂翁領紫橐，復以縣大夫不樂〔一二〕，棄去。久之，領崑山薦嚴資福寺，遂以疾逝，淳熙十四年六月戊寅也。遺言藏骨廬山智林寺。寺，卍庵與遂翁所同建也。逝之日，手書求銘於予。銘曰：

山棲谷汲，利欲靡及。孰擠使躓，道成謗集。廬阜峩峩，浮屠岌岌〔一三〕。吾識其封，身没名立。

【題解】

良禪師，即處良禪師，俗姓劉，字遂翁，會稽山陰人。九歲出家，先後問道於宗杲、道顔禪師。曾先後主持法喜院、薦嚴資福寺等。淳熙十四年圓寂。卒前手書求銘於陸游。本文爲陸游爲處良禪師所作的塔銘，主要記述其生平事迹。

本文據文末自述，作於淳熙十四年（一一八七）。時陸游在知嚴州任上。

【箋注】

〔一〕諸方：各地。晉書何劭傳：「每諸方貢獻，帝輒賜之，而觀其占謝焉。」

〔二〕僅勝衣笠：指因年幼而勉强套上僧人寬大的衣帽。

〔三〕妙喜禪師宗杲：即大慧禪師。宗杲號妙喜。參見卷二三大慧禪師真贊題解。

〔四〕卍庵禪師道顔：即道顔禪師。參見二三卍庵禪師真贊題解。

〔五〕記莂：佛教指佛爲弟子預記死後生處及未來成佛因果、佛名等事。

〔六〕餘事：指佛事之外的才華。

〔七〕覈核：明白切實。假借：指假托，婉轉表述。

〔八〕妄一比丘：指一個愚妄的和尚。

〔九〕陸陸：猶「碌碌」。無所作爲貌。後漢書馬援傳：「季孟（隗囂）嘗折愧子陽（公孫述）而不受其爵，今更共陸陸，欲往附之，將難爲顔乎？」李賢注：「陸陸猶碌碌也。」

〔一〇〕財，通「才」。半菽：半菜半糧，指粗劣食物。漢書項籍傳：「今歲飢民貧，卒食半菽。」

〔一一〕海上：指湖濱。江淹恨賦：「遷客海上，流戍隴陰。」

〔一二〕尤公延之，即尤袤，字延之，常州無錫人。紹興十八年進士。歷泰興令、秘書丞兼國史院編修官、著作郎、太常少卿、給事中等，官至禮部尚書兼侍讀。工詩文，與陸游、楊萬里、范成大齊名。宋史卷三八九有傳。縣大夫：即縣令。

〔一三〕浮屠岌岌：指佛塔聳立。

高僧猷公塔銘

宋山陰有高僧曰子猷，字修仲，晚自號笑雲老人。宏材博學，高行達識，卓然出一世之表。雖華嚴其宗，而南之天台，北之慈恩，少林之心法，南山之律部〔一〕，莫不窮探歷討，取其妙以佐吾説。雖浮屠其衣，百家之書，無所不讀。聞名儒賢士，雖在千里之遠，必往交焉。篤行義，勵風操，嚴取與，一得喪，接物簡而峻，不屈於富貴〔二〕。有以供施及門者〔三〕，苟禮不足，雖累百金，輒拒不取。於虖賢哉！修仲出陳氏，生七歲，從同郡大善寺晏時爲童子〔四〕。十有二歲，祝髮受具〔五〕，習華嚴經論於廣福院〔六〕，擇交得其學。又遊錢塘，見惠因院師會〔七〕，博盡所疑，二師皆自以爲弗迨。遂還山陰，説法於城東妙相院〔八〕。僅二十年〔九〕，學者常百餘人，修仲厭其近城市，思居山林，乃捨衆遁於梅山上方〔一〇〕。學者不肯散去，而院隘不能容，相與言於府，願迎修仲還妙相。於是法席加盛於昔〔一一〕，所著書大行於世，院亦益葺，號爲壯刹。大慧禪師宗杲過而異之〔一二〕，爲留偈壁間。然修仲竟棄去，學者猶不捨，又説法者三。最後住姜山〔一三〕，閲三年，喟然歎曰：「老矣，將安歸耶？」亟橐書歸梅市，結庵以老。淳熙十六年八月二十有六日，忽命舟遍别平日所往來者，明日晨起説法，遂坐逝，壽六十有九。又三日，火化，得舍利，五色粲然。弟子即庵之西建塔，奉靈骨及舍利以葬〔一四〕。修仲度弟子四人：戒海、戒先、戒明、戒堅。戒先傳家學。而四方之學者，得法出世又十有七人〔一五〕。隱於衆者，蓋以百數。修仲之道，其傳又可涯哉！戒明來乞銘。銘曰：

予嘗觀古高僧，窮幽闡微，能信踐之，不爲利訹，不爲勢橈〔一六〕，未嘗不與學士大夫同也。考修仲之爲人，可謂有古高僧之風矣。吾予之銘，非獨以厚故人，蓋亦天下之公也。

【題解】

高僧，指精通佛理、道行高深的僧人。猷公，即子猷禪師，俗姓陳，字修仲，晚自號笑雲老人。山陰人。七歲入寺院爲童子，十二歲出家，習華嚴經論，師從宴時、師會禪師。説法山陰妙相院二十餘年，弟子百餘人。綜采禪學諸宗，兼及百家。歸老梅山，淳熙十六年圓寂。弟子請銘，本文爲陸游爲子猷禪師所作的塔銘，主要記述其生平事迹及佛學特點，贊賞其「有古高僧之風」。

本文據文末自述，作於淳熙十六年（一一八九）九月。時陸游在禮部郎中兼實録院檢討官任上。

參考劍南詩稿卷十七送猷講主赴李明府姜山之招、卷二十過猷講主桑瀆精舍。

【箋注】

〔一〕華嚴其宗：以華嚴爲宗門。華嚴，即華嚴宗，又名法界宗、賢首宗，以華嚴經爲主要法典。出現於陳、隋之際，以唐代杜順爲初祖，至宋代宗密爲五祖。 天台：即天台宗，又名法華宗。隋代智顗依據法華經創立。智顗常住天台山，故名。盛行於唐，五代衰微，至宋復興。 慈恩：即慈恩宗，又名法相宗、唯識宗。唐代玄奘至中印度就學於戒賢論師，歸來住持慈恩寺，與弟子窺基開啓慈恩宗。至明末大振。 少林之心法：指少林寺在經典外傳授之法，以心相印證，故名。如少林氣功，即注重心與意合。意與氣合，氣與力合。 南山之律部：指唐代道宣在終南山開創的以研究和修持佛教戒律爲主的律宗。

〔二〕行義：品行道義。 風操：志行品德。 接物簡而峻：指與人交往簡單而嚴苛。

〔三〕以供施及門：指上門布施。

〔四〕大善寺：嘉泰會稽志卷七稱「大善寺，在府東一里二百一十步」，梁天監年間建，後改名開元，吴越王時復大善舊名。「建炎中，大駕巡幸，以州治爲行宫，而守臣寓治於大善。及移蹕臨安，乃復以行宫賜守臣爲治所，然歲時内人及使命朝攢陵猶館於大善。乾道中蓬萊館成，乃止」。 童子：指僕役。

〔五〕祝髮受具：指削髮受具足戒。王維大唐大安國寺故大德淨覺禪師碑銘序：「入太行山，削髮受具。」 具足戒：指比丘所受之二百五十戒，比丘尼所受之五百戒。

〔六〕廣福院：據嘉泰會稽志卷七、卷八載，會稽府城及會稽、山陰、諸暨、蕭山、新昌諸縣均有廣福院，不知孰是。

〔七〕惠因院：咸淳臨安志卷七八：「惠因院，天成二年吴越王建。元豐八年，高麗國王子僧統義天入貢，因請從浄源法師學賢首教，詔許之，遂竟其學以歸。元祐二年以金書晉譯華嚴五十卷、唐則天時譯八十卷、德宗朝譯四十卷共三部，附海舟捨入院。元符二年又施金建華嚴大閣以崇奉之。」師會：字可堂。參見本卷定法師塔銘注〔八〕。

〔八〕説法：指宣講佛教教義。妙相院：嘉泰會稽志卷七有石佛妙相寺，或即此院。其云：「石佛妙相寺，在縣東五里。唐大和九年建，號南崇寺。會昌廢。晉天福中僧行欽於廢寺前水中得石佛，遂重建。治平三年賜今額。石佛今在寺中，高財二尺餘，背有銘曰：『齊永明六年太歲戊辰，於吴郡敬造，維衛尊像。』凡十有八字，筆法亦工。」

〔九〕僅：將近。

〔一〇〕梅山：又名巫山。嘉泰會稽志卷九：「巫山，在（山陰）縣北一十八里。舊經：『巫山一名梅山。』越絶書云：『巫山者，越魑，神之官，死葬其上。』朱育對濮陽興曰：『越王翳，遜位逃於巫山之穴，越人薰而出之。』陸左丞農師適南亭記云：『梅山，昔子真之所居也。其少西有里曰梅市，其事應史。山西南有永覺寺、梅子真泉、適南亭、竹徑、茶塢。』」參見卷二二梅子真泉銘題解。　上方：指住持僧人居住的内室。

〔一〕法席：講解佛法的座席。又泛指講解佛法的場所。

〔二〕大慧禪師宗杲：參見卷二二大慧禪師真贊題解。

〔三〕姜山：嘉泰會稽志卷九：「姜山，在（餘姚）縣西北五十里。袤十里，山有五峰：曰金雞，曰蛾霢，曰積翠，曰凌雲，曰白馬。山下有姜女泉、精舍。」

〔四〕靈骨及舍利：均指佛教徒火化後的遺骸。魏書釋老志：「佛既謝世，香木焚尸，靈骨分碎，大小如粒，擊之不壞，焚亦不燋，或有光明神驗，胡言謂之『舍利』。弟子收奉，置之寶瓶，竭香花，致敬慕，建宮宇，謂爲『塔』。」

〔五〕出世：指出家。皇甫曾秋夕寄懷契上人：「真僧出世心無事，静夜名香手自焚。」

〔六〕訹：引誘，誘惑。橈：彎曲。

別峰禪師塔銘

南山自長安、秦中西南馳，爲嶓爲㟼〔一〕。㟼東行，紆餘起伏，歷蠻夷中，跨軼且千里〔二〕，然後秀偉特起，爲三峰，摩星辰，蓄雲雨，龍蟠鳳翥，是名峨眉山。通義、犍爲二郡〔三〕，實在其下，人鍾其氣，爲秀民傑士。出而仕者，固多以功業文章，擅名古今。至於厭薄紛華〔四〕，棄捐衣冠，木食澗飲，自放於塵垢聲利之外，而不幸爲人知，不能遂其隱操〔五〕，亦卒至於光顯榮耀者，如別峰禪師是也。

【題解】

別峰禪師，即釋寶印（一一〇九—一一九〇），字坦叔，號別峰。參見卷十八圜覺閣記注〔二〕。別峰禪師於紹熙元年圓寂，其弟子於三年請銘於陸游。陸游早在蜀中即與禪師交好，禪師住持徑山寺時，陸游又與其「相約還蜀」。本文爲陸游爲別峰禪師所作的塔銘，詳細記述其生平事迹及成就。

本文據文末自述，作於紹熙三年（一一九二）夏。時陸游奉祠家居。

參考卷十八圜覺閣記。

【箋注】

〔一〕南山：指終南山。秦中：亦稱關中，指今陝西中部平原地區。嶓：即嶓冢，山名，在今陝西寧强北，一説在今甘肅天水、禮縣之間。書禹貢：「導嶓冢至于荆山。」岷：即岷山。

〔二〕蠻夷：古代對西南邊遠地區少數民族的泛稱。跨軼：即穿越。三峰：指峨眉之大峨、中峨、小峨三座山峰。

〔三〕通義、犍爲：即眉州、嘉州。宋代屬成都府路。

〔四〕紛華：繁華，富麗。史記禮書：「出見紛華盛麗兒説，入聞夫子之道而樂，二者心戰，未能自決。」

〔五〕隱操：恬退的操守。南齊書褚伯玉傳：「伯玉少有隱操，寡嗜欲。」

師名寶印，字坦叔，生爲龍游李氏子〔一〕，世居峨眉之麓。少而奇警，日誦千言，然不喜在家，乃從德山院清遠道人得度〔二〕。自成童時，已博通六經及百家之説，至是復從華嚴、起信諸名師〔三〕，窮源探賾，不高出同學不止，論説雲興泉涌。衆請主講席，謝不可。圜悟克勤禪師有嗣法上首安民，號密印禪師〔四〕，説法於中峰道場，乃挈一笠往從之。一日，密印舉僧問巖頭：「起滅不停時如何？」巖頭叱曰：「是誰起滅！」師豁然大悟〔五〕。自是室中鋒不可觸，密印恨相得之晚。會圜悟自南歸成都昭覺〔六〕，乃遣師往省，因隨衆入室。圜悟舉：「從上諸聖，以何法接人？」〔七〕師舉起拳，圜悟曰：「此是老僧用者。孰爲從上諸聖用者？」師即揮拳。圜悟亦舉拳相交，大笑而罷。圜悟歎異之曰：「是子他日必類我師。」留昭覺三年，密印猶在中峰，以堂中第一座致師。師辭，密印大怒曰：「我以法得人，人不我傳，尚何以説法爲？」欲棄衆去。衆皇恐，亟趨昭覺，羅拜懇請，圜悟亦助之請，始行。道望日隆〔八〕，學者爭歸之，雖圜悟、密印不能揜也〔九〕。

【箋注】

〔一〕龍游：縣名。隸嘉州。在今四川樂山。

〔二〕德山院：即德山禪院，在朗州（今湖南常德）。唐代高僧德山宣鑒，俗姓周，簡州（今四川簡陽）人。少出家，初精律學，後皈依禪宗。晚年應邀住朗州德山，人稱德山和尚。清遠道人：生平不詳。

〔三〕華嚴起信：即華嚴經、大乘起信論。諸名師：此指專攻兩部佛經的名師。

〔四〕「圓悟」二句：圓悟即圓悟，即昭覺克勤禪師。參見卷二二大慧禪師真贊注〔五〕。嗣法上首：指繼承佛法的首席。安民：號密印禪師，俗姓朱，嘉定州（即嘉州，今四川樂山）人。師從昭覺克勤禪師。先後住寶寧、華藏二寺，紹興年間歸峨眉山，住持中峰寺，并圓寂於本山。

〔五〕舉：指例舉。巖頭：即鄂州巖頭禪師，俗姓柯，名全奯，泉州人。在長安寶壽寺受戒，并習經律諸部。後遊歷諸方禪苑，與義存、文邃禪師爲友。師從德山宣鑒禪師，後往鄂州巖頭住山。武宗滅法後結庵洞庭卧龍山，光啓三年（八八七）圓寂。謚清嚴禪師。事迹見五燈會元卷七德山鑒禪師法嗣。起滅：佛教指因緣和合而産生與因緣離散而消滅。

〔六〕成都昭覺：即成都昭覺寺，在成都市北青龍鄉，素有「川西第一禪林」之稱。原爲漢代眉州司馬董常故宅。唐代貞觀年間改建爲佛刹，名建元寺。唐僖宗時，禪宗曹洞宗傳人休夢禪師任住持，擴建寺廟，并奉旨改名爲昭覺寺。宋真宗時，延美禪師住持昭覺，進行全面修復。高僧圓悟克勤兩度住持昭覺寺，并圓寂於此。

〔七〕舉：發問。接人：接引啓發習禪法之人。

〔八〕道望：令譽，好聲望。

〔九〕揜：同「掩」。遮蔽，蓋過。

久之，南游見溈山佛性泰、福嚴月庵果、疏山草堂清〔一〕，皆目擊而契〔二〕。或以第一座留之，師潛遁以免。最後至徑山，見大慧杲〔三〕。大慧問曰：「上座從何處來？」師曰：「西川來。」大慧曰：「未出劍門關，與汝三十棒了也。」師曰：「不合起動和尚。」時徑山衆千七百，雖耆宿名衲，以得棲笠地爲幸〔四〕，顧爲師獨掃一室，堂中皆驚。大慧南遷〔五〕，師亦西歸。始住臨邛鳳凰山，舉香嗣密印〔六〕。歷住廣漢崇慶、武信東禪、成都龍華、眉山中巖，復還成都，住正法〔七〕。道既盛行，士大夫亦喜從之游。築都不會庵，松竹幽邃。暇日，名勝畢集，聞師一言，皆自謂意消，稍或間闊，輒相語曰：「吾輩鄙吝萌矣〔八〕。」其道德服人如此。

【箋注】

〔一〕潙山：山名，亦稱大潙山，在今湖南寧鄉西。密印寺爲禪宗潙仰宗祖庭。　佛性泰：即法泰禪師。俗姓李，漢州（今屬四川）人。圓悟克勤弟子，出住鼎州德山、邵州西湖等。曾奉敕住於大潙山，受賜號佛性禪師。著有佛性泰禪師語要一卷。事迹見五燈會元卷十九昭覺勤禪師法嗣。　福嚴：即福嚴寺，在南嶽衡山。禪宗七祖懷讓大師在此開創南嶽系，傳承鼎盛。宋代省賢和尚（福嚴大士）重修寺院，後更名福嚴寺，宋太宗賜匾「福嚴禪寺」。　月庵果：即大潙善果禪師，號月庵。俗姓余，信州人。師從開福寧禪師。事迹見五燈會元卷二十開福寧禪師法嗣。　疏山：即疏山寺，在今江西金溪西。始建於唐代，原名書山，唐僖宗御筆親書「敕建疏山寺」。　草堂清：即泐潭善清禪師。俗姓何，南雄州保昌人。師從晦堂祖心，曾於黄龍山闡揚大法。歷住曹山、疏山、隆興泐潭等寺。事迹見五燈會元卷十七黄龍心禪師法嗣。

〔二〕目擊而契：一見相傾。

〔三〕大慧杲：即大慧禪師宗杲。參見卷二二大慧禪師真贊題解。

〔四〕笠地：一竹笠之地，比喻處所狹小。

〔五〕大慧南遷：指宗杲因與張九成往來而忤秦檜，紹興十年被貶衡州，二十年再貶梅州，至二十六年才返浙江。

〔六〕臨邛：即邛州，在今四川邛崍。　舉香嗣密印：指繼承密印禪師的衣鉢。

〔七〕廣漢：即漢州，在今四川德陽。　武信，即武信軍，在今四川遂寧。　中巖：參見卷二二中巖圜老像贊題解。

〔八〕間闊：久別，遠離。　鄙吝，指心胸狹窄，高適苦雨寄房四昆季：「攜手流風在，開襟鄙吝祛。」

俄復下硤〔一〕，抵金陵。應庵華方住蔣山，館師於上方〔二〕，白留守張公燾〔三〕，舉以代己。師聞，即日發去。會陳丞相俊卿來爲金陵，以保寧延師，俄徙京口金山，學者傾諸方〔四〕。金山自兵亂後，雖葺葺，莫能成，至是始復大興，如承平時而有加焉。異時，居此山鮮逾三年者，師獨安坐十五夏。潭帥張公孝祥，嘗延以大潙山〔五〕。師與張公雅故〔六〕，念未有以却，而京口之人，自郡守以降力争之，卒返潭使。魏惠憲王牧四明，虚雪竇來請〔七〕，師度不可辭，乃入東。凡住四年①，樂其山林，有終老之意，而名益重。被敕住徑山〔八〕，淳熙七年五月也。

【校記】

①「凡」，原作「几」，據弘治本、正德本、汲古閣本改。

【箋注】

〔一〕下硤：指沿江過峽而下。

〔二〕「應庵華」二句：應庵華，即天童曇華禪師，俗姓江，字應庵，法號曇華，蘄州（今屬湖北）人。虎丘紹隆禪師法嗣。曾住金陵蔣山。晚居明州天童寺。與大慧宗杲並稱。事迹見五燈會元卷二十虎丘隆禪師法嗣。蔣山，即鍾山，又名紫金山，在今南京東北。漢末秣陵尉蔣子文逐盜死於此，三國時孫權爲之立廟於鍾山，因改稱蔣山。上方，住持僧居住的内室。

〔三〕張公燾：即張燾，字子公，饒州德興（今屬江西）人。政和八年進士。紹興初累遷中書舍人、權吏部尚書，出知成都府兼本路安撫使。自蜀歸，閒居十三年。秦檜死，知建康府兼行宫留守。擢吏部尚書，復知建康府。隆興元年遷參知政事。以老病辭歸。宋史卷三八二有傳。

〔四〕陳丞相俊卿：即陳俊卿，字應求。參見卷八賀莆陽陳右相啓題解。保寧：指保寧寺。在建康府城内，宋太宗太平興國年間賜額。京口金山：指鎮江金山寺。傾諸方：指超過各地其他寺院。

〔五〕潭帥張公孝祥：即張孝祥，字安國。孝祥曾知潭州，故稱。參見卷二八跋張安國家問題解。大潙山：在今湖南寧鄉西。

〔六〕雅故：故舊，舊友。新唐書安禄山傳：「御下少恩，雖腹心雅故，皆爲仇敵。」

〔七〕魏惠憲王：即趙愷，宋孝宗次子。參見卷三七王季嘉墓誌銘注〔一〕。四明：即明州。魏惠憲王鎮明州在淳熙元年。雪竇：指雪竇寺，全稱雪竇資聖禪寺，在今浙江奉化溪口雪竇山中。寺院創於晉，興於唐，盛於宋，南宋被敕封爲「五山十刹」之一。

〔八〕徑山：指徑山寺，在今浙江餘杭徑山鎮。創建於唐代天寶年間，南宋達於極盛，孝宗親書「徑山興聖萬壽禪寺」額，被列爲江南「五山十刹」之首。

七月至行在所，至尊壽皇聖帝降中使〔一〕，召入禁中。以老病足蹇，賜肩輿於東華門内，賜食於觀堂，引對於選德殿，特賜坐，勞問良渥〔二〕。師因舉古宿云〔三〕：「透得見聞覺知，受用見聞覺知，不墮見聞覺知〔四〕。」上悦曰：「此誰語？」師曰：「祖師皆如此提倡，亦非別人語。」上爲微笑。時秋暑方熾，師再欲起，上再留，使畢其説乃退。後十餘日，又命開堂於靈隱山〔五〕，中使齎賜御香，恩禮備至。十年二月，上製圓覺經注，遣使馳賜，且命作序〔六〕。師乃築大閣秘奉，以侈上恩。師老，益厭住持事，門人懼其遠游不返，相與築庵於山北，俟其歸。今上在東宮〔七〕，書「別峰」二大字榜之。十五年冬，奏乞養疾於別峰，得請。明年，上受内禪〔八〕，取向所賜宸翰，識以御寶，復賜焉。紹熙元年冬十一月，忽往見今住山智策告別〔九〕。策問行日，師曰：「水到渠成。」歸取幅紙，大書曰：「十二月七日夜鷄鳴時。」如期而化。奉蜕質返寺之法堂〔一〇〕，留七日，顔色精明，鬚髮皆長，頂温如沃湯。是月十四日，葬於别峰之西岡。壽八十有二，臘六十有四〔一一〕。

【箋注】

〔一〕至尊壽皇聖帝：即宋孝宗。淳熙十六年二月孝宗傳位於光宗，被尊爲至尊壽皇聖帝。中使：宫中所派使者，多指宦官。

〔二〕勞問良渥：慰問至厚。

〔三〕古宿：耆宿，年高有德者。

〔四〕見聞覺知：佛教稱眼識之用爲見，耳識之用爲聞，鼻舌身三識之用爲覺，意識之用爲知，又云識。

〔五〕開堂：佛教指開壇説法。蘇軾重請戒長老住石塔疏：「大士未曾説法，誰作金毛之聲；衆生各自開堂，何關石塔之事。」

〔六〕「十年」四句：參見卷十八圜覺閣記。

〔七〕今上：指宋光宗。

〔八〕上受内禪：指光宗接受孝宗禪讓登基。

〔九〕智策：即智策禪師，號塗毒。參見卷二三塗毒策禪師真贊題解。

〔一〇〕蜕質：遺體。

〔一一〕臘：指佛教教齡。佛教戒律規定比丘受戒後每年夏季三個月安居一處，修習教義，完成稱一臘。

得法弟子梵牟、宗性、道奇、智周、慧海、宗璨等，得度弟子智穆、慧密等百四十有七人〔一〕。有慧綽者，山陰陸氏子，當以蔭得官，辭之，從師祝髮，又得記莂，遁迹巖岫，終身不出〔二〕。師既示寂，上爲敕有司定謚曰慈辯，且名其塔曰智光，庵曰别峰，極方外之寵。師説法數十年，所至門人集爲語録。晚際遇壽皇，被宸翰〔三〕，咨詢法要〔四〕，皆對使者具奏。將化，説偈尤奇偉，已别行於世，此不悉著。三年三月，法孫宗愿走山陰鏡湖，屬某銘師之塔。某與師交最久，嘗相約還蜀，結茅青衣喚魚潭上〔五〕。今雖老病，義不可辭。銘曰：

圜悟再傳，是爲别峰。坐十道場，心法之宗〔六〕。淵識雄辯，震驚一世，矯乎人中龍也〔七〕。海口電目，旄期稱道〔八〕，卓乎澗壑松也。叩而能應，應已能默，渾乎金鐘大鏞也〔九〕。師之出世，如日在空。升於暘谷不爲生，隱於崦嵫其可以爲終乎〔一〇〕？

【箋注】

〔一〕得法：指得到佛法傳授。得度：指得到引渡，剃披出家。

〔二〕綽：山陰陸氏族譜：「綽，字伯餘，僉判通州。雅慕淵明高風，棄官歸隱，事浮屠教，名惠綽。」劍南詩稿卷五寓寶相有作自注：「從子綽棄其婦，爲僧廬山。」又卷十七有送綽侄住庵吴興山中。祝髮：剃髮出家。記莂：指佛爲弟子預記死後生處及未來成佛因果等。

〔三〕被宸翰：得到皇帝墨迹。指孝宗賜圓覺經注。

〔四〕法要：佛法的要義。維摩經弟子品：「佛爲諸比丘，略説法要。」

〔五〕結茅：編茅爲屋，建造陋居。青衣唤魚潭：青衣江邊中巖名勝。參見卷二二中巖圜老像贊題解。

〔六〕心法：指經典以外的傳授之法。以心相印證，故名心法。

〔七〕人中龍：比喻卓越傑出之人。典出晉書宋纖傳。宋纖隱居不仕，太守馬岌造訪不見，歎曰：「名可聞，而身不可見；德可仰，而形不可睹。吾而今而後知先生人中龍也。」

〔八〕旄期：老年。禮記射義：「好學不倦，好禮不變，旄期稱道不亂。」陸德明釋文：「旄，本又作耄，莫報反。八十、九十曰耄。期，本又作旗，音期，如字。百年曰期頤。」

〔九〕金鐘大鏞：金鑄的大鐘。

〔一〇〕暘谷：亦稱湯谷，傳説日出之處。崦嵫：山名，在甘肅天水西。傳説日落之處。

海浄大師塔銘

乾道中，史魏公以故相牧會稽〔一〕，嚴重簡貴〔二〕，士大夫非素負才望，莫得登其門。顧每召靈秘院僧智性與語〔三〕，有大興造輒以付之。性公時年且七十，亦輒受命不辭。已而事皆井井有條理，邦之人始服魏公之知人，雖方外道人，任之亦能舉其事如此，又歎性公之不負所知也。及淳熙末，予還朝典南宫牋奏，兼領祠部〔四〕。而會稽守言靈秘院本籧篨衮丈地〔五〕，智性以孤身力成之，今爲名刹，請以其徒世守之。報可。予雖會稽人，然自魏公去，不復見性公，乃驚歎曰：「是道人尚在耶！」又五年〔六〕，予卧疾鏡湖上，性公法孫德恭來告白：「公以紹熙三年六月五日示化，將奉遺骨塔於小夾山。」且來請銘。性公本會稽山陰蔡氏子，七歲從廣福院崇教大師慧超祝髮〔七〕，九歲賜紫方袍〔八〕，號海浄大師。坐八十三夏，住靈秘五十一載，年九十。度弟子七人：覃永、宗慶、宗亮、宗振、宗懋、宗寶、宗一。孫四人：德和、德恭、德興、德椿。曾孫二人：行昭、行聞。銘曰：

龜食筮從〔九〕，宅此山阿。陵谷有遷，吾銘不磨。

【題解】

海浄大師，即智性禪師。俗姓蔡，會稽山陰人。七歲祝髮師從慧超禪師。紹熙三年圓寂。弟子請銘於陸游。本文爲陸游爲海浄大師所作的塔銘，主要記述其生平及善於營造的事迹。

本文據文末自述，作於紹熙五年（一一九四）。時陸游奉祠家居。

參考卷二一靈秘院營造記。

【箋注】

〔一〕史魏公：即史浩，字直翁。封魏國公。參見卷七謝參政啓題解。史浩出知會稽在乾道初。

〔二〕嚴重簡貴：嚴肅穩重，簡傲高貴。

〔三〕靈秘院：在山陰縣西柯橋館旁。參見卷二一靈秘院營造記題解。

〔四〕「及淳熙末」三句：指陸游淳熙十六年任禮部郎中，兼膳部檢察。南宫：指禮部。牋奏，參考卷二南宫表牋。祠部：禮部官署，掌僧道、祠祭、醫官等，兼領膳部。

〔五〕籧篨：粗竹席。方言第五：「簟……其粗者謂之籧篨。」此指地方狹小。衺丈：南北丈餘。

〔六〕又五年：自「淳熙末」始計，當爲紹熙五年（一一九四）。

〔七〕廣福院：參見本卷高僧猷公塔銘注〔六〕。

〔八〕方袍：指僧人所穿袈裟，因平攤爲方形，故稱。

〔九〕龜食筮從：指遵從卜筮的結果。古代占卜用龜，筮用蓍草，視其象數定吉凶。

松源禪師塔銘

松源禪師名崇岳，生於處州龍泉之松源吴氏，故因以自號。自幼時，已卓犖不群，處群兒中，未嘗嬉宕〔一〕。稍長，聞出世法〔二〕，慕嚮之。年二十三棄家，衣掃塔服，受五戒於天明寺首造靈石妙禪師〔三〕。繼見大慧杲禪師於徑山〔四〕，久之，大慧升堂，稱蔣山應庵華公爲人徑捷〔五〕。師聞之，不待旦而行。既至，入室未契，退愈自奮勵。中夜，自舉「狗子無佛性」話〔六〕，豁然有得，即以扣應庵。舉庵世尊有密語，迦葉不覆藏，師云鈍置和尚〔七〕，應庵厲聲一喝。自是朝夕咨請，應庵大喜，以爲法器〔八〕，説偈勸使祝髮，棟梁吾道。

【題解】

松源禪師（一一三二—一二〇二），俗姓吴，名崇嶽，處州龍泉（今浙江麗水）人。二十三歲棄家，先後參拜靈石妙、大慧宗杲、應庵華等大師。三十三歲得度，遍禮江浙諸師，終嗣密庵之法。歷住報恩光孝寺、靈隱寺等，嘉泰二年圓寂。四年後，弟子請銘於陸游，本文爲陸游爲松源禪師所作的塔銘，主要記述其生平事迹，稱頌其爲臨濟宗「正傳」。

本文據文末自述，作於開禧二年（一二〇六）。時陸游致仕家居。

【箋注】

〔一〕嬉宕：嬉戲遊樂。蘇軾王子立墓誌銘：「人人自重，不敢嬉宕，子立實使然。」

〔二〕出世法：佛教指達到超脱生死境界的方法。

〔三〕五戒：指不殺生、不偷盜、不邪淫、不妄語、不飲酒五種戒律，爲在家人之所持。

〔四〕大慧杲禪師：即大慧宗杲禪師。參見卷二二大慧禪師真贊題解。

〔五〕應庵華公：即天童曇華禪師。參見本卷別峰禪師塔銘注〔二〕。徑捷：簡便，直接。沈括夢溪筆談技藝：「有數法可求，惟此法最徑捷。」

〔六〕狗子無佛性：禪宗公案。又作趙州狗子、趙州佛性。趙州從諗用「狗子佛性」打破常人有無之執見。五燈會元第四：「僧問：『狗子還有佛性也無？』師曰無。僧曰：『上自諸佛下至螻蟻，皆有佛性，狗子爲甚麽却無？』師曰：『爲伊有業識在。』」

〔七〕鈍置：折磨，折騰。

〔八〕法器：佛教指具有學佛弘法善根之人。

隆興二年，師始得度於臨安西湖白蓮精舍〔一〕。自是遍歷江、浙諸大老之門〔二〕，罕當其意，乃浮海入閩，見乾元木庵永禪師〔三〕。一日辭木庵，欲往黄檗〔四〕。木庵舉有句無句〔五〕，如藤倚樹，師云：「裂破。」木庵云：「瑯琊道好一堆爛柴蕈〔六〕。」師云：「矢上加尖。」如是應酬數反，木庵云：「老兄下語，老僧不過如此，只是未在。他日拂柄在手，爲人不得，驗人不得。」師云：「爲人者，使博地凡夫〔七〕，一超入聖域，固難矣。驗人者，打向面前過，不待開口，已知渠骨髓，何難之有？」木庵舉手云：「明明向汝道，開口不在舌頭上，後當自知。」逾年，見密庵於衢之西山〔八〕，隨問即答。密庵微笑曰：「黄、楊禪爾〔九〕。」師切於明道，至忘寢食。密庵移住蔣山、華藏、徑山，皆從之。一日，密庵入室次問傍僧：「不是心，不是佛，不是物。」師侍側，豁然大悟，乃云：「今日方會木庵道『開口不在舌頭上』。」自是機辯縱横，鋒不可觸。木庵又遷靈隱，遂命師爲堂中第一座。旋出世於平江澄照爲密庵嗣，遷江陰之光孝、無爲之冶父、饒之薦福、明之香山、平江之虎丘，皆天下名山〔一〇〕。惟冶父最寂寞，又以火廢，師一臨之，四方名衲踵至〔一一〕，棟宇亦大興，人謂師能使所居山大。

【箋注】

〔一〕精舍：指佛教徒修行者之住處。

〔二〕大老：德高望重者。孟子離婁上：「二老者，天下之大老也。」二老指伯夷、太公。此大老指佛寺高僧。

〔三〕木庵永禪師：即鼓山安永禪師，號木庵，俗姓吴，福建閩縣人。弱冠爲僧，師從懶庵鼎需禪師。事迹見五燈會元卷二十西禪需禪師法嗣。

〔四〕黄蘗：山名。即福州福清西黄蘗山。始建於唐貞元間，後希運禪師大振宗法，臨濟義玄從其學法，後開臨濟一宗。

〔五〕有句無句：佛教就有無之義立四句而别之：第一句「有而非無」，是有句也；第二句「無而非有」，是無句也；第三句「亦有亦無」，是雙亦句也；第四句「非有非無」，是雙非句也。

〔六〕聻：句末語氣詞，相當於呢、哩。

〔七〕博地：指人間。

〔八〕密庵：即天童咸傑禪師，號密庵，俗姓鄭，福州福清人。母嘗夢靈山老僧入舍而生之。師從應庵曇華禪師。事迹見五燈會元卷二十天童華禪師法嗣。衢之西山：衢州城南烏巨山之西山禪院。

〔九〕黄楊：即黄龍、楊岐兩派。禪宗入宋後，臨濟宗分爲黄龍、楊岐兩派。黄龍派爲慧南禪師所創，以隆興府（今江西修水）黄龍山爲中心，盛於北宋；楊岐派爲方會禪師所創，祖庭爲袁州（今江西萍鄉）楊岐山普通寺，盛於南宋。

〔一〇〕出世：此指住持。平江澄照，平江府（今江蘇蘇州）陽山澄照寺。江陰之光孝：江陰軍（今江蘇江陰）君山報恩光孝寺。無爲之冶父：無爲軍（今安徽蕪湖）冶父山實際寺。饒之薦福：饒州（今江西上饒）薦福寺。明之香山：明州（今浙江寧波）香山智度寺。平江之虎丘：平江府虎丘山雲岩寺。

〔一一〕名衲：名僧。

慶元丁巳年〔一〕，適靈隱虚席，僉曰：「安得岳公來乎？」果被旨以畀師〔二〕，歡聲如潮。居六年，道盛行，得法者衆，法席爲一時冠〔三〕。而師有棲隱之志，即上章乞罷住持事。上察其誠，許之。退居東庵。俄屬微疾，猶不少廢倡道，忽垂一則語以驗學者曰：「有力量人，爲甚麽擡脚不起，開口不在舌頭上？」又貽書嗣法香山光睦、雲居善開①，傳以大法〔四〕。因書偈曰：「來無所來，去無所去。瞥轉玄關〔五〕，佛祖罔措。」跏趺而寂〔六〕，實嘉泰二年八月四日也。得年七十有一，坐夏四十〔七〕，奉全身塔於北高峰之原〔八〕。塔成之四年，香山遣其侍者道孚以銘屬某。某方謝事居鏡湖上，年過八十，病卧一榻，得書，不覺起立曰：「亡友臨川李德遠浩實聞道於應庵，蓋與密庵同參〔九〕。」李德遠每與某談參問悟入時機緣言句〔一〇〕，率常達旦。今讀師語，峻峭嵒崒〔一一〕，下臨雲雨，如立千仞之華山。蹴天駕空〔一二〕，駭心眩目，如錢塘海門之濤；虎豹股栗，屋瓦震動，如漢軍昆陽之戰〔一三〕。追思德遠所言，然後知師真臨濟正宗，應庵、密庵之真子孫也。銘曰：

臨濟一宗，先佛正傳。應庵父子，以一口吞〔一四〕。金圈栗蓬〔一五〕，晚授松源。松源初心，論劫參禪。於一笑中，疾雷破山。坐八道場，衆如濤瀾。金鏃脱手，碎首裂肝。彼昏何知，萬里鐵關。後十大劫〔一六〕，摧山湮川。法力所持，此塔巋然。

【校記】

①「法」，原作「去」，據弘治本、正德本、汲古閣本改。

【箋注】

〔一〕慶元丁巳年：即慶元三年（一一九七）。

〔二〕僉：衆人，大家。　岳公：指松源禪師。　畀：給予。

〔三〕法席：佛教指講解佛法的座席。

〔四〕嗣法：即法嗣。禪宗指繼承祖師衣鉢而主持一方叢林的僧人。　香山光睦：即香山智度寺少室光睦禪師。　雲居善開：即南嶽衡山雲居寺掩室善開禪師。　大法：指深妙之法。

〔五〕玄關：佛教指出入玄旨之關門，入道之法門。文選王中頭陀寺碑文：「玄關幽鍵，感而遂通。」

〔六〕跏趺：「結跏趺坐」的簡稱。佛教坐禪法，交疊左右足背於左右股上而坐。相傳爲如來成正覺時坐法。

〔七〕坐夏：佛教指僧人於夏季三月中安居不出，坐禪静修。借指出家年齡。

〔八〕全身塔：佛教徒圓寂後一般都用火化，也有由弟子用盂（大瓷缸）覆蓋其全身，建成全身塔。

〔九〕李德遠浩：即李浩（一一一六—一一七六），字德遠，臨川人。紹興十二年進士。歷太常寺主簿、光禄寺丞、司農少卿、大理卿等。出知静江府兼廣西安撫，除權吏部侍郎。以疾卒。宋史卷三八八有傳。劍南詩稿卷一有送李德遠寺丞奉祠歸臨川、寄别李德遠。應庵：即天童曇華禪師。密庵：即天童咸傑禪師。同參：佛教指共同參謁一師。

〔一〇〕參問：指參師問道。悟入：佛教指開悟實相之理，而入於實相之理。機緣：佛教指衆生信受佛法的根機和因緣。

〔一一〕嵂崒：高峻貌。班固西京賦：「巖峻崷崪，金石崢嶸。」

〔一二〕蹴天：踏天。蹴，踏。

〔一三〕漢軍昆陽之戰：王莽新朝和漢軍在昆陽（今河南葉縣）進行的一次戰略決戰，戰況慘烈，結果劉秀擊敗王莽。後漢書光武帝紀：「會大雷風，屋瓦皆飛，雨下如注，滍川盛溢，虎豹皆股戰，士卒争赴，溺死者以萬數，水爲不流。」

〔一四〕一口吞：指融匯一切無遺漏。

〔一五〕金圈栗蓬：銅箍褐身，形容熔爐的形狀。此指熔煉的佛學精華。栗蓬，栗子的外殻。介石智朋禪師語録：「金圈栗蓬，爐鞴鎔鎔。吞得透得，鈍鐵頑銅，百丈徒誇三日聾。」

〔一六〕大劫：佛教稱世界經歷一次大生大滅的時間，包括成、住、壞、空四中劫。

退谷雲禪師塔銘

佛照禪師有嗣子曰浄慈報恩光孝退谷禪師〔一〕，名義雲，生於福州閩清黄氏，世爲士。禪師幼入家塾，成童入鄉校，穎異有聲。既冠，遊國學〔二〕，因讀論語、中庸，有所悟入。後聞龜峰山堂淳禪師説法，遂自斷出家〔三〕，從山堂祝髮。遍遊江湖，至吴，見鐵庵一大禪〔四〕，爲侍者。一日，室中問國師三喚侍者話，師亟舉手揜其口，又問曰：「侍者三應，又作麽生？」師拂袖徑出，鐵庵大喜。時佛照倡道靈隱，師往依之。及佛照移育王〔五〕，師從其行，歷十年，爲堂中第一座。佛照聞其説法，歎曰：「此子提倡，宛如雪堂行和尚〔六〕，吾鉢袋有所付矣。」遂出住香山〔七〕。居五年，徙台州光孝，又徙鎮江甘露〔八〕。會平江虎丘、萬壽皆欲延師〔九〕，師聞萬壽頗廢，即欣然就之。

淮南轉運使虞公儔又以長蘆來招〔一〇〕，師與虞公有雅故，又從之。

【題解】

退谷雲禪師，俗姓黄，名義雲，福州閩清人。幼習儒學，後師從龜峰山堂淳禪師出家。臨濟宗僧人先後住持明州香山、台州光孝、鎮江甘露、平江萬壽、明州育王等寺院。晚年奉朝命住持浄慈寺。開禧二年圓寂。弟子請銘於陸游。本文爲陸游爲退谷雲禪師所作的塔銘，記述其生平及晚年住持浄慈寺的事迹。

本文據文末自述，作於嘉定元年（一二〇八）。時陸游致仕家居。

【箋注】

〔一〕佛照禪師：即佛照德光禪師。參見卷二二佛照禪師真贊題解。

〔二〕國學：指國家設立的學校。與「鄉校」相對而言。周禮春官樂師：「樂師掌國學之政，以教國子小舞。」

〔三〕自斷：自己剪斷頭髮。

〔四〕鐵庵一大禪：即鐵庵一大禪師，建昌人。與佛照、曇道俱同行。學禪於月庵果禪師、應庵華禪師。乾道間，歷住台州慶善寺、衢州祥符寺，爲月庵法嗣。後自嘉禾遷疏山、仰山，兩住雪峰而終。事迹見道融叢林盛事卷下。

〔五〕育王：即明州阿育王寺。

〔六〕雪堂行和尚：即烏巨道行禪師，號雪堂，俗姓葉，處州（今浙江麗水）人。依普照英禪師得度，爲佛眼清遠禪師法嗣。歷住壽寧、法海、天寧、烏巨諸剎。事迹見五燈會元卷二十龍門遠禪師法嗣。

〔七〕香山：即明州香山智度寺。

〔八〕台州光孝：即台州報恩光孝寺。　鎮江甘露：即鎮江甘露寺。

〔九〕平江虎丘，即平江虎丘雲岩寺。　萬壽：即平江府萬壽報恩光孝禪寺。

〔一〇〕虞公儔：即虞儔，字壽老，寧國（今安徽寧國）人。隆興元年進士。累遷監察御史、太常少卿、淮南轉運使等，官至兵部侍郎。　長蘆：即長蘆崇福禪寺，簡稱長蘆寺，是禪宗著名寺院，在今江蘇南京六合區。始建於南朝梁普通八年，北宋天聖和南宋淳熙時兩次重建。

會育王虛席，朝命師補其處。時佛照方居東庵〔一〕，父子日相從，發明臨濟正宗，學者雲集。會有魔事〔二〕，師即捨衆退居香山，蓋將終焉。而朝命又起師説法淨慈〔三〕，恩光赫奕，都邑聳動。一日，領衆持鉢畿邑〔四〕，是夕，寺災無遺宇。比師歸，獨三門巋然在瓦礫中〔五〕，師不動容曰：「成壞相尋〔六〕，亦豈有常？今日之壞，安知不爲四衆作福之地哉?」天子聞之〔七〕,出内庫金以賜。自重臣貴戚以下,傾槖輦金,惟恐居後。未期年,廣殿邃廡,崇閎傑閣,蓋愈於前日矣。於是上爲親御翰墨,書「慧日閣」三大字賜之。開禧二年五月師示微疾,六月朔旦辛亥,作偈别衆曰:「意烏猝嗟〔八〕,萬人氣索。佛法向上,何曾蹋着。臨行業識茫茫,一任諸方卜度〔九〕。」遂寂。後九日,弟子處約等奉全身塔於寺之東北隅〔一〇〕。世壽五十八,僧夏三十五,住山十九載,度弟子四十有畸〔一一〕。學者集師語爲七會録行於世。

【箋注】

〔一〕東庵:佛照禪師晚年所居處。

〔二〕魔事:佛教指成道的障礙。

〔三〕浄慈:即浄慈禪寺。在今杭州南屏山。創自周顯德元年,吴越忠懿王時號慧日永明院。宋太宗改賜壽寧院。南渡時毁而復興,紹興九年改賜浄慈報恩光孝寺。繼而復毁,再建時孝宗御書「慧日閣」賜之。嘉泰四年再毁。

〔四〕持鉢:即托鉢,指手托鉢盂向施主乞食。畿邑:京城管轄之縣。

〔五〕三門:指寺院大門。形制如闕,開三門。僅有一門亦稱三門,標識空、無相、無作三解脱門。

〔六〕成壞相尋:成劫和壞劫相續。佛教稱世界變化經成、住、壞、空四個階段,即四大劫。

尋：接續。

〔七〕天子：指宋孝宗。净慈寺焚毁重建在淳熙十四年（一一八七）。

〔八〕意烏猝嗟：發聲怒吼。漢書韓信傳：「項王意烏猝嗟，千人皆廢。」顔師古注引晉灼曰：「意烏，恚怒聲也。」又引李奇曰：「猝嗟，猶咄嗟也。言羽一咄嗟，千人皆失氣也。」

〔九〕業識：佛教指人投胎時心動的一念，爲十二因緣中的行緣識。卜度：推測，臆斷。

〔一〇〕全身塔：參見本卷松源禪師塔銘注〔八〕。

〔一一〕有畸：有餘。畸，零，餘數。

師初欲以復佛殿屬予記之，未及而棄世。於是處約等以西堂可宣禪師之狀來求予銘〔一〕。適予老疾，弗克就，宣公又以書來固請，而師之侍僧處訥者，留逾年不肯去〔二〕，辭指懇款〔三〕。予爲之歎曰：「師之在育王也，將新僧堂，而陰陽家以爲法所禁〔四〕，將不利於主人，師奮不顧，排衆説力爲之。堂成而魔果作，遂去。陰陽家之説，使人拘而多畏，然其法本出流俗，不待師之明，知其妄决也。雖或適中，終爲不足信也。又師在净慈遭火患，潊地皆盡，度非金錢累億萬，且假以歲月，必不能成，師談笑盡復舊觀。議者或以爲師之才用絶人，見於此者，則亦陋矣。此事若澄觀輩，則可稱大善知識，直遊戲爾〔五〕。師所以獨立一世者，豈直以此哉！師示衆有曰：『鳥道孤危，玄關妙密，在曹洞宗旨亦奇矣，若較臨濟，直是天地懸隔〔六〕。』此足以知師能繼圜悟、妙喜、佛照之大作用者〔七〕，自有所在也。」銘曰：

猗歟雲公〔八〕，自儒衣奮。爲東庵子〔九〕，無示無問。上距圜悟，四世而近。龍象蹴踏，獅子奮迅〔一〇〕。或造其室，目不容瞬。丹碧南山，蓋其游刃〔一一〕。於談笑頃，變化煨燼。以此論師，其殆未盡。譬如觀海，測以尺寸〔一二〕。我銘不磨，百世其信。

【箋注】

〔一〕西堂：與東堂相對。東堂指本寺前任主持，西堂指曾住持其他寺院，而今客居本寺者。

可宣禪師：俗姓許，蜀嘉定（今四川樂山一帶）人。南宋嘉定年間詔住徑山。

〔二〕留逾年：求銘在開禧二年，「留逾年」作銘則在開禧三年或嘉定元年。劍南詩稿卷七八法雲孚上座求詩自注：「近有淨慈僧訥來求銘其師塔」，即指此文。詩作於嘉定元年秋，則文當作於該年上半年。

〔三〕懇款：懇切忠誠之情。王維請施莊爲寺表：「上報聖恩，下酬慈愛，無任懇款之至。」

〔四〕陰陽家：指以擇日、占星、風水之術爲業者。

〔五〕澄觀：即澄觀法師（七三八—八三九），唐代高僧，被尊爲華嚴宗四祖。俗姓夏侯，越州山陰人。十一歲出家。廣學律、禪、三論、天台、華嚴各宗教義，又研究經傳、子、史、小學、天竺悉曇、諸部異執等學問。撰成華嚴經疏二十卷等，被稱爲「華嚴疏主」。世壽一〇二歲。大善知識：佛教指偉大的善知識，即偉大的信解佛法又學識淵博之人。遊戲：指隨心所欲、自由自在的狀態。

〔六〕曹洞：即曹洞宗，禪宗南宗五家之一。以良价禪師在瑞州洞山（今江西宜豐）創宗，弟子本寂禪師在撫州曹山（今江西吉水）傳禪，故名。曹洞宗宣導「回互」，施教方式是「行解相應」，精耕細作，態度較爲穩健、綿密，具有哲學的辯證精神，且體現對儒道兩家思想的融攝。臨濟：即臨濟宗，亦爲禪宗南宗五家之一。以唐代義玄禪師在河北臨濟院創立，故名。臨濟宗主張「四料簡」，以「棒」、「喝」見稱，其施教方式偏重行動之開導，宗風單刀直入，機鋒峻烈，使人猛然醒悟。

〔七〕圜悟：即昭覺克勤禪師。參見卷二二大慧禪師真贊注〔五〕。妙喜：即大慧宗杲禪師。參見卷二二大慧禪師真贊題解。佛照：即佛照德光禪師。參見卷二二佛照禪師真贊題解。

〔八〕猗歟：歟詞，表示贊美。詩周頌潛：「猗與漆沮，潛有多魚。」鄭玄箋：「猗與，歎美之言也。」雲公：即退谷雲禪師。

〔九〕東庵：即佛照德光禪師。

〔一〇〕龍象：佛教指修行勇猛且具有大力之人。維摩經不思議品：「譬如迦葉，龍象蹴踏，非驢所堪。」嘉祥疏：「此言龍象者，只是一象耳，如好馬名龍馬，好象云龍象也。」蹴踏：指行走，奔跑。獅子奮迅：獅子奮起時，身毛俱豎，其勢迅速勇猛。佛教用以比喻佛之威猛。法華經湧出品：「諸佛師子奮迅之力。」兩句皆贊美雲禪師説法之聲勢。

〔一一〕丹碧南山：指南屏山浄慈寺之宏偉絢爛。遊刃：遊刃有餘。

〔一二〕「譬如」二句：指管窺蠡測，眼界狹小。

渭南文集箋校卷第四十一

祭文

【釋體】徐師曾文體明辨序説：「按祭文者，祭奠親友之辭也。古之祭祀，止於告饗而已。中世以還，兼贊言行，以寓哀傷之意，蓋祝文之變也。其辭有散文，有韻語，有儷語。而韻語之中，又有散文、四言、六言、雜言、騷體、儷體之不同。劉勰云：『祭奠之楷，宜恭且哀。』若夫辭華而靡實，情鬱而不宣，皆非工於此者也。作者宜詳審之。」

本卷收録祭文二十一首。

皇太后靈駕發引祭文

風御上賓，玉衣永閟〔一〕。生堯鈎弋，尚懷帝武之祥〔二〕；從禹會稽，遽奉寢園之卜〔三〕。母慈罔極，坤載無疆〔四〕。方同軌之畢來，悵東朝之已遠〔五〕。然而艱難契闊，歸慰聖主問安之誠〔六〕；壽考康寧，躬享先后莫致之福〔七〕。陰功陽德，上際下蟠，歷邃古而罕聞〔八〕，知聖心之無憾。臣藩維有守〔九〕，愴慕徒深。目斷柏城，神馳翣御〔一〇〕，敢修饋奠之禮，少致攀號之心〔一一〕。

【題解】

皇太后，指宋高宗生母韋太后（一〇八〇—一一五九），開封人，宋徽宗趙佶的妃嬪，宋高宗趙構之母。「靖康之難」時，與徽、欽二宗及六宫后妃、皇族等人同時被金人擄往北方。宋高宗即位後，被遥尊爲宣和皇后。紹興五年，宋徽宗病死五國城。七年，被尊爲皇太后。紹興十二年三月，宋金紹興和議成。夏四月，韋賢妃同徽宗棺槨歸宋，入居慈寧宫。紹興二十九年九月得疾崩，享年八十，謚曰顯仁。攢於永祐陵之西，祔神主太廟徽宗室。宋史卷二四三有傳。靈駕，載運天子靈柩之車。發引，指出殯，靈車起行。本文爲陸游爲韋太后出殯所作的祭文。

本文原未繫年，歐譜列於不繫年文。據文意及文中「臣藩維有守」句，當作於紹興二十九年

（一一五九）冬，時陸游在福州決曹任上。

【箋注】

〔一〕風御：即御風，乘風飛行。　上賓：作客天帝之所。指帝王去世。逸周書太子晉解：「王子曰：『吾後三年，上賓於帝所，汝慎無言。』」孔晁注：「言死必爲賓於上帝之所。」　玉衣永閟：此指皇太后駕崩。玉衣，古代帝王、后妃、王侯所穿玉制葬服。如馬王堆漢墓出土的金縷玉衣。閟，掩蔽，埋葬。

〔二〕「生堯」二句：指鉤弋夫人爲漢武帝生下昭帝。鉤弋，漢武帝寵妃趙氏的稱號。史記外戚世家：「鉤弋夫人姓趙氏，河間人也。得幸武帝，生子一人，昭帝是也。」堯，代指皇帝。

〔三〕「從禹」二句：指韋太后歸返會稽守護徽宗陵園。禹，代指皇帝。寢園，陵園。

〔四〕坤載：指帝后功德博厚，如大地載育萬物。王安石慰太皇太后表：「伏惟太皇太后功在帝圖，德齊坤載。」

〔五〕「方同軌」二句：描繪太后被擄時情景。同軌，原指華夏諸侯國。左傳隱公元年：「天子七月而葬，同軌畢至。」杜預注：「言同軌，以別四夷之國。」此指各路勤王之兵。東朝，借指太后，太妃。蘇軾春帖子詞皇太妃閣：「孝心日奉東朝養，儉德應師大練風。」王文誥注：「按漢書惠帝東朝長樂宮，時呂太后居長樂，後世稱太后爲東朝。」

〔六〕「然而」二句：指韋太后歷盡艱難，終歸國寬慰高宗之孝心。契闊，勤苦，勞苦。詩邶風擊鼓：「死生契闊，與子成説。」毛傳：「契闊，勤苦也。」聖主，指宋高宗。

〔七〕「壽考」二句：指韋太后終享高壽之福。壽考，長壽，年高。詩大雅棫樸：「周王壽考，遐不作人。」鄭玄箋：「文王是時九十餘矣，故云壽考。」

〔八〕邃古：遠古。後漢書班固傳：「伊考自邃古，乃降戾爰兹，作者七十有四人。」

〔九〕藩維有守：指守衛邊防。此指任福州決曹。藩維，邊防要地。張籍送裴相公赴鎮太原：「盛德雄名遠近知，功高先乞守藩維。」

〔一〇〕柏城：指皇陵。古代帝后陵寢四周列植柏樹成牆，故稱。翣御：指靈駕。翣，出殯的棺飾。

〔一一〕饋奠：指喪中祭奠之事。禮記曾子問：「曾子問曰：『大功之喪，可以與於饋奠之事乎？』」孫希旦集解：「饋奠，謂執喪奠之事也。」攀號：用史記封禪書黄帝騎龍上天，小臣攀龍鬚至鬚斷，乃抱其弓與龍鬚號泣之事，指哀悼帝喪。南史梁紀論：「攀號之節，忍酷於踰年；定省之制，申情於木偶。」

祭梁右相文

人之生世，如雲之出於山川。雲不自用，用之者天，降爲甘澤，散爲豐年。抑有時而弗用，則輪囷磅礴〔一〕，或卷或舒，以自適於野水之涯、荒山之巔。彼雲無心，豈有用舍之異、出處之偏哉〔二〕？公之在朝，道大材全。不爲世變，不爲物遷。顯相廟郊，華衮金蟬〔三〕。太平之功，溢於簡編。謝病而歸，大節愈堅。從容邇英，抗議慨然〔四〕，曰我非堯舜之道，不敢以陳於前。孰謂萬鍾之禄，不足顧留〔五〕，遂委之而仙乎？抑公之學，得聖所傳，視生死爲一區，等華屋於荒阡乎？又豈如雲之既散，廓然太虛〔六〕，則前日用舍，初不足以爲愚賢乎？酒不盈觴，肉不揜豆〔七〕，獨區區之詞，寫其肺肝者，公豈捐之乎？

【題解】

梁右相，即梁克家（一一二八—一一八七），字叔子。參見卷十一知嚴州謝梁右相啓題解。梁克家於淳熙九年再拜右相，十三年罷，十四年六月卒。十三年春陸游剛有知嚴州謝梁右相啓之作。本文爲陸游爲梁克家所作的祭文。

本文原未繫年。歐譜系於淳熙十四年（一一八七），是。當作於該年六月。時陸游在知嚴州任上。

【箋注】

〔一〕輪囷：盤曲貌。文選鄒陽獄中上書自明：「蟠木根柢，輪囷離奇。」李善注引張晏曰：「輪囷離奇，委曲盤戾也。」

〔二〕用舍：即用舍行藏。指被任用即行其道，不被任用即退隱。論語述而：「子謂顏淵曰：『用之則行，舍之則藏，唯我與爾有是夫。』」出處：指出仕和退隱。蔡邕薦皇甫規表：「修身力行，忠亮闡著，出處抱義，皦然不汙。」

〔三〕顯相：指有名望的公卿諸侯參與助祭。詩周頌清廟：「於穆清廟，肅雝顯相。」朱熹集注：「顯，明；相，助業。」廟郊：亦作郊廟。古代天子祭祀天地稱郊，祭祀先祖稱廟。華衮金蟬：古代王公貴族禮服冠飾。

〔四〕邇英：即邇英殿，宋代禁苑宫殿名，義取親近英才。抗議：指持論正直，反對錯誤意見。後漢書盧植傳：「（董卓）大會百官於朝堂，議欲廢立，群僚無敢言，植獨抗議不同。」

〔五〕顧留：眷顧留戀。

〔六〕太虛：指天空。文選孫綽游天台山賦：「太虛遼廓而無閡，運自然之妙有。」李善注：「太虛謂天也。」

〔七〕搶豆：掩蓋器皿底部。説文：「豆，古食肉器也。」

祭龔參政文

某官劍南，公在廊廟〔一〕。書從驛來，如奉色笑〔二〕。哀窮悼屈，忘其不肖。歲戊戌春，某辱號召〔三〕。歸未及都，公殁荒徼〔四〕。山川阻修，萬里孤旐〔五〕。官事有守，不遑往弔〔六〕。寓哀一觴，公乎來醻〔七〕。

【題解】

龔參政，即龔茂良，字實之。參見卷九賀龔參政啓題解。陸游於乾道二、三年之際有寄龔實之正言詩（劍南詩稿卷一）；淳熙二年初有賀龔參政啓。龔氏淳熙四年罷相，旋被責寧遠軍節度副使、英州安置。次年六月卒於貶所。本文爲陸游爲龔茂良所作的祭文。

本文原未繫年，歐譜繫於淳熙五年（一一七八），是。當作於該年秋，時陸游由蜀中東歸臨安候任。

【箋注】

〔一〕劍南：劍閣以南，泛指蜀中。廊廟：指朝廷。

〔二〕「書從」二句：指陸游在蜀中與龔氏有書信往來。色笑，和顔悦色的態度。語本詩魯頌泮水：「載色載笑，匪怒伊教。」鄭玄箋：「和顔色而笑語，非有所怒，於是有所教化也。」

〔三〕「歲戊戌」二句：指淳熙五年春，陸游奉召離蜀東歸。戊戌，淳熙五年。

〔四〕荒徼：荒遠的邊域。楊衡送人流雷州：「不知荒徼外，何處有人家？」

〔五〕孤旐：孤獨的引魂幡。比喻客死邊城。旐，古代畫著龜蛇的旗幟。亦指引魂幡。潘岳寡婦賦：「龍轜儼其星駕兮，飛旐翩以啓路。」

〔六〕不遑：無暇。詩小雅四牡：「王事靡盬，不遑啓處。」

〔七〕釂：飲酒乾杯。漢書郭解傳：「解姊子負解之勢，與人飲，使之釂，非其任，强灌之。」

祭魯國太夫人文

嗚呼！昔先太師，遁世懷寶，播慶於家，生我元老〔一〕。維少傅公，秉德逢辰，長養成就，則繄夫人〔二〕。少傅在朝，衮衣繡裳，帝錫夫人，御醴宸章〔三〕。少傅在藩，豹尾玉節，帝錫夫人，兼金重帛〔四〕。僉曰盛哉〔五〕，其榮則多，夫人曰嘻，其報伊何。帝虛元弼，方屬少傅，於時夫人，以疾即路〔六〕。煌煌安輿，少傅實從，天祐德人，華其初終〔七〕。某受恩門闌，義均子姓，晚偕婦息，升堂修敬〔八〕。萬里羈宦，忽承哀音，東望永懷，碎裂寸心〔九〕。送車轔轔，傾動鄉黨，隕涕羞奠，形留神往〔一〇〕。

【題解】

魯國太夫人，即陸游之母唐氏。山陰陸氏族譜：「（宰）娶唐質肅公孫、十三朝奉女，封魯國夫人。」唐質肅公，即唐介，字子方，卒謚質肅。參見卷二六高皇御書其二注〔七〕。十三朝奉，指唐介季子唐之問，字季實，官至太常寺太祝。事迹見家世舊聞卷下。陸宰娶唐之問之女，是爲陸游之母。太夫人，官吏之母均可稱。本文爲陸游爲母親唐氏所作的祭文。

本文原未繫年。據文意，當作於陸游在蜀中之時。

【箋注】

〔一〕太師：即陸游祖父陸佃，卒贈太師。　播慶：撒播吉慶。　元老，指陸游之父陸宰，字元鈞。

〔二〕少傅公：即陸游父親陸宰，卒贈少傅。　逢辰：遭遇好時機。　長養：指撫育培養子女。　緊：是。

〔三〕御醴宸章：御酒和御製詩文。

〔四〕兼金：好金，古代金銀銅通稱金。泛指多量金銀錢幣。孟子公孫丑下：「前日於齊，王餽兼金一百而不受。」趙岐注：「兼金，好金也，其價兼倍於常者。」

〔五〕僉曰：衆人説。

〔六〕「帝虚」四句：此指宣和七年十月，陸宰奉詔朝京師，出任京西轉運副使，主管畿右轉輸。陸游即出生於赴京途中。劍南詩稿卷三三有十一月十七日予生日也孤村風雨蕭然偶得二絶句予生淮上是日平旦大風雨駭人及余墮地雨乃止詩，其一云：「少傅奉詔朝京師，艤船生我淮之湄。宣和七年冬十月，猶是中原無事時。」元弼，首席輔臣。

〔七〕安輿：安車，供老年高官及貴婦人乘用。德人：有德之人。莊子天下：「德人者，居無思，行無慮，不藏是非美惡。」初終：始終。曾鞏祭歐陽少師文：「維公平生，愷悌忠實，內外洞徹，初終如一。」

〔八〕門闌：指家門，門庭。義均：道義（名義）上等同。子姓：子輩，子女。婦息：妻與子。修敬：表示敬意。晏子春秋諫下：「夫冠足以修敬，不務其飾。」

〔九〕「萬里羈宦」句：據此，本文當作於蜀中。羈宦，指在他鄉做官。

〔一〇〕送車：送葬之車。陸九淵宋故吴公行狀：「葬之日，送車塞塗。」羞奠：進獻祭品祭奠。

祭王侍御令人文

惟靈生自大家，來嬪德門〔一〕。象服有煒，娣媵如雲〔二〕。相我御史，克勤藻蘋〔三〕。諸子甚材，頎然薦紳〔四〕。世所願懷，孰如夫人。惟是孤生，實忝外姻〔五〕。萬里焉依，如在鄉鄰。遭此不淑〔六〕，慘然酸辛。蕁鯽之微，侑以斯文〔七〕。

【題解】王侍御爲誰不詳。侍御，指曾任殿中侍御使或監察御史。文中稱「惟是孤生，實忝外姻」，則陸游與之爲姻親。令人，宋代命婦封號，太中大夫以上官員之妻封令人。本文爲陸游爲王侍御夫人所作的祭文。

本文原未繫年。據文意，當作於陸游在蜀中之時。

【箋注】

〔一〕嬪：婦。指爲婦。詩大雅大明：「摯仲氏任，自彼殷商，來嫁于周，曰嬪于京。」鄭玄箋：「嫁爲婦於周之京。」德門：有德之家。陸機爲陸思遠婦作：「潔己入德門，終遠母與兄。」

〔二〕象服：古代后妃、貴婦人所穿禮服。詩鄘風君子偕老：「象服是宜。」毛傳：「象服，尊者所以爲飾。」娣媵：指陪嫁侍女。

〔三〕藻蘋：亦作蘋藻。皆水草名，古人常采來用以祭祀。左傳襄公二十八年：「濟澤之阿，行潦之蘋藻，置諸宗室，季蘭尸之，敬也。」此代指祭祀。

〔四〕頎然：風姿挺秀貌。韓愈送陳秀才彤序：「潁川陳彤，始吾見之楊湖南門下，頎然其長，薰然其和。」薦紳：同縉紳。古代高官的裝束。代指官宦。

〔五〕孤生：自謙之詞。外姻：因婚姻關係結成的親戚。左傳隱公元年：「士踰月，外姻至。」杜預注：「姻，猶親也。」陸游夫人爲蜀郡王氏。

〔六〕不淑：指不幸。吊問之詞。逸周書度邑：「王乃升汾之阜以望商邑，永歎曰：『嗚呼不淑！』」

〔七〕蓴鯽：蓴菜鯽魚，用作祭品。侑：報答。

祭祝永康文

嗟我與公，萬里羈單〔一〕。人孰知之，所恃者天。庶幾白首，相從鄉關。追談梁益〔二〕，把酒笑歡。云胡不淑〔三〕，一病莫還。遺孤孑立，未逮冠婚〔四〕。謂天可恃，公宜百年。玉裂竹折，喟其永歎。公守導江，齧蘖飲泉〔五〕。凜凜色詞，請謁莫干〔六〕。人或謗嘲，公守益堅。雖昔君子，終此實難。云持此歸，何憾九原。公喪之東，丹旐翩然〔七〕。我病莫興，撫枕涕潸。矢辭羞奠，尚慰營魂〔八〕。

【題解】

祝永康，爲誰不詳。據文意，當是陸游在蜀中之友，祝姓，曾知永康軍及其屬縣導江。當地環境艱苦，但祝氏拒絕干謁，操守堅貞，陸游甚爲佩服。永康軍，南宋隸成都府路，下轄導江、青城二縣。即今四川都江堰。本文爲陸游爲祝永康所作的祭文。

本文原未繫年。據文意，當作於陸游在蜀中之時。

【箋注】

〔一〕羈單：羈旅孤單。曾鞏明州謝到任表：「眇是羈單，了無黨助。」

〔二〕梁益：蜀漢有梁州、益州，用以泛指蜀地。晉張載劍閣銘：「勒銘山阿，敢告梁益。」

〔三〕云胡：爲什麽。詩鄭風風雨：「既見君子，云胡不夷？」毛傳：「胡，何。」

〔四〕未逮冠婚：此指年尚幼，未到行冠禮、婚禮之時。

〔五〕導江，縣名。南宋隸成都府路永康軍。　齧蘖飲泉：咬草木，飲泉水。形容生活艱苦。蘖，草木新芽。

〔六〕「凛凛」二句：指神態言辭凛然，拒絶干謁。

〔七〕丹旐：丹旐，出喪所用紅色旐旗。韓愈祭鄭夫人文：「水浮陸走，丹旐翩然。」

〔八〕「矢辭」二句：用正直之言作爲祭奠，以安慰孤獨的魂魄。營魄，同魂魄。老子：「載營魄抱一，能無離乎？」河上公注：「營魄，魂魄也。」

祭劉樞密文

嗚呼公乎！有文有武，有仁有智。立朝無助，以直自遂〔一〕。聲氣不動，而折萬里之衝〔二〕；從容一言，而決盈庭之議。蓋人所難，公之所易。仰天俯地，一念不愧。秋毫未安，寢食忘味。輕失富貴，而重朋友之責；自屈達尊，而伸白屋之士〔三〕。蓋人之所忽，公之所畏。昔歲癸未，某始去國〔四〕。見公西省，凛然正色〔五〕。顧雖不肖，竊師公直。流落得歸〔六〕，公與有力。舟過金陵，公疾已亟〔七〕，命之不淑，旋聞易簀〔八〕。祭不及時，實負盛德，尚想平生，出涕橫臆〔九〕。

【題解】

劉樞密，即劉珙（一一二二——一一七八），字共父，建寧崇安（今屬福建）人。紹興進士。累遷禮部郎官，因忤秦檜被逐。檜死召還。紹興末除中書舍人、直學士院，出知潭州。歷翰林學士、知制誥兼侍讀，乾道三年除同知樞密院事，兼參知政事。次年罷，出知隆興府、江西安撫使，再知潭州兼湖南安撫使。淳熙二年移知建康府、江東安撫使、行宫留守。五年病卒。謚忠肅。宋史卷三八六有傳。陸游早就崇敬劉公的剛直，離蜀東歸又得其相助，舟至金陵時曾爲其獻詩。本文爲陸游爲劉珙所作的祭文。

本文原未繫年，歐譜繫於淳熙五年（一一七八），是。當作於該年秋，時陸游由蜀中東歸臨安候任。

參考劍南詩稿卷十將至金陵先寄獻劉留守。

【箋注】

〔一〕以直自遂：以剛正而自行其意。後漢書朱暉傳：「暉好節概，有所拔用，皆厲行士……吏人畏愛，爲之歌曰：『强直自遂，南陽朱季。吏畏其威，人懷其惠。』」

〔二〕折萬里之衝：折衝，使敵人戰車後撤。衝，古代一種戰車。吕氏春秋召類：「夫修之於廟堂之上，而折衝乎千里之外者，其司城子罕之謂乎？」

〔三〕達尊：指衆所共尊。孟子公孫丑下：「天下有達尊三：爵一，齒一，德一。」趙岐注：「三者，天下之所通尊也。」白屋之士：指貧寒士人。論衡語增：「周公執贄下白屋之士。」

〔四〕「昔歲」二句：指隆興元年春，陸游除通判鎮江府，六月返里。癸未，隆興元年（一一六三）。

〔五〕「見公」二句：時劉珙任中書舍人、直學士院。西省，中書省別稱。宋史劉珙傳：「時張浚留守建康，衆望屬之。及詔出，以楊存中爲江淮宣撫使，珙不書録黄，仍論其不可。上怒，謂宰相曰：『劉珙父爲浚所知，此特爲浚地耳！』命再下，宰相召珙諭旨，且曰：『再繳則累張公。』珙曰：『某爲國家計，豈暇爲張公謀。』執奏如初，存中命乃寢。」

〔六〕流落得歸：指陸游遊宦蜀中八年，奉召東歸。

〔七〕舟過金陵：劍南詩稿卷十有將至金陵先寄獻劉留守：「梁益羈遊道阻長，見公便覺意差强。別都王氣半空紫，大將牙旗三丈黄。江面水軍飛海鶻，帳前羽箭射天狼。歸來要了浯溪頌，莫笑狂生老更狂。」

〔八〕易簀：更换寢席，指人之將死。簀，華美之竹席。典出禮記檀弓上，言曾參病重，臨終要求爲他更换寢席，因他未曾任大夫，却使用了大夫可用之「簀」，違犯了禮制。

〔九〕出涕横臆：淚滿胸臆。臆，胸部。

祭蔣中丞夫人文

維靈出由德閥，克配儒先〔一〕，從容圖史之規，肅敬蘋蘩之薦〔二〕。是生耆哲，來瑞明時〔三〕。大邦開賜沐之封，列鼎極循陔之養〔四〕。奄聞不淑，靡究遐齡〔五〕，窀穸有期，川途云邈〔六〕。雖莫綴千車之盛，顧敢稽一酹之恭〔七〕。仰冀靈魂，俯歆誠意〔八〕。

【題解】

蔣中丞，即蔣繼周，字世修。參見卷十一賀蔣中丞啓題解。蔣中丞夫人，即梁氏。中丞蔣公墓誌銘：「娶梁氏，故户部尚書汝嘉之孫，封碩人。」本文爲陸游爲蔣繼周夫人所作的祭文。

本文原未繫年，歐譜列於不繫年文。蔣繼周卒於慶元二年，中丞蔣公墓誌銘中未載其妻卒，故本文當作於慶元二年（一一九六）之後。

參考卷三五中丞蔣公墓誌銘。

【箋注】

〔一〕維靈：亦作「惟靈」。祭文常作開頭語，用於稱呼對象的靈位。德閥：指有德的仕宦門第。儒先：儒生。史記匈奴列傳：「匈奴俗，見漢使非中貴人，其儒先，以爲欲説，折其辯。」裴駰集解：「先，先生也。漢書作『儒生』。」

〔二〕「從容」二句：指修習女德規範、祭祀禮儀。圖史，指彙聚婦女規範之類著述。顏延之宋文皇帝元皇后哀策文：「進思才淑，傍綜圖史。」蘋蘩，古代用於祭祀的兩種水草，借指遵守祭祀禮儀。詩召南采蘩序：「采蘩，夫人不失職也。夫人可以奉祭祀，則不失職矣。」薦，進獻祭品。

〔三〕耆哲：老成賢達之人。歐陽修回文相公服除還侍中移判永興書：「從容話言，固多仁者之利；體貌耆哲，是惟先帝之臣。」瑞：吉利。明時：政治清明之時。多用以稱頌本朝。

〔四〕賜沐之封：封湯沐邑，即分封國君、皇后、公主等收取賦稅的私邑。史記平準書：「自天子以至於封君湯沐邑，皆各爲私奉養焉。」循陔：指奉養父母。典出文選束晳補亡詩南陔：「循彼南陔，言采其蘭。眷戀庭闈，心不遑安。」李善注：「循陔以采香草者，將以供養其父母。」

〔五〕奄聞不淑：忽聞不幸。遐齡：高壽。郭璞山海經圖贊：「有人爰處，員丘之上，赤泉駐年，神木養命。禀此遐齡，悠悠無竟。」

〔六〕窀穸：埋葬。左傳襄公十三年：「若以大夫之靈，獲保首領以歿於地，惟是春秋窀穸之事，所以從先君子禰廟者，請爲靈若厲，大夫擇焉。」杜預注：「窀，厚也；穸，夜也。厚夜猶長夜。春秋謂祭祀，長夜謂葬埋。」川途：路途。

〔七〕稽：延遲。酹：以酒灑地表示祭祀。

〔八〕歆：饗，嗅聞。祭祀時神靈享受祭品的香氣。

祭趙提刑文

惟靈早以茂異，起膺簡求〔一〕。逢時休明，爲國壽雋〔二〕。建牙淮服，擁節王畿〔三〕。方期來朝，遽以疾謝〔四〕。挂冠決去，共高静退之風；易簀亟聞，何勝殄瘁之感〔五〕。某早托通家之好，晚逢攬轡之行〔六〕。揮麈軒昂〔七〕，恍如昨日；拊棺摧痛，莫喻孤懷。敢陳一奠之恭，少叙九京之訣〔八〕。

【題解】

提刑爲各路提點刑獄公事的簡稱，掌所轄地區司法、刑獄。趙提刑爲誰不詳。據文意，陸、趙兩家爲世交，陸游對其頗爲熟識。本文爲陸游爲趙提刑所作的祭文。

本文原未繫年，歐譜列於不繫年文。待考。

【箋注】

〔一〕茂異：才德出衆。漢書公孫弘等傳贊：「孝宣承統，纂修洪業。亦講論六藝，招選茂異。」

簡求：征選尋求。後漢書皇后紀序：「自古雖主幼時艱，王家多釁，必委成冢宰，簡求忠賢，未有專任婦人，斷割重器。」

〔二〕休明：美好清明。謝朓始出尚書省：「惟昔逢休明，十載朝雲陛。」壽雋：高齡俊才。

〔三〕建牙：古時指出征前樹立軍旗，引申爲武臣出鎮。鮑溶讀淮南李相行營至楚州：「閫外建牙威不賓，古來戡難憶忠臣。」淮服：指淮河流域。擁節：執持符節，指出任一方。徐陵關山月其二：「將軍擁節起，戰士夜鳴弓。」

〔四〕諗：告知，知悉。

〔五〕挂冠：辭官。静退：恬淡退隱，不競名利。韓非子主道：「人主之道，静退以爲寶。」易簀：將死。參見本卷祭劉樞密文注〔八〕。殄瘁：凋謝，枯萎。抱朴子自叙：「以朝菌之耀秀，不移晷而殄瘁；類春華之暫榮，未改旬而凋墜。」

〔六〕通家：指世交。後漢書孔融傳：「語門者曰：『我是李君通家子弟。』」陸、趙世交情況不詳。攬轡：指諫止君王履險。典出史記袁盎晁錯列傳。此所指不詳。

〔七〕揮麈：揮動麈尾。高談闊論時作爲談助。歐陽修和聖俞聚蚊：「抱琴不暇撫，揮麈無由停。」

〔八〕九京：九原。春秋時晉大夫墓地。泛指墓地。黄庭堅送范德孺知慶州：「平生端有活國計，百不一試薶九京。」

祭勤首座文

我之與公，義則師友，情骨肉也。相從十年，談道賦詩，蓺松菊也。别雖數月，使來自東，書相續也。比獨怪公，書詞諄諄，若予屬也〔一〕。嗟哉已矣，頎然野鶴〔二〕，尚在目也。卵塔告成〔三〕，欲往不果，身桎梏也。上愧道義，下負交情，淚可掬也。龍文之茗，沉水之薰，薦甘馥也〔四〕。懷舊之心，有如丘山，此一粟也。

【題解】

首座，指位居上座之僧人。勤首座爲誰不詳。據文意，陸游與之「相從十年，談道賦詩」，義則師友，情同骨肉，當是山陰故居附近的禪師。本文爲陸游爲勤首座所作的祭文。

本文原未繫年，歐譜列於不繫年文。待考。

【箋注】

〔一〕屬：同「囑」。囑咐，囑托。

〔二〕頎然野鶴：描繪勤首座形貌。頎然，風姿挺秀貌。野鶴，常比喻性情孤高的隱士。

〔三〕卵塔：安葬佛徒骨殖的無縫石塔，狀如大鳥卵。司馬光涑水記聞卷七：「（王旦）性好釋氏，臨終遺命剃髮著僧衣，棺中勿藏金玉，用荼毗火葬法，作卵塔而不爲墳。」

〔四〕龍文之茗：或指龍鳳團茶，宋代江南圓餅形貢茶，上有龍鳳紋。歐陽修歸田録卷二：「茶之品，莫貴於龍鳳……宫人往往鏤金花於其上，蓋其貴重如此。」沉水之薰：即沉水香，名貴熏香，由天竺、西域傳入中原。甘馥：甘甜芳香。

祭許辰州文

惟靈美操懿行，達識英辭。筆陣掃千人軍，早擢太常之第〔一〕；胸中吞九雲夢，耻裁光範之書〔二〕。抱沉英之歎者十年，分共理之憂者兩郡〔三〕。人之不淑〔四〕，生也有涯。旅館招魂，一朝今古；孤舟反葬，萬里風濤〔五〕。豈知故里之交，遽作夜臺之别〔六〕。魂兮未遠，鑒此哀誠。嗚呼哀哉！

【題解】

許辰州即許從龍，新昌（今屬浙江）人。早年入擢太常寺職，沉淪十年，官至朝請郎、知辰州。其女嫁陸游四子陸子坦，故與陸游爲親家。參一九五九年紹興出土之宋故僉判宣義陸公（陸子坦）壙記和許氏壙記所載，詳見于譜附録四注〔一〕。辰州，隸荆湖北路，在今湖南懷化。本文爲陸游爲親家許從龍所作的祭文。

本文原未繫年，歐譜列於不繫年文。據陸游淳熙十三年六月將赴嚴州任前所作與親家書稱

「親家赴鎮，亦不過數月間」，則許從龍赴辰州任亦在該年稍後。則其卒應在其後兩三年間，故本文約作於淳熙十四至十六年之間。

參考渭南集外文與親家書。

【箋注】

〔一〕筆陣：以詩文謀篇布局如軍陣，比喻寫作文章。杜甫醉歌行：「詞源倒流三峽水，筆陣獨掃千人軍。」太常：太常寺，掌管祭祀禮樂的官署。

〔二〕吞九雲夢：比喻胸懷闊大。典出司馬相如子虛賦：「吞若雲夢者八九，其於胸中曾不蒂芥。」雲夢，指雲夢澤。光範之書：指邊光範論選拔刺史重要的上書。參見卷十一謝梁右相啓注〔一四〕。

〔三〕沉英：落英。比喻才華埋没。分共理之憂：指共同爲皇帝出守州郡。兩郡：指陸游知嚴州，許從龍知辰州。

〔四〕不淑：不幸。吊問之詞。逸周書度邑：「王乃升汾之阜以望商邑，永歎曰：『嗚呼不淑！』」

〔五〕旅館招魂：指客死他鄉。反葬：指返葬故鄉。據此，許從龍當卒於辰州任上，并返葬故里。

〔六〕故里之交：山陰、新昌，均隸紹興府。夜臺：指墳墓。沈約傷美人賦：「曾未申其巧笑，忽淪軀於夜臺。」

祭韓无咎尚書文

兄之初載，甚躓而艱。逢亂客吳，萬里孤騫〔一〕。文方日衰，蕩爲狂瀾。組織纖弱，各自謂賢。士睨莫救，兄勇而前。陋巷一室，日旰未饘〔二〕。誦書鼓琴，志操益堅。落筆天成，不事雕鐫。如先秦書，氣充力全。壯年相從，顧憫我孱。曰是有志，許以周旋〔三〕。我自蜀歸，兄典三銓〔四〕。邂逅都門，挈手歡然。兄牧東陽，我走閩山〔五〕。曠不相值，今五六年。我病早衰，顧未及泉。兄之壽康，一朝先顛〔六〕。餉酒踵門〔七〕，乃酹柩前。嗟嗟造物，孰尸此權〔八〕。豈其好惡，亦與俗遷。微官有守，喪車莫攀〔九〕。薄卿之奠，叙訣終天〔一〇〕。

【題解】韓无咎尚書，即韓元吉（一一一八—一一八七），字无咎。乾道末官至吏部尚書。參見卷十四京口唱和序題解。陸游與韓元吉於隆興末在鎮江詩酒唱和，今存京口唱和序；其後兩人又多有唱和。韓元吉卒於淳熙十四年。本文爲陸游爲韓元吉所作的祭文。

本文原未繫年，歐譜繫於淳熙十四年（一一八七），是。當作於該年夏。時陸游在知嚴州任上。

參考卷十四京口唱和序、詩稿卷十九聞韓无咎下世、卷二六開書篋見韓无咎書有感。

【箋注】

〔一〕客吴：韓元吉紹興中兩次客居湖州德清。　孤騫：獨自高飛。楊炯王勃集序：「得其片言而忽焉高視，假其一氣則邈矣孤騫。」

〔二〕日旰：日暮。左傳襄公十四年：「衛獻公戒孫文子、甯惠子食，皆服而朝，日旰不召。」杜預注：「旰，晏也。」　饘：稠粥，煮粥。

〔三〕孱：微弱，窘迫。　周旋：周全，照顧。三國志臧洪傳：「每登城勒兵，望主人之旗鼓，感故友之周旋。」

〔四〕兄典三銓：指韓元吉於淳熙三年至五年復爲吏部尚書。三銓，唐代對文武百官選授考課，由吏部和兵部之尚書、侍郎分掌。尚書爲尚書銓，掌五品至七品選；侍郎二人分爲中銓、東銓，掌八品、九品選，合稱三銓。

〔五〕「兄牧」二句：指淳熙五年韓元吉出知婺州，陸游除提舉福建常平茶鹽公事。東陽，郡名，即婺州，南宋隸兩浙路，在今浙江金華。閩山，指福建。

〔六〕顛：顛殞，死亡。

〔七〕餉酒：獻酒，送酒。　踵門：登門。

〔八〕尸：執掌，主持。詩召南采蘋：「誰其尸之？有齊季女。」

〔九〕「微官」二句：指自己官守在身，不能登上喪車。

〔一〇〕蓴鯽：蓴菜鯽魚。用作祭品。終天：終身。陶潛祭程氏妹文：「如何一往，終天不返！」

祭胡監丞文

惟公文學足以發身，政事足以宜民〔一〕。人則不合，何罪於神？乃者起家，往守宜春〔二〕。臨别慨然，握手江津〔三〕。曾未逾月，乃以訃聞。舟載銘旐，返其鄉枌〔四〕。臺省衮衮，公獨逡巡〔五〕；室家嘻嘻，公獨悲辛。我雖晚交，甚知公真。適苦旰瘍〔六〕，奠弗及親。尚想平生，寓哀斯文。

【題解】

監丞，宋代國子監、將作監、軍器監等機構助理官員的通稱。胡監丞爲誰不詳。據文意，曾任監丞，後出守宜春，但未逾月而卒。陸游曾與其交往，并握别江津。本文爲陸游爲胡監丞所作的祭文。

本文原未繫年，歐譜列於不繫年文。待考。

【箋注】

〔一〕發身：成名，起家。禮記大學：「仁者以財發身，不仁者以身發財。」鄭玄注：「發，起也。言仁人有財則務於施與。以起身成其令名。」宜民：使民衆安輯。詩大雅假樂：「假樂君子，顯顯令德。宜民宜人，受禄于天。」毛傳：「宜安民，宜官人也。」

〔二〕起家：指徵召自家，出任官職。宜春：郡名，即袁州，南宋隸江南西路，在今江西宜春。

〔三〕江津：江邊渡口。

〔四〕銘旐：墓銘和引魂幡。鄉枌：家鄉。枌，指枌榆社，爲漢高祖劉邦故鄉，故借稱家鄉爲鄉枌。蘇軾子由生日以檀香觀音像及新合印香銀篆槃爲壽：「問君何時返鄉枌，收拾散亡理放紛。」

〔五〕臺省衮衮：即臺省諸公衮衮。杜甫醉時歌：「諸公衮衮登臺省，廣文先生官獨冷。」臺省，尚書臺和中書省，代指中央機構。逡巡：滯留，徘徊不前。

〔六〕「適苦」二句：指恰逢脚瘡，不能親往祭奠。骭瘍，脛瘡。爾雅釋訓：「既微且尰：骭瘍爲微，腫足爲尰。」郭璞注：「骭，脚脛；瘍，瘡。」

祭丘運使母夫人文

昔先大夫〔一〕，懷寶里閭，没世不耀。乃以其孤，屬之夫人，道德是詔〔二〕。故河圖公①，文學政事，望在廊廟。榮養五鼎，眉壽百年，其德彌劭〔三〕。高識超然，朱門畫戟，視若蓬藋〔四〕。再入都城，曾未温席，翩其歸旐〔五〕。方歲之惡，公私交病，冀寛賦調〔六〕。而河圖公，遽以憂歸〔七〕，道路相弔。我登門闌，情均甥侄，宜送宅兆〔八〕。官守所縻，矢辭傷悲，薦此清醥〔九〕。

【題解】

丘運使，即丘崈（一一三五—一二〇八），字宗卿。參見卷十二賀丘運使啓題解。據嘉泰會稽志卷二，丘崈於淳熙十三年以朝請大夫、直龍圖閣知紹興，十四年四月除兩浙轉運副使。陸游有賀啓。丘崈之母臧氏，卒於淳熙十四年（一一八七）七月。見葉適水心集卷十三太碩人臧氏墓誌銘。本文爲陸游爲丘崈之母臧氏所作的祭文。

本文原未繫年，歐譜列於不繫年文。據臧氏卒年，當作於淳熙十四年（一一八七）秋。時陸游在知嚴州任上。

【校記】

①「河圖公」，諸本同，疑當作「龍圖公」。據嘉泰會稽志，丘崈於淳熙十三年以朝請大夫、直龍圖閣知紹興府，故得龍圖之稱。此「河」當係「龍」字之誤。下文「河圖公」同。

【箋注】

〔一〕先大夫：指丘崈之父丘經，字子常。終身未仕，贈朝散大夫。

〔二〕「乃以」三句：葉適太碩人臧氏墓誌銘：「大夫終，諸子皆幼。夫人悉罷廢故所治生事，獨郭外田數十畝，曰：『耕此，教若曹耳。』……察士之材否，使其子擇而後從。夜必令執書，從旁曰：『我婦人也，不能知書之義，觀其玩誦反復、清切不寐者，深於學之驗也。』」

〔三〕「榮養」三句：指丘崈贍養母親，使其長壽。榮養，指兒女贍養父母。晉書趙至傳：「（至）聞父耕叱牛聲，投書而泣。師怪問之，至曰：『我小未能榮養，使老父不免勤苦。』師甚異之。」五鼎，即五鼎食，列五鼎而食，形容貴族生活。眉壽，長壽。詩豳風七月：「爲此春酒，以介眉壽。」劭，美好，高尚。

〔四〕「高識」三句：指丘崈視豪門儀飾爲草芥。畫戟，畫有彩飾的兵器。唐代三品以上官可列畫戟於門，作爲儀飾。蓬藋，蓬草、藋草，喻微不足道之物。

〔五〕再入都城：指由知紹興除兩浙轉運副使。曾未温席：指未及盡孝。温席，以身温暖穿上席被，以侍父母就寢。歸旐：指引魂幡。

〔六〕歲之惡：指一年無收成。漢書卜式傳：「往年西河歲惡，率齊人入粟。」顏師古注：「歲惡，猶凶歲也。」賦調：賦税。調爲古代賦税之一種。後漢書劉虞傳：「舊幽部應接荒外，資費甚廣，歲常割青、冀賦調二億有餘，以給足之。」

〔七〕遽以憂歸：急忙因丁憂歸家。憂，丁憂，遭逢父母喪事。舊制，子女守喪，三年内不做官，不婚娶，不赴宴，不應考。

〔八〕我登門闌：陸游奉祠家居，自稱爲紹興知府丘崈弟子。陸游得出知嚴州，或亦與丘崈有關。甥侄：外甥和侄輩。宅兆：墓地。孝經喪親：「卜其宅兆而安措之。」唐玄宗注：「宅，墓穴也；兆，塋域也。」

〔九〕縻：羈縻，束縛。清醥：清酒。

祭曾原伯大卿文

惟靈淵乎似道，敏而好學〔一〕。韋編鐵硯，雪窗螢几，不足以言其勤〔二〕；冢書壁簡，銅墻鬼炊，不足以名其博〔三〕。文辭典奥，論議超卓，不使直承明之庭，猶當置諸天禄之閣〔四〕。時方越拘攣以用人〔五〕，公奚彼之不若，而乃老於惠文之冠，弗預甘泉之橐〔六〕。痛結慈闈，悲纏華萼〔七〕。凡閭巷之故交，想話言之如昨。聞訃相弔，摧然涕落〔八〕。羞一醊以祖行，冀九原之可作〔九〕。

【題解】

曾原伯大卿，即曾逢，字原伯，曾幾之長子。卷三二曾文清公墓誌銘：「男三人，逢，朝散大夫、尚書左司郎中。」宋史曾幾傳：「二子，逢，仕至司農卿。」大卿，宋代俗稱中央各寺正職長官爲大卿。此指司農寺卿。陸游師從曾幾，少時與曾幾之子同學，多有交遊唱和，如詩稿卷一有病起寄曾原伯兄弟、曾原伯屢勸居城中而僕方欲自梅山入雲門今日病酒偶得長句奉寄等詩。曾逢乾道九年至淳熙元年任司農卿，淳熙七年至九年任江東運副（景定建康志卷二六），其卒年當在其後。本文爲陸游爲曾逢所作的祭文。

本文原未繫年，歐譜列於不繫年文。待考。

【箋注】

〔一〕淵乎似道：淵深如得道。後漢書黄憲傳論：「余曾祖穆侯以爲憲隤然其處順，淵乎其似道，淺深莫臻其分，清濁未議其方。若及門於孔氏，其殆庶乎！」敏而好學：語出論語公冶長：「子曰：『敏而好學，不耻下問，是以謂之文也。』」

〔二〕「韋編」三句：指曾逢勤苦讀書。韋編，古代用皮繩編聯書簡，謂之「韋編」，泛指書籍。史記孔子世家：「讀易，韋編三絶。」鐵硯，即磨穿鐵鑄硯臺。新五代史桑維翰傳：「又鑄鐵硯以示人曰：『硯弊則改而佗仕。』卒以進士及第。」雪窗螢几，映雪照螢苦讀。文選任昉爲蕭揚州作薦士表「集螢映雪」李善注引孫氏世録：「孫康家貧，常映雪讀書。」晉書車胤傳：「家貧不常得油，夏月則練囊盛數十螢火以照書，以夜繼日焉。」

〔三〕「冢書」三句：指曾逢學問廣博。冢書，即汲冢書，汲郡人不準盜發魏襄王墓所得竹書，皆科斗文。見晉書束皙傳、荀勖傳。壁簡，即孔壁古文，漢魯共王壞孔子宅，得古文尚書等數十篇，皆古字。見漢書藝文志、魯共王餘傳。銅牆鬼吹，比喻奇聞怪事。陸龜蒙四明山詩序：「探海嶽遺事，以期方外之交，雖銅牆鬼吹，虎獄劍餌，無不窺也。」

〔四〕承明之庭：即承明殿，漢代未央宫中殿名。班固西都賦：「又有承明、金馬，著作之庭，大雅宏達，于兹爲群。」天禄之閣：即天禄閣，漢代未央宫内皇家藏書之地。三輔黄圖未央宫：「天禄閣，藏典籍之所。」

〔五〕拘攣：拘束，拘泥。後漢書曹襃傳：「帝知群僚拘攣，難與圖始，朝廷禮憲，宜時刊立。」李賢注：「拘攣，猶拘束也。」

〔六〕惠文之冠：即惠文冠，相傳爲趙惠文王創製，爲武官之冠，又説爲執法者之冠。此當指司農卿的職位。甘泉之橐：即從橐甘泉，指爲文學侍從。典出漢書趙充國傳：「（張）安世本持橐簪筆事孝武帝數十年。」顔師古注引張晏曰：「橐，契橐也。近臣負橐簪筆，從備顧問，或有所紀也。」甘泉，秦、漢時宫名。

〔七〕慈闈：舊時代稱母親。華萼：比喻兄弟。文選謝瞻於安城答靈運：「華萼相光飾，嚶鳴悦同響。」吕延濟注：「華萼，喻兄弟也。」

〔八〕摧然：傷痛貌。

〔九〕醊：指祭祀時以酒灑地。祖行：指餞送死者。陶潛祭從弟敬遠文：「蓍龜有吉，制我祖行。望旐翩翩，執筆涕盈。」九原之可作：指設想死而再生。國語晉語：「趙文子與叔向游於九原曰：『死者若可作也，吾誰與歸？』」九原，泛指墓地。

祭大侄文

汝實先少傅之長孫，岳州使君之嫡子〔一〕。早列仕籍，垂五十年。夫婦二人，更相爲命。嶺海萬里，淪謝不還〔二〕。收骨於灰燼之中，藏櫝於松楸之次〔三〕。煩冤痛酷〔四〕，霣涕何言。歿而有靈，歆此薄醊〔五〕。

【題解】

大侄，即陸綷，陸游仲兄陸濬長子。陸游另有大侄挽詞（自注：前知鬱林州博白縣綷）：「束髮已青袍，終身州縣勞。一官常骯髒，萬里忽焄蒿。竟負昂霄志，空傳擲印豪。（自注：君在博白，與郡争辨職事，袖印還之而去。）兩疏心不遂，遺恨寄滔滔。」（詩稿卷四一）由此可知陸綷年輕即入仕，但一直任職州縣。爲官剛直，知鬱林博白（今廣西博白）時曾與州官争辯，掛冠而去，最終含恨客死他鄉。陸綷卒於慶元五年，約六七十歲。本文爲陸游爲陸綷所作的祭文。

本文原未繫年，歐譜繫於慶元五年（一一九九），是。當作於該年冬（同大侄挽詞）。時陸游致仕家居。

參考劍南詩稿卷四一大侄挽詞。

【箋注】

〔一〕先少傅：指陸游之父陸宰。岳州使君，指陸宰次子陸濬，字子清。以父恩補將仕郎，官至朝請大夫、知岳州。

〔二〕「嶺海」二句：指陸絳晚知博白，客死他鄉。淪謝，去世。杜光庭宣勝軍使王讜爲亡男昭胤明真齋詞：「飄魂異境，憫其淪謝。」

〔三〕「藏樻」句：指安葬於父母墳塋的旁邊。樻，棺材。松楸，松樹和楸樹，多植於墓地，因借指墳地。

〔四〕煩冤痛酷：煩躁憤懣，悲痛至極。

〔五〕歆：享。薄醑：薄酒。

祭十郎文

自汝不幸早世，將二十年，乃克祔葬於先少師、魯國夫人塋兆之南岡，距汝母令人墓尤邇〔一〕。汝而不泯〔二〕，豈不得所願哉！感念疇昔，悲痛何言。

【題解】

十郎，即陸游第五子子約（一一六六—一一九二），字文清。陸宰孫輩排行第十，故稱。以父待制補承務郎，官至朝請大夫、知辰州軍。入贅餘姚呂參議之女，即居餘姚之横河。紹熙三年（一一九二）卒，年二十七。本文爲陸游爲子約所作的祭文。

本文原未繫年，歐譜列於不繫年文。文中稱「幾二十年」，則本文約作於嘉定初。

【箋注】

〔一〕祔葬：合葬，亦指葬於先塋之旁。禮記喪禮小記：「祔葬者不筮宅。」孫希旦集解：「祔葬，謂葬於祖之旁也。」先少師：即陸宰。魯國夫人：即陸宰夫人唐氏，爲子約之祖父母。汝母令人：即陸游夫人王氏。

〔二〕不泯：指靈魂不滅。

祭朱元晦侍講文

某有捐百身、起九原之心，有傾長河、注東海之淚〔一〕。路修齒耄，神往形留〔二〕。公歿不亡，尚其來饗〔三〕。

【題解】　朱元晦侍講，即朱熹（一一三〇—一二〇〇），字元晦，官至焕章閣待制兼侍講。陸游與朱熹多有交遊。朱熹卒於慶元六年三月，十一月落葬。本文爲陸游爲朱熹所作的祭文。

本文原未繫年，歐譜繫於慶元六年（一二〇〇），是。當作於該年冬。時陸游致仕家居。

【箋注】

〔一〕捐百身：語本詩秦風黄鳥：「如可贖兮，人百其身。」起九原：即九原可作。參見本卷祭曾元伯大卿文注〔九〕。傾長河、注東海：語本世説新語言語：「聲如震雷破山，淚如傾河注海。」

〔二〕路修齒耄：陸游自稱路遠年老。

〔三〕饗：通「享」。享用祭品。

祭方伯謨文

予與伯謨别於武夷，予五十有五，齒髮未衰，伯謨蓋方壯耳〔一〕。顧後日猶長，未知别之悲也。俯仰二十有一年，卒不相遇，而伯謨遂捨我而何之乎？予年垂八十，如朝露之將晞〔二〕，與伯謨别，尚復幾時？生也相遇，猶不可必，死游地下，果可期乎？予言之及兹，涕不可止，伯謨尚能有知也乎？

【題解】

方伯謨，即方士繇（一一四八—一一九九），字伯謨。參見卷三六方伯謨墓誌銘題解。陸游與方士繇爲友，爲作墓誌銘。本文爲陸游爲方士繇所作的祭文。

本文原未繫年，歐譜繫於慶元五年（一一九九），是。據陸游作於該年九月六日的答陸伯政上舍書（見卷十三）稱「昨日兒子自城中來，知方伯謨已卒」，則陸游得其死訊在九月初，故本文當作於該年秋冬。時陸游致仕家居。

參考卷三六方伯謨墓誌銘、劍南詩稿卷十六寄題方伯謨遠庵。

【箋注】

〔一〕「予與」四句：陸游淳熙五年冬至六年秋任提舉福建常平時，與方士繇多有交遊，參見卷二七跋漢隸。時方士繇三十一歲。

〔二〕如朝露之將晞：比喻存世短促。漢書蘇武傳：「人生如朝露，何久自苦如此。」顔師古注：「朝露見日則晞乾，人命短促亦如之。」曹植贈白馬王彪：「人生處一世，去若朝露晞。」

祭張季長大卿文

於虖！世之定交有如某與季長者乎？一產岷下〔一〕，一家山陰。邂逅南鄭〔二〕，異體同心。有善相勉，闕遺相箴〔三〕。公醉巴歌，我病越吟〔四〕。大笑劇談，坐客皆瘖。公既造朝，衆彦所欽。我南入蜀，九折嶔崟〔五〕。公以憂歸，我亦陸沉〔六〕。久乃相遇，垂涕沾襟。宿好未遠〔七〕，舊盟復尋。駕言造公〔八〕，公已來臨。我倡公和，如鼓瑟琴。送我東歸，握手江潯。欲行復尼，頓足噫喑〔九〕。是實古道，乃見於今。公還爲卿，華路駸駸。我方畏讒，潛恐不深〔一〇〕。公去我召，如商與參〔一一〕。渺邈天涯，一書萬金。我自史闈，進長書林。迫老亟退，突不暇黔。亦嘗挽公，力微弗任〔一二〕。比乃聞公，請投華簪〔一三〕。旋又聞訃，天乎難諶〔一四〕。玉樹永閟，壟柏已森。何時復聞，正始遺音〔一五〕。漬酒絮中〔一六〕，不及手斟。英魂如生，豈忘來歆。於虖哀哉！

【題解】

張季長大卿，即張縯（？—一二〇七），字季長。曾任大理寺少卿。參見卷二七跋陝西印章注〔七〕。陸游與張縯爲摯友，兩人相交於乾道八年王炎幕府，其後多有唱和，陸游一直關注其行迹，見跋陝西印章、跋劉戒之東歸書。張縯卒於開禧三年。陸游作哭季長詩：「岷山剡曲各天涯，死籍前時偶脱遺。三徑就荒俱已老，一樽相屬永無期。寢門哀慟今何及？泉壤從遊後不疑。邂逅子孫能記此，交情應似兩翁時。」本文爲陸游爲張縯所作的祭文。

本文原未繫年，歐譜繫於開禧三年（一二〇七），是。當作於該年秋。時陸游致仕家居。

參考劍南詩稿卷七三哭季長。

【箋注】

〔一〕產岷下：張縯爲江原（今四川崇州）人，在岷江邊。古人誤將岷江當作長江正源，故稱其地爲江原。

〔二〕邂逅南鄭：指二人在南鄭王炎幕府相識。

〔三〕闕遺相箴：互相勸誡缺失。闕遺，缺失，疏忽。

〔四〕巴歌、越吟：張縯爲四川人，陸游爲浙江人，故稱各自吟詩爲「巴歌」、「越吟」。

〔五〕「公既」四句：指王炎幕府解散後，張縯入朝任秘書省正字，陸游赴成都任安撫使參議官。九折嶔崟，路途艱險。嶔崟，高大，險峻。文選張衡思玄賦：「嘉曾氏之歸耕兮，慕歷阪之嶔崟。」張銑注：「嶔崟，高貌。」

〔六〕公以憂歸：指張縯於淳熙元年因丁憂而歸。陸沉：比喻埋没，不爲人知。王維送從弟蕃游淮南：「高義難自隱，明時寧陸沉。」

〔七〕宿好：老交情。三國志劉繇傳：「康寧之後，常願渝平更成，復踐宿好。」

〔八〕駕言：駕車，指出行。語本詩邶風泉水：「駕言出遊，以寫我憂。」言，語助詞。

〔九〕東歸：指陸游淳熙五年春奉召離蜀東歸。尼：阻，未成行也。噫唶：歎息，呼叫。

〔一〇〕「公還」四句：指張縯紹熙初任大理少卿，其時陸游則被劾罷歸里。華路駸駸，指仕途順暢。駸駸，馬急速奔馳貌。

〔一一〕「公去」二句：指張縯不久被論罷出知漢州等地，陸游則於嘉泰二年奉召入都修史。如參與商，指無法相見。參星在西，商星在東，此出彼没，永不相見。

〔一二〕「我自」六句：指陸游自史官晉升秘書監，但時間短暫，曾推薦張縯，但力薄未成。史闈，指史館。書林，指秘書省。曾鞏趙君錫宗正丞制：「爾辭學之敏，列職書林，宜進文階，往祗厥服。」突不暇黔，指特别繁忙。典出班固賓戲：「孔席不暖，墨突不黔。」謂墨子東奔西走，每至一處，煙囱未及熏黑，又奔别處。挽公，指向朝廷推薦張縯。

〔一三〕「比乃」二句：指聽説張縯曾知潼川府，旋罷新命。華簪，代指顯貴的官職。陶潛和郭主簿之一：「此事真復樂，聊用忘華簪。」

〔一四〕難諶：難以相信。

〔一五〕玉樹永閟：即埋玉樹，埋葬有才華之人。語本世説新語傷逝：「庾文康亡，何揚州臨葬云：『埋玉樹箸土中，使人情何能已已！』」正始遺音：指魏晉何晏、王弼爲代表的玄談風氣。正始，曹魏年號。語本世説新語賞譽：「王敦爲大將軍……於時謝鯤爲長史，敦謂鯤曰：『不意永嘉之中，復聞正始之音。阿平若在，當復絶倒。』」

〔一六〕漬酒絮中：指爲朋友弔喪祭墓。典出後漢書徐穉傳，徐穉常在家預先炙雞一隻，又以一兩綿絮漬酒中，曝乾以裹雞。遇有喪事，則携至墓前，以水漬綿使有酒氣，祭畢則去。

祭周益公文

某紹興庚辰，始至行在。見公於途，欣然傾蓋〔一〕。得居連墻，日接嘉話。每一相從，脱帽褫帶〔二〕。從容笑語，輸寫肝肺。鄰家借酒，小圃鉏菜。熒熒青燈，瘦影相對。西湖弔古，並轡共載。賦詩屬文，頗極奇怪〔三〕。淡交如水〔四〕，久而不壞。各謂知心，絶出流輩。别二十年，公位鼎鼐〔五〕。我方西遊，荷戈窮塞〔六〕。歸得臺郎，旋又坐廢〔七〕。公亦策免，久處於外〔八〕。見不可期，使我形瘵〔九〕。斯文日卑，公則崧岱。士昏於智，公則蓍蔡〔一〇〕。公老不衰，雷霆百代。每得手書，字細如芥。痴兒騃女〔一一〕，問及瑣碎。孰謂一病，良醫莫差。赴告鼎來〔一二〕，震動海内。奔赴不遑，涕泗澎湃。豈無蕁鯽，致此薄酹〔一三〕。辭則匪工，聊寄悲慨。

【題解】周益公，即周必大（一一二六—一二〇四），字子充。封益國公。參見卷十賀周參政啓題解。陸游初入仕途，即與周必大同事，兩人傾蓋相交，情投意合。後周必大仕途順暢，位極宰輔，陸游則奔走困頓，屢遭罷廢。晚年則手書往來，互致問候。周必大卒於嘉泰四年。本文爲陸游爲周必大所作的祭文。

本文原未繫年，歐譜繫於嘉泰四年（一二〇四），是。當作於該年冬。時陸游致仕家居。

參考卷十賀周參政啓、卷十一賀周樞使啓、卷十二賀周丞相啓，詩稿卷一周洪道學士許折贈館中海棠以詩督之、玉牒所迎駕望見周洪道舍人、丫頭岩見周洪道以進士入都日題字。

【箋注】

〔一〕「某紹興」四句：指陸游紹興三十年除敕令所删定官，時周必大任秘書省正字。傾蓋，停車交談，車蓋相傾。指初次相逢訂交。儲光羲貽袁三拾遺謫作：「傾蓋洛之濱，依然心事親。」

〔二〕褫帶：鬆開衣帶。表示閒適、歡樂。梅堯臣次韻和劉原甫紫微過予飲酒：「後從江韓來，褫帶歡莫涯。」

〔三〕奇怪：新奇特異，不同一般。韓愈喜何喜至贈張籍張徹：「地遐物奇怪，水鏡涵石劍。」

〔四〕淡交如水：莊子山木：「且君子之交淡若水，小人之交甘若醴。君子淡以親，小人甘以絶。」

〔五〕「别二十年」二句：指周必大淳熙七年任參知政事，後又知樞密院，任樞密使，至十四年拜右丞相。鼎鼐，比喻宰相等執政大臣。蘇頲唐紫微侍郎兼黄門監李乂神道碑：「鼎鼐遞襲，簪纓相望。」

〔六〕「我方」二句：指陸游乾道六年入蜀，守衛邊塞。

〔七〕「歸得」二句：指陸游淳熙五年奉召東歸，歷任福建常平、江西常平，至十三年知嚴州，十六年除禮部侍郎，年底又被劾罷官。臺郎，指尚書郎，爲尚書省各部侍郎、郎中通稱。坐廢，獲罪罷官。

〔八〕「公亦」二句：指周必大紹熙初被劾罷相，出判潭州、隆興府，隨即致仕。策免，以策書免官。

〔九〕形瘵：形似久病。

〔一〇〕「斯文」四句：指周必大在文壇士林德高望重。崧岱，嵩山和泰山。蓍蔡，即蓍龜。楚辭王褒九懷：「蓍蔡兮踴躍，孔鶴兮回翔。」王逸注：「蓍，筮也；蔡，大龜也。」比喻德高望重之人。

〔一一〕痴兒騃女：指天真無邪的少男少女。徐鉉新月賦：「乃有騃女癡男，朱顔稚齒，欣春物之駘蕩，登春臺之靡迆。」騃，呆。

〔一二〕赴告鼎來：報喪正來。赴告，指報喪。史記周本紀：「昭王南巡狩不返，卒於江上。其卒不赴告，諱之也。」鼎來，方來，正來。漢書匡衡傳：「諸儒爲之語曰：『無説詩，匡鼎來；匡説詩，解人頤。』」顔師古注：「服虔曰：『鼎猶言當也，若言匡且來也。』應劭曰：『鼎，方也。』」

〔一三〕蓴鯽：蓴菜鯽魚，用作祭品。薄酹：薄酒灑地。

哀詞

【釋體】 徐師曾文體明辨序説：「按哀辭者，哀死之文也，故或稱文。夫哀之爲言依也，悲依於心，故曰哀；以辭遣哀，故謂之哀辭也。昔班固初作梁氏哀辭，後人因之，代有撰著。或以有才而傷其不用，或以有德而痛其不壽。幼未成德，則譽止於察惠；弱不勝務，則悼加乎膚色。此哀辭之大略也。其文皆用韻語，而四言、騷體，惟意所之，則與誄體異矣。」哀辭亦作「哀詞」。

本卷收録哀辭二首。

尤延之尚書哀辭

帝藝祖之初造兮紀號建隆〔一〕，焕乎文章兮躡揖遜之遐蹤〔二〕。詔册施於朝廷兮萬里雷風，灝灝噩噩兮始掃五季之雕蟲〔三〕。閱世三傳兮車書大同〔四〕，黄麾繡仗兮駕言東封〔五〕。繼七十二后於邃古兮勒崇垂鴻〔六〕，吾宋之文抗漢唐而出其上兮震耀無窮〔七〕。柳、張、穆、尹、歐、王、曾、蘇名世而間出兮巍如華嵩〔八〕。雖宣和之蠹弊與建炎之軍戎〔九〕，文不少衰兮殷殷靁靁〔一〇〕，太平之象兮與六龍而俱東〔一一〕。余自梁益歸吴兮愴故人之莫逢〔一二〕，後生成市兮摘裂剽掠以爲工〔一三〕。遇尤公於都城兮文氣如虹，落筆縱横兮獨毆諸公〔一四〕。晚乃契遇兮北扉南宫〔一五〕，塗改雅、頌兮蹈躪軻、雄〔一六〕。余久擯於世俗兮公顧一見而改容，相期江湖兮斗粟共舂〔一七〕。别五歲兮晦顯靡同〔一八〕，書一再兮奄其告終〔一九〕。於虖哀哉！孰抗衣而復公兮呼伯延甫於長空〔二〇〕？孰誦些以招公兮使之捨四方而歸徠乎郢中〔二一〕？孰酹荒丘兮露草霜蓬？孰闖虚堂兮寒燈夜蛩〔二二〕？文辭益衰兮奇服尨茸〔二三〕，天不憖遺兮黼黻火龍〔二四〕。嗟局淺之一律兮彼寧辨夫瓦釜黄鍾〔二五〕，話言莫聽兮孰知我衷？患難方殷兮孰恤我躬？君蒿不返兮吾黨孰宗〔二六〕？死而有知兮惟公之從。

【題解】尤延之尚書，即尤袤（一一二七—一一九四），字延之，號遂初居士。官至禮部尚書。參見卷二八跋資暇集注〔四〕。尤袤與楊萬里、范成大、陸游並稱南宋「中興四大詩人」。陸游與尤袤交好，淳熙十六年，尤袤任太常少卿兼權中書舍人，復詔兼直學士院，力辭，舉陸游自代，未許。光宗即位，尤袤奉祠歸里，陸游爲其遂初堂題詩以送之。尤袤卒於紹熙五年。本文爲陸游爲尤袤所作的祭文。

本文原未繫年，歐譜繫於紹熙五年（一一九四），是。當作於該年冬。時陸游奉祠家居。參考卷二八跋資暇集、詩稿卷二一尤延之侍郎屢求作遂初堂詩詩未成延之去國因以奉送。

【箋注】

〔一〕藝祖：指宋太祖。本指有文德之祖。書舜典：「歸，格于藝祖，用特。」孔安國傳：「巡守四方，然後歸告至文祖之廟。藝，文也。」孔穎達疏：「才藝文德，其義相通，故藝爲文也。」後用以稱開國帝王。建隆：宋太祖首個年號，九六〇至九六三年。

〔二〕躡：追蹤，跟隨。揖遜：揖讓，禪讓。魏泰東軒筆録卷三：「翰林學士葉清臣等言：『本朝以揖遜得天下，而（李）淑誣以干戈，且臣子非所宜言。』」遐蹤：遠蹤，先賢的事迹。陸雲贈顧驃騎：「徽音爍穎，邈矣遐蹤。」

〔三〕灝灝噩噩：廣博浩大，嚴肅端直。揚雄法言問神：「虞夏之書渾渾爾，商書灝灝爾，周書噩噩爾。」五季之雕蟲：指五代時期雕琢柔靡的文風。雕蟲，指雕琢辭章的小技藝。文心雕龍銓賦：「此揚子所以追悔於雕蟲，貽誚於霧縠者也。」

〔四〕閱世三傳：經歷三代，指歷太祖、太宗到真宗。車書大同：指國家文物制度統一。禮記中庸：「今天下車同軌，書同文。」

〔五〕黄麾繡仗：指天子所乘車輿的裝飾品。駕言東封：出遊東至泰山封禪。指大中祥符元年（一〇〇八）真宗封禪泰山。

〔六〕七十二后：七十二家。古代視爲天地陰陽五行之成數。史記封禪書：「古者封泰山、禪梁父者七十二家，而夷吾所記者十有二焉。」邃古：遠古。勒崇垂鴻：勒名金石表示尊崇，以延續大業。漢書揚雄傳：「因兹以勒崇垂鴻，發祥隤祉。」顔師古注：「勒崇垂鴻，勒崇名而垂鴻業也。」

〔七〕抗漢唐：匹敵漢、唐。震耀：震動，顯耀。三國志高貴鄉公髦傳：「及烈祖明皇帝躬征吴蜀，皆所以奮揚赫斯，震耀威武也。」

〔八〕柳、張、穆、尹、歐、王、曾、蘇：即柳開、張詠、穆修、尹洙、歐陽修、王安石、曾鞏、三蘇，均爲北宋古文家。

〔九〕宣和之蠱弊：指宣和年間蔡京擅權、方臘起義、金兵南侵等久積之弊。建炎之軍戎：指建炎年間金兵破汴、二帝被擄、高宗即位、金兵渡江等軍事行動。

〔一〇〕殷殷靐靐：雷聲隆隆。比喻文氣旺盛，文勢洶湧。

〔一一〕六龍：天子車駕爲六馬，馬八尺稱龍，故用以代指天子車駕。俱東：齊至江東。此借指南宋領域。

〔一二〕自梁益歸吴：指出蜀東歸。梁益，泛指蜀地。

〔一三〕成市：像市場一樣。比喻衆多。漢書刑法志：「而奸邪並生，赭衣塞路，囹圄成市。」摘裂剽掠：破碎零散，抄襲竊取。參見卷十五陳長翁文集序：「我宋更靖康禍變之後，高皇帝受命中興，雖艱難顛沛，文章獨不少衰……久而寖微，或以纖巧摘裂爲文，或以卑陋俚俗爲詩，後生或爲之變而不自知。」

〔一四〕殿諸公：爲同輩殿軍。

〔一五〕契遇：投合相遇。　北扉南宫：分别爲學士院和禮部的代稱。此指淳熙十六年尤袤兼任直學士院，陸游任禮部郎中。

〔一六〕塗改雅頌：意指創造出與雅頌比肩的詩篇。李商隱韓碑：「點竄堯典舜典字，塗改清廟生民詩。」雅頌，泛指盛世禮樂。禮記樂記：「故聽其雅頌之聲，志意得廣焉。」孔穎達疏：「雅以施正道，頌以贊成功，若聽其聲，則淫邪不入，故志意得廣焉。」　蹈躪軻、雄：意指創造出不遜於孟軻、揚雄的文章。

〔一七〕斗粟共舂：比喻兩人相得，情同兄弟。「斗粟」語本史記淮南衡山列傳所載民謡：「一尺布，尚可縫；一斗粟，尚可舂；兄弟二人不相容。」

〔一八〕别五歲：自淳熙十六年相别五歲即紹熙五年。　晦顯靡同：此指兩人五年中隱伏和顯達不同。歐陽修觀文殿大學士晏公神道碑銘序：「其世次晦顯，徙遷不常。」

〔一九〕書一再：指五年中書信一再往來。　奄：忽然。

〔二〇〕伯延甫：即稱尤袤。袤字延之，伯指兄弟中排行第一，甫爲男子美稱。如方士繇稱伯謨甫。參見卷三六方伯謨墓誌銘注〔一〕。

〔二〕誦些：指吟誦招魂。楚辭招魂章多用「些」作語末助詞。歸徠：歸來，回來。楚辭大招：「魂魄歸徠，無遠遥只。」郢中：郢都。楚國都城。在今湖北荆州東北郢縣故城。

〔三〕虚堂：高堂。蕭統示徐州弟：「肩肩風生，昭昭月影。高宇既清，虚堂復静。」蛩：蟋蟀。

〔三〕奇服尨茸：比喻禮儀混亂。左傳僖公五年：「狐裘尨茸，一國三公，吾誰適從？」杜預注：「尨茸，亂貌。」

〔四〕天不憖遺：左傳哀公十六年：「孔丘卒，公誄之曰：『旻天不弔，不憖遺一老，俾屏余一人以在位。』」後用以哀悼老臣。憖遺，願意留下。黼黻火龍：原指火形和龍形的文采，比喻作文雕章琢句，猶如補綴百家之衣。左傳桓公二年：「火龍黼黻，昭其文也。」

〔五〕局淺：即淺局。指見識狹隘。三國志周魴傳：「謹拜表以聞，并呈箋草，懼於淺局，追用悚息。」瓦缶黄鍾：指世道不公，賢才見棄。語本楚辭卜居：「黄鍾毀棄，瓦釜雷鳴。」

〔六〕焄蒿：祭祀時祭品發出的氣味。此指文氣。禮記祭義：「其氣發揚於上，爲昭明，焄蒿、悽愴，此百物之精也，神之著也。」鄭玄注：「焄謂香臭也，蒿謂氣蒸出貌也。」吾黨：吾輩，吾儕。陸游視尤袤爲詩家同黨。論語公冶長：「子在陳，曰：『歸與！歸與！吾黨之小子狂簡，斐然成章，不知所以裁之。』」

沈子壽母趙夫人哀詞

於虖！人孰無母，母孰無子？母以壽終，子克終養〔一〕，亦可紓無窮之悲矣。維吾子壽，自初遭艱，晝夜號泣，匪淚伊血〔二〕，羸乎莫支。陞堂弔祭者，不忍聞其聲；得書赴告者，不忍觀其辭。子壽蓋曰：「不孝孤少罹閔凶〔三〕，父喪母嫠，無壟可耕，母子相依。及遊太學，母客京師。冬兮母寒，晝兮母飢，飢無一囊之粟，寒無一襲之衣。不孝孤雖食於學官，羹炙在前，歎息而麾〔四〕。撫所讀書，而與之誓曰：『編絶則輯，字渝則補，寧死於書傍，不敢畏難苟止，以負吾母之慈。』如是十年，幸賜第於太常〔五〕。歸而拜母，相持以泣，淚盡目萎，母前子後，告於先墓，庶幾吾父聞之，而寬其九泉之思也。」於虖！此子壽之既言，而其未言者，蓋可推矣。奉身以道義，發身以書詩〔六〕，文章傳於不朽，節行全而無虧。士患無志，不患無位；士患無才，不患無恃。子壽之志，所以事親者，蓋其所以事君。子壽之才，顧猶屈而未施。親則日遠，時節奉祀，如將見之，一言一行，足以顯揚吾親者，苟有怠忽，是以吾親爲殁而亡知也。子壽之令名，與天壤同弊〔七〕，則親實與焉。刻誄千字，置守萬家，蓋不足進於斯也。子壽之存於胸中而未言者，予得陳之。非獨慰吾子壽，蓋以爲天下孝子之詒①〔八〕。哀哉！

【題解】

沈子壽，即沈瀛，字子壽，號竹齋，湖州歸安（今浙江湖州）人。自太學登紹興三十年進士。歷太平州、常州教授、主管吏部架閣文字、樞密院編修官，知梧州、江州等。葉適沈子壽文集序載：「吴興沈子壽少入太學，名聞四方。仕四十餘年，絀於王官。再入郡，三佐帥幕。……然其平生業，嗜文字若性命，在身非外物也，甲乙自著累百千首。」（水心集卷十二）陸游乾道六年入蜀經常州時曾與沈瀛相見（卷四三入蜀記第一六月十四日）。據文意，沈瀛早年喪父，終身孝母。本文爲陸游爲沈瀛之母趙夫人所作的祭文。

本文原未繫年，歐譜列於不繫年文。待考。

【校記】

①「詒」，原作「詔」，正德本同，據弘治本、汲古閣本改。

【箋注】

〔一〕壽終：自然死亡。釋名釋喪制：「老死曰壽終。壽，久也；終，盡也。生已久遠，氣終盡也。」終養：奉養父母以終其天年。詩小雅蓼莪序：「蓼莪，刺幽王也。民人勞苦，孝子不得終養爾。」

〔二〕匪淚伊血：不是淚，即是血。匪伊，詩小雅蓼莪：「匪莪伊蒿。」

〔三〕閔凶：憂患凶喪之事。左傳宣公十二年：「寡君少遭閔凶，不能文。」杜預注：「閔，憂也。」

〔四〕羹炙：羹湯和烤肉。　麾：同「揮」。揮之使去。

〔五〕太常：官名，即太常卿，掌祭祀禮樂。沈瀛或官太常卿。

〔六〕奉身：養身，守身。　發身：成名，起家。

〔七〕令名：美好聲譽。左傳襄公二十四年：「僑聞君子長國家者，非無賄之患，而無令名之難。」

與天壤同弊：與天地共存亡，謂長久。

〔八〕詒：贈言。

渭南文集箋校卷第四十二

天彭牡丹譜

【題解】

天彭，即彭州，南宋隸成都府路，即今四川彭州。酈道元水經注江水載：「（江）東南下百餘里，至白馬嶺而歷天彭闕，亦謂之天彭谷也。秦昭王以李冰爲蜀守，冰見氐道縣有天彭山，兩山相對，其形如闕，謂之天彭門，亦曰天彭闕。」元和郡縣志：「彭州以岷山導江，江出山處，兩山相對，古謂之天彭門，因取以名。」天彭牡丹栽培始於唐代，大盛於南宋。唐代上元元年（七六〇），杜甫應彭州刺史高適之邀至彭州丹景山觀賞牡丹，作花底詩：「紫萼扶千蕊，黄須照萬花。忽疑行暮雨，何事入朝霞。恐是潘安縣，堪留衛玠車。深知好顔色，莫作委泥沙。」陸游客居成都六年，遍訪彭州花户、名園、名花，考察研究天彭牡丹，仿歐陽修洛陽牡丹記體例，撰成天彭牡丹譜，記載了天彭牡丹的栽培歷史、種植技術、品種、花期以及賞花習俗等，并表達了對中原盛世的無限嚮往。

本文據文末自述，作於淳熙五年（一一七八）正月十日。時陸游奉祠客居成都。

花品序第一〔一〕

牡丹在中州，洛陽爲第一〔二〕；在蜀，天彭爲第一。天彭之花，皆不詳其所自出。土人云：曩時永寧院有僧，種花最盛，俗謂之牡丹院。春時，賞花者多集於此。其後花稍衰，人亦不復至。崇寧中，州民宋氏、張氏、蔡氏，宣和中，石子灘楊氏，皆嘗買洛中新花以歸〔三〕。自是洛花散於人間，花户始盛，皆以接花爲業〔四〕。大家好事者，皆竭其力以養花，而天彭之花，遂冠兩川。今惟三井李氏、劉村毋氏、城中蘇氏、城西李氏花特盛，又有餘力治亭館〔五〕，以故最得名。至花户連畛相望〔六〕，莫得而姓氏也。天彭三邑皆有花〔七〕，惟城西沙橋上下，花尤超絶。由沙橋至堋口、崇寧之間，亦多佳品。自城東抵濛陽，則絶少矣。大抵花品近百種，然著者不過四十，而紅花最多，紫花、黄花、白花，各不過數品，碧花一二而已。今自狀元紅至歐碧，以類次第之。所未詳者，姑列其名於後，以待好事者。

狀元紅　祥雲　紹興春　燕脂樓　金腰樓　玉腰樓　雙頭紅　富貴紅　一尺紅　鹿胎紅　文公紅　政和春　醉西施　迎日紅　彩霞　疊羅　勝疊羅　瑞露蟬

乾花　大千葉　小千葉

右二十一品紅花

紫繡毬　乾道紫　潑墨紫　葛巾紫　福嚴紫

右五品紫花

禁苑黄　慶雲黄　青心黄　黄氣毬

右四品黄花

玉樓子　劉師哥　玉覆盂

右三品白花

歐碧

右碧花

轉枝紅　朝霞紅　灑金紅　瑞雲紅　壽陽紅　探春毬　米囊紅　福勝紅　油
紅　青絲紅　紅鵝毛　粉鵝毛　石榴紅　洗妝紅　蹙金毬　間緑樓　銀絲樓　六
對蟬　洛陽春　海芙蓉　膩玉紅　内人嬌　朝天紫　陳州紫　袁家紫　御衣紫
靳黄　玉抱肚　勝瓊　白玉盤　碧玉盤　界金樓　樓子紅

右三十三品未詳

【箋注】

〔一〕本章總序彭州花事，分色列舉牡丹品種。

〔二〕「牡丹」二句：歐陽修洛陽牡丹記：「牡丹出丹州、延州，東出青州，南亦出越州。而出洛陽者，今爲天下第一。」

〔三〕崇寧：宋徽宗年號，一一〇二至一一〇六年。宣和：宋徽宗年號，一一一九至一一二五年。洛中新花：指洛陽新品種牡丹。

〔四〕接花：嫁接牡丹品種。

〔五〕治亭館：建造亭臺樓館，以爲襯托。

〔六〕連畛：連片，滿田。阮籍詠懷其六：「昔聞東陵瓜，近在青門外。連畛距阡陌，子母相鉤帶。」

〔七〕天彭三邑：彭州下轄堋口、崇寧、濛陽三縣。

花釋名第二〔一〕

洛花見紀於歐陽公者〔二〕，天彭往往有之，此不載，載其著於天彭者。彭人謂花之多葉者京花，單葉者川花。近歲尤賤川花，賣不復售。花之舊栽曰祖花。其新接頭，有一春、兩春者，花少而富。至三春，則花稍多。及成樹，花雖益繁，而花葉減矣。狀元紅者，重葉深紅花，其色與鞓紅、潛緋相類〔三〕，而天姿富貴，彭人以冠花品。多葉者謂之第一架，葉少而色稍淺者謂之第二架。以其高出衆花之上，故名狀元紅。或曰：舊制進士第一人，即賜茜袍，此花如其色，故以名之。祥雲者，千葉淺紅花，妖艷多態，而花葉最多。花户王氏謂此花如朵雲狀，故謂之祥雲。紹興春者，祥雲子花也〔四〕，色淡佇而花尤富〔五〕，大者徑尺，紹興中始傳。大抵花户多種花子〔六〕，以觀其變，不獨祥雲耳。燕脂樓者，深淺相間，如燕脂染成〔七〕，重趺累蕚〔八〕，狀如樓觀。色淺者出於新繁勾氏〔九〕，色深者出於花户宋氏，又有一種色稍下，獨勾氏花爲冠。金腰樓、玉腰樓，皆粉紅花，而起樓子〔一〇〕，黄白間之，如金玉色，與燕脂樓同類。雙頭紅者，並蒂駢蕚〔一一〕，色尤鮮明，出於花户宋氏。始秘不傳，有謝主簿者，始得其種。今花户往往有之。然養之得地，則歲歲皆雙，不爾則間年矣，此花之絶異者也。富貴紅者，其花葉圓正而厚，色若新染未乾者。他花皆落，獨此抱枝而槁，亦花之異者。一尺紅者，深紅頗近紫色，花面大幾尺，故以一尺名之。鹿胎紅者，鶴頂紅子，花色紅，微帶黄，上有白點如鹿胎，極化工之妙。歐陽公花品有鹿胎花者〔一二〕，乃紫花，與此頗異。文公紅者，出於西京潞公園〔一三〕，亦花之麗者。其種傳蜀中，遂以文公名之。政和春者，淺粉紅花，有絲頭，政和中始出。醉西施者，粉白花，中間紅暈，狀如酡顔〔一四〕。迎日紅者，與醉西施同類，淺紅花中特出深紅花，開最早，而妖麗奪目，故以迎日名之。彩霞者，其色光麗，爛然如霞。疊羅者，中間瑣碎，如疊羅紋。勝疊羅者，差大於疊羅。此三品，皆以形而名之。瑞露蟬，亦粉紅花，中抽碧心，如合蟬狀〔一五〕。乾花者，粉紅花，而分蟬旋轉，其花亦富。大千葉、小千葉，皆粉紅花之傑者。大千葉無碎花，小千葉則花萼瑣碎，故以大小别之。此二十一品，皆紅花之著者也。

【箋注】

〔一〕本章解釋天彭牡丹品種命名緣由，描述其形貌特徵。

〔二〕「洛花」句：歐陽修洛陽牡丹記分爲花品序、花釋名、風俗記三章，記載牡丹品種二十四種。

〔三〕鞓紅、潛緋：洛陽牡丹記：「鞓紅者，單葉深紅花，出青州，一曰青州紅。故張僕射有第西京賢相坊，自青州以橐駝馱其種，遂傳洛中，其色類腰帶鞓，故謂之鞓紅。」又：「潛溪緋者，千葉緋花。出於潛溪寺，寺在龍門山後，本唐相李藩别墅。今寺中已無此花，而人家或有之。本是紫花，忽於叢中特出緋者，不過一二朵，明年移在他枝，洛人謂之轉枝花，故其接頭尤難得。」

〔四〕子花：從母本上嫁接出來的新品種。

〔五〕淡佇：淡雅，淡静。周邦彦玉團兒：「鉛華淡佇新妝束。好風韻，天然異俗。」

〔六〕花子：花的種子。周師厚洛陽花木記：「凡欲種花子，先於五六月間，擇背陰處肥美地，治作畦。」

〔七〕燕脂：即胭脂。一種紅色的顏料。蕭統美人晨妝：「散黛隨眉廣，燕脂逐臉生。」

〔八〕重跌累萼：花萼重疊。趺，花萼。

〔九〕新繁：縣名。南宋隸成都府。今四川成都新都。

〔一〇〕起樓子：即上文「重趺累萼，狀如樓觀」之意。

〔一一〕並蒂駢萼：兩花共蒂，花萼成雙。

〔一二〕鹿胎花：洛陽牡丹記：「鹿胎花者，多葉紫花。有白點如鹿胎之紋，故蘇相宅今有之。」

〔一三〕潞公園：文彦博之花園。潞公，即文彦博（一〇〇六—一〇九七），字寬夫，汾州介休（今屬山西）人。天聖五年進士。累遷殿中侍御史、河東轉運副使，慶曆七年拜樞密副使，旋拜參知政事，同中書門下平章事。後罷相，至和二年復相。出判河南、大名等府，封潞國公。英宗時入爲樞密使。神宗時反對變法，出判河陽等地，終以太師致仕。歷仕四朝，任將相五十年。宋史卷三一三有傳。明彭大翼山堂肆考卷二七載：「宋文潞公園地薄東城，水渺瀰甚廣，泛舟遊者如在江湖間也。淵映、瀍水二堂宛在水中，湘膚、藥圃二堂間列水右。潞公年九十官太師，尚時杖屨遊之。」

〔一四〕酡顔：飲酒臉紅貌。白居易與諸客空腹飲：「促膝纔飛白，酡顔已渥丹。」

〔一五〕合蟬：即連弩。裝有機括，可連續發射。通雅器用：「合蟬，連弩也……武經總要曰：『古弩有黄連、百竹、八簷、雙弓、擘張之類，今有參弓、合蟬、小黄，其遺法也。』」

紫繡毬，一名新紫花，蓋魏花之別品也〔一〕。其花葉圓正如繡毬狀，亦有起樓者，爲天彭紫花之冠。乾道紫，色稍淡而暈紅，出未十年。潑墨紫者，新紫花之子花也，單葉深黑如墨。歐公記有葉底紫近之〔二〕。葛巾紫，花圓正而富麗，如世人所戴葛巾狀〔三〕。福嚴紫，亦重葉紫花，其葉少於紫繡毬，莫詳所以得名。按歐公所紀，有玉版白出於福嚴院〔四〕。土人云此花亦自西京來，謂之舊紫花，豈亦出於福嚴邪？禁苑黄，蓋姚黄之別品也〔五〕。其花閒淡高秀，可亞姚黄。慶雲黄，花葉重複，郁然輪囷〔六〕，以故得名。青心黄者，其花心正青。一本花往往有兩品，或正圓如毬，或層起成樓子，亦異矣。黄氣毬者，淡黄檀心〔七〕，花葉圓正，向背相承〔八〕，敷腴可愛。玉樓子者，白花起樓，高標逸韵①〔九〕，自然是風塵外物。劉師哥者，白花帶微紅，多至數百葉，纖妍可愛〔一〇〕，莫知何以得名。玉覆盂者，一名玉炊餅，蓋圓頭白花也。碧花止一品，名曰歐碧。其花淺碧，而開最晚。獨出歐氏，故以姓著。

大抵洛中舊品，獨以姚、魏爲冠〔一〕。天彭則紅花以狀元紅爲第一，紫花以紫繡毬爲第一，黄花以禁苑黄爲第一，白花以玉樓子爲第一。然花户歲益培接〔二〕，新特間出，將不特此而已，好事者尚屢書之。

【校記】

①「標」，原作「㯹」，正德本同，據弘治本、汲古閣本改。

【箋注】

〔一〕魏花：洛陽牡丹記：「魏家花者，千葉肉紅花，出於魏相家。始樵者於壽安山中見之，斫以賣魏氏。魏氏池館甚大，傳者云：此花初出時，人有欲閲者，人税十數錢，乃得登舟渡池至花所，魏氏日收十數緡。其後破亡，鬻其園，今普明寺後林池乃其地，寺僧耕之以植桑麥。花傳民家甚多，人有數其葉者，云至七百葉。錢思公嘗曰：『人謂牡丹花王，今姚黄真可爲王，而魏花乃後也。』」

〔二〕葉底紫：洛陽牡丹記：「葉底紫者，千葉紫花，其色如墨，亦謂之墨紫花。在叢中旁必生一大枝，引葉覆其上。其開也，比他花可延十日之久。噫！造物者亦惜之耶。此花之出，比他花最遠。傳云：『唐末有中官爲觀軍容使者，花出其家，亦謂之軍容紫，歲久失其姓氏矣。』」

〔三〕葛巾：葛布製成的頭巾。宋書陶潛傳：「郡將候潛，值其酒熟，取頭上葛巾漉酒，畢，還復著之。」

〔四〕玉版白：洛陽牡丹記：「玉板白者，單葉白花，葉細長如拍板，其色如玉，而深檀心。洛陽人家亦少有。余嘗從思公至福嚴院見之，問寺僧而得其名，其後未嘗見也。」

〔五〕姚黄：洛陽牡丹記：「姚黄者，千葉黄花，出於民姚氏家。此花之出，於今未十年，姚氏居白司馬坡，其地屬河陽。然花不傳河陽傳洛陽，亦不甚多，一歲不過數朶。」

〔六〕輪囷：盤曲貌。文選鄒陽獄中上書自明：「蟠木根柢，輪囷離奇。」李善注引張晏曰：「輪囷離奇，委曲盤戾也。」

〔七〕黄檀：落葉喬木，羽狀複葉，小葉倒卵形，花淡紫色或黄白色。木質堅硬緻密。

〔八〕向背：正面和背面。梅堯臣和楊直講夾竹花圖：「萼繁葉密有向背，枝瘦節疏有直曲。」

〔九〕高標：清高脱俗的風範。語本世説新語德行：「李元禮風格秀整，高自標持。」

〔一〇〕纖妍：纖細美好。魏書崔浩傳：「浩纖妍潔白，如美婦人。」

〔一一〕姚、魏：指姚黄、魏紫兩個品種。

〔一二〕培接：培養嫁接。

風俗記第三〔一〕

天彭號小西京，以其俗好花，有京洛之遺風〔二〕。大家至千本。花時，自太守而下，往往即花盛處張飲，帟幕車馬〔三〕，歌吹相屬。最盛於清明、寒食時。在寒食前者，謂之火前花，其開稍久。火後花則易落。最喜陰晴相半時，謂之養花天〔四〕。栽接剝治〔五〕，各有其法，謂之弄花。其俗有「弄花一年，看花十日」之語，故大家例惜花，可就觀，不敢輕剪。蓋剪花則次年花絶少，惟花户則多植花以侔利。雙頭紅初出時，一本花取直至三十千〔六〕。祥雲初出，亦直七八千，今尚兩千。州家歲常以花餉諸臺及旁郡〔七〕。蠟蔕筠籃，旁午於道〔八〕。予客成都六年，歲常得餉，然率不能絶佳。淳熙丁酉歲，成都帥以善價私售於花户〔九〕，得數百苞，馳騎取之。至成都，露猶未晞。其大徑尺。夜宴西樓下〔一〇〕，燭焰與花相映發，影摇酒中，繁麗動人。

嗟乎！天彭之花，要不可望洛中，而其盛已如此。使異時復兩京〔一一〕，王公將相，築園第以相誇尚，予幸得與觀焉，其動蕩心目，又宜何如也！明年正月十日，山陰陸游書。

【箋注】

〔一〕本章記述彭州賞花風俗，交代作譜緣由，寄托對恢復兩京、觀賞洛花的嚮往。

〔二〕「天彭」三句：宋代以洛陽爲西京，故又稱京洛。洛陽牡丹天下第一，故以之比稱。

〔三〕帟幕：帳幕。左思蜀都賦：「將饗獠者，張帟幕，會平原，酌清酤，割芳鮮。」

〔四〕養花天：指暮春牡丹開花時節。其時輕雲微雨，適於養花。鄭文寶送曹緯劉鼎二秀才：「小舟聞笛夜，微雨養花天。」

〔五〕栽接剃治：栽種、嫁接、修剪、整治。

〔六〕取直：售價。直，同「值」。

〔七〕州家：刺史。應劭風俗通：「比自乞歸，未見聽許，州家幸能爲，相得去，實上願也。」諸臺：指各府、路高官。

〔八〕蠟蔕筠籃：裝有花枝的竹籃。蠟蔕，黄蠟色花蔕。旁午：交錯，紛繁。漢書霍光傳：「受璽以來二十七日，使者旁午，持節詔諸官署徵發。」顔師古注：「一從一横爲旁午，猶言交横也。」

〔九〕淳熙丁酉：即淳熙四年（一一七七）。成都帥：指四川制置使兼知成都府范成大。

〔一〇〕西樓：即五代時蜀宫中部之會仙樓。曹學佺蜀中廣記成都府：「吴師孟修西樓記云：『西樓直府寢之北，每春月花時，大帥置酒高會參佐於其下，五日復縱民遊觀宴嬉西園，以爲歲事。』」

〔一一〕兩京：指汴京、洛陽。

致語

【釋體】徐師曾文體明辨序說：「按樂語者，優伶獻伎之詞，亦名致語。……宋制，正旦、春秋、興龍、地成諸節，皆設大宴，仍用聲伎，於是命詞臣撰致語以畀教坊，習而誦之；而吏民宴會，雖無雜戲，亦有首章，皆謂之樂語。其制大戾古樂，而當時名臣，往往作而不辭，豈其限於職守，雖欲辭之而不可得歟？然觀其文，間有諷詞，蓋所謂曲終而奏雅者也。」本卷收録致語（樂語）六首。

天中節致語 三首

得吾道而上爲皇，方探真詮之妙〔一〕；有天下而尊歸父，適當孝治之隆。肆均湛露之恩，用侈流虹之瑞〔二〕。恭惟皇帝陛下德高邃古，澤被綿區〔三〕。神武應期，三紀撫紹開之運〔四〕；希夷玩志〔五〕，兆民傾愛戴之誠。爰輯上儀，式彰華旦〔六〕。山呼萬歲，歡已浹於神人；花覆千官，慶更同於中外。臣獲預梨園之法部〔七〕，遥瞻鳳闕於丹霄，敢采民謡，恭陳口號。

宫殿紅雲捧紫皇，河清電繞擁休祥〔八〕。壺中常占青春在，物外方知浩劫長〔九〕。

晝立龍旗風不動，曉開瓊笈遠飄香〔一〇〕。堯年豈特封人祝〔一一〕，動地歡聲遍萬方。

【題解】

天申節，宋高宗聖節。參見卷一天申節賀表題解。本文爲陸游爲慶賀天申節所作的致語。

本文原未繫年。歐譜列於不繫年文。據文中「三紀撫紹開之運」句，「三紀」爲三十六年，自高宗建炎元年（一一二七）即位起計，當作於紹興三十二年（一一六二）五月。時陸游在大理司直兼宗正簿任上。

參考卷五天申節進奉銀狀，卷二三天申節樞密院開啓道場疏、滿散道場疏、天申節功德疏二。

【箋注】

〔一〕真詮：即真諦。盧藏用衡岳十八高僧序：「然而年代悠邈，故老或遺，真詮緬微，後生何述？」

〔二〕湛露：詩小雅篇名。左傳文公四年：「昔諸侯朝正於王，王宴樂之，於是乎賦湛露。則天子當陽，諸侯用命也。」後用以喻君王之恩澤。　流虹：比喻帝王降生的祥瑞。典出帝王世紀：「黄帝時有大星如虹，下流華渚，女節意感而生少昊，是爲玄囂。」相傳高宗降生時「赤光照室」。

〔三〕邃古：遠古。　綿區：指廣闊的疆域。

〔四〕神武：指帝王英明威武。　三紀：三十六年。一紀爲十二年。　撫紹開之運：順應繼承、開拓的時運。高宗建炎元年（一一二七）即位，至紹興三十二年（一一六二），恰滿三十六年。

〔五〕希夷：指虛寂玄妙。老子：「視之不見名曰夷，聽之不聞名曰希。」河上公注：「無色曰夷，無聲曰希。」　玩志：指專心致志。張協七命：「遊心於浩然，玩志乎衆妙。」

〔六〕輯：聚集。　上儀：隆重之禮節。班固東都賦：「至乎永平之際，重熙而累洽，盛三雍之上儀，修袞龍之法服。」　華旦：吉日良辰。

〔七〕「臣獲預」句：此爲致語撰寫的套話。梨園，指教練宮廷藝人的場所。法部，梨園訓練和演奏法曲的部門。

〔八〕紫皇：道教傳説中的最高神仙。　休祥：吉祥。書泰誓中：「朕夢協朕卜，襲于休祥，戎商必克。」孔安國傳：「言我夢與卜俱合於美善。」

〔九〕壺中：指勝境，仙境。典出後漢書費長房傳，謂費長房與賣藥翁俱入壺中，見玉堂嚴麗，酒肴滿盈，共飲畢而出。　物外：世外，塵世之外。　浩劫：極長的時間。佛教稱天地從形成至毀滅爲一大劫。

〔一〇〕瓊笈：玉飾之書箱。多指道書。

〔一二〕堯年：指長壽。傳説帝堯壽達一百十六歲。封人：即華封人，華地管封疆之人。莊子天地：「堯觀乎華，華封人曰：『嘻，聖人！請祝聖人，使聖人壽。』堯曰：『辭。』」後用作對帝王祝頌。

又

樞電效祥，丕顯生商之旦〔一〕；需雲示惠，肆均在鎬之恩〔二〕。喜溢鵷鸞，光生俎豆〔三〕。伏惟皇帝陛下聖神廣運，垂拱無爲，躬堯舜之性仁，致成康之刑措〔四〕。克肖其德，天惟申命〔五〕。用休非求於民〔六〕，人皆同心以戴。號令雷風之鼓舞，文章日月之昭明。侈甲觀之昌期，疏瑶池之廣宴〔七〕。山呼萬歲，花覆千官。瀲灔上樽，味挹金莖之露〔八〕；悠颺法曲〔九〕，聲留玉宇之雲。臣等生值聖時，身參樂府，敢緣歸美之義，賡載太平之詩〔一〇〕。

廣殿遥聞警蹕音，觚稜曉色尚沉沉〔一一〕。半空瑞靄爐香馥，一點紅雲黼座深〔一二〕。夷夏歡聲歸羽舞，乾坤和氣入薰琴〔一三〕。欲知聖德齊堯舜，溯闕争傾萬國心。

【箋注】

〔一〕樞電：即電樞，比喻聖明的朝廷。效祥：呈露祥瑞。梁簡文帝馬寶頌序：「是以天不愛道，白馬嘶風；王澤效祥，朱鬣降祉。」生商：有娀氏之女吞鳥卵而生契，帝立爲商。參見卷一會慶節賀表二注〔一〕。

〔二〕需雲：比喻德澤遍降於民。語本易需：「象曰：雲上於天，需。君子以飲食宴樂。」孔穎達疏：「若言雲上於天，是天之欲雨，待時而落。所以明需，大惠將施，而盛德又亨，故君子於此之時以飲食宴樂。」在鎬：語本詩小雅魚藻：「魚在在藻，有頒其首。王在在鎬，豈樂飲酒。」鄭玄注：「豈亦樂也。天下平安，萬物得其性，武王何所處乎？處於鎬京，樂八音之樂，與群臣飲酒而已。」

〔三〕鵷鷺：比喻朝官。俎豆：泛指各種禮器。

〔四〕垂拱無爲：垂衣拱手，無爲而治。書武成：「惇信明義，崇德報功，垂拱而天下治。」成康，周成王和周康王之時，天下安定，刑措不用，被稱爲治世。

〔五〕申命：重申教命。易巽：「象曰：重巽以申命。」高亨注：「巽之卦像是君上重申其教命，故曰『重巽以申命』。」

〔六〕用休：達成美善、吉慶。

〔七〕甲觀：第一觀。漢代樓觀名，爲皇太子所居。昌期：興隆昌盛時期。瑶池：傳説中西王母所居昆侖山池名，曾於此受周天子宴請。

〔八〕瀲灩：滿盈貌。上樽：即上樽酒，上等酒。金莖之露：承露盤中之露。傳説此露與玉屑合服，可得成仙之道。李商隱漢宫詞：「侍臣最有相如渴，不賜金莖露一杯。」

〔九〕法曲：一種古代樂曲。自晉代起不斷吸取西域音樂、漢族清商樂及佛教、道教音樂結合而成，至唐代達到極盛。使用樂器豐富，代表曲目有赤白桃李花、霓裳羽衣等。白居易江南遇天寶樂叟：「能彈琵琶和法曲，多在華清隨至尊。」

〔一〇〕歸美：贊美，稱許。晉書鄭沖傳：「昔漢祖以知人善任，克平宇宙。推述勳勞，歸美三俊。」賡載：指相續而成。書益稷：「皋陶拜手稽首，颺言曰：『念哉，率作興事，慎乃憲，欽哉！屢省乃成，欽哉！』乃賡載歌曰：『元首明哉，股肱良哉，庶事康哉！』」孔安國傳：「賡，續；載，成也。」

〔一一〕警蹕：指帝王出入之途，侍衛警戒，清道止行。崔豹古今注輿服：「警蹕，所以戒行徒也。周禮蹕而不警。秦制出警入蹕，謂出軍者皆警戒，入國者皆蹕止也，故云出警入蹕也。至漢朝梁孝王，王出稱警，入稱蹕，降天子一等焉。」觚稜：宫闕轉角處瓦脊成方角棱瓣形。借指宫闕。文選班固西都賦：「設璧門之鳳闕，上觚稜而棲金爵。」吕向注：「觚稜，闕角也。」

〔一二〕黼座：指帝座。因帝王座位後面設繪有斧形花紋的屏風。

〔一三〕羽舞：古代舞者執羽的文舞。周禮春官樂師：「掌國學之政，以教國子小舞。凡舞，有帗舞，有羽舞，有皇舞，有旄舞，有干舞，有人舞。」薰琴，指南風之詩，歌頌國泰民安。孔子家語卷八：「昔者舜彈五弦之琴，造南風之詩，其詩曰：『南風之薰兮，可以解吾民之愠兮；南風之時兮，可以阜吾民之財兮。』」

又

有王者興，應繞電流虹之瑞〔一〕；使聖人壽，實敷天率土之心〔二〕。欣逢震夙之期，恭致厖鴻之祝〔三〕。伏惟皇帝陛下聰明稽古，曆數在躬，聖澤上際而下蟠，睿化東漸而西被〔四〕。追景德祥符之治〔五〕，萬寓丕平；御紫宸垂拱之朝〔六〕，四夷入貢。爰錫需雲之宴，用均湛露之恩〔七〕。臣等端遇清時，遥瞻丹闕。聽虞帝簫韶之奏〔八〕，同極歡情；綴漢家樂府之詩，敢陳薄技。

嘉會千齡豈易逢，珮聲俱集未央宮〔九〕。九重鳳闕曈曨日，百尺龍旗掩苒風〔一〇〕。奇瑞屢書圖諜上〔一一〕，太平長在詠歌中。區區擊壤雖無取〔一二〕，意與生民既醉同。

【箋注】

〔一〕繞電流虹：帝王出世時的祥瑞。參見卷一瑞慶節賀表注〔一〕。

〔二〕敷天率土：指四海之内，整個天下。敷，通「溥」。語本詩小雅北山：「溥天之下，莫非王土；率土之濱，莫非王臣。」

〔三〕震夙：指誕育。語本詩大雅生民：「載震載夙，載生載育。」高亨注：「震，通『娠』，懷孕。夙，當作孕，字形相近而誤。」厖鴻：洪大，盛大。文選司馬相如封禪文：「湛恩厖鴻，易豐也。」李善注：「厖、鴻，皆大也。言湛恩廣大，易可豐厚也。」

〔四〕稽古：考察古事。書堯典：「曰若稽古。帝堯曰放勳。」曆數在躬：指帝王繼承的次序在自身。論語堯曰：「堯曰：『咨！爾舜，天之曆數在爾躬。』」聖澤：帝王的恩澤。睿化：聖明的教化。

〔五〕景德祥符：指北宋真宗景德（一〇〇四至一〇〇七年）和大中祥符（一〇〇八至一〇一六年）兩個年號的十餘年間。

〔六〕紫宸垂拱：指天子垂拱無爲而治。紫宸，天子所居宫殿名。借指天子。梁書元帝紀：「紫宸曠位，赤縣無主，百靈聳動，萬國回皇。」

〔七〕需雲：指君臣宴樂。參見上篇注〔二〕。湛露：詩小雅篇名。喻君主恩澤。左傳文公四年：「昔諸侯朝正於王，王宴樂之，於是乎賦湛露。則天子當陽，諸侯用命也。」

〔八〕簫韶：舜樂名。書益稷：「簫韶九成，鳳皇來儀。」

〔九〕未央宫：漢代宫殿名。在長安故城内西南隅，百官朝見之處。

〔一〇〕曈曨：日初出漸明之貌。説文日部：「曈，曈曨，日欲明也。」掩苒：摇曳貌。

〔一一〕圖諜：指圖讖。北齊書文宣帝紀：「圖諜潛蘊，千祀彰明，嘉禎幽秘，一朝紛委，以表代德之期，用啓興邦之迹。」

〔三〕擊壤：即擊壤歌，歌詠太平盛世。論衡藝增：「傳曰：有年五十擊壤於路者，觀者曰：『大哉，堯德乎！』擊壤者曰：『吾日出而作，日入而息，鑿井而飲，耕田而食。堯何等力！』」

徐稚山給事慶八十樂語

伏以就第而賜安車，爰及常珍之歲〔一〕；爲酒以介眉壽〔二〕，宜伸善頌之誠。恭惟致政龍學給事，東省近臣，西清宿望〔三〕。體鍾和氣，生元祐之盛時〔四〕；道合聖君，贊隆興之初政〔五〕。抗議每先於諸老，遺榮靡顧於萬鍾〔六〕。雖容疏傳之歸，行見謝公之起〔七〕。至若籯金比訓，庭玉生輝〔八〕，出將使指之榮，入奉色難之養〔九〕。膺茲全福，屬我耆英〔一〇〕。維降嶽之嘉辰，當發春之令月〔一一〕。廟堂舊弼，紆華衮以臨觴；臺閣名卿，焕繡衣而在席。式歌且舞，俾熾而昌。上對台顔〔一二〕，敢陳口號。

欲知主聖本臣忠，傾盡嘉謨沃舜聰〔一三〕。同載方如周吕尚，安車不數漢申公〔一四〕。日烘盎盎花光暖，燭映鱗鱗酒浪紅。白首同朝各强健，莫辭爛醉答春風。

【題解】

徐稚山給事，即徐林，字稚山，號硯山居士，和州歷陽（今安徽和縣）人，遷居吴縣硯石山下。

宣和三年進士。少有特操，不肯附麗姨父王黼。高宗時累遷太府少卿、江西轉運副使，因忤秦檜貶興化軍。後復入爲刑部、户部、吏部侍郎，出知平江府，力辭。旋乞致仕。再以給事中召，辭疾不起。還龍圖閣學士，卒年八十餘，葬靈巖山之西。工書，以篆名家。吴郡志卷二七有傳。事迹又見中吴紀聞卷六。陸游與徐林的交遊不詳。本文爲陸游爲慶賀徐林八十壽辰所作的樂語。

本文原未繫年。歐譜列於不繫年文。周必大文忠集卷五有徐稚山林龍學挽詞二首，下署「庚寅」作。庚寅爲乾道六年（一一七〇），則徐林卒於此年。倒推八十年，其生年當在元祐初，與文中稱「生元祐之盛時」相合。則其八十壽辰當乾道五年或六年。時陸游落職家居，并得差任夔州通判將赴任。

【箋注】

〔一〕安車：古代可供坐乘的小車，多爲年老高官及貴婦人乘用。高官告老還鄉或徵召有重望者，往往賜乘安車。周禮春官巾車：「安車，雕面鷖總，皆有容蓋。」鄭玄注：「安車，坐乘車。凡婦人車皆坐乘。」

〔二〕「爲酒」句：詩豳風七月：「爲此春酒，以介眉壽。」介，祈求。眉壽，長壽。人老眉間有豪毛，稱秀眉。常珍：指日常所食皆爲珍饈。

〔三〕致政：同致仕，向君主歸還政權。禮記王制：「五十而爵，六十不親學，七十致政。」鄭玄注：「還君事。」龍學：即龍圖閣學士。給事：即給事中。東省：指門下省，給事中屬門下省。西清：宋代指朝廷帶殿閣的文職官署。文選司馬相如上林賦：「青龍蚴蟉於東葙，象輿婉僤於西清。」郭璞注引張揖曰：「西清者，葙中清浄處也。」程大昌雍録卷十：「本朝汴京大内御藥院太清樓在西，祖宗書閣，自龍圖以下皆在其前，故進職帶殿閣者訓辭多用『西清』，正本此也。」此指龍圖閣。

〔四〕「體鍾」二句：可知徐林出生於元祐年間（一〇八六—一〇九四）。

〔五〕「道合」二句：指徐林隆興初爲吏部侍郎。

〔六〕「抗議」二句：指徐林任吏部侍郎時：「復論符離之役爲非計，遂以敷文閣直學士奉祠」（吴郡志卷二七）。遺榮，抛棄榮華富貴。萬鍾，指優厚俸禄。鍾，古代量器名。孟子告子上：「萬鍾則不辯禮義而受之，萬鍾於我何加焉。」

〔七〕疏傅之歸：指漢代太傅疏廣、少傅疏受，功成身退，告老辭官還鄉。事見漢書疏廣疏受傳。謝公之起：指晉代謝安曾隱居會稽東山，年逾四十復出爲桓温司馬，累遷要職，晉室轉危爲安。事見晉書謝安傳。

〔八〕籯金：一箱金子，此喻指儒經。漢書韋賢傳：「遺子黄金滿籯，不如一經。」庭玉：庭中玉樹，喻指優秀子弟。世説新語言語：「謝太傅問諸子侄：『子弟亦何豫人事，而正欲使其佳？』諸人莫有言者。車騎答曰：『譬如芝蘭玉樹，欲使其生於階庭耳。』」

〔九〕出將：指出爲將帥。使指：謂執行天子的意旨命令。色難：保持侍奉父母的愉悦容色很難。典出論語爲政：「子夏問孝，子曰：『色難。有事，弟子服其勞；有酒食，先生饌，曾是以爲孝乎？』」

〔一〇〕耆英：指高年碩德之人。此指徐林。

〔一一〕降嶽：指生日。語本詩大雅崧高：「崧高維嶽，駿極于天。維嶽降神，生甫及申。」令月：吉月。儀禮士冠禮：「令月吉日，始加元服。」鄭玄注：「令、吉，皆善也。」一説指夏曆二月。

〔一二〕台顔：即尊顔。稱對方的敬稱。

〔一三〕嘉謨：嘉謀。揚雄法言孝至：「或問忠言嘉謨，曰：『言合稷、契謂之忠，謀合皋陶謂之嘉。』」

〔一四〕周吕尚：周文王遇姜太公於渭濱，同載以歸。史記齊太公世家：「於是周西伯獵，果遇太公於渭之陽，與語大説，曰：『自吾先君太公曰「當有聖人適周，周以興」。子真是邪？吾太公望子久矣。』故號之曰『太公望』，載與俱歸，立爲師。」漢申公：西漢魯人，名培。傳魯詩。史記儒林列傳載，武帝初，「欲立明堂以朝諸侯，不能就其事，乃言師申公。於是天子使使束帛加璧，安車駟馬迎申公，弟子二人乘軺傳從」。後拜爲太中大夫，時年八十餘。吕尚、申公均爲高齡被擢重用。

致語　二首

伏以碧油紅旆，有嚴幕府之容〔一〕；瑚俎華觴，用飾輿情之喜〔二〕。恭惟某官西清禁從，東省名臣〔三〕。據古守經，凜北斗泰山之望；黜浮崇雅，粲銘鍾篆鼎之辭〔四〕。行表縉紳，言書簡册。雖弗容然後見君子〔五〕，顧未起何以慰蒼生？適兹謀帥之辰，誰處耆英之右〔六〕。佩麟符而就鎮，猶屈經綸；穿豹尾以還朝，佇聞趣召〔七〕。某官爰申宴樂，式奉笑談。士民踴躍而仰瞻，將吏奔馳而即事。諧金石鏗鏘之奏，盛魚龍曼衍之觀〔八〕。上對台階，敢陳口號。

曾立蛾眉禁省班〔九〕，至今風采照金鑾。縱横筆陣千人廢，浩蕩辭源萬頃寬。落紙煙雲紛態度，照人冰玉峙高寒〔一〇〕。從容坐嘯香凝寢，説與賓僚拭目觀〔一一〕。

【題解】

此致語二首對象未注明。據文意，并無慶壽之内容，故非爲承上篇爲徐林所作。兩首對象應爲同一人，其人奉命守邊有功，秋日受召還朝，陸游爲作致語送之。考陸游生平，與此情景相符者唯王炎一人。王炎乾道五年三月以參知政事除四川宣撫使，七年七月授樞密使，依前四川宣撫使。八年九月奉詔赴都堂治事。陸游乾道八年正月被辟爲權四川宣撫使司幹辦公事兼檢法官，直至十月王炎幕府解散後改任成都府安撫司參議官。從身份和時間兩方面考慮，當可確定爲王炎。故本文爲陸游爲慶賀王炎應召還朝的宴會所作的致語。共二首。

本文原未繫年。歐譜列於不繫年文。據上文考述，當作於乾道八年（一一七二）秋。

【箋注】

〔一〕碧油：即碧油幢，青緑色油布車帷。紅旆：紅旗。嚴：整飭。

〔二〕琱俎華觴：指華麗的祭器酒器。琱，同雕。輿情：民情。李中獻喬侍郎：「格論思名士，輿情渴直臣。」

〔三〕西清：帶館閣的職位。東省：門下省。參見上篇注〔三〕。禁從：皇帝侍從。特指翰林學士之類文學侍從。胡仔笤溪漁隱叢話前集：「然東坡自此脱謫籍，登禁從，累帥方面。」

〔四〕銘鍾篆鼎：用篆書在鐘鼎上刻寫的銘文莊重古雅。

〔五〕「雖弗」句：語本史記孔子世家：「顔回曰：『夫子之道至大，故天下莫能容。雖然，夫子推而行之，不容何病，不容然後見君子。夫道之不修也，是吾醜也。夫道既已大修而不用，是有國者之醜也。不容何病，不容然後見君子。』孔子欣然而笑曰：『有是哉！顔氏之子，使爾多財，吾爲爾宰。』」

〔六〕耆英之右：高年碩德者之上。

〔七〕麟符：朝廷頒發的麟形符節。新唐書車服志：「皇太子監國給雙龍符，左右皆十。兩京、北都留守給麟符，左二十，右十九。」經綸：指治國之抱負才能。豹尾：將帥旌旗上的飾物，或懸豹尾，或畫豹紋。趣召：急召。趣，促。

〔八〕魚龍曼衍：古代百戲雜耍之名，執持特製的珍異動物模型進行表演。魚龍、曼衍皆獸名。

隋書音樂志：「魚龍漫衍之伎，常陳殿前，累日繼夜，不知休息。」

〔九〕蛾眉禁省：指皇宫中的才士。蛾眉，代指美女。此喻才士。禁省，禁中。指皇宫。

〔一〇〕態度：氣勢。陸龜蒙送侯道士還太白山序：「侯生嘗應舉，名彤。作七言詩，甚有態度。」

冰玉：比喻高潔的人品。康駢劇談録洛中豪士：「弟兄列座矜持，儼若冰玉，肴羞每至，曾不下筯。」

〔一一〕坐嘯：閒坐吟嘯。指爲官清閒。後漢書黨錮傳：「汝南太守宗資任功曹范滂，南陽太守成瑨亦委功曹岑晊，二郡又爲謡曰：『汝南太守范孟博，南陽宗資主畫諾。南陽太守岑公孝，弘農成瑨但坐嘯。』」香凝寢：語本韋應物郡齋雨中與諸文士燕集：「兵衛森畫戟，宴寢凝清香。」賓僚：賓客幕僚。世説新語言語：「桓征西治江陵城甚麗，會賓僚出江津望之。」

又

西顥司辰，素商紀節〔一〕，涓日初開於莫府，肆筵式奉於皇華〔二〕。恭惟某官節概清真，風規簡亮〔三〕。過眼不再，盡讀五車之書；落筆可驚，早冠萬人之勇。文久傳於後學，名疑睹於昔賢。凛臺柏之生風，焕使星之下燭〔四〕。繡衣持斧，威聲方肅於列城〔五〕；豹尾屬車，趣召行參於法從〔六〕。某官爰開燕豆，款奉談犀〔七〕。畫棟珠簾，納九秋之爽氣；金樽玉酒，醉一道之歡聲。仰對台階，敢陳口號。

涼月參差白露溥，請看賓主罄清歡〔八〕。麟符玉節交相映，鳳竹鸞絲殊未闌。百穀方登倉庾足，七州無事里閭安〔九〕。樽前莫惜山頹玉，四者能兼自古難〔一〇〕。

【箋注】

〔一〕西顥：指秋天。因西方稱顥天，秋位在西。劉禹錫上門下裴相公啓：「授鉞於西顥之半，策勳於北陸之初。」素商：亦指秋天。因秋天色尚白，又屬五音之「商」。員半千儀坤廟樂章：「雲感玄羽，風悽素商。」

〔二〕涓日：選擇吉祥之日。語本左思魏都賦：「量寸旬，涓吉日，陟中壇，即帝位。」肆筵：設宴。詩大雅行葦：「戚戚兄弟，莫遠具爾，或肆之筵，或授之几，肆筵設席，授几有緝御。」皇華：詩小雅篇名，其序稱「皇皇者華，君遣使臣也。送之以禮樂，言遠而有光華也」。後用以贊頌奉命出使。

〔三〕節概：志節氣概。文選左思吴都賦：「士有陷堅之鋭，俗有節概之風。」李周翰注：「俗有志節梗概之人。」風規：風度品格。宋書張敷傳：「司徒故左長史張敷，貞心簡立，幼樹風規。」

〔四〕臺柏：指御史臺。漢代御史府列植柏樹，常有數千野鳥棲息其上，故後稱御史臺爲柏臺。

事見漢書朱博傳。　使星：典出後漢書李郃傳：「和帝即位，分遣使者，皆微服單行，各至州縣觀采風謡。使者二人當到益都，投郃候舍。時夏夕露坐……郃指星示云：『有二使星向益州分野。』」

〔五〕繡衣：即繡衣直指。漢武帝時，特派使者衣繡衣，持斧仗節執法，稱繡衣使者。繡衣以示尊貴，直指謂處事無私。事見漢書武帝紀等。　列城：邊塞城堡。

〔六〕豹尾：將帥旌旗上的飾物。　屬車：帝王出行時之侍從車。漢書賈捐之傳：「鸞旗在前，屬車在後。」顔師古注：「屬車，相連屬而陳於後也。」　趣召：急召。　法從：跟隨皇帝車駕。漢書揚雄傳：「又是時趙昭儀方大幸，每上甘泉，常法從，在屬車間豹尾中。」

〔七〕燕豆：宴飲時盛食物的高足盤，多用於隆重場合。曾鞏英宗實録院謝賜御筵表：「此蓋伏遇皇帝陛下永懷先烈，務廣孝思，故因始於信書，俾特豐於燕豆。」　談犀：即拂塵。因多用犀角飾其柄。宋庠次韻和資政吴育侍郎見贈：「争奈詔書催上道，談犀從此日生塵。」

〔八〕涼月：秋月。謝朓移病還園示親屬：「停琴佇涼月，滅燭聽歸鴻。」　參差：忽隱忽現貌。　溥：盛多。　罄：顯現。

〔九〕倉庾：貯藏糧食的倉庫。史記孝文本紀：「發倉庾以振貧民。」　七州：指東晉之轄境。文選謝靈運述祖德詩：「高揖七州外，拂衣五湖裹。」李善注：「舜分天下爲十二州，時晉有七，故云七州也。」此指王炎四川宣撫使所轄之地。

〔一〇〕山頽玉：形容醉後體態，如玉山傾頽。語本世説新語容止：「嵇叔夜之爲人也，巖巖若孤松之獨立；其醉也，傀俄若玉山之將崩。」四者能兼自古難：語本謝靈運擬魏太子鄴中集詩序：「天下良辰、美景、賞心、樂事，四者難并。」

渭南文集箋校卷第四十三

入蜀記第一

【題解】入蜀記爲陸游於乾道六年（一一七〇）由山陰故家赴夔州通判任上沿途所作日記，逐日記載所經之地、所歷之事、所見之人、所觀之景，以及由此引發之聯想和思考。此次入蜀之行，全程走水路，由大運河至鎮江，再轉長江溯流而上至夔州，途經紹興府、臨安府、秀州、平江府、常州、鎮江府、真州、建康府、太平州、安慶軍、寧國府、池州、舒州、江州、興國軍、黄州、鄂州、江陵府、峽州、歸州等二十個州府軍，最後抵達夔州。沿途得到州縣官員及諸多朋友的接待。同行有夫人王氏及六個子女，即子虡（統，二十三歲）子龍（綯，二十一歲）、子修（綱，二十歲）、子坦（繪，十五歲）、子約（紓，五歲）及女兒靈照（十九歲）。（據鄒志方陸游家世）途中又有蜀僧世全、了證搭船同行。

本文據逐日自述，作於乾道五年（一一六九）十二月六日至乾道六年（一一七〇）十月二十七日。時陸游得獲通判夔州任命及在赴夔州任途中。

本卷收録乾道五年十二月六日至六月二十九日記文。

乾道五年十二月六日。得報差通判夔州〔一〕。方久病，未堪遠役〔二〕，謀以夏初離鄉里。

【箋注】

〔一〕報：邸報。宋代傳抄詔令、奏章等報與諸藩的報紙。夔州：州名，南宋隸夔州路。即今重慶奉節。

〔二〕「方久病」二句：劍南詩稿卷二將赴官夔府書懷：「病夫喜山澤，抗志自年少。有時緣龜飢，妄出丐鶴料。亦嘗厠朝紳，退懦每自笑。正如怯酒人，雖愛不敢釂。一從南昌免，五歲嗟不調。朝廷每哀矜，幕府誤辟召。終然斂孤迹，萬里遊絶徼。民風雜莫徭，封域近無詔。淒涼黄魔宫，峭絶白帝廟。又嘗聞此邦，野陋可嘲誚。通衢舞竹枝，譙門對山燒。浮生一夢耳，何者可慶吊？但愁瘦累累，把鏡羞自照。」

六年閏五月十八日。晚行，夜至法雲寺〔一〕。兄弟餞别〔二〕，五鼓始決去〔三〕。

【箋注】

〔一〕法雲寺：嘉泰會稽志卷七：「法雲寺在（山陰）縣西北八里。本名王舍城寺，久廢。吴越王時有大校巡警見其地有光景，乃復興葺。開寶七年改名寶城寺，中允陸公仁旺及弟大卿捨園地以益之。大中祥符中改額法雲。建中靖國元年，大卿之孫拜左丞，請爲功德院。」可知此寺爲陸游祖父陸佃的功德院。劍南詩稿卷五五有法雲寺。

〔二〕兄弟：陸游之父陸宰生四子：長曰淞，仲曰濬，叔曰游，季曰湀。下文言及拜訪陸淞，此處當指陸濬和陸湀。

〔三〕五鼓：五更，拂曉時分。顏氏家訓書證：「漢魏以來，謂爲甲夜、乙夜、丙夜、丁夜、戊夜；又云鼓，一鼓、二鼓、三鼓、四鼓、五鼓；亦云一更、二更、三更、四更、五更；皆以五爲節。」

十九日。黎明，至柯橋館〔一〕，見送客。巳時至錢清〔二〕，食亭中，涼爽如秋。與諸子及送客步過浮橋。橋堅好非昔比，亭亦華絜，皆史丞相所建也〔三〕。申後，至蕭山縣，憩夢筆驛〔四〕。驛在覺苑寺旁，世傳寺乃江文通舊居也〔五〕。有大碑，葉道卿文。寺額及佛殿榜，皆沈睿達所書〔六〕，有碑亦睿達書，尤精古。又有毗陵人戚舜臣所畫水〔七〕，蓋佛座後大壁也。卒然見之，覺濤瀾洶湧可駭，前輩或謂之死水，過矣。縣丞權縣事紀旬、尉曾槃來〔八〕。曾原伯逢招飲於其子槃廨中〔九〕，二鼓歸。原伯復來，共坐驛門，月如晝，極涼。四鼓，解舟行，至西興鎮〔一〇〕。

【箋注】

〔一〕柯橋館：館驛名。嘉泰會稽志卷四：「柯橋驛在（山陰）縣西二十五里。」

〔二〕巳時：上午九點至十一點。古代將一天分爲十二時辰，用十二地支表示，以夜半二十三點至一點爲子時，一至三點爲丑時，餘類推。　錢清：館驛名。嘉泰會稽志卷四：「錢清驛在（山陰）縣北五十里。」

〔三〕史丞相：即史浩，字直翁。參見卷七謝參政啓題解。

〔四〕申：申時，下午十五點至十七點。　蕭山縣：隸紹興府。　夢筆驛：館驛名，嘉泰會稽志卷四：「夢筆驛在（蕭山）縣東北百三十步。」劍南詩稿卷十七有夢筆驛。

〔五〕覺苑寺：嘉泰會稽志卷八：「覺苑寺在（蕭山）縣東北一百三十步。齊建元二年江淹子昭玄捨宅建。會昌廢，大中二年重建，賜名昭玄寺。大中祥符中避聖祖名改今額。寺有大悲閣，熙寧元年沈睿達遼爲之記，又作八分書字額四字，筆意極簡古。閣後壁有毗陵戚舜臣水，戚氏以畫水名家，此壁尤爲識者所貴，并睿達文及書謂之『三絶』。或詆戚氏以爲似印版水紙，過矣。」　江文通：即江淹（四四四—五〇五），字文通，濟陽考城（今河南蘭考）人。南朝梁文學家，作有恨賦、别賦。南史江淹傳：「淹少以文章顯，晚節才思微退……嘗宿於冶亭，夢一丈夫自稱郭璞，謂淹曰：『吾有筆在卿處多年，可以見還。』淹乃探懷中得五色筆一以授之。爾後爲詩絶無美句，時人謂之才盡。」

〔六〕葉道卿：即葉清臣（一〇〇〇—一〇四九），字道卿，蘇州長洲人。天聖二年榜眼。歷光禄寺丞、集賢校理，遷太常丞，進直史館，權三司使。出知永興軍。宋史卷二九五有傳。沈睿達：即沈遼（一〇三二—一〇八五），字睿達，錢塘（今浙江餘杭）人。沈遘之弟，沈括同族弟。曾官監内藏庫、監杭州軍資庫，攝知華亭縣。被誣下獄，流放永州。遇赦還居池州，築雲巢，偃蹇傲世，悠遊山水，與蘇軾等唱酬。宋史卷三三一有傳。

〔七〕毗陵：古地名。在今江蘇常州。戚舜臣（九九六—一〇五二）：字世佐，應天府楚丘（今商丘北、曹縣東南）人。曾鞏元豐類稿卷四二有墓誌銘。此處恐爲戚文秀之誤。戚文秀爲常州毗陵人，宋代畫家，工畫水，筆力調暢。名作清濟灌河圖，其中一筆長五丈，自邊際起，超騰四折，通貫於波浪之上，與衆毫不失次序。事迹見圖繪寶鑒卷三。

〔八〕曾槃：字樂道，曾逢長子，時任蕭山縣尉。

〔九〕曾元伯逢：即曾逢，字元伯，曾幾長子。宋史曾幾傳：「（幾）二子，逢仕至司農卿……而逢最以學稱。」

〔一〇〕西興鎮：在錢塘江南岸，過江即爲臨安。咸淳臨安志卷三九：「浙江渡，在候潮門外，對西興。」

二十日。黎明，渡江，江平無波。少休仙林寺〔一〕，寺僧爲開館設湯飲。遂買小舟出北關〔二〕，登漕司所假舟於紅亭税務之西〔三〕，夜無蚊。

二十一日。省三兄〔四〕。

二十二日至二十四日。皆留兄家。

【箋注】

〔一〕仙林寺：咸淳臨安志卷七六：「仙林慈恩普濟教寺，在鹽橋北。紹興三十二年，僧洪濟大師智卿造，賜今額。隆興元年，賜『隆興萬善大乘戒壇』額。」

〔二〕北關：咸淳臨安志卷十八：「城北餘杭門，俗呼北關門。」又：「水門餘杭門，據乾道志，錢氏舊門，南曰龍山，東曰竹車、南土、北土、保德，北曰北關。」此當指水門。

〔三〕漕司：即轉運使司，宋代各路管理徵税、錢糧及漕運等事務的官署。紅亭税務：乾道臨安志卷二：「紅亭税務在崇新門外。」

〔四〕三兄：即陸淞，字子逸，陸游長兄，在族中排行第三，故稱。據山陰陸氏族譜，陸淞以祖恩補通仕郎，歷祕閣校理、工部郎中、知辰州，官至左朝請大夫。淳熙九年卒，年七十三。葬陸宰墓側。耆舊續聞：「陸辰州子逸，左丞佃之孫。晚以疾廢，卜築於秀野，越之佳山水也。放傲世間，不復有營念。對客則終日清談不倦，尤好語前輩事。」（見于譜宣和七年注七）此時當在朝中任職。

二十五日。晚，葉夢錫侍郎衡招飲〔一〕，案間設礬山數盆〔二〕，望之如雪。

二十六日。晚，芮國器司業曅招飲〔三〕，同集仲高兄、詹道子大著亢宗、張叔潛編修淵〔四〕。坐中，國器云：「頃在廣東作漕〔五〕，有提舉茶鹽石端義者，性殘忍，每捕官吏繫獄，輒以石鹽木枷枷之〔六〕，蓋木之至堅重者。每曰：『木名石鹽，天生此爲我用也。』其後，石坐罪，竟荷校去①〔七〕。」

二十七日。

【校記】

①「去」，弘治本、汲古閣本作「云」。

【箋注】

〔一〕葉夢錫：即葉衡，字夢錫。參見卷九賀葉樞密啓題解。時任户部侍郎。

〔二〕礬山：堆明礬於盤中，置席上像冰雪，宋代士大夫暑月宴客常用之。

〔三〕芮國器：即芮曅（一一一四—一一七二），字國器，一字仲蒙，湖州烏程人。任仁和尉，因忤秦檜被竄。檜死復官，歷國子正、監察御史、國子司業、祭酒，以右文殿修撰致仕。與周必大、朱熹等多有交往。宋史翼卷十三有傳。劍南詩稿卷二有送芮國器司業。

〔四〕仲高：即陸升之，字仲高，山陰人。陸游從兄。參見卷二九跋范元卿舍人書陳公實長短句後注〔二〕。詹道子：即詹亢宗，字道子，山陰人。紹興十八年進士。乾道三年除秘書省正字，四年除校書郎，五年除著作佐郎，六年出知處州。事迹見南宋館閣録卷七。大著，即著作郎。張叔潛：即張淵，字叔潛，長樂（今屬福建）人。隆興元年進士。曾爲左宣教郎、樞密院編修，乾道六年閏五月除秘書郎。事迹見郡齋讀書志附志、南宋館閣録卷七。劍南詩稿卷二有送張叔潛編修造朝。

〔五〕作漕：指任轉運司官員。

〔六〕石鹽木：木名。産南方，木質堅重。蘇軾兩橋詩引：「棲禪院僧希固築進兩岸，爲飛樓九間，盡用石鹽木，堅若鐵石。」枷：刑具名，方形木質項圈，套住犯人脖子和雙手。

〔七〕荷校：以肩荷枷，即頸上戴枷。校，枷具。資治通鑑後梁均王乾化三年：「庚辰，晉王發幽州，劉仁恭父子皆荷校於露布之下。」

二十八日。同仲高出闇門，買小舟泛西湖，至長橋寺〔一〕。予不至臨安八年矣〔二〕，湖上園苑竹樹皆老蒼，高柳造天，僧寺益葺，而舊交多已散去，或貴不復相通，爲之絶歎。

二十九日。沈持要檢正樞招飲〔三〕，邂逅趙德莊少卿彥端〔四〕。晚出湧金門〔五〕，並湖繞城，至舟中。

三十日。

【箋注】

〔一〕闇門：臨安西城門之一。淳祐臨安志卷五：「清波門，俗呼闇門。」西湖：湖名。淳祐臨安志卷十：「西湖在郡西，舊名錢塘湖。源出於武林泉，周回三十里，澄波浮山，自相映發，清華盛麗，不可模寫。朝暮四時，疑若天下景物，於此獨聚，而飛欄橋柳，畫浪出没，層樓傑觀，林梢隱露，都人遨娱歌鼓不絶，則其習尚自古然也。唐人言吴越暖景，山川如繡，將無是耶？」

〔二〕「予不至」句：陸游隆興元年（一一六三）三月被貶通判鎮江府，去國還鄉，至乾道六年（一一七〇）閏五月，已經八年未曾入都。

〔三〕沈持要：即沈樞，字持要，湖州安吉人。紹興十五年進士。官至太子詹事。見嘉泰吴興志卷十七。檢正：官名。中書門下省屬吏，監督處理文書事務。

〔四〕趙德莊：即趙彦端（一一二一—一一七五），字德莊，號介庵。宋宗室。紹興八年進士。知餘干縣，進吏部員外郎、太常少卿，乾道間知建寧府，遷浙東提刑，官至朝奉大夫。韓元吉南澗甲乙稿卷二一有墓誌銘。少卿：指太常少卿。

〔五〕湧金門：臨安西城門之一。天福元年，吴越王錢元瓘引西湖水入城，在此開鑿湧金池，築此門，門瀕湖，東側有水門。傳説爲西湖中金牛湧現之地，故名。紹興二十八年改稱豐豫門。淳祐臨安志卷五：「豐豫門，舊名湧金門。」

六月一日。早，移舟出閘，幾盡一日，始能出三閘〔一〕。船舫櫛比。熱甚，午後小雨，熱不解。泊羅場前〔二〕。

二日。禺中解舟〔三〕。鄉僕來言：鄉中閔雨，村落家家車水。比連三年頗稔，今春父老言，占歲可憂，不知終何如也〔四〕。過赤岸班荆館〔五〕，小休前亭。班荆者，北使宿頓及賜燕之地〔六〕，距臨安三十六里。晚，急雨，頗涼。宿臨平〔七〕。臨平者，太師蔡京葬其父準於此，以錢塘江爲水，會稽山爲案，山形如駱駝，葬於駝之耳，而築塔於駝之峰。蓋葬師云：「駝負重則行遠也〔八〕。」然東坡先生樂府固已云：「誰似臨平山上塔，亭亭，迎客西來送客行〔九〕。」則臨平有塔亦久矣。當是蔡氏葬後增築，或遷之耳。京責太子少保制云「托祝聖而飾臨平之山」是也〔一〇〕。夜半解舟。

【箋注】

〔一〕三閘：臨安城北餘杭門外運河水上要道，有上、中、下三閘。出閘即可通湖州、蘇州、常州等地。淳祐臨安志卷十：「清湖上、中、下三閘，在餘杭門外。」

〔二〕糴場：米市。

〔三〕禺中：將午之時。淮南子天文訓：「（日）至於衡陽，是爲隅中；至於昆吾，是爲正中。」劉文典集解：「藝文類聚、初學記、御覽引『隅』并作『禺』。」

〔四〕閔雨：擔憂少雨。閔，同「憫」。車水：用水車排灌。稔：穀物成熟，豐年。占歲：占卜一年收成。

〔五〕赤岸班荆館：乾道臨安志卷一：「班荆館在赤岸港。」班荆館，設在京郊接待外國使臣的館驛。「班荆」語本左傳襄公二十六年「班荆相與食」，指布草坐地談心。赤岸港，在臨安北運河邊。

〔六〕北使：指金使。宿頓：臨時寄宿。賜燕：南宋時金使來朝，先命館伴使賜御宴於班荆館。

〔七〕臨平：鎮名。今屬浙江餘杭。咸淳臨安志卷二十：「臨平鎮在府之東四十五里。」

〔八〕「臨平者」九句：老學庵筆記卷十：「蔡太師父準，葬臨平山，山爲駝形。術家謂駝負重則行，故作塔於駝峰。而其墓以錢塘江爲水，越之秦望山爲案，可謂雄矣。然富貴既極，一旦喪敗，幾於覆族，至今不能振。俗師之不可信如此。」

〔九〕「誰似」三句：出自蘇軾南鄉子送述古詞。

〔一〇〕京責太子少保制：貶謫蔡京爲太子少保的制書。大觀四年，御史張克公論蔡京「輔政八年，權震海内」，「不軌不忠，凡數十事」，其中有「名爲祝聖而修塔，以壯臨平之山」。遂貶其爲太子少保。見宋史蔡京傳。

三日。黎明，至長河堰〔一〕，亦小市也，魚蟹甚富。午後，至秀州崇德縣〔二〕，縣令右從政郎吴道夫、丞右承直郎李植、監秀州都税務右從政郎章湜來。舊聞戴子微云〔三〕：「崇德有市人吴隱，忽棄家寓旅邸，終日默坐一室。室中惟一卧榻，客至，共坐榻上。或載酒過之，亦不拒，清談竟日。隱初不學問，至是間與人言易數〔四〕，皆造精微，亦能先知人吉凶壽夭，見者莫能測也。」因見吴令問之，云皆信然，今徙居村落間矣。是晚行十八里，宿石門〔五〕。火雲如山，明日之熱可知也。

【箋注】

〔一〕長河堰：在餘杭門以北。

〔二〕秀州：隸兩浙路。在今浙江嘉興。崇德縣：秀州屬縣。在今浙江桐鄉崇福鎮。

〔三〕戴子微：即戴幾先，字子微，常州無錫人。紹興十八年進士。歷國子司業、宗正寺丞、司農少卿、太常少卿，淳熙六年除直龍圖閣、湖北運判。無錫志卷三有傳。

〔四〕易數：根據易理占卜的方法。吴曾能改齋漫録類對：「時主司問易數，元用素留意，遂中第一人〔三〕。」

〔五〕石門：鎮名。在今浙江桐鄉石門鎮。

四日。熱甚，午後始稍有風。晚泊本覺寺前。寺故神霄宫也，廢於兵火，建炎後再修，今猶甚草創〔一〕。寺西廡有蓮池十餘畝，飛橋小亭，頗華潔。池中龜無數，聞人聲，皆集，駢首仰視，兒曹驚之不去。亭中有小碑，乃郭功甫元祐中所作醉翁操〔二〕，後自跋云：「見子瞻所作未工，故賦之。」亦可異也。

【箋注】

〔一〕本覺寺：在嘉興城西陡門村，緊鄰大運河。至元嘉禾志卷十一：「本覺禪寺在縣西二十七里。考證舊名報本，宋宣和年改神霄玉清萬壽宫。建炎元年復舊額。此正檇李之地，今有檇李亭。」蘇軾曾與該寺文長老友善，三過該寺而三賦詩，寺中有三過堂。

〔二〕郭功甫：即郭祥正，字功父，一作功甫，太平州當塗（今屬安徽）人。舉進士，熙寧中知武岡縣，簽書保信軍節度判官。後通判汀州，知端州。棄官歸隱於青山，詩風奔放似李白。宋史卷四四四有傳。　醉翁操：歐陽修作醉翁亭記，膾炙人口，後刻石立碑。太常博士沈遵爲作三疊琴曲醉翁吟（即醉翁操），并請歐陽修填詞。但調不主聲，爲知琴者所惜。三十多年後，廬山道人崔閑再請蘇軾爲琴曲填詞，蘇軾欣然命筆，被看作珠聯璧合。元祐中，郭祥正不滿蘇軾所作，又作有醉翁操（效東坡）。

五日。早，抵秀州〔一〕。見通判權郡事右通直郎朱自求、員外通判右承事郎直祕閣趙師夔、方務德侍郎滋〔二〕。務德留飯。飯罷，還舟小憩，極熱。謁樊自强主管、樊自牧教授、廣、抑，皆茂實吏部子。聞人伯卿教授。阜民，茂德删定子。〔三〕二樊居城外，居第頗壯，茂實晚歲所築，尚未成也。隔水有小園，竹樹修茂，荷池渺彌可喜〔四〕。池上有堂曰讀書堂。遊寶華尼寺，拜宣公祠堂，有碑，缺壞磨滅之餘，時時可讀，蘇州刺史于頔書〔五〕。大略言祕書監陸公齊望始作尼寺於此，其後灞、漼、澧兄弟又新之，後又有賢妹字意者，陸氏嘗有女子爲尼云。然不言宣公所以有祠者。家譜澧作澧，賴此證誤，諱灞者則宣公之父也。老尼妙濟、大師法淳及其弟子居白留啜茶，且言方新祠堂也。移舟北門宣化亭，晚復過務德飯。

【箋注】

〔一〕秀州：太平寰宇記卷九五：「秀州本蘇州嘉興縣地。晉天福四年於此置秀州，從兩浙錢元瓘之所請也，仍割嘉興、海鹽、華亭三縣，并置崇德縣以屬焉。」

〔二〕趙師夔（一一三六—一一九六）：字汝一，宋宗室。以蔭入仕。歷判台州、秀州，知徽州、湖州，遷浙西提刑，改江東運判、監建康場務，知明州、兼沿海制置使，遷興寧軍節度使。充永阜陵橋道頓遞使，遷開府儀同三司。卒封新安郡王。宋史卷二四四有傳。　方務德：即方滋，字務德。參見卷三九吏部郎中蘇君墓誌銘注〔三〕。

〔三〕「謁樊」句：樊廣，字自强、樊抑字自牧，二樊爲樊光遠之子。樊光遠（一一〇二—一一六四），字茂實，錢塘人。紹興五年進士。歷秘書省正字、秘書丞、監察御史，出知興化軍、嚴州，官至吏部郎。汪應辰文定集卷二十有墓誌銘。陸游爲寧德縣主簿時與樊光遠有舊誼，參見老學庵筆記卷九。聞人阜民，字伯卿，爲聞人滋之子。聞人滋，字茂德，嘉興人。陸游任敕令所删定官時與之同事。事迹見老學庵筆記卷一。

〔四〕渺彌：浩渺彌漫狀。

〔五〕寶華尼寺：至元嘉禾志卷十：「寶花尼寺在郡治西南二百步。考證唐陸宣公宅也。大曆中因女叔法興誦法華經，感天花亂墜，寶雨四下，外祖秘書監遂舍宅爲寺。因名寶花，法興亦爲尼。」　宣公：即陸贄，字敬輿，嘉興人。謚曰宣。參見卷二七跋續集驗方注〔一〕。山陰陸氏奉爲先祖。嘉興陸氏後裔繁衍甚衆。　于頔（？—八一八）：字允元，唐代河南洛陽人。以蔭入仕，歷湖州、蘇州刺史，拜襄州刺史，充山南東道節度使。加檢校左僕射、同中書門下平章事，進司空。以太子賓客致仕。舊唐書卷一五六、新唐書卷一七二有傳。

六日。右奉議郎新通判荆南吕援來，援字彦能。進士聞人綱來，綱字伯紀，方務德館客，自言識毛德昭〔一〕。德昭名文，衢州江山縣人，居於秀，予兒時從之甚久。德昭極苦學，中年不幸病盲而卒，無子。綱言其盲後，猶終日危坐，默誦六經，至數千言不已。可哀也！赴郡集於倅廨中〔二〕。坐花月亭，有小碑，乃張先子野「雲破月來花弄影」樂章，云得句於此亭也〔三〕。晚赴方夷吾導之集於陳大光縣丞家，二樊、吕倅皆在。大光字子充，瑩中諫議孫〔四〕，居第潔雅，末利花盛開〔五〕。

【箋注】

〔一〕毛德昭：即毛文，字德昭，衢州江山（今浙江江山）人。陸游少時舊友。事迹見老學庵筆記卷一。

〔二〕郡集：州郡置辦的酒宴。倅廨：州郡副職官員的官衙。倅，副職。此指通判吕援。

〔三〕張先（九九〇—一〇七八）：字子野，烏程（今浙江湖州）人。天聖八年進士。歷宿州掾、吴江令、嘉禾判官、永興軍通判，知渝州、虢州。晚年優遊湖、杭間。長於詞，喜用「影」字，人稱張三影。宋史翼卷三六有傳。張先天仙子（時爲嘉禾小倅，以病眠，不赴府會）：「水調數聲持酒聽。午醉醒來愁未醒。送春春去幾時回？臨晚鏡。傷流景。往事後期空記省。 沙上並禽池上暝，雲破月來花弄影。重重簾幕密遮燈，風不定。人初靜。明日落紅應滿徑。」

至元嘉禾志卷九：「來月亭在郡治内舊府判東廳。考證舊名『花月』，宋倅張子野創此亭，取『雲破月來花弄影』之句。」

〔四〕瑩中諫議：即陳瓘，字瑩中。参見卷二六跋武威先生語録注〔六〕。

〔五〕末利花：今作「茉莉花」。

七日。早，遍辭諸人，赴方務德素飯。晚，移舟出城，泊禾興館前〔一〕。館亦頗閎壯，終日大雨不止，招姜醫視家人及緰〔二〕。

八日。雨霽，極涼如深秋。遇順風，舟人始張帆。過合路〔三〕，居人繁夥，賣鮓者尤衆〔四〕。道旁多軍中牧馬。運河水泛溢，高於近村地至數尺。兩岸皆車出積水，婦人兒童竭作，亦或用牛。婦人足踏水車，手猶績麻不置。過平望〔五〕，遇大雨暴風，舟中盡濕。少頃，霽。止宿八尺〔六〕，聞行舟有覆溺者。小舟叩舷賣魚，頗賤。蚊如蠭蠆可畏〔七〕。

【箋注】

〔一〕禾興館：明一統志卷三九：「禾興館在府城北望雲門外，舊名安遠。宋知州曾紆改曰將歸，陸經爲記，後易今名。」

〔二〕家人及紬：指陸游夫人王氏及次子子龍。紬，子龍小名。

〔三〕合路：鎮名。在今江蘇吴江。

〔四〕鮓：泛指鹽醃的魚。

〔五〕平望：鎮名。在今江蘇吴江。爲水陸交通要衝。

〔六〕八尺：鎮名。在今江蘇吴江。

〔七〕蠭蠆：兩種有毒刺的螫蟲。國語晉語：「蜹蟻蠭蠆，皆能害人，況君相乎！」

九日。晴而風，舟人懲昨夕狼狽，不敢解舟，日高方行。自至崇德，行大澤中，至此始望見震澤遠山〔一〕。午間，至吴江縣〔二〕。渡松江〔三〕，風極静。癯庵竹樹益茂〔四〕，而主人死矣。知縣右承議郎管銑、尉右迪功郎周郷來。縣治有石刻曾文清公漁具圖詩〔五〕，前知縣事柳楹所刻也。漁具比松陵倡和集所載〔六〕，又增十事云。托周尉招醫鄭端誠，爲統、紬診脈〔七〕，皆病暑也。市中賣魚鮓頗珍。晚解舟中流，回望長橋層塔〔八〕，煙波渺然，真若圖畫。宿尹橋，登橋觀月。

【箋注】

〔一〕震澤：湖名。即今江蘇太湖。書禹貢：「三江既入，震澤厎定。」

〔二〕吴江縣：隸平江府。太平寰宇記卷九一：「吴江縣，梁開平三年，兩浙奏析吴縣於松江置。」

〔三〕松江：吴淞江别稱。其下游稱蘇州河。陸廣微吴地記：「松江一名松陵，又名笠澤。左傳曰：『越伐吴，禦之笠澤。』其江之源，連接太湖。一江東南流，五十里入小湖。一江東北流，二百六十里入於海。一江西南流，入震澤，此三江之口也。咸仲云：『松，容也，容裔之貌。』尚書云『三江既入，震澤底定』是也。」顧祖禹讀史方輿紀要三江：「三江皆太湖之委流也。一曰松江，一曰婁江，一曰東江。」

〔四〕癯庵：一作臞庵。宋人王份所建園林。范成大吴郡志卷十四：「臞庵在松江之濱，邑人王份有超俗趣，營此以居。圍江湖以入圃，故多柳塘花嶼，景物秀野，名聞四方。一時名勝喜遊之，皆爲題詩。圃中有與閒、平遠、種德及山堂四堂，煙雨觀……等處，而浮天閣爲第一，總謂之臞庵。份字文孺，以特恩補官，嘗爲大冶令，歸休老焉。」

〔五〕曾文清公：即曾幾，字吉甫。參見卷六賀台州曾直閣啓題解。漁具圖詩：曾幾爲各種漁具所作之詩，今茶山集不見。

〔六〕松陵倡和集：晚唐陸龜蒙、皮日休唱和詩集。其中有陸龜蒙作漁具詩十五首，皮日休和之；皮氏又作添漁具詩五首，陸氏亦和之。參松陵集卷四。

〔七〕統緺：分别爲陸游長子子虡、次子子龍小名。

〔八〕長橋：又名利往橋。吴郡志卷十七：「利往橋即吴江長橋也，慶曆八年縣尉王廷堅所建。

有亭曰垂虹，而世并以名橋。續圖經云：『東西千餘尺，前臨太湖洞庭三山，横跨松江。』行者晃漾天光水色中，海内絶境，唯遊者自知之，不可以筆舌形容也。」

十日，至平江〔一〕，以疾不入。沿城過盤門，望武丘樓塔，正如吾鄉寶林，爲之慨然〔二〕。

十一日。宿楓橋寺前，唐人所謂「半夜鐘聲到客船」者〔三〕。五更，發楓橋，曉過許市，居人極多〔四〕。至望亭小憩〔五〕，自是夾河皆長岡高壟，多陸種菽粟〔六〕，或灌木叢篠，氣象窘隘，非楓橋以東比也。近無錫縣，始稍平曠。夜泊縣驛。近邑有錫山，出錫。漢末讖記云：「有錫天下兵，無錫天下清。有錫天下争，無錫天下寧。」至今錫見輒揜之，莫敢取者。

十二日。早，謁喻子材郎中樗〔七〕。子材來謝，以兩夫荷轎，不持胡牀，手自授謁云〔八〕。知縣右奉議郎吴澧來。晚行，夜四鼓，至常州城外〔九〕。

【箋注】

〔一〕平江：府名。隸兩浙路。即今江蘇蘇州。下轄吴縣、長洲、崑山、常熟、吴江、嘉定六縣。府治在吴縣。談遷北遊録：「蘇州舊名平江，謂地下與江水準也。宋慶曆二年築堤便運，截江流五十里，致太湖水溢而不泄。」

〔二〕盤門：吴郡志卷三：「吴地記云：『吴嘗名蟠門，刻木作蟠龍以鎮此。』又云：『水陸縈回，徘徊屈曲，故謂之盤。』」

武丘：陸廣微吴地記：「虎丘山，避唐太祖諱，改爲武丘山，又名海湧山。在吴縣西北九里二百步。闔閭葬此山中。發五郡之人作冢，銅槨三重，水銀灌體，金銀爲坑。史記云：『闔閭冢在吴縣閶門外，以十萬人治冢，取土臨湖。葬經三日，白虎踞其上，故名虎丘山。』吴越春秋云：『闔閭葬虎丘，十萬人治葬。經三日，金精化爲白虎，蹲其上，因號虎丘。』」

寶林：即龜山。嘉泰會稽志卷九：「龜山，在府東南二里二百七十二步，隸山陰。一名飛來，一名寶林，一名怪山。舊經云：『山遠望似龜形，故名。』越絶云：『龜山，勾踐所起遊臺也。東南司馬門，因以灼龜。又仰望天氣，睹天怪也。』」

〔三〕楓橋寺：吴郡志卷三三：「普明禪院，即楓橋寺也。在吴縣西十里，舊楓橋妙利普明塔院也。」唐代張繼楓橋夜泊：「月落烏啼霜滿天，江楓漁火對愁眠。姑蘇城外寒山寺，夜半鐘聲到客船。」劍南詩稿卷二宿楓橋：「七年不到楓橋寺，客枕依然半夜鐘。風月未須輕感慨，巴山此去尚千重。」

〔四〕楓橋：吴郡志卷十七：「楓橋在閶門外九里道旁，自古有名。南北客經由，未有不憩此橋而題詠者。」

許市：即滸墅。瀕臨運河，爲通衢之地。吴地記：「秦始皇東巡至虎丘，求吴王寶劍。其虎當墳而踞，始皇以劍擊之，不及，誤中於石。其虎西走二十五里，忽失於今虎疁。唐諱虎，錢氏諱疁，改爲滸墅。」

〔五〕望亭：鎮名，古名御亭。隸常州無錫縣。姑蘇志卷三三：「望亭在吳縣西境，吳先主所御亭。隋開皇九年置爲驛遞，唐常州刺史李襲譽改今名。」

〔六〕陸種菽粟：旱地種植的黄米和豆類。

〔七〕喻子材：即喻樗（？—一一八〇），字子材，嚴州（今浙江建德）人。少受業於楊時。建炎二年進士。歷秘書省正字兼史館校勘，因忤秦檜致仕。檜死復出爲大宗正丞、工部員外郎，孝宗時知蘄州，遷浙東提舉常平。宋史卷四三三有傳。

〔八〕胡牀：一種可以折疊的輕便坐具。陶穀清異録逍遥座：「胡牀施轉關以交足，穿便條以容坐，轉縮須臾，重不數斤。」授謁：遞交名片。

〔九〕常州：隸兩浙路。即今江蘇常州。下轄晉陵、武進、宜興、無錫四縣。

十三日。早，入常州，泊荆溪館〔一〕。夜月如晝，與家人步月驛外。綯始小愈。

十四日。早，見知州右朝奉大夫李安國、通判右朝奉郎蔣誼、員外倅左朝散郎張堅。堅，文定公綱之子〔二〕。教授左文林郎陳伯達、員外教授左從政郎沈瀛、司户右從政郎許伯虎來。伯達字兼善，瀛字子壽，皆未識。子壽仍出近文一卷。伯虎字子威，余兒時筆硯之舊也〔三〕。至東嶽廟觀古檜〔四〕，數百年物也。又小憩崇勝寺納涼〔五〕，遂解舟。甲夜，過奔牛閘〔六〕。宋明帝遣沈懷明擊孔覬，至奔牛築壘，即此也〔七〕。閘水湍激有聲，甚壯。遂抵呂城閘〔八〕。自祖宗以來，天下置堰軍止四處，而呂城及京口二閘在焉。

【箋注】

〔一〕荆溪館：館驛名。咸淳毗陵志卷五：「荆溪館舊名毗陵驛，在天禧橋東，枕漕渠以通荆溪，故名。」

〔二〕文定公綱：即張綱，字彦正，潤州丹陽（今江蘇丹陽）人。以上舍及第。歷太學正、校書郎，與蔡京不合。遷著作佐郎，權監察御史，進起居舍人，改中書舍人。除給事中。秦檜用事，卧家二十年不與通問。檜死召爲吏部侍郎兼侍讀，權吏部尚書，除參知政事。以資政殿學士知婺州，尋致仕。卒謚文定。宋史卷三九〇有傳。

〔三〕「伯虎」二句：許伯虎字子威，爲陸游兒時同學。卷二九跋洪慶善帖：「某兒童時，以先少師之命，獲給掃灑丹陽先生之門。退與子威講學，則兄弟如也。」又劍南詩稿卷四五紹興辛酉予年十七矣距今已六十年追感舊事作絶句自注：「與許子威輩同從鮑季和先生，晨興必具帽帶而出。」

〔四〕東嶽廟：咸淳毗陵志卷十四：「東嶽行宫在市東，前俯運河。有天齊仁聖帝殿、聖母殿、帝后德生殿、五嶽會聖樓，兩廡皆有象設。樓東有嶽司堂，西有廣惠行殿。郡官辭謁祈求雨暘咸詣焉。」

〔五〕崇勝寺：咸淳毗陵志卷二五：「崇勝禪寺在州東南二里。武烈帝西第。廟有軫氏舍宅疏。初名杜業，更曰福業，太平興國中改賜今額。有觀音閣，今爲祝聖道場。」

〔六〕奔牛閘：在奔牛堰。咸淳毗陵志卷十五：「奔牛堰在縣西二十七里。輿地志云：『漢有金牛，出茅山，經曲阿，至此驟奔，故名。』東坡有『卧看古堰横奔牛』之句。」參考卷二十常州奔牛閘記。

〔七〕「宋明帝」三句：南朝劉宋時，明帝劉彧派沈懷明抗擊由會稽西進的孔覬，在奔牛閘築壘抗守而獲勝。事見南史卷二七。

〔八〕呂城閘：運河水閘。在丹陽境内。

十五日。早，過呂城閘，始見獨轅小車。過陵口〔一〕，見大石獸，偃仆道傍，已殘缺，蓋南朝陵墓。齊明帝時，王敬則反，至陵口，慟哭而過，是也〔二〕。余頃嘗至宋文帝陵，道路猶極廣，石柱、承露盤及麒麟、辟邪之類皆在，柱上刻「太祖文皇帝之神道」八字〔三〕。又至梁文帝陵。文帝，武帝父也，亦有二辟邪尚存〔四〕。其一爲藤蔓所纏，若縶縛者。然陵已不可識矣。其旁有皇業寺[五]，蓋史所謂皇基寺也，疑避唐諱所改。二陵皆在丹陽[六]，距縣三十餘里。郡士蔣元龍子雲謂予曰：「毛達可作守時，有賣黄金石榴、來禽者，疑其盜，捕得之，果發梁陵所得[七]。」夜抵丹陽，古所謂曲阿，或曰雲陽[八]。謝康樂詩云「朝日發雲陽，落日到朱方[九]」，蓋謂此也。

【箋注】

〔一〕陵口：地名。當齊梁陵墓入口處，故名。江南通志卷三二：「陵口在丹陽縣東三十一里。齊、梁諸陵多在金牛山旁。」

〔二〕王敬則（四三五—四九八）：晉陵南沙（今江蘇常州）人。宋前廢帝時入宫爲將，後謀殺前廢帝。宋明帝時爲直閤將軍。後又謀殺宋後廢帝，擁立齊高帝，出爲都督、南兖州刺史。齊明帝即位，起兵反叛，敗死。南齊書卷二六有傳。王敬則過陵口慟哭事見本傳。

〔三〕「余頃」四句：宋文帝劉義隆四二四至四五三年在位，史稱「元嘉之治」。後爲長子劉劭所弑，葬於長寧陵，在金陵蔣山（即鍾山）東南。陸游乾道元年由鎮江通判移官豫章，曾過金陵。承露盤，承接甘露之盤，甘露爲祥瑞之物。麒麟、辟邪均爲傳説中神獸，亦象徵祥瑞。南朝陵墓前常有此類石雕。

〔四〕「又至」四句：梁武帝蕭衍稱帝後，追尊其父蕭順爲梁文帝，其建陵在丹陽。梁武帝的修陵亦在附近。

〔五〕皇業寺：梁武帝蕭衍爲其父祈求冥福而建的皇家寺院。在今丹陽埤城鎮。

〔六〕二陵：指梁文帝的建陵和梁武帝的修陵。

〔七〕毛達可：即毛友，字達可，衢州西安（今浙江江山）人。大觀元年進士。政和末爲給事中，出守鎮江。靖康元年知杭州。　來禽：果名。即沙果，亦稱花紅、林檎、文林果。藝文類聚卷八七引廣志：「林檎似赤柰，亦名黑檎……一名來禽，言味甘熟則來禽也。」

〔八〕丹陽：縣名。隸鎮江府。太平寰宇記卷八九：「本漢曲阿縣地，舊名雲陽，屬會稽郡。史記云：『秦始皇改雲陽曰曲阿。』」

〔九〕謝康樂：即謝靈運，襲封康樂公。謝靈運廬陵王墓下作詩：「曉月發雲陽，落日次朱方。含凄泛廣川，灑淚眺連岡。」　朱方：春秋吴地名。在今江蘇丹徒。史記吴太伯世家裴駰集解引吴地記：「朱方，秦改曰丹徒。」

十六日。早，發丹陽。汲玉乳井水，井在道旁觀音寺，名列「水品」，色類牛乳，甘冷熨齒〔一〕。井額陳文忠公所作，堆玉八分也〔二〕。寺前又有練光亭，下闞練湖〔三〕，亦佳境，距官道甚近，然過客罕至。是日，見夜合花方開。故山開過已月餘，氣候不齊如此〔四〕。過夾岡，有二石人植立岡上，俗謂之石翁石媪，其實亦古陵墓前物。自京口抵錢塘，梁、陳以前不通漕，至隋煬帝始鑿渠八百里，皆闊十丈〔五〕。夾岡如連山，蓋當時所積之土。朝廷所以能駐蹕錢塘，以有此渠耳。汴與此渠〔六〕，皆假手隋氏，而爲吾宋之利，豈亦有數邪？過新豐〔七〕，小憩。李太白詩云：「南國新豐酒，東山小妓歌。」又唐人詩云：「再入新豐市，猶聞舊酒香〔八〕。」皆謂此，非長安之新豐也。然長安之新豐亦有名酒，見王摩詰詩〔九〕，至今居民市肆頗盛。夜抵鎮江城外。是日立秋。

【箋注】

〔一〕玉乳井：玉乳井在丹陽城北，觀音寺旁。水品：唐代張又新煎茶水記謂劉伯芻稱水之品質宜煎茶者有七等，「丹陽縣觀音寺水第四」。熨齒：使牙齒感覺寒冷。韓偓雨後月中玉堂閒坐：「緑香熨齒冰盤果，清冷侵肌水殿風。」

〔二〕陳文忠公：即陳堯叟（九六一—一〇一七），字唐夫，閬州閬中（今屬四川）人。端拱二年進士。歷官秘書丞、河南東道判官、工部員外郎。拜知樞密院事兼群牧制置使。大中祥符五年升任同平章事、樞密使。後因病改授右僕射、知河陽軍。卒謚文忠。宋史卷二八四有傳。堆玉八分：陳堯叟之弟陳堯佐，與其同年進士，官至參知政事，拜同平章事，卒謚文惠，善書法，澠水燕談録卷八：「陳文惠公善八分書，變古之法，自成一家。雖點畫肥重，而筆力勁健，能爲方丈字，謂之堆墨，目爲八分。凡天下名山勝處，碑刻題榜，多公親迹。世或效之，皆莫能及。」

〔三〕練湖：又名後湖。太平寰宇記卷八九：「後湖亦名練湖，在（丹陽）縣北一百二十步……輿地志云：『曲阿出名酒，皆云後湖水所釀，故純冽也。』」

〔四〕夜合花：又名夜香木蘭，常緑灌木，喜温暖濕潤環境。往往清晨開放，晚上閉合，故名夜合花。香味幽馨，入夜更烈。　故山：故鄉。

〔五〕隋煬帝始鑿渠：隋煬帝開鑿大運河，是在前代基礎上疏浚連接而成。自錢塘至京口段今稱江南運河，開鑿始於春秋時期，秦漢至六朝都有開掘，隋代將其疏通并通航。

〔六〕汴與此渠：汴指汴渠，即通濟渠，引黄河水循汴水故道，入於泗水，注入淮河，也是隋代在歷來修築基礎上疏通開鑿的。此渠指江南運河。

〔七〕新豐：鎮名。在丹陽東北，出名酒。

〔八〕「李太白」六句：李白出妓金陵子呈盧六四首其二：「南國新豐酒，東山小妓歌。對君君不樂，花月奈愁何。」陳存丹陽作：「暫入新豐市，猶聞舊酒香。抱琴沽一醉，盡日卧垂楊。」

〔九〕王摩詰：即王維。王維少年行四首其一：「新豐美酒斗十千，咸陽遊俠多少年。相逢意氣爲君飲，繫馬高樓垂柳邊。」

十七日。平旦，入鎮江，泊船西驛〔一〕。見知府右朝散郎直祕閣蔡洸子平、都統慶遠軍節度使成閔、通判右朝奉大夫章汶、右朝奉郎陶之真、府學教授左文林郎熊克、總領司幹辦公事右承奉郎史彌正端叔〔二〕。

十八日。右奉議郎簽書節度判官廳公事葛郁、觀察推官右文林郎徐務滋、司户參軍左迪功郎楊冲、焦山長老定圜、甘露長老化昭來〔三〕。

十九日。金山長老寶印來〔四〕，字坦叔，嘉州人。言自峽州以西，灘不可勝計，白傅詩所謂「白狗到黄牛，灘如竹節稠」是也〔五〕。赴蔡守飯於丹陽樓〔六〕。熱特甚，堆冰滿坐，了無涼意。蔡自點茶，頗工，而茶殊下〔七〕。同坐熊教授〔八〕，建寧人，云：「建茶舊雜以米粉，復更以薯蕷，兩年來，又更以楮芽，與茶味頗相入，且多乳，惟過梅則無復氣味矣〔九〕。非精識者，未易察也。」申後〔一〇〕，移舟出三閘，至潮閘而止。

二十日。遷入嘉州王知義船〔一一〕，微雨，極涼。

二十一日。

【箋注】

〔一〕西驛：西津渡口驛館。嘉定鎮江志卷二：「西津渡去府治九里，北與瓜洲渡對岸。」

〔二〕蔡洸：字子平，興化仙遊人。蔡襄曾孫。以蔭入仕，官至户部尚書。宋史卷三九〇有傳。成閔：字居仁，邢州（今河北邢臺）人。從軍積功入仕，官至鎮江都統制。宋史卷三七〇有傳。熊克：字子復，建寧建陽（今福建南平）人。紹興二十一年進士。官至知台州。博聞强記，著有中興小記。宋史卷四四五有傳。史彌正：字端叔，鄞縣（今屬浙江）人。史浩次子，史彌遠弟。

〔三〕焦山長老定圜：即焦山寺圜禪師。陸游隆興二年在鎮江通判任上有焦山題名，由圜禪師刻之於石：「陸務觀、何德器、張玉仲、韓无咎，隆興甲申閏月二十九日，踏雪觀瘞鶴銘，置酒上方。烽火未息，望風檣戰艦在煙靄間，慨然盡醉。薄晚，泛舟自甘露寺以歸。明年二月壬午，圜禪師刻之石，務觀書。」甘露：即甘露寺。

〔四〕金山長老寶印：即釋寶印，字坦叔，號别峰。參見卷十八圜覺閣記注〔二〕。卷四十别峰禪師塔銘：「俄徙京口金山，學者傾諸方。金山自兵亂後，雖屢葺莫能成，至是始復大興，如承平時而有加焉。異時，居此山鮮逾三年者，師獨安坐十五夏。」

〔五〕峽州：隸荆湖北路。在今湖北宜昌。白傅：即唐代白居易，曾任太子少傅。白居易發白狗峽次黄牛峽登高寺卻望忠州：「白狗到黄牛，灘如竹節稠。路穿天地險，人續古今愁。」

〔六〕丹陽樓：輿地紀勝卷七：「丹陽樓在（鎮江）府治。」

〔七〕點茶：宋代一種煮茶方式。將茶葉末置於茶碗裏，注入少量沸水調成膏狀，然後直接向茶碗中注入沸水，同時用茶筅攪動，茶末上浮，形成粥面。點茶成爲宋代時尚的待客之道。蔡襄茶録載：「茶少湯多則雲脚散，湯少茶多則粥面聚。鈔茶一錢七，先注湯，調令極匀，又添注入，環回去拂，湯上盞可四分則止，視其面色鮮白，着盞無水痕爲絶佳。」

〔八〕熊教授：即上文府學教授熊克。

〔九〕建茶：宋代建寧府一帶出産之茶。　藷藇：即俗稱山藥。塊莖多含澱粉，可入藥。　楮芽：楮樹的葉芽。　乳：指煮茶泛起的白色浮沫。　梅：指江南梅雨時節。

〔一〇〕申後：申時後，即下午十五點至十七點之後。

〔一一〕嘉州：隸成都府路。在今四川樂山。　王知義：當爲船主名。

二十二日。郡集衛公堂後圃。比舊唯增染香亭〔一〕。飲半，登壽丘普照寺終宴〔二〕。壽丘者，宋高祖宅，有故井尚存。寺本名延慶，隆興中，復泗州〔三〕，有普照寺僧奉僧伽像來歸〔四〕，寓焉，因賜名普照寺，僑置僧伽道場。東望京山〔五〕，連亘抱合，勢如繚牆，官寺樓觀如畫，西闞大江，氣象極雄偉也。

二十三日。至甘露寺〔六〕，飯僧。甘露，蓋北固山也〔七〕。有很石，世傳以爲漢昭烈、吴大帝嘗據此石共謀曹氏〔八〕。石亡已久，寺僧輒取一石充數，游客摩挲太息，僧及童子輩往往竊笑也。拜李文饒祠〔九〕。登多景樓〔一〇〕。樓亦非故址，主僧化昭所築，下臨大江，淮南草木可數，登覽之勝，實過於舊。邂逅左迪功郎新太平州教授徐容。容字子公，泉州人。此山多峭崖如削，然皆土也，國史以爲石壁峭絶，誤矣。

二十四日。

【箋注】

〔一〕衛公堂、染香亭：輿地紀勝卷七：「衛公堂在（鎮江）府治正堂之後。」又：「染香亭在郡治。」衛公指唐代李德裕，曾任鎮江觀察使。比舊：指與陸游任鎮江通判時相比。

〔二〕壽丘普照寺：至順鎮江志卷九：「普照寺在壽丘山巔，宋高祖故宅也。至陳，立寺名慈和。宋號爲延慶。寺之上方，先是泗州有僧伽塔。紹興中寓建塔院於此，以奉僧伽像，名曰普照。」

〔三〕泗州：隸淮南東路。在今江蘇盱眙、泗縣一帶。

〔四〕僧伽：唐代西僧。自言何國人，以何爲姓。龍朔二年入唐，始發涼州，歷洛陽，抵江表，止嘉禾靈光寺。後住持泗州普照王寺，神行異蹤變現不一。中宗遣使迎入内道場。景龍四年圓寂於長安，葬於泗州普照王寺。

〔五〕京山：亦稱京峴山。嘉定鎮江志卷六：「京峴山在府治東五里。潤州類集云：『州謂之京，鎮京口者因此山。』」

〔六〕甘露寺：嘉定鎮江志卷八：「甘露寺在北固山。唐寶曆中，李德裕建以資穆宗冥福。時甘露降此山，因名。乾符中寺焚，裴璩重建。宋朝祥符庚戌有詔再修，令轉運使陳堯佐擇長老居之。……元符末爲火所焚，六朝遺物掃地。」

〔七〕北固山：元和郡縣圖志：「山在縣北一里，下臨長江，其勢險固，因以爲名。」長江江濱和江中的金山、焦山、北固山三山夾江相峙，世稱「京口三山」。

〔八〕很石：又作「狠石」。蔡寬夫詩話：「潤州甘露寺有塊石，狀如伏羊，號狠石。相傳孫權嘗據其上，與劉備論曹公。」漢昭烈：即劉備，謚號昭烈帝。吴大帝：即孫權，卒謚大皇帝。曹氏：即曹操。

〔九〕李文饒祠：即李德裕祠。嘉定鎮江志卷七：「李衛公德裕祠，在北固山甘露寺。蓋寺乃德裕所建，而金壇華陽觀亦有祠焉。元祐中林希爲守，既新甘露之祠，又寫德裕所著以授緇徒，俾與佛書同藏，今不存矣。淳熙中建閣，貯公之文。」

〔一〇〕多景樓：嘉定鎮江志卷十二：「多景樓在甘露寺，天下之殊景也。始因焚蕩，再建蠹齋。周孚稱樓非舊址，唯東面可眺，三隅暗甚。」米芾多景樓詩稱之爲「天下江山第一樓」。

二十五日。早，以一豨、壺酒，謁英靈助順王祠，所謂「下元水府」也〔一〕。祠屬金山寺，寺常以二僧守之，無他祝史。然牓云「賽祭豬頭，例歸本廟」，觀者無不笑〔二〕。初，紹興末，元顔亮入寇〔三〕，樞密葉公審言督視大軍守江〔四〕，禱於水府祠，請事平奏加帝號。既而不果。隆興中，虜再入，有近臣申言之，議者謂四瀆止封王〔五〕，水府不應在四瀆上，乃但加美稱而已〔六〕。廟中遇武人王秀，自言博州人，年五十一，元顔亮寇邊時，自河朔從義軍，攻下大名，以待王師。既歸朝，不見録〔七〕。且自言孤遠無路自通，歔欷不已。是晚，欲出江，舟人辭以潮不應，遂宿江口。

【箋注】

〔一〕豨：小豬，作爲祭品。　下元水府：長江水神廟之一。嘉定鎮江志卷七：「英靈普護聖惠泰江王廟在江下。即下元水府廟也。嘉泰元年加封。按五代史，楊氏據江左，封馬當上水府寧江王、采石中水府定江王、金山下水府鎮江王，而鎮江實爲聖朝開寶所更軍額之兆。范鎮東齋記事：『歲送金龍玉簡於名山，三水府預焉。』祥符初，賜下水府廟曰顯濟。元豐中，僧了元住金山之龍遊寺，見廟附禪林，以爲非便，乃白郡聞朝移於此。自建炎焚毀、大帥劉光世重創，至紹興丁卯都統制王勝重修、進士黄俞爲記，歲久頽圮，東西廊龍王二祠尤甚。」

〔二〕金山寺：即龍遊寺。至順鎮江志卷九：「龍遊寺在金山，舊名澤心，不知始於何時。梁武帝嘗臨寺設水陸會。或云起於唐之裴頭陀。宋祥符五年改山名曰龍遊，天禧五年復名山曰金，而以龍遊名寺。政和四年改爲神霄玉清萬壽宫，郡守毛友爲記。南渡後仍爲寺，而厄於火。淳熙中主僧藴衷重加修創，翰林學士洪邁爲記。」祝史：主持祭祀的僧人。

〔三〕完顔亮：即完顔亮，金海陵王（一一二二—一一六一），字元功，女真名迪古乃，金太祖完顔阿骨打庶長孫，金朝第四位皇帝。紹興三十一年，完顔亮率兵大舉攻宋，被虞允文大敗於采石，在瓜洲渡兵變被殺。金史卷五有海陵紀。

〔四〕葉公審言：即葉義問（一〇九八—一一七〇），字審言，嚴州壽昌（今浙江建德）人。建炎進士。歷知江寧縣，通判江州。因忤秦檜被罷，檜死，擢殿中侍御史。遷吏部侍郎，拜同知樞密院事。完顔亮南侵時奉命督師抵禦，因不習軍旅而措置失當，罷提舉宫觀，謫饒州。宋史卷三八四有傳。

〔五〕四瀆：長江、黄河、淮水、濟水的合稱，均獨流入海。爾雅釋水：「江、河、淮、濟爲四瀆。四瀆者，發原注海者也。」

〔六〕加美稱：指加封水神爲上文「英靈助順王」。

〔七〕博州：隸河北東路。在今山東聊城。河朔：泛指黄河以北地區。大名：府名，隸河北東路，在今河北大名。不見録：不被録用。

二十六日。五鼓發船。是日，舟人始伐鼓。遂游金山，登玉鑑堂、妙高臺，皆窮極壯麗，非昔比。玉鑑蓋取蘇儀甫詩云：「僧於玉鑑光中坐，客蹋金鼇背上行[一]。」儀甫果終於翰苑，當時以爲詩讖[二]。新作寺門亦甚雄，翟耆年伯壽篆額[三]，然門乃不可泊舟，凡至寺中者，皆由雄跨閣。長老寶印言[四]：「舊額仁宗皇帝御飛白[五]。張之，則風波洶湧，蛟鼉出没，遂藏之寺閣，今不復存矣。」印住山近十年，興造皆其力。寺有兩塔，本曾子宣丞相用西府俸所建[六]，以薦其先者。政和中，寺爲神霄宫，道士乃去塔上相輪而屋之[七]，謂之鬱羅霄臺。至是五十餘年，印始復爲塔，且增飾之，工尚未畢，山絶頂有吞海亭，取「毛吞巨海」之意[八]，登望尤勝。每北使來聘，例延至此亭烹茶。金山與焦山相望，皆名藍，每争雄長[九]。焦山舊有吸江亭，最爲佳處，故此名吞海以勝之，可笑也。夜，風水薄船，鞺鞳有聲。

二十七日。留金山，極涼冷。印老言蜀中梁山軍鷺鷥爲天下第一[一〇]。

【箋注】

[一] 蘇儀甫：即蘇紳，字儀甫，泉州晉江（今屬福建）人。蘇頌之父。天禧三年進士。歷宜州、開封府推官、三司鹽鐵判官等，進史館修撰，擢知制誥，爲翰林學士。出知河陽，徙河中，未行而卒。宋史卷二九四有傳。蘇紳金山寺：「九派分流湧化城，登臨潛覺骨毛清。僧依玉鑒光中坐，客踏金鼇背上行。鍾阜雲開春雨霽，海門雲吼夜潮生。因思絶頂高秋夜，四面雲

濤浸月明。」玉鑑：比喻皎潔的月亮。金鼇：比喻臨水山丘。

〔二〕翰院：指蘇紳任翰林學士。詩讖：指所作詩無意中預言了後來發生之事。

〔三〕翟耆年：字伯壽，號黄鶴山人，潤州丹陽（今屬江蘇）人。翟汝文子。以蔭入仕。性孤介，不苟合。棄官歸，著書自娱，善篆、隸、八分書。著有籀史。事迹見古今圖書集成氏族典卷五四〇。篆額：用篆書題寫門額。雄跨閣：嘉定鎮江志卷六：「雄跨堂，乾道初，淮東總領洪适取聖製詩中詞揭之。」

〔四〕長老寶印：即釋寶印。參見本卷十九日注〔四〕。

〔五〕仁宗皇帝御飛白：歐陽修歸田録：「仁宗萬機之暇，無所玩好，惟親翰墨，而飛白尤爲神妙。」飛白，傳統書法筆法之一，筆劃中絲絲露白，似枯筆所寫。始於漢代蔡邕，漢魏宫闕題字廣泛採用。

〔六〕曾子宣丞相：即曾布（一〇三六—一一〇七），字子宣，建昌軍南豐（今屬江西）人。曾鞏弟。嘉祐二年進士。任集賢校理，頗受王安石信任。進翰林學士、兼三司使。黜知饒州。哲宗時任同知樞密院事。徽宗立，被任右僕射。受蔡京排擠，出知潤州，貶廉州司户，徙舒州。卒於潤州。宋史卷四七一有傳。西府：指樞密院。

〔七〕相輪：佛塔的主要部分，指貫串在刹杆上的圓環，多與塔的層數相應，爲塔的表像。翻譯名義集寺塔壇幢：「佛造迦葉佛塔，上施槃蓋，長表輪相，經中多云相輪，以人仰望而瞻相也。」屋之：指在塔上建小屋。

〔八〕毛呑巨海：五燈會元卷十天台德韶國師：「毛呑巨海，海性無虧；纖芥投鋒，鋒利無動。見與不見，會與不會，唯我知焉。」

〔九〕焦山：嘉定鎮江志卷六：「焦山在江中，去城九里，旁有海門二山。金、焦相望，凡十五里。潤州類集：『舊經言：焦光所隱，故名。』」名藍：有名的伽藍，即名寺。

〔一〇〕梁山軍：隸夔州路。在今重慶梁平。鷺鷥：鷺科大中型涉禽，俗稱白鷺。多見於熱帶濕地，常安静地涉行淺水。國畫常作爲主題。

二十八日。夙興，觀日出江中〔一〕，天水皆赤，真偉觀也。因登雄跨閣，觀二島。左曰鶻山，舊傳有栖鶻〔二〕，今無有。右曰雲根島，皆特起不附山，俗謂之郭璞墓〔三〕。奉使金國起居郎范至能至山〔四〕，遣人相招食於玉鑑堂。至能名成大，聖政所同官，相别八年〔五〕，今借資政殿大學士、提舉萬壽觀、侍讀，爲金國祈請使云。午間，過瓜洲〔六〕，江平如鏡。舟中望金山，樓觀重複，尤爲巨麗。中流風雷大作，電影騰掣，止在江面，去舟財丈餘，急繫纜。俄而開霽，遂至瓜洲。自到京口無蚊，是夜蚊多，始復設幮〔七〕。

二十九日。泊瓜洲，天氣澄爽。南望京口月觀〔八〕、甘露寺、水府廟，皆至近。金山尤近，可辨人眉目也。然江不可横絶，放舟稍西，乃能達，故渡者皆遲回久之〔九〕。舟人以帆弊，往姑蘇買帆，是日方至。檣高五丈六尺，帆二十六幅。兩日間，閲往來渡者，無慮千人，大抵多軍人也。夜觀金山塔燈〔一〇〕。

【箋注】

〔一〕觀日出江中：劍南詩稿卷二金山觀日出：「繫船浮玉山，清晨得奇觀。日輪擘水出，視覺江面寬。遥波蹙紅鱗，翠靄開金盤。光彩射樓塔，丹碧浮雲端。詩人窘筆力，但詠秋月寒。何當羅浮望，湧海夜未闌。」

〔二〕鶻山：輿地紀勝卷七：「鶻山在金山後，有孤峰。以鶻棲其上，故曰鶻山。」鶻，即隼，鷙鳥。翅尖嘴鈎，背青腹黄。馴養後可助捕獵。

〔三〕雲根島：又名石排山，原爲江中一排奇石。至順鎮江志卷七：「石排山，在金山西水中，排一作牌。宋米芾臨金山賦『浮玉掩霧，石牌落潮』。今按韻書，『排』與『簰』通，大桴曰簰。此山皆巉石，隱出水面，狀若木簰，故名石簰耳。」島上葬有東晉郭璞的遺物，俗稱郭璞墓。

〔四〕范至能：即范成大。乾道六年五月，范成大遷起居郎、假資政殿大學士、醴泉觀使兼侍讀、丹陽郡開國公，充金祈請國信使，奉命出使金國。

〔五〕「至能」三句：紹興三十二年末至隆興元年初，陸游任編類聖政所檢討官，曾與范成大同事。隆興元年三月，陸游出爲鎮江通判，至乾道六年六月，恰已八年。

〔六〕瓜洲：長江中沙洲，處於京杭大運河和長江交匯處。元和郡縣志：「昔爲瓜洲村，蓋揚子江中之沙磧也。沙漸漲出，狀如瓜字，遥接揚子渡口。自唐開元來漸爲南北襟喉之處。」

〔七〕幮：似櫥形的帳子。

〔八〕月觀：至順鎮江志卷十三：「月觀在譙樓之西，即古萬歲樓，亦王恭所創。至唐猶存，宋呼爲月臺，後改名月觀。」

〔九〕遲回：猶豫，徘徊。

〔一〇〕「夜觀」句：劍南詩稿卷二晚泊：「半世無歸似轉蓬，今年作夢到巴東。身遊萬死一生地，路入千峰百嶂中。鄰舫有時來乞火，叢祠無處不祈風。晚潮又泊淮南岸，落日啼鴉戍堞空。」